ハヤカワ・ミステリ

BRUCE DeSILVA

記者魂

ROGUE ISLAND

ブルース・ダシルヴァ
青木千鶴訳

TOKYO HAYAKAWA BOOKS

A HAYAKAWA
POCKET MYSTERY BOOK

ROGUE ISLAND
by
BRUCE DeSILVA

Translated by
CHIZURU AOKI
First published 2011 in Japan by
HAYAKAWA PUBLISHING, INC.
This book is published in Japan by
arrangement with
LJK LITERARY MANAGEMENT, LLC
through THE ENGLISH AGENCY (JAPAN) LTD.

装幀／水戸部 功

この小説はまったくのフィクションである。実在の人物（やあ、バディ・チャンチ）も何人か登場するにはするが、プロ野球選手のマニー・ラミレスを除いては誰ひとり言葉を発することはないし、ラミレスにしても、たったひとことしか喋《しゃべ》っていない。それ以外に言葉を発している人間はみな、わたしの考えだした架空の人物である。なかには何人か、旧友の名をいただいたキャラクターもいるが、彼らに似かよったところはほとんどない。一例をあげるなら、実在のポール・マウロはニューヨーク市警の若き警部であり、プロヴィデンスを教区とする皺くちゃの老神父とは似ても似つかない。ロードアイランド州の歴史や地理についてはおおよそ正確に描写したつもりであるが、時間と空間の双方において、故意にいくつかの虚構を織りまぜさせてもらった。たとえば、新聞記者がたむろする酒場〈ホープス〉もおおかたの例に漏れず、とうの昔に店じまいをしてしまったのだが、本作のなかではあえてそれを蘇らせ、懐かしい様子を描かせてもらった。〈グッドタイム・チャーリーズ〉も数年まえに店を閉めている。また、プロヴィデンス市マウント・ホープの近辺にネルソン・アルドリッチなる中学校が存在したことはいまも昔も一度もない。

一九九四年の秋、ある読者からわたしのもとに、〝じつにすばらしい記事〟を称賛する手紙が送られてきた。そこには、こんな文章が綴られていた――思うに、あの内容は小説の下敷きとして使えるかもしれない。そんなふうに考えてみたことはあるだろうか。

手紙の差出人はエヴァン・ハンター。エド・マクベインのペンネームで、かの有名な八七分署シリーズを生みだした作家だった。

わたしはその手紙をクリアファイルにおさめ、自宅のパソコンの隅にテープで貼りつけてから、小説の執筆に取りかかった。

数にして二万語ほどの単語をキーボードに打ちこんだころ、私生活と仕事の両方が大混乱に陥った。そのまま何年もの時が流れ去った。パソコンを買いかえるたびに、エヴァン・ハンターから送られてきた手紙も移しかえはしたものの、多忙をきわめる日々はその後も続き、小説の執筆に時間を割くことはできずにいた。

そして、いまから二年ほどまえ。ニューヨーク犯罪小説界の長老たる編集者オットー・ペンズラーに会ったとき、大昔にエヴァン・ハンターからもらった手紙のことをなんとはなしに打ちあけた。

「エヴァンが他人の書いたものを褒めたことなんて一度もなかった。本当に彼がそんな手紙を送ってよこしたのかね？」とペンズラーは言った。

「ええ。まだ手もとにありますよ」

「だとしたら、きみはその小説を書きあげるべきだ」

そんなわけで、長い時を経てようやく、わたしはこれを書きあげた。この小説を、エヴァン、あなたに捧げよう。あなたがまだこの世に生きていて、これを読んでくれたならと願わずにはいられない。

evan hunter

box 339

324 main avenue

norwalk, connecticut 06851

September 27, 1994

Dear Bruce:

MALICE is a nice little story. In fact, it could serve as the outline for a novel. Have you considered this?

Best,

エヴァン・ハンター

〒06851　コネティカット州ノーウォーク、
メイン・アヴェニュー324番地　私書箱339号

1994年9月27日

親愛なるブルース

〈悪意〉と題されたきみの記事はじつにすばらしかった。思うに、あの内容は小説の下敷きとして使えるかもしれない。そんなふうに考えてみたことはあるだろうか。

エヴァン

記者魂

おもな登場人物

リアム・マリガン……………………新聞記者
ヴェロニカ・タン……………………マリガンの同僚。法廷番記者
ロージー・モレッリ…………………消防隊長。マリガンの幼なじみ
ブルース・マクラッケン…………火災保険調査員。マリガンの旧友
マーシャル・ペンバートン………編集長
エド・ローマックス………………社会部部長
グロリア・コスタ……………………写真部員
エドワード・アントニー・メイソン四世……新聞社社主の息子
アーニー・ポレッキ………………プロヴィデンス市警放火課主任捜査官
ロセッリ………………………………ポレッキの補佐役
ドミニク（ウーシュ）・ゼリッリ…………違法賭博の胴元
ブレイディ・コイル………………弁護士。マリガンの大学時代の知人
ヴィニー・ジョルダーノ…………マフィアの一員
ジョニー・ディオ……………………建設会社の経営者。マフィアの一員

1

除雪車に撥ねのけられた高さ五フィートの雪が消火栓を覆い隠していた。第六消防分署の隊員らがそれを見つけて掘りだすまでに、十五分の時間を要した。二階の寝室の窓に向かって先頭ではしごをのぼっていた隊員がアルミサッシに手をかけるなり、手袋に覆われた手の平を焦がした。

五歳になる双子のきょうだいは、ベッドの下にもぐりこむことで炎から逃れようとしたらしい。兄のほうを抱きかかえてはしごをおりてきた隊員の頬は涙に濡れていた。黒焦げになった遺体から煙があがっている。妹のほうを運びだしてきた隊員は、息絶えた遺体をすでにシーツでくるんでいる。救急隊員らがふたつの小さな遺体を救急車の後部にすばやく収容すると、なおも急ぐ理由があるとでもいうかのように、回転灯をひらめかせ、タイヤを横すべりさせながら、轍《わだち》だらけの雪道を疾走しはじめた。十六歳のベビーシッターがこわばりきった表情で、暗闇に吸いこまれていくテールランプを見つめていた。

ロージー・モレッリ消防隊長がヘルメットの鍔《つば》からつららを払い落とし、手袋をはめたこぶしをポンプ車の横っ腹に叩きつけた。

「これで何件目だ？」おれはその背中に問いかけた。

「ここ三カ月以内にマウント・ホープで発生した大火災は、これで九件。犠牲者は五名になるわね」

かつて艀舟《はしけ》が航行していた古い運河と瀟洒《しょうしゃ》なイーストサイド地区のあいだにうずくまるマウント・ホープという町は、第一次世界大戦が起こる以前、かつてプロヴィデンス市の主要産業であった紡績工場で働く移民労働者のための急ごしらえの住宅地として誕生した。のちに工場が閉鎖され、紡績の本場がサウスカロライナ州を経てメキシコやインドネシアへと移っていく何十年もまえの当時でさえ、この町には見るべきものなどほとんどなかった。そしていま現在の町を見まわせば、通りに並ぶ木造三階建てアパートメントの傾きかけたポーチからは、表面の鉛がまだらに剝げ落ちている。移動手段が路面電車と徒歩しかなかった時代に安物の木材で急造された一軒家の多くには、自家用車をおさめるためのガレージや私道もなく、夏には腐った木材の乾いたにおい、冬には腐った木材の湿ったにおいが立ちこめる。かつて市がネルソン・アルドリッチ中学校をダイナマイト爆破した跡地では、生い茂る雑草のなかに錆だらけの洗濯機や冷蔵庫が埋もれている。ちなみにその中学校は、レイ・ブラッドベリのSF小説やジョン・スタインベックの名作に触れる機会を、恩師ミスター・マクリーディがはじめておれに与えてくれた場所でもあった。

まっすぐに伸びる幅の狭い通りの多くには、もはやこの土地では目にすることもないさまざまな樹木の名がつけられており、ゆるやかな坂道のまじわる地点からは、市の中心部に林立するオフィスビル群や州会議事堂の大理石の円蓋を臨むことができる。口達者な不動産会社の営業マンは、背中にまわした指をクロスさせて噓にならないおまじないをしつつ、その光景を〝壮大な眺望〟などとのたまったりもする。

マウント・ホープはプロヴィデンス市で最高の町ではないかもしれない。だが、かといって最低の町というわけでもない。ここで暮らす二千六百世帯のうち四分の一は自宅を所有しているし、地元自警団の活躍による押しこみ強盗の激減には目を見張るものがある。剝げ落ちた鉛による中毒症状を患《わずら》ったことのある幼児の割合はわずか十六パーセントにすぎない。黒人やアジア系住民が大半を占めるプロヴィデンス市南部ではその割合が四十パーセントをうわまわるというから、それに比べればじつにささやかな値だ。さらに言うなら、火災による五名の死亡者は、ルーゴ葬儀社が繁盛すること、町の景気が上向くことをも意味する。ディーガン車体工場が盗難車を解体して部品を売る店へと様変わりし、マルフェオ中古車販売店がヘロイン販売店へ鞍がえしたいまとなっては、ルーゴ葬儀社が町で最大の、合法的な商売をしている会社なのだ。

双子の寝室の窓をめがけて放水する隊員たちを見つめながら、ロージーがつぶやいた。「また遺族に訃報を届けなきゃならない。いいかげん嫌気がさしてきたわ」

「だが、部下はひとりも失っていない」

なおも煙のくすぶる建物を見つめていたロージーがこちらを振りかえった。六歳のときはじめて見せたあのまなざし、すごろくゲームでおれがズルを働いたのを見咎《みとが》めたときに見せたのと同じまなざしがおれを見すえる。

「自分がどれだけ恵まれているか、神に感謝すべきだとでも言いたいの？」

「おれはただ、きみがぶじであってほしいだけだ、ロージー」

鋭いまなざしをいくぶんやわらげながら、「ええ、あんたもね」とロージーは応じた。とはいえ、おれの仕事がら、現実に起こりうる最悪の大怪我といえば、紙で指を切ることくらいのものだった。

二時間後、おれはプロヴィデンスで贔屓《ひいき》にしているダイナーのカウンター席にすわり、重たい陶製のマグカップからコーヒーをすすっていた。ここのコーヒーはあまりにうますぎる。せっかくの風味をミルクで台無しにするようなことはしたくない。どっちにしろ、ミルクなんぞ入れたところで気休めにしかならないと、胃袋の潰瘍《かいよう》は告げている。

マグカップには刷りたての地方版新聞のインク染みがついていた。ロードアイランド州非公認の州犬であるピットブル・テリアがアトウェルズ・アヴェニューで三人の幼児を襲い、大怪我を負わせていた。世界各都市を対象とした最新の犯罪統計調査の結果、プロヴィデンスにおける人口ひとりあたりの盗難車被害発生率がボストンやロサンゼルスを僅差《きんさ》で抜いていた。表向きには自動販売機事業家を自称している地元マフィアのドン、ルッジェーロ・〝ザ・ブラインド・ピッグ〟・ブルッコラが、表向きには自動販売機事業家を自称している地元マフィアのドンと報じられたとして、新聞社を名誉毀損で訴えていた。ロードアイランド州宝くじ委員会の不正疑惑に関して、州警察が捜査に乗りだしていた。悪いニュースが多すぎるせいで、最悪のニュース——焼死者まで出ているマウント・ホープの火災——の記事は一面の折り目の下に追いやられていた。ただし、その記事に目は通さなかった。原稿を書いたのはおれ自身だったから。それ以外の記事にも目は通さなかった。そんなことをしたら、胃がよじれてしまうから。

かつては白かっただろうエプロンで牛の血にまみれた手をぬぐってから、店主のチャーリーがおれのマグカップにコーヒーを注ぎ足した。「今日は地獄にでも行ってきたのか、マリガン。灰皿みたいなにおいをさせてるじゃないか」

相手はもとから返答を期待しちゃいなかったから、おれも答えを返しはしなかった。チャーリーはさっさと調理台に戻って、ホットドッグ用のパンの袋をふたつ手に取り、封を引き裂きにかかった。汗の光る左腕の肩から手首までに十二個のパンをずらりと並べ、その切れこみに十二本のフランクフルトを放りこんでから、マスタードとザウアークラウトを加えていく。おそらく、ナラガンセット電力会社で働く夜勤組のための夜食だろう。

おれはコーヒーをひと口飲んでから、フロリダ州フォートマイヤーズで行なわれている春季キャンプの模様を確認するべく、スポーツ欄を開いた。

2

くすんだ色あいをした市庁舎は、外から眺めると、でたらめに積みあげられた段ボール箱みたいに見える。なかに入ったら入ったで、床も壁も薄汚れ、黒ずんだ緑色に埋めつくされている。各階にある便所はどれも、職員の溺死を防ぐために立入りを禁じられていないときには、強烈な芳香剤と有毒物質のにおいに満ちている。エレベーターは無視されたタクシーをむきになって追いかけるヤク中みたいによたよたと揺れ、絶えず大きな軋《きし》みをあげる。身の安全をはかるべく、おれは埃の降り積もる鉄製の階段を三階までのぼった。幅の狭い廊下を進んで十字路を四つ過ぎたとき、ささくれだったオーク材の扉の曇りガラスに黒のペンキで記された〝プロヴィデンス市警、放火課主任捜査官〟の文字が見えてきた。おれはノックを省いて扉を押し開け、室内に足を踏みいれた。

「出ていけ。ここはわたしのオフィスだぞ」モスグリーンのスチールデスクの向こうから、アーニー・ポレッキが言った。

「こっちこそ、あんたに会えて嬉しいよ」おれは言いながら机の前まで歩いていき、ぐらつく木の椅子にどっかりと腰をおろした。

ポレッキは安物の黒い細葉巻に使い捨てライターで火をつけ、オーク材の回転椅子に背中をあずけると、くたびれたウィングチップに包まれた足をあげて、葉巻の焼け焦げ跡の散った緑色の吸いとり紙の上に放りだした。女房がいなくなり、ケンタッキー・フライドチキンが朝食以外の食卓にものぼるようになって以来、右肩あがりに増えつづけた体重の下で、椅子が悲痛なうめき声をあげた。ポレッキの補佐役にして、市長のいとこであるというだけの理由でいまの職を得た能なしでもあるロセッリが、ひびの入《い》った霜まみれの窓の前でパイプ椅子に姿勢を正してすわっていた。

「やっぱり今回も放火かい」おれはポレッキに切りだした。

「かもしれない。あるいは、地下室にたまったゴミは燃やしちまうのが名案だと、誰かが考えたのかもしれない。どっちにしろ、あそこに積みあげられていたがらくたの量を思えば、家ごと燃えあがるのは目に見えていたろうがな」とポレッキは応じた。

「その程度の質問なら、電話一本で事足りたんじゃないですかね、マリガン」ロセッリが横から口を挟んだ。

「ああ、そうだとも」ポレッキもうなずいた。

「だが、電話じゃこいつに目を通すことができない」言いながら、おれは机の上のファイルに手をのばした。

ポレッキがすかさず右腕をあげ、こぶしを机の天板に叩きつけると、調子っぱずれな大鐘のような音が室内に響きわたった。それから、ぶくぶくに太ったこぶしの下にファイルがないことに気づいて、ポレッキは目を丸くした。ファイルは机の上のどこにも見あたらない。ポレッキの目がおれを睨《ね》めつける。おれはひとつ肩をすくめ、窓際へ視線を向けた。ロセッリはパイプ椅子の上で、痩せこけた胸にファイルを抱きかかえていた。まさしく、目にもとまらぬすばやさだった。

「捜査ファイルは記者にもくそったれにも公開を許されていない。あんたはその両方だ」おれを見すえて、ロセッリは言った。

「なるほどね。しかし、言論の自由を信奉する第四身分、社会の番人たるジャーナリストに対してはどうなんだ?」

「同じことだ」今度はポレッキが答えた。

「その他の火災に関する捜査資料を閲覧することは?」

「不可能だ」ポレッキが言った。

「とんでもない」ロセッリも相槌を打った。

「被害に遭った建物の所有者に共通点は? 評価額を大きくうわまわる保険をかけられていた建物は? 放火の手口はいずれも同じなのか?」

ポレッキは机から足をおろし、こちらへぐっと身を乗りだした。体重の移動にこらえきれず、ふたたび椅子が悲鳴をあげる。頬に赤い斑点が浮かびあがる。怒りによるものか、はたまた運動不足によるものか。

「わたしに捜査の進め方を教えようとでもいうのか、マリガン」とポレッキは言った。

「自分たちのなすべきことくらい、わたしたちにもわかっています」ロセッリが言った。

いいや、わかっちゃいないさ。そう思いはしたものの、口には出さずにおいた。

ポレッキの細葉巻から火が消えていた。ポレッキはその吸いさしに火をつけなおし、煙をおれに吐きかけると、何かを成し遂げでもしたかのようににんまりとしてみせた。そしてさらに二度、三度と煙を吸いこんでから、一ドルショップで売っているような赤い屑かごに、火がついたままの灰を落とした。

「それじゃ、マウント・ホープには単に悪運が続いているだけだと考えているのか？」気をとりなおして、おれは問いかけた。

「ひどい悪運がな」ポレッキが答えた。

「それも最悪のたぐいのです」ロセッリが言い添えた。

「もしもきみたちがアイルランド人の運命になったら、悲しくて、死んだほうがましだと思うだろう」とおれは言った。

「なんの話だ？」ポレッキが眉をひそめた。

やれやれ。ジョン・レノンを記憶にとどめている人間は、もはやこの世に存在しないのか？

ひとすじの煙が屑かごから立ちのぼりはじめた。フライドチキンの油にまみれた容器のなかで、葉巻の灰がくすぶっているのだろう。

「耳の穴をかっぽじってよく聞け、マリガン。いつも言っているとおり、捜査中の事件について話せることはない」ポレッキが言った。

「つまり、一連の火災についてはすべてノーコメントだということです。それより、交通事故の取材でもしてみたらどうです。交通事故が発生していないのなら、自分で引き起こしてみればいい」ロセッリが言った。

ロセッリのユーモアのセンスはなかなか気にいったが、次のジョークを期待してこれ以上居すわるのはやめにした。屑かごからはポレッキが手にしている葉巻にも負けないほどの煙が立ちのぼりはじめていたし、いずれもさほどかぐわしい香りであるとは言いがたい。そろそろ退散したほうがよさそうだ。部屋を出て廊下を進む途中、火災報知器のボタンを押してやった。そいつがちゃんと作動してくれるかどうか、誰にもわかったものではない。

3

法廷番記者のヴェロニカ・タンが呆《あ》きれ顔で天を仰ぎ、アニメーションのネズミみたいな声でくすくすと笑った。ディズニーのキャラクターをべつにすれば、こんな笑い方をする人間に出会った覚えはない。

「火災報知器のボタンを押した？　で、そのあとどうなったの？」

「わからない。ショーを見物している暇はなかった」

ヴェロニカはふたたびくすくすと笑いだした。おれはその声に聞き惚れた。続いてヴェロニカは肩から髪を払いのけ、おれの肩に軽くパンチを食らわせた。おれはその仕草にも見惚れた。

おれたちは地元の報道関係者がたまり場にしている〈ホープス〉で、仕事あがりの憩いのひとときをすごしているところだった。新聞記者や編集者、地元テレビ局のプロデューサーやその〝顔〟であるレポーターらがぼつぼつ顔を見せはじめる時間帯だ。

「それはそうと、ポレッキはどうしてああまであなたを目の敵《かたき》にするのかしら」ヴェロニカが訊いてきた。

「やつがくそったれだからさ」

ヴェロニカに食いいるような目で見つめられ、おれはついに観念した。「ああ、そうさ。おれたちのあいだにはちょっとした因縁がある」

十五年まえ、ポレッキは民主党第四区委員会の委員長である義父に免じて、若かりしころに犯した不法侵入の罪に目をつぶってもらい、警察学校への入学を許された。パトロール巡査として働いていたころには、猛スピードのカーチェイスのすえ、二台のパトロールカーを廃車にした。まあ、その程度のことなら、おれだって目をつぶろう。だがその後、ポレッキは五百ドルという相場価格で解答を入手することにより、巡査部長への昇進試験を切りぬけた。政治資金調達係を介して市長の懐《ふところ》に封筒をすべりこませるなど、ロードアイランド独自の手法で出世の階段をのぼりつづけた。警部補の階級を得るために二千ドル、警部へ昇進するために五千ドル。まさにプロヴィデンスならではのサクセス・ストーリーだ。そんなこんなの経緯《いきさつ》を、おれは何度か記事にした。だが、いまここですべてを説明することはできない。そこで、ヴェロニカにはこれだけ言うことにした。

「三年まえ、ポレッキが特捜班を率いていたとき、やつには黒人の子供の頭をノックしてまわる趣味があると書いたんだ。その記事を読んだバプテスト教会の牧師ふたりがかんかんに腹を立て、黒人指導者アル・シャープトンを招いて抗議のデモ行進を行なうと息巻いた。その脅しにぎょっとなった市警本部長はポレッキを放火課へ転属させた。あそこなら、標準装備に警棒が含まれないからな」

ヴェロニカはワイングラスを手に取り、中身をひと口飲んでから、おもむろに言った。「部屋へ入るなりポレッキに撃たれなかったのは幸運だったわね。それで、これからどうするつもり？」

「さあ、どうするかな。一連の火災に関して新たな視点を見つけることさえできれば、〝名犬ラッシー〟の記事で読者のお涙をちょうだいするようなまねはしなくて済むんだが」

ヴェロニカは大きく目をむいた。「まだあれを仕上げてなかったの？」

「始めてもいないものを仕上げることはできない」

「信じられない。ローマックスから取材を命じられたのは月曜じゃなかった？」

「まあね」

ヴェロニカはさも楽しげに褐色の瞳を輝かせながらも、咎《とが》めるように首を振った。その動きに合わせ、黒髪の上でネオンサインの光がサンバを踊る。おれが子供のころに見あげていた夜空のような漆黒の髪。この髪の色は染めているのかと訊いてみる勇気はなかった。

ヴェロニカはハンドバッグからひと握りの二十五セント硬貨をつかみとると、古ぼけたフォーマイカのテーブルと小傷にまみれた長さ三十フィートのマホガニー材のカウンターのあいだを縫って歩きはじめた。おれは壁の一面を覆う鏡を見やり、ヴェロニカの姿を目で追った。太腿にぴたりと貼りついた黒いミニスカート。その裾の片側がずりあがってしまっていることに気づいていないらしい。今夜はシャルドネを飲みすぎたのだろう。おれはといえば、いまこのときもブッシュミルズが恋しくてならなかった。おれの懐であがなうことのできるかぎりで最高のアイリッシュ・ウイスキー、ブッシュミルズ。だが、胃の潰瘍はバーテンダーにクラブソーダを注文しつづけていた。

ダイカスという名の記者が四十年まえになけなしの貯金をはたいてこの店を始めてからというもの、多くのジャーナリストがここで死ぬまで酒を呷《あお》りつづけてきた。ダイカスは自分の店に〈ホープス〉という名をつけた。すべての希望《ホープ》をこの店に賭けていたからだ。だがいま、〈ホープス〉が大いなる希望に満ちているとは思えない。おそらくそんな瞬間は、これまで一度たりとも訪れなかったのだろう。脚のぐらつくクロムめっきのスツール。ささくれだらけの床板。安物の酒が山積みされている一方で、高級品の乏しい品揃え。十八のときからこの店で酒を飲んできたが、おれが気づいた唯一の進歩は、男子便所にコンドームの自動販売機が据えつけられたことだけだった。

しかし、〈ホープス〉には町いちばんのジュークボックスがある。サン・シールズに、ココ・テイラー、バディ・ガイ、ルース・ブラウン、ボビー・〝ブルー〟・ブランド、ボニー・レイット、ジョン・リー・フッカー、ビッグ・ママ・ソーントン、ジミー・ザッカリー、ザ・ドライヴァーズ。エタ・ジェイムズの胸をえぐるような一曲がかかると同時に、こちらへ引きかえしてくる黒のミニスカートが見えた。

「妻のいる男と深い仲になろうかって悩んでる女にぴったりの曲よ」言いながら椅子に腰を戻す。正式にはなおもドーカスと結婚しているのだということを思いださせられ、胸に苦いものがこみあげた。だが、テーブル越しに手を伸ばし、ヴェロニカの手を握るのと同時に、エタ・ジェイムズの歌声がすべてを吹き飛ばした。

ヴェロニカにははっと人目を引く華やかさがあるが、おれにはない。ヴェロニカは名門プリンストン大学の出身で、おれは地元プロヴィデンス大学の出だ。ヴェロニカは二十七歳で、おれはまもなく四十代に突入しようとしている。ヴェロニカの父親は台湾からこの国へ移住し、マサチューセッツ工科大学で数学の教鞭をとっている。全財産をシスコとインテルの株に注ぎこんでいたが、IT関連株が大暴落するまえにさっさと手を引き、百万ドルの利益をあげた。おれの父は生まれも育ちもプロヴィデンスで、牛乳配達で家族を養いながら、無一文のまま死んだ。記者になってわずか五年、ヴェロニカはすでにベテラン並みにスクープを連発している。一方のおれは、警察から非公開の捜査ファイルをくすねるのに失敗し、腹いせに火災報知器を鳴らしたりしている。たぶんヴェロニカは男の趣味が悪いのだろう。あるいはただ単に、おれを買いかぶっているのだ。

4

模造革の玉座のなかで、社会部部長のエド・ローマックスが背中を丸めていた。完全に禿げあがった巨大な頭が右へ、左へ、シャーマン戦車の回転砲塔みたいに旋回する。十二年まえ、ローマックスがいまの座についた当初は、こいつはおれの書くものがことごとく気に食わないのだろうと思っていた。原稿に目を通すあいだはいつも、むっつりと顔をしかめたまま首を横に振りつづけていたからだ。一カ月が経とうかというころようやく、コンピューターの画面に映しだされた文字をなぞるのに目ではなく首を動かしているだけなのだと気づいた。

ローマックスは、おれたち記者の書いた原稿から卑語を根こそぎにすることこそがみずからに課せられた神聖な務めだと考えている。そうした言葉は家庭向けの新聞にはふさわしくないと信じている。そして、〝くそ〟だの〝くそったれ〟だのといった単語をめざとく見つけるたび、めずらしく口を開いてこう吐き捨てる。「わたしのくそったれ新聞のなかで、くそ穢《けが》らわしい言葉なんぞを使ってくれるな」

ローマックスが口を利くことはめったにない。部下への指示はおおむね、社内専用のインスタント・メッセージによって伝えられる。おれたち記者は毎朝、編集部に出勤して、それぞれのコンピューターを起動する。すると、画面ではかならずメッセージの到着を知らせるアイコンが点滅しており、それによってそれぞれに割りあてられたネタを知る。そこにはだいたいこんなひとことが記されている。

ウィンナーソーセージ戦争。

あるいは、こんなひとこと。

氾濫の続報。

はたまた、こんなひとこと。

メリケンサックのヤマ。

もしきみがまだ地元テレビ局のニュースを見ていないのなら、わが新聞社のウェブサイトをチェックすればいい。そこにすべてが載っている。そのあと、七つに区分された印刷版の記事をむさぼり読み、州内のニュースを抜粋したAP通信の記事をたしかめ、商売敵である州内の地元日刊紙も全五紙にすべて目を通す。それでもなおかつローマックスのところまで歩いていって、いったいなんのことかと尋ねなければならない。

すると、ローマックスはあのまなざしできみを見やる。小売り業にでも商売がえしてはどうだと促《うなが》す、あのまなざしだ。

今朝はおれがコンピューターを起動すると、こんなメッセージが待ち受けていた。

例の犬のネタ。これ以上の言い逃れは不要。

ローマックスにメッセージを送りかえすと、すぐさま返事が戻ってきた。

話しあいの余地は?

ない。

おれは椅子から立ちあがり、間仕切りを挟んで六十フィート先にいるローマックスと目を合わせて微笑みかけた。笑みは返ってこなかった。茶色い革製のボマージャケットを着て編集部をあとにし、建物を出て、わが相棒の前に立つ。かれこれ八年も乗りつづけているフォード・ブロンコは、十五分でリミットが切れるパーキングメーターの横にとめてあった。いつのまにみぞれが降りはじめたのか、ワイパーの下に押しこまれた黄色い駐車違反切符がびしょ濡れになっている。おれはフロントガラスから切符をはがしとると、規定時間を過ぎたメーターの前にとめられているのに切符を切られていないBMWのフロントガラスに貼りつけた。これはローレン・D・エスルマンの探偵小説から拝借した技で、この手を使うようになってもう何年にもなる。BMWの持ち主である社長は違反切符を秘書に放り投げればいいだけで、罰金は会社の金《かね》で支払われる。秘書は切符を切られたのがおれであることをすぐに見ぬくだろうが、彼女はおれのいとこなのだ。

〝例の犬〟はシルヴァー・レイクでおれを待っている。市の中心部からほんの数マイル西へ行ったところにある地区だ。だが、おれは西ではなく東へと足を向け、ケネディ広場を横切って、プロヴィデンス川の向こう岸に建つ赤煉瓦造りの古めかしいオフィスビルをめざした。

目的地にたどりついたとき、リーボックのスニーカーはみぞれに濡れ、泥まみれになっていた。秘書のスカートの裾からときおり覗く太腿を眺めつつ、つま先の感覚が戻るのを待っていると、十分後、保険会社の火災事故調査員の取り散らかったオフィスへ通された。クリーム色の壁には、プロヴィデンス大学バスケットボール・チームの花形選手たちを写したサイン入りの写真が並んでいる。ビリー・ドノヴァンに、マーヴィン・バーンズ、アーニー・ディグレゴリオ、ケヴィン・スタコム、ジョーイ・ハセット、ジョン・トンプソン、ジミー・ウォーカー、レニー・ウィルケンズ、レイ・フリン。そして、おれのかつてのチームメイト、ブレイティ・コイル。マリガンの写真はなし。ベンチを温めてばかりの万年補欠に、その資格はない。

おれがブルース・マクラッケンに出会ったのは、マクラッケンが自分自身を見いだせずに苦悩する痩せっぽちの若造であったころ、おれもまたさらに上を行く痩せっぽちの若造で、次世代のエドワード・R・マローとなり、ジャーナリストとして名を馳せるのを夢見ていたころのことだった。ドミニコ会系の小さな大学に通うおれたちは、いくつかのジャーナリズムの講義で机を並べていた。だが、やがてマクラッケンは、言論の自由なんぞは軟弱な人間が掲げる楯にすぎないとの結論に至った。その後スポーツジムに通いつめるようになり、相手の骨を粉砕しかねないほどの力強い握手をものにした。今日もまた、新たにつけられた筋肉がシアーズの通信販売ででも買ったのだろう紺色のブレザーの縫い目をはちきれんばかりに押し広げていた。

「例の火災だが、どう思う？」感覚の麻痺した指を揉みしだきながら、おれは訊いた。

「単なる〝不運続き〟で片づけられないのはたしかだ」

「ポレッキから何か聞いたんだな？」

「やつが腹話術で操る人形ともな。これは冗談でもなんでもないぜ。ロセッリが喋るあいだは、ポレッキの唇もかならず動いてるんだ。おれはまだ、やつらが完全なるボケナスなのか、ボケナスのふりを楽しんでいるのかを決めかねている」

「どっちかひとつに決めなきゃならないわけでもない」

マクラッケンはにやりとしてみせた。こいつは歯茎の筋肉まで鍛えているのかもしれない。

「わが社はマウント・ホープで火災に遭った建物のうち、三軒で保険契約を交わしている。支払い請求額は合わせて七十万ドル。当然ながら、調査に乗りださないわけにはいかない。ポレッキには九件すべての捜査ファイルのコピーを要求した。自分の仕事をおれに肩代わりしてもらえるとあって、喜び勇んで渡してくれたよ。だが、おまえがおれの仕事を肩代わりしてくれるって言うんなら、おれだってそれを固辞する気にはなれない」

そう言うと、机の上をすべらせて、マニラ紙のフォルダーの束を押してよこした。

「ただし、この部屋からの持出しは厳禁だ。コピーもとらないこと」

おれは九冊のファイルをぱらぱらとめくり、〝放火〟とも〝不審火〟とも記されていない二冊を脇によけてから、残る七冊に目を通していった。侵入の手口はさまざまだったが、さほどの大差はない。跳ねあげ戸の南京錠がボルトカッターで切断された例もいくつかあったが、大半は地下室の窓が蹴破られていた。出火場所はいずれも地下室だった。建物を全焼させるつもりなら、おれでもそこに、火のついたジッポを放りこむだろう。炎が上方へ燃えひろがるということくらい、おれだって知っている。いずれの火災も、火もとは三カ所以上におよんでいた。つまり、偶然の失火ではありえないということだ。

うち二冊のファイルには、ポレッキとロセッリが州警察の科学捜査研究所へ送った木屑からは燃焼促進物が検出されなかったとの報告書が添付されていた。研究所の面々はこれまでにもこの無能コンビと仕事をした経験があるため、その後みずから現場へ赴《おもむ》いて、最も炭化の激しい地点からサンプルを採取しなおし、ガスクロマトグラフィー検査を行なった。それにより、この二件の現場にもかなりの量のガソリンが撒かれていたことが判明したという。

だが、被害に遭った七軒の賃貸アパートメントを所有しているのは、異なる五つの不動産会社だった。保険契約を結んでいる保険会社もまた、異なる三社。いずれの物件にも、市場価値をうわまわる保険はかけられていない。すべての会社の名前を手帳に書き写してはみたが、そこからわかることは何もなかった。

「どう思う?」おれはマクラッケンに問いかけた。「おまえはどう思う?」

「保険金目当ての狂言とは思えない」

「ああ、おそらくな。しかし、その可能性を完全に排除することもできない。ここプロヴィデンスじゃ、発生した火災の半分は抵当証書と保険証書を握りしめた人間が火を熾《おこ》しているもんでね」

マクラッケンは言って、笑い声があがるのを待った。だが、おれはそのジョークをまえにも聞いたことがあった。

「まあ、今回は放火が七件も連続している。しかも、直径一マイル以内のかぎられた地域でだ。手口は似たり寄ったり。いずれもまさしくアマチュアの手口。プロなら時限装置を仕掛けておいて、誰かが煙のにおいを嗅ぎつけたころにはニューポートの〈ホワイトホース・タヴァーン〉で酒でもかっ食らってるだろうよ」

「それじゃ、犯人は放火魔か」

「たぶんな。レズビアンの消防隊長殿もそう言ってなかったか?」

「まえにも言ったろ。ロージーは同性愛者じゃない」

「そう言いきれるだけの実体験があるのか?」

実体験なら、ないこともない。小学一年のころ、おれはブランコに乗ったロージーの背中を押してやっていた。中学のときには、想いを寄せていた男子生徒に〝竹馬女〟とからかわれてすすり泣くロージーに肩を貸してやった。高校のとき、おれはロージーをプロム・パーティーに誘った。大学に入るまえの夏に、おれたちは一線を越えた。だが、友だちでいた期間が長すぎたせいか、おれには妹と寝ているような気がしてならなかった。おれの知るまっとうな男なら誰もが、大きな魚を逃したうつけ者とおれを罵《ののし》るだろうが、ロージーとおれがふたたびシーツを乱すことはなかった。

「なあ、マクラッケン。その噂の出どころは知ってるか。プロヴィデンス消防学校に入学したてのころ、体力テストでことごとくロージーがトップの成績をおさめたことをやっかんで、同級の男連中がそんなでたらめを流しはじめたんだ。ロージーは辛抱強くそれに耐えた。ところが、いまから数年まえ、同僚の消防士から面と向かって〝レズビアン〟呼ばわりされたとき、そいつに濃厚なキスをお見舞いしてから、右のクロスパンチでノックアウトしてやった。それから六週間後の現場で、その同僚が落下してきた梁の下敷きになった。ロージーはそいつを肩の上に担ぎあげ、燃えさかる建物から運びだした。いまロージーはプロヴィデンスで初の女性消防隊長を務めてる。ロージーにばかな揶揄《やゆ》をする者はもうひとりもいない」

「それじゃ、おれにも望みはあるってことか」

「ああ、もちろん。おまえがすべきは、あとふたつ。もう六インチ長さを伸ばして、マヌケなふるまいから卒業することだけだ」

「あの美女を口説《くど》き落とすためなら、身長くらい伸ばしてみせるさ。だが、彼女はおまえの友だちだろ。だったら、相手がマヌケでも気にしないはずだ」

「あと六インチ伸ばせといったのは、身長のことじゃない」

マクラッケンは訝《いぶか》るような目でおれを見つめた。それからにやりと笑うと、右耳をかすめる狙い澄ました左のジャブをお見舞いしてきた。

おれたちは男性ホルモン分泌量の競いあいに幕を引き、仕事の件に話題を戻した。

「なあ、マリガン。町で放火事件が発生すると、おまえはまずまっさきに雇われ放火犯の可能性を考える。正真正銘の放火魔なんてものは、そうそういるものじゃないからな。そんな人間が存在するのかどうかすらたしかじゃないと言う精神医学者もいる。だが、いま揃っている事実を突きあわせると、そう考えるより仕方がない。思うに、おれたちが相手にしている犯人は、家々に火をつけて、そいつが燃えあがるのを眺めては股間をふくらませている異常者だ。それから十中八九、この町に暮らしている人間だ」

「野次馬を写した写真もポレッキに請求したか？」

「もちろん」

「だがもちろん、そんな写真は存在しなかったんだろ？」

「ところがどっこい、存在したのさ！　たしかに、最初の六件のぶんはゼロだった。自分たちが何をすべきかってことにポレッキとロセッリが気づくまでには、それだけ長い時間が必要だったんだろうな。とはいえ、七件目の放火のときには、野次馬に向けて四十枚の写真を撮った。いちおう見てみるか？　うち二十八枚はピンぼけで、残る十二枚はロセッリの左の中指をクローズアップにした芸術的な作品になってるがな」

5

翌朝、何十もの視線を浴びるヴェロニカに、おれもまた視線をそそいでいた。女たちが何を思っているのかはいざ知らず、男どもの頭のなかなら手に取るようにわかる。

ヴェロニカは編集部の中央に立って、赤紫色に染めた唇のあいだに火のついていないヴァージニア・スリムをくわえていた。社長が禁煙令を布《し》いてからというもの、フィルターを噛みしだくのがヴェロニカの癖となっている。おれとしてはヴェロニカが健康を気遣うのはけっこうなことだったから、自分もまたお気にいりのキューバ葉巻を我慢する羽目になったとしても、禁煙令は賢明な判断であったと認めざるをえなかった。

それでも、苛立ちがないと言えば嘘になる。禁煙令を含む一連の改変計画は、実りなき都市再開発計画さながらに、昔ながらの編集部を一掃してしまった。吸い殻のあふれた灰皿や、へこみだらけのスチールデスクや、インクの染みの散ったリノリウムの床や、原稿整理部員たちに緑色のサンバイザーをかぶることを強いていた蛍光灯のぎらつく光はもはや存在しない。カタカタと騒音を撒き散らしていたタイプライターも、おれが入社した最初の年に消え去った。あの小気味よいリズムがいまだに恋しくてならない。いまここにあるのは、間接照明と、栗色の絨毯と、プリント合板製の机の上で耳障りな低音を発しつづけるコンピューター。それぞれの机は高さ四フィートの間仕切りに取り囲まれ、近くの同僚に〝デリカテッセン〟の綴りひとつを訊くのにも椅子から立ちあがり、そいつが「自分で調べろ、ものぐさめ」と答える声にも耳をそばだてなければならない。新聞社の編集部を保険会社のオフィスへ変えるには莫大な金《かね》が要るが、それが紙面の向上に役立つわけではない。

それを成し遂げてくれるのは、ヴェロニカのような優秀な人間だ。今朝の一面を独占した記事、労働搾取の罪を問う非公開の連邦大陪審について報じたヴェロニカの記事には、老獪《ろうかい》なるマフィア、ジュゼッペ・〝ザ・チーズマン〟・アレーナ本人の証言内容が含まれていた。これには編集長までもがわざわざガラス張りの個室から出てきて、称讃の輪に加わっていた。絨毯や間仕切りに予算を注ぎこんでさえいなければ、昇給すら約束したかもしれない。

これでヴェロニカは、非公開の大陪審における証言について今年三度目の大スクープをものにしたことになる。連邦検事はそのたびに、どこから情報を仕入れたのかを教えるよう要求してきた。ヴェロニカもまたそのたびに、折り目正しく〝くそ食らえ〟との意向を伝えた。どうやってネタを仕入れたのかとおれが尋ねても、モナリザの微笑みを浮かべるだけだった。おれはその笑みを目の前にすると、自分が何を訊こうとしていたのかを忘れてしまった。

いつまでもヴェロニカを眺めていたい気持ちを抑えこみ、コンピューターにパスワードを打ちこんでログインすると、ローマックスからのメッセージが届いていた。

わたしのデスクへ。

命じられたとおりにそちらへ歩いていくと、ローマックスは〝小売り業への商売がえ〟を促す例のまなざしを向けてきた。

「聞いてください、ボス……」

「いいや、話を聞くのはそっちのほうだ。例の犬のネタだが、昨日の紙面には掲載されていなかった。今日の紙面にもなかった。明日の紙面にはかならず載せろ」

「犬の取材はハードキャッスルにやらせてはどうです。あいつにはお涙ちょうだいもののヤワなネタを扱う才能がある」

「わたしはきみに取材を命じたんだ、マリガン。自分にはもっと重要な務めがあると考えているんだろうが、まずは話を聞け。ここ五年、わが紙の発行部数は月に六十部のペースで減少を続けている。世の人々が新聞を読まなくなった最大の原因は、そんなものを読んでいる時間がないからだ。では、第二の原因がなんであるかは知っているか」

「CNN？　コメディ・ニュース番組の《コルベア・リポート》？　マット・ドラッジが運営するウェブサイト？　それともヤフーですか？」

「すべてハズレだ。しかし、いずれも新聞を読む時間をとれなくなった原因の一部ではある。第二の原因は、新聞には暗いニュースばかりが載っていると人々が考えているからだ」

「気持ちはわかりますが――」おれはそう言いかけた が、新聞配達人を轢《ひ》きつぶしていく除雪車みたいにお れの声を踏み越えて、ローマックスはなおも言葉を継 いだ。

「都会のギャング団に銃弾が欠かせないように、新聞には明るいニュースが必要なのだ。科学者が癌《がん》の治療法を見つけだすのは容易ではない。そうしたネタを見つけだすのは容易ではない。科学者が癌の治療法を発見したり、よきサマリア人が大がかりな募金活動の火蓋を切ったりするようなことが、毎日起きるわけではない。つまり、明るいニュースが棚から落ちてきてくれたなら、そいつをかならずものにしなければならんのだ。しかも、例の犬の件は正真正銘の明るいニュースなのだから」

「しかし……」

「〝しかし〟はなしだ。わたしとて、お涙ちょうだいもののネタなんぞに興味はない。しかし、読者が必要とするニュースを提供しつづけるためには、読者が望むニュースも提供していかなければならん。インターネットだの二十四時間放送のニュースチャンネルだのの出現によって、われわれは刻々と死の淵へ追いやられている。それに抗《あらが》うためには、打てる手をすべて打たねばならん。読者は、組織犯罪や、政治家の汚職や、焼死させられた赤ん坊とは無関係の記事を読みたがっている。マリガン、きみはかぎられたネタに専門化しすぎだ。わたしはそこから抜けだす手助けをしようと考えている」

「何人もの人間が焼け死んでいるんですよ」

「だからなんだ。自分にはそれがとめられるとでもいうのか。思いあがりもはなはだしい。火災について調べるのは放火課の仕事だ。警察がこの事件を解決したあと、きみはその記事を書けばいい」

「その放火課が問題なんですよ」おれは言って、ポレッキとロセッリが繰りひろげているドタバタ喜劇をかいつまんで説明した。

「なんともはや！」ローマックスは呆れかえった。「いったい何をやってる？　そのネタこそ記事にすべきだろう」

「了解、ボス。日曜版の紙面にあきはありますか」

「まずは犬のネタだ、マリガン。今日中に原稿を出せ。この件に関して、これ以上の小言を並べさせるな」

それだけ言うと、ローマックスはキーボードを叩きはじめた。〝話はこれまで〟の合図だ。ローマックスがこんなに多くの言葉を続けて話すのを耳にしたことは、これまで一度もなかった。おそらくはほかの誰にもないはずだ。どうやらおとなしく命令に従ったほうがよさそうだった。


ひょっとして、例の犬とやらは足に水掻きのあるポーチュギーズ・ウォータードッグだったりして。そんなことを考えながら、フォード・ブロンコの運転席に乗りこんだ。おれ自身のかつての飼い犬、〝書きなおし《リライト》〟と名づけた六歳の雑種犬の監護権はいま、離婚交渉中の妻ドーカスが持っている。無性にリライトに会いたかった。ちょっと顔を見にいってみることもできないわけではないが、ドーカスと鉢合わせしてしまう危険性もある。そんなことをするくらいなら、列車の前に頭から飛びこんだほうがましというものだ。

特に犬好きでもないドーカスがリライトを手放そうとしないのは、おれのレコードプレーヤーや、ブルースのLP盤を集めたコレクション、《ダイム・ディテクティヴ》や《ブラック・マスク》などのパルプマガジンのコレクション、子供のころから蚤《のみ》の市をまわってこつこつと集めてきたリチャード・S・プラザーやカーター・ブラウン、ジム・トンプスン、ジョン・D・マクドナルド、ブレット・ハリデイ、ミッキー・スピレインらの数百冊にもおよぶ擦り切れたペーパーバックをおれに引きわたしてくれないのと同じ理由からだった。おれを罰するためなら、ドーカスはどんなことでもするのだ。

おれと結婚するまえのドーカスは、完璧に猫をかぶりとおしていた。ところが、ライスシャワーが頭上から降りそそぎ、生涯の伴侶を釣りあげたと確信するやいなや、嫉妬の角《つの》をめきめきと伸ばすようになった。ドーカスの言《げん》によると、結婚後のおれはひとが変わってしまったらしい。とつぜん仕事の虫となり、家に寄りつかない。充分な金《かね》を稼ぐ甲斐性もない。妻の身体に触れようともしない。自分は妻を愛してもいないくせに、妻を家庭に縛りつけ、窒息死させようとしている。北はウェスタリーから南はウーンソケットに至るまで、州内に住むすべての女を寝床に引っぱりこんでいる。まだ口説《くど》き落としていない女の名前を手帳に書き連ねている。歯科衛生士に、スーパーマーケットの袋詰め係に、ドーカスの友人、ドーカスの姉妹、チャンネル10の気象予報士、市長の娘、ヴィクトリアズ・シークレットのカタログでポーズをとる下着姿のモデルたち。その女たち全員とすでに乳繰りあったか、これから乳繰りあうつもりでいる、と。

そんなこんなが一年続いたあと、おれはドーカスを心理カウンセラーのもとへ引っぱっていった。やりたい放題に不貞を働く夫について不平を並べたてるドーカスの話にひたすら耳を傾けるだけのカウンセリングを数回経たのち、カウンセラーはようやく事情を呑みこみ、どうやらあなたは猜疑心に取り憑かれているようだと、ドーカスにやんわり告げた。ドーカスはそいつにやぶ医者の烙印を押し、二度とカウンセリングに行こうとしなかった。ともに暮らした最後の六カ月間は、おなじみのパターンが延々と続いた。自分の女房をなんの魅力もない口やかまし屋だと思っているだの、女房の目を盗んでは不貞を働いているだのとドーカスがおれを罵り、とんだ濡れ衣だとおれは答えつづけた。

それがまったくの濡れ衣でなくなるまでは。

ハンドルを切ってポカセット・アヴェニューに車を乗りいれた直後、警察無線から声が弾《はじ》けた。マウント・ホープで誰かが火災報知器のボタンを押したらしい。二車線道路の後方からクラクションを鳴らす車を無視して、おれはアクセルをゆるめ、現場に一番乗りした消防隊がコードを伝える声を待った。〝コード・イエロー〟は警報が誤りであったことを意味する。〝コード・レッド〟なら、犬のネタは今朝もおあずけだということを意味する。

ダッシュボードのデジタル時計を見つめること四分後に、その声は聞こえてきた。

6

板を打ちつけられたデルのレモネード・スタンドの前で禁止標識を無視して車をUターンさせ、時速四十マイルで来た道を引きかえしはじめた。真冬のロードアイランド州で、極寒の朝に出すには無謀なスピードだ。昨日降ったみぞれが凍りつき、路面は轍だらけの氷と化している。タイヤが路面の窪みを踏むたびに、きつく握りしめたハンドルの下でサスペンションが激しく上下する。車体が大きく跳ねあがり、ダッシュボードの計器ががたがたと揺れる。ダイアー・アヴェニューとファーミントン・アヴェニューの角を曲がると同時に、雪の吹きだまりを黄色く染めているダックスフントと、その綱を握る腰の曲がった老人が目の前にあらわれ、おれはクラクションを叩き鳴らした。

マウント・ホープに入ると、ドイル・アヴェニューで車を道路脇に寄せ、サイレンを鳴らしながら疾走していく救急車に道を譲った。窓を閉めきっていても、入りこんできた煙のにおいが鼻を刺す。前方で、何十もの回転灯が赤い光を撒き散らしている。道端に車をとめて運転席から出ると、報道関係者用の通行証を呈示しながら、警察の張っている非常線を越えた。

すでに消防隊が火の勢いをおおかた弱めてはいたが、骨組のむきだしになった三階建てアパートメントの梁からはなおも煙が立ちのぼっている。前庭の前に立つと、足もとで凍りついた灰色の雪の上に、生活の痕跡が点々と散らばっていた。熱で変形したプラスチック製のダイニング・チェア。焦げ跡の残る黄色い毛布。煤《すす》のすじが走る電池式のエルモのぬいぐるみ。最上階の窓を見あげると、割れたガラスの先端にレースのカーテンが引っかかっていた。窓に残されているのは、その小さな切れ端だけだった。

民家の火災で木の焼けるにおいがしたのは遠い昔の話だ。いまあたりには、ビニールや、ポリエステルの布地や、樹脂合板や、木材用接着剤や、電気器具や、有毒物質を含む洗剤やポリウレタンフォームの燃えたにおいが漂っている。まるで石油化学工場の爆発事故現場のようだ。

不気味に静まりかえった世界のなかで、催眠術にでもかけられたかのように、おれは焼け落ちた建物を呆然と見つめていた。だが、そこから視線を逸らすやいなや、音の洪水がどっと押し寄せてきた。耳をつんざく悲痛なサイレン。喉を嗄《か》らしてわめく消防士たちの声。携帯無線機に向かって指示を飛ばすロージーの声。野次馬の大半もまた、破壊の跡に目を輝かせ、アンコールに応えてふたたび炎が勢いをとりもどすことを願いながら、しきりに口を動かしている。耳を澄ますと、ロードアイランド州独特の間延びした訛《なまり》で警官や消防隊に無益なアドバイスをがなりたてる声が聞こえてきた。

「屋根にもっと水をかけたらどうだ！」

「そうだ、そうだ、水をかけろ！」

「それだったら、さっきからわしが言っとったろ」

「おまえらふたりとも、黙らんかい」

「おい、もうメシは食ったか？」

「いんや」

「車の鍵さえ見つかりゃあ、〈カッサータ〉までひとっ走りして、ピザでも食うんだがなあ」

「そりゃあいい考えだ！」

非常線のそばにロセッリの姿が見えた。手袋にくるまれた自分の中指をデジタルカメラで熱心に撮影している。おれの視線に気づき、疎《うと》ましげに手をひと振りする。おれは両手の親指を立て、にやりと微笑みかけてやった。

ぼさぼさに乱れた白髪《はくはつ》を後光のように広げた老女が、おれの手帳に目をとめ、腕をつかんだ。「逃げるとき、全部の扉を叩きながら来たの。きっとみんな逃げられたわよね？　もしまだ誰かがなかにいるんだとしたら、神さまにおすがりするしかないわ」そうまくしたてる老女の目は、恐怖に慄《おのの》くぎらぎらとした光を宿していた。

おれはさらにいくつかの詳細を訊きだし、礼を言ってから、その場を去ろうと踵《きびす》を返した。

「あなた、ルイーザの息子さんでしょう？」

「ええ、そうですが」

「あなたの記事に添えられた名前を見たら、お母さまはきっと誇らしく思うでしょうね」

「ありがとうございます。そうだといいんですが」

おれはその場を離れ、凍りついた水たまりに足を取られながら、消防隊長のいるほうへ近づいていった。

「いまあんたと話してる暇はないわ」酸素ボンベの肩紐を握りしめ、煙をあげる建物を灰色の瞳で見すえたまま、ロージーは言った。それから、斧を手にした五人の部下をしたがえて、黒焦げの正面玄関へと突き進んでいく。ラトガース大学時代、全国大会準決勝に進出したバスケットボール・チームでリバウンドをかっさらっていたころよりさらに一インチも伸びた六フィート五インチの長身は、五人の男性隊員をも凌《しの》ぐ。

その後ろ姿を見送ったあと、おれは視線を下に向けた。地面にくずおれ、車にもたれかかった隊員が、救急隊に凍傷になりかかった手から断熱手袋を切りとってもらっている。真っ赤な火ぶくれに覆われた頬をして、ひどくかすれた浅い呼吸を繰りかえしている。零下の気温のもとでの消火活動は命がけだ。炎に巻かれる危険のみならず、凍死の危険までもがつきまとう。

「隊長はトニーの救出に向かった」こちらが尋ねるまえに、負傷した隊員がみずから口を開いた。「ぶじならいいんだが。あいつがなかで放水をしているとき、一階の床が崩落したんだ」

「トニーって、トニー・デプリスコのことか？」

「ああ」

「くそっ、なんてこった」とおれは毒づいた。炎のなかに、ある顔が浮かびあがった。トニー・デプリスコとロージーとおれはホープ高校の同級生だった。十年まえのトニーの結婚式では、おれが新郎の付添い役を務めもした。おれとちがって、トニーは家庭をだいじにする男だったから、ここ数年は頻繁に顔を合わせることもなかったのだが、つい先週、たまり場の〈ホープス〉でばったり顔を合わせたとき、幼い子供たち三人の写真を見せてもらったばかりだった。末の娘はまだおむつをしていた。名前はなんといったろう。ミシェルだったか、ミケイラだったか。

おれは野次馬の列とともに寒風に吹かれ、鼻を刺す刺激臭と冷気に息を詰まらせながら、内心の動揺をひた隠して、記者としての冷静さを必死に保とうとしていた。ロージーに抱えられて瓦礫《がれき》のなかから助けだされる隊員の姿を、いまや遅しと待ち受けていた。

ついにロージーが建物のなかから陽光のもとへ出てきたとき、その両腕には、ぐったりとしなだれた真っ黒な肉塊が抱えられていた。ふたたび周囲から音という音が消え去った。固く目を閉じてはみたが、父親の帰りを待つあどけない赤ん坊、まだ歯も生えていない赤ん坊のにっこりと笑う顔を掻き消すことはできなかった。


ウェブサイトにアップするための簡単な記事を手早く書きあげたあと、印刷版用の詳細な原稿を仕上げたときには、すでに午後も遅い時間に入っていた。そのとき、コンピューターの画面で、ローマックスからのメッセージの受信を知らせるアイコンが点滅しはじめた。そこに映しだされたのはねぎらいの言葉ではなく、こんなひとことだった。

犬のネタ。


鋭い視線を背中に感じながら、ボマージャケットを羽織り、エレベーターに向かった。ドアが閉じると同時にジャケットを脱ぎ、〝2〟のボタンを押した。カフェテリアと、郵便仕分け室と、現像室のある階だ。

「それを全部見ようってのの？　それとも、紙面に掲載されたものだけ？」写真のプリントアウトを担当するグロリア・コスタが訊いてきた。

「全部だ。そこから、野次馬を写したものを選びだしたい」

グロリアがアップル・コンピューターのキーボードを叩くと、マウント・ホープの火災現場で撮影された写真の一覧が画面いっぱいに映しだされた。ふたり並んで画面を覗きこむと、肩と肩とが触れあった。グロリアの肌から、心地よく鼻をつく甘い香りが漂ってくる。グロリアの体形はいささかずんぐりとしているが、二十ポンドほど体重を落として化粧のテクニックを磨き、エミリオ・プッチかどこかで買ってきたセクシーなドレスを身に纏《まと》いさえすれば、若かりしころのシャロン・ストーンができあがるにちがいない。反対に、もう二十ポンド体重を増やし、ぶかぶかの冴えないワンピースを着せたなら、そのうち〝元〟になるおれの女房ができあがる。

一時間近い時間をかけて、おれたちはすべてのコマに目を通し、野次馬を写した七十枚ほどの写真——ひとつの現場につき数枚以上はある写真——を選びだした。

「これを全部、プリントアウトしろっての？」

「できるだけ早く頼む。今朝の火災現場を写した写真もすぐに届くはずだ。もういいと言うまで、マウント・ホープの現場ではかならず野次馬の写真も撮ってくれと、写真部の部長に頼んでおいたんだ」

「あいにくだけど、プリントアウトには何日かかかるわ。うちは人手不足なの」

「なんとか月曜までに頼む。お礼に一週間、〈ホープス〉での飲み代はおれにつけてくれてかまわない」

7

「その警察無線を切っておくことはできないの？」

「できない」

「なぜ？」

「わかってるだろ」

「寝室に警察無線を置いてる人間がどこにいるの？」

「ここにいる」

　ヴェロニカはにやりと笑って首を振ると、おれの上に覆いかぶさった。おれたちは濃厚で熱い口づけを交わした。ときには、火のないところで熱が発生することもあるのだ。ところが、おれが引きずりおろしたものを、ヴェロニカはすかさず引きずりあげた。おれが何かをはずそうとすると、ヴェロニカは身をよじって逃れた。おれたちは合意のうえでここにいるものと思いこんでいたが、どうやらヴェロニカにはこちらの欲求に応じるつもりがないらしい。こんなことなら、中学生のころのほうがよっぽどツキに恵まれていた。

　ヴェロニカを自宅へ招いたのはこれがはじめてだった。プロヴィデンス市内のフェデラル・ヒルと呼ばれるイタリア人街、アメリカ・ストリートに面したおんぼろ共同住宅の二階。三部屋から成るアパートメントがおれの住まいだ。じつを言うなら、部屋なんぞ三つも必要ない。キッチンで冷蔵庫のドアを開け閉めしている時間を除けば、おれの生活などほんのひと部屋で事足りるのだ。ヴェロニカの訪問を見越して、あらかじめ部屋のなかは片づけてあった。湿らせたペーパータオルで埃をぬぐいとりもした。味気ない内装からヴェロニカの気を逸らすためなら、音楽をかけさえしたいところだ。だが、LP盤のコレクションはドーカスに取りあげられたままだし、いま手もとにあるオーディオ機器といえば、相棒ブロンコのダッシュボードに据えつけられたCDプレーヤーだけだった。

　室内の床はすべて、赤煉瓦を模したリノリウムに覆われている。本物の赤煉瓦なら、これほどまでに擦り切れたりはしない。ベージュ色の壁は剝《む》きだしのままで、漆喰のひび割れ以外に見るべきものはなく、唯一、室内を飾っているのはコルト四五をおさめた陳列ケースのみ。この銃は、亡き祖父がプロヴィデンス市警の制服警官だったころに携行していたものだ。祖父はアトウェルズ・アヴェニューで鉄パイプを手にした何者かに後頭部を殴打されるその日まで、この銃をいつも腰にさげていた。その何者かは祖父を殴り倒したあとホルスターからこの銃を抜きとり、祖父を撃ち殺してから、亡骸《なきがら》の上に銃を投げ捨てていった。

　ヴェロニカに問われるまま、おれは祖父の死にざまを語った。話を聞き終えたヴェロニカは、おれの肩にそっと手を置いてくれた。

「ときどきこいつをケースから取りだして手入れをしてやると、祖父を近くに感じることができるんだ」

　土曜の午後も遅い時間に入っていた。壁越しに、隣室に住むアンジェラ・アンセルモの金切り声が聞こえてくる。二人のいとし子――八歳になる未来のヴァイオリン奏者と、十三歳にして玄人《くろうと》はだしのショーウィンドウ破り――を叱りつけているのだろう。アンジェラはすでに夕食の支度を始めているらしく、玄関扉の下に開いた一インチもの隙間から、廊下へ漏れだしたガーリックの香りもはっきり嗅ぎとることができる。

おれとヴェロニカは、ガレージセールで買ってきたベッドと救世軍の店で買ってきたマットレスの上に横たわっていた。そこ以外に腰をおろせる場所がなかったからだ。LPレコードと推理小説のコレクションについてはいまだに腹立たしかったが、このときはじめて、ドーカスがすべての家具を奪い去ってくれたことをありがたく思えた。頰に触れるヴェロニカの唇がなんともこそばゆい。

「ローマックスはどれくらい怒り狂うだろう」

「とんでもなく怒り狂うでしょうね」

「例の犬のネタ、週末のうちに原稿をあげておいたほうがいいかもしれないな」

「今週末は仕事はなしよ。ふたりきりでゆっくりすごす約束でしょ」

「マウント・ホープで火事が起こらなければ」

「そう、火事が起こらなければ」

「野次馬の写真から何かわかればいいんだが」

「何が見つかることを期待してるの？」

「いくつもの現場で同じ顔が見つかること」

「犯人は火に取り憑かれた人間だと考えてるのね？」

「おそらくは。ああいう連中ってのはかならず現場に居残って、自分の手並を惚れ惚れと眺めたがるものなんだ」

「ねえ、マリガン？」

「なんだ？」

「何かほかのことについて話すことはできない？」

ふたたび唇が頬を撫でた。

「いいとも。それじゃ、こんな話題はどうだ。きみがいったいどんな手を使って、大陪審の証言を入手したのか」

「いいかげんにその話は忘れてちょうだい」

「だったら、どんな話題がいいんだ？」

「何かほかのことを訊いてみて」

「その髪は染めてるのかい」

「え？」

「その髪は染めてるのかい」

「いいえ、ちがうわ。さて、今度はわたしの番よ。離婚の交渉は進んでる？」

「ちょうど今朝、その件についてドーカスと愉快な会話を繰りひろげたばかりだ」

「それで？」

「死ぬまで扶養費を支払うことに同意しなければ、おれに殴られたと法廷で訴えるそうだ」

「彼女、もう二年も同じことを言いつづけてるじゃないの、リアム」

「その名前で呼ばないでくれと、おれも言いつづけているはずだ」

「わたしはそう呼びたいの」

「おれはそう呼ばれたくないんだ」

「すてきな名前なのに」

そういう問題ではなく、リアムというのは亡き祖父からもらった名前なのだ。その名前で呼ばれるたび、歩道の血だまりとチョークの線が脳裡に蘇ってしまう。だが、そのことを詳しく説明したくはなかったから、おれはただ首を振ってみせた。

「L・S・A・マリガン……だったら、ミドルネームのどちらかで呼ぶことにしようかしら」

「シェイマスかアロイジウスで？」

「あら、ええと……そうだ、何かニックネームで呼ばれていたことはないの？」

「大学時代のチームメイトからは〝シチュー〟と呼ばれてた」

「どうして？」

「ごった煮のマリガン・シチューって知ってるか？」

「変なことを訊いて悪かったわ」

「そりゃどうも」

「だけど、あなたにお尻を撫でられながら、〝マリガン〟って苗字で呼びかけるのはなんだか妙な気分なのよ」

「でも、おれが自分の呼び名と認めているのは、唯一それだけなんだ」

「マドンナみたいに？」

「ソウル・シンガーのシールみたいに」

「やっぱり、リアムって呼ぶことにしようかしら」

「おれはそうしてほしくない」

「お願い、いいでしょう?」甘い声でささやきながら、ヴェロニカはおれのジーンズに鼠径部を押しつけてきた。それしきでほだされるおれではなかった。ただ、何をお願いされていたのかを忘れてしまっただけだった。おれはヴェロニカの身体を横に転がしてその上にのしかかり、喉もとに吸いつきながら、ブラウスのひとつめのボタンをはずしにかかった。

「リアム?」

呼びかける声を無視して、おれはふたつめのボタンに手をかけた。

「マリガン?」

「ん?」

「まずはエイズ検査を受けてちょうだい」

8

エフレインとグラシエラ・ルエダ夫妻は七年まえに、メキシコ南東部ラ・セイバの小さな町からプロヴィデンスへやってきた。エフレインは日雇いの肉体労働につき、グラシエラはホリデイ・インでベッドメイキングの仕事を得た。二年後、ふたりは双子をもうけた。グラシエラは〝自由民〟を意味するカルロス、〝喜び〟を意味するレティシアの名を赤ん坊に授けたがったが、エフレインは男の子をスコット、女の子をメリッサと名づけると言って譲らなかった。子供たちが完全なアメリカ人として育ってくれることがエフレインの望みだったのだ。子供たちはルエダ夫妻の命そのものだった。だがいま、彼らには子供たちをきちんと埋葬してやるだけのたくわえもなかった。

ホーリー・ネーム・オブ・ジーザス教会に集う信者たちが寄付をつのり、小さな木の棺をふたつ用意した。プロヴィデンス市内の分署に詰める消防隊員らが墓石を寄贈した。とつぜんの善意に駆られて、ルーゴ葬儀社が半値で霊柩車を貸しだした。

月曜の朝のノース墓地では、一部の墓石の頂《いただき》だけが凍りついた雪原の上に突きだしていた。雪と氷に覆われた芝生にぽっかりと切り開かれた穴の周囲で、小さくひとかたまりになった会葬者のなかに、ロージーとおれの姿もあった。スコットの遺体を抱いてはしごをおりてきた消防士、マイク・オースティンが、霊柩車から棺を運びだすのにも手を貸していた。メリッサの遺体を抱いていたブライアン・バジネットもまた、メリッサの棺を運ぶのを手伝っていた。

神の恵みと救いについて、神父がラテン語の聖句を唱えはじめた。おれは懸命に耳をそばだてたが、神父の声は、グラシエラの悲痛な泣き声と、三十ヤード西を走る州間高速道路を行き交う何百ものブリヂストンやダンロップやグッドイヤーのタイヤの音に呑みこまれていくばかりだった。東へ目を向けると、低いエンジン音を轟かせる掘削機の運転席から、墓掘り人がこちらを眺めていた。

会葬者が古ぼけたトヨタやシボレーのほうへ引きかえしていくと、ロージーとおれは凍った土くれを拾いあげ、双子の墓穴にそっと落とした。土くれは虚ろな音を立てて、小さなふたつの棺の上に落ちた。そのあとは少し離れたところに立って、墓掘り人が仕事を終えるのを見守った。墓掘り人が立てる規則正しいリズムに耳を傾けることで心の平穏を見いだそうとしたが、頭のなかではなおも、苦悶に満ちたグラシエラの泣き声と、妻をなぐさめんとするエフレインのささやき声がこだましていた。

ジャーナリズムの教授たちは、けっして取材対象に感情移入してはならないと学生たちに説く。記者としての客観性を保つためには、いかなるときにも冷静であらねばならない、と。だが、そんなものはまったくの戯言《たわごと》だ。どんな出来事にも感情を揺さぶられることのない人間の書いた、血の通わない記事などには、読者だって感情を揺さぶられはしないだろう。

神父の声に合わせて、おれも祈りの言葉を唱えた。本当に神はいるのかと訝りながら。だとしたら、除雪車が消火栓を雪にうずめたとき、神はどこにいたのか。双子が大声で助けを求めていたとき、神はどこにいたのか。

雪道を踏みしめながら、おれたちはフォード・ブロンコのとめてある場所へ向かった。そこから振りかえると、目のくらむほどの真っ白い空間のなかにぽつんと浮かぶ褐色の土壌が見えた。言葉はいっさい交わさなかった。こんなとき、いったい何を言えばいいというのか。

この報いは誰かが受けなければならない。しかし、ポレッキとロセッリの働きには期待できそうになかった。

二十分後、編集部に入っていくと、机の上に分厚いマニラ封筒が置かれていた。封筒の表には〝ひとつ貸しができたわね――グロリア〟との殴り書きがされている。なかには、八×十インチサイズの写真がぎっしり詰まっていた。

まずはコンピューターを起動しようかとも思ったが、ローマックスからのメッセージを読む気にはまだなれなかった。とりあえず封筒の中身を机の上にあけ、写真に写る顔をひとつずつたしかめていくことにした。そこには見知った顔がいくつもあった。おれたちがまだ幼いころ、マリガン家の子供たちの子守りをしてくれていたミセス・ドークスが、非常線の向こうから首を伸ばしている。ティリングハスト家の悪ガキどものうち、長男が新たに着手した輸送トラック強奪稼業で見習いを務めている下の三兄弟が、誰かを痛めつけたがっているかのような表情で燃えさかる炎を睨みつけている。昔を懐かしむあまり、いまだに午後のあいだじゅう消防署に入りびたっている元消防士のジャック・セントファンティが交通整理を手伝っている。その顔を見るなり、過去の記憶が蘇った。おれが子供のころ、川の向こうのイースト・プロヴィデンスにあるシャッド・ファクトリー池で魚が餌に食いつくたび、釣り具入れをたずさえたジャックの姿が早朝四時にうちの玄関にあらわれたこと。毎週土曜の晩に小銭を賭けて催されていたポーカーの会ではいつも負けつづけだったが、うちの居間を愉快な猥談と温かな友情でいっぱいに満たしてくれていたこと。ジャックは父の親友だった。父の葬儀で弔辞を述べてくれたときには、マウント・ホープのしがない牛乳配達人であったはずの父が、未婚のうちに妊娠することのなかった娘ひとりと刑務所行きになることのなかった息子ふたりを育てあげた偉人であるかのような錯覚を覚えさせられたものだ。

おれは写真の束を何度も繰りかえしめくりつづけた。複数の現場に登場する顔を見つけるたび、赤の油性色鉛筆で丸く囲んだ。見わけられるかぎりで、二カ所以上の現場にあらわれた顔は十四あった。はじめはその数の多さに驚いた。だが、よくよく考えてみたあとでは、その数の少なさに驚いた。火災はすべて、ごく限られた狭い地域内で発生している。そのうえ、先日の一件以外はすべて、ほとんどの住民が帰宅しているであろう夜間に発生しているのだ。

ジャックの顔は、なかでも最多の七件の現場に登場していた。給料一年分を賭けてもいいが、十中八九、ジャックは現場で交通整理を手伝っていたか、消防隊員らにコーヒーをふるまっていたのにちがいない。それから、六件もの現場に登場している男もいた。アジア系の顔立ちで、年齢はおそらく二十代後半。黒の革ジャンを着ている。うち二枚の写真では懐中電灯を手にしており、一枚では、燃えさかる建物の屋根を見あげた顔に恍惚《ラプチャー》の表情を浮かべている。

この男が何を感じていたか、おれにはわかる。まだ駆けだしの記者だったころ、ポータケットのカプロン編物工場が全焼した。ずいぶん昔のことだというのに、いまでも目を閉じると、あのとき見た光景をまざまざと思い浮かべることができる。漆黒の空を背景に、数百フィートの高さまで噴きあがる真っ赤な火柱と、そこに浮かびあがる消防隊員らのシルエット。恐ろしいまでの美しさに、おれはしばらくのあいだ、自分がなんのためにそこにいるのかを忘れていた。

そのときふと思いだした。九件のうち二件の火災では、不審火や放火との記載がなされていなかったはずだ。すべての写真をたしかめなおし、煙草の不始末と、欠陥品の石油ストーブが出火原因であったとされている現場の写真を脇へよけた。それを終えると、調査対象とすべき顔の数は十二まで減った。うち三人の素性は知っていたが、残る九人の身元を割りだすには、誰かの助けが必要だ。もちろん〝ミスター・ラプチャー〟もその九人に含まれていた。

恍惚《ラプチャー》という言葉の響きからヴェロニカのことを思いだすと同時に、かすかな股間の疼《うず》きを覚えた。すかさず受話器を取りあげ、かかりつけの医者の番号を押した。受付係が言うには、差し迫った事情があるのでないかぎり、予約がとれるのはいちばん早くて七週間後の火曜日になるという。

「差し迫った事情ならある」

「と言いますと？」

「ちょっと言いにくいんですが……」

「だいじょうぶです。おっしゃってみてください」

「いまつきあっている彼女が、エイズ検査を受けるまでおれとセックスはしないと言うんです」正直に答えるなり、回線が途切れた。
続いて州保健局の性感染症センターに問いあわせてみると、その日のうちに採血をしてもらえることがわかった。ただし、検査機関のほうが混みあっているため、結果がわかるのは五週間後になるという。
電話を切ったあと、コンピューターの画面を開くと、案の定、ローマックスからのメッセージが届いていた。

例の犬のくそ記事はどこだ？

おれはただちに返事を送った。

これから取りかかるところです。

ただし、まずはなじみのノミ屋に会いにいかねばなるまい。

9

ドミニク・ゼリッリは七十四年の歳月を生きてきたうち、後半の四十二年間は毎朝かならず六時に起床している。白いワイシャツの上にシルクのネクタイを締め、紺色のスーツを着たら、四ブロックの距離を歩いて、マウント・ホープのドイル・アヴェニューにかまえた小さな食料雑貨店へ向かう。
店に入ると、高校を中退したレジ係の不器量な女子店員に向かって「おはよう」と陽気に声をかける。それから四段の階段をあがって、店内を見おろす窓のついた中二階の小部屋に入る。スーツの上着を脱いで木のハンガーにかけ、奥の壁にみずから取りつけたポールに吊るす。続いてズボンも同様にする。そのあとはワイシャツとネクタイにボクサーショーツといういでたちで一日をすごし、フィルターを千切りとったラッキーストライクを立てつづけに吸いながら、小部屋の窓越し、あるいは週ごとに盗聴器の有無をチェックしている電話機越しにスポーツ賭博やナンバー賭博の注文をとりしきる。受けた注文は一瞬で燃えあがるフラッシュペーパーの切れ端に書きとめ、椅子の傍らに置いた金盥《かなだらい》に放りこむ。かつて州の宝くじ委員会が使途不明金の捜査を受けた際に一度だけ巻き添えを食ったとき以来そんなことがあったためしはないが、万が一、警察がガサ入れに踏みこんできた場合には、口にくわえていた煙草を盥のなかへさっと投げいれる。

シューーッ！——その擬音からとった渾名《あだな》が、ウーシュ。

宝くじ委員会に籍を置く政府公認の〝胴元〟たちは、二束三文のスクラッチカードを必死に売りさばきながら、ゼリッツリに腹を立てている。ゼリッツリは博徒どもにある程度の勝ちを与える。マフィアはつねにお役人よりも高い配当を用意しているものなのだ。

マウント・ホープを根城とする住民は、ほぼ全員がときおりゼリッツリの店を訪れる。博打の注文をしにくる者もいれば、ビールやポルノ雑誌、印紙の貼られていない非合法の煙草などを補充しにくる者もいる。彼らはゼリッツリを親しげに〝ウーシュ〟と呼び、ゼリッツリは全町民の名前を把握していると言われている。七歳のとき、おれがトップス社の野球カードをはじめて買ったのもゼリッツリの店だった。十六になってからは、レッドソックスとニューイングランド・ペイトリオッツの試合があるたび、ゼリッツリに賭け金をあずけるようにもなった。今日は大雪の影響だろう、店の前に暗黙の駐車禁止スペースができていた。おかげで、入口の真ん前に車をとめることができた。

「写真だと？　わしに写真を見せにきたというのか？」

「ええ」

「なんだ、つまらん。てっきり、ディマジオ団の取材にきたものと思うたのに」

おれたちは例の小部屋で机を挟んですわっていた。部屋にいるふたりのうち、ズボンを穿《は》いている者はひとりしかおらず、引出しのついた机の上には、おれの持参した写真が広げてある。いつもの儀式はすでに終えていた。ゼリッリが印紙のないキューバ葉巻ひと箱をさしだし、ここで目にしたものについては何ひとつ記事にしないことを母の名にかけて誓えと命じる。おれはその求めに応じながら、受けとった箱の封を開け、葉巻に火をつける。ゼリッリのズボンについてを除けば、この部屋で行なわれていることなどすべて周知の事実なのだから、どのみち記事にできることなど何もないなどとわざわざ言ったりはしない。

「ディマジオ団ってのはなんのことです?」

「おい、灰に気をつけろ。おかしなところに落としてくれるなよ」

「新手の野球賭博か何かですか」

「はん! 賭博にいまさら新手の賭け方なんぞあるものか。すべて出つくしとるわい」

「では、なんなんです?」

「先週のことだが、わしはこんなふうに考えた。どこぞのくそったれがわしの店に火を放つのを、のうのうと待っておっていいものか。それとも、なんらかの手を打つべきか。警察はパトロールを強化しとるから何も心配するなと抜かしとる。しかし、何がパトロールの強化だ。パトロールカーがこの界隈を幾度か多めに巡回しとるにすぎん。それしきのことに、いったいなんの効果がある。そこで先週の木曜の晩、わしは二十四人の男どもに招集をかけた。この町に暮らしておって、しょっちゅうこの店に出入りしている連中だ。本当に何も聞いとらんのか? まあ、たまたま聞き逃したんじゃな。そのうちいやでも耳に届くわい。とにかく、わしはその連中をふたり一組のチームに分けて、二時間刻みで送りだし、四時間のパトロールにあたるようシフトを組んだ。そうすりゃ、つねに少なくとも四人が通りをうろついていることになる。なかには無職の者もおるから、日中もカバーできる。みな頼りになる連中だ。おおかたはアイルランド系とイタリア系で、ドミニカから来た者も二、三まじっとるがな」

「それがなぜ〝ディマジオ団〟なんです？」

「それはだな、いくらなんでも手ぶらで連中を送りだすわけにはいかんじゃろう。何らかのトラブルに出くわさんともかぎらない。しかし、巷《ちまた》にこれ以上の銃を出まわらせるわけにもいかん。いまでさえ頭の痛い状況だ。このあたりにゃ、校庭で売買したウージー短機関銃を玩具《おもちゃ》代わりにするガキどもがうようよしとる。全住民の半数を死に至らしめられるほどだ。そこでわしは、連中に新品のプロ仕様のバットを一本ずつ支給した。もしカーマイン・グラッソが在庫を埋もれさせていなかったなら、数百ドルもの出費を強いられていたところだ。ほれ、グラッソのやつはいつぞやトラック一台分のスポーツ用品を……その……ただ同然で手に入れたことがあったろう。だから、一本あたりたったの二ドルぽっちで譲ると言ってくれてな。結局、八十本を買いとることにした。残ったぶんは春になったら店先に並べて、ガキどもに売ってやればいい。まあ、本当に春がやってくるならの話だがな。まったく、このくそ忌々しい雪ときたら！」

「それじゃ、その連中がバットをたずさえているからというのが命名の理由なんですか。しかし、どうせイタリア系の選手の名前をつけるなら、史上最高の選手を選んだらどうなんです？」

「そう、それが理由だ！　まあ、例のドミニカ人ふたりはわしへのあてつけに〝A・ロッド団〟などと名乗っとるが、めくじらを立てるほどのことではない。自尊心があるというのはけっこうなことじゃからな」

ようやく写真の確認に取りかかってみると、ゼリッリが全住民の名前を知っているという評判はいささか誇張であることが判明した。九人の野次馬のうち、ゼリッリが名前をあげられたのは六人のみだった。

「しばらくこいつをあずからせてくれ。ディマジオ団の連中にも見せてみよう。まだ何人か、名前がわかるかもしれん」

「お願いします」

「今夜、夜勤組が出発するまえに、ここで九時ごろミーティングを開くことになっておる。そのとき訊いてみよう」

「できたら、おれも顔を出します。カメラマンも来させましょう。ディマジオ団のことを小さく紙面で紹介できるかもしれない。もしそちらがかまわなければ」

「バットを手にした写真を撮ってくれ。くそったれ放火犯を縮みあがらせてやるがいい。ひょっとしたら、よそへ河岸《かし》を変えようって気にさせられるかもしれん」

話に没頭しているうちに、葉巻の火が消えていた。ジッポを探してあちこちのポケットを漁《あさ》っていると、ゼリッリがコリブリのトリフェクタモデルをさしだした。手の平にぴたりとおさまるコンパクトなデザインながらも、三つの穴から強力な炎が噴きだす葉巻用の高級ライターだ。

「持っていけ」

「そんなわけにはいきませんよ、ウーシュ。こういうライターがいくらすると思っているんです」

「グラッソのやつから、そいつも安く仕入れたんだ。さばけるかぎりの数を大量に仕入れた。出所《でどころ》についてはけっして他言しないという条件付きでな。だいいち、いまさら何を言うか。その葉巻はどうなんだ。そいつがいくらするかだって、ようくわかっておるだろうに」

「それもそうだ」おれは言って、ライターをシャツの胸ポケットにおさめながら立ちあがった。

「いや、ちょっと待て。さっきおまえさん、史上最高の選手がどうのと言っておったな？　そうだ、たしかに聞いたぞ。まったく、たわけたやつだ！　ディマジオこそが、古今東西、世界最高の選手に決まっとろうが！　このくそったれアイルランド人めが！」

編集部へ戻り、コンピューターにログインすると、ローマックスからこんなメッセージが届いていた。

例の犬を飼っている夫婦から連絡があった。今夜のうちに取材に来なければ、チャンネル10へ話を持ちこむそうだ。もしそんなことになったら、わたしはきみでなくてよかったと思うことだろう。

10

例の犬を飼っている夫婦の名はラルフとグラディス・フレミングといい、コンクリートの土台に建つ小さな平屋に暮らしていた。ささやかな収入を得る人々にもマイホーム購入のチャンスを与えんとする住宅供給プログラムのもと、七〇年代に急造された家々のひとつだった。

シルヴァー・レイクへと向かうあいだずっと、警察無線からはガチョウの鳴き声みたいな騒音が流れつづけていた。エルムウッド・アヴェニューのカンバーランド農園で強盗事件が発生中。ガノ・ストリートのゴミ捨て場で小火《ぼや》騒ぎ。チョークストーン・アヴェニューで家庭内暴力事件。現場へ急行するパトロールカーからの連絡や、容疑者確保の報告。ただし、マウント・ホープで火災警報が鳴っているとの通報はなかった。

ゆうべはひと晩で十四インチの積雪を記録したせいだろう、プロヴィデンス交通局の送りだした除雪車が一流の腕前をいかんなく発揮しており、フレミング夫妻の自宅に面した車道はさながら氷河と化していた。雪掻きのされていない歩道を慎重に進むおれの姿を、フレミング夫妻は窓際から見守っていたのにちがいない。ノックをしようと腕をあげるが早いか、大きく扉が開け放たれた。名前を名乗ろうと口を開きかけたとき、毛むくじゃらの巨大な物体がラルノとグラディスのあいだを割り、おれの股間に突進してきた。おれはポーチから落ちて尻餅をつき、雪のなかに倒れこんだ。

「サッシー！　だめよ！」いささか遅ればせながら、グラディスが甲高い声で命じた。

サッシーと呼ばれた犬はその声を無視して、雪に埋もれたおれの上にのしかかり、紙やすりのような舌で顔を舐めまわしはじめた。雪のなかで絡みあう両者のうち、いとも幸せそうに息を弾ませているのは一方のみだった。

雪のなかからラルフに助け起こされ、グラディスからだいじょうぶかと六回も訊かれた。四つの手がおれの服から雪を払い落としているあいだ、詫びの言葉と〝本当に悪い子で〟という言葉がそれぞれ十回は発せられたあと、おれたちはグラディスの手製だという花柄の座席カバーの上に落ちついた。おれは揺り椅子にすわり、湯気をあげるコーヒーカップをサトウカエデ材のサイドテーブルに置いていた。ラルフとグラディスはソファに並んでいた。サッシーはおれの足もとに寝そべって、犬用ジャーキーにかじりついている。見たところ、この犬はジャーマンシェパードと軍用車ハンヴィーの交配種であるようだ。

まずは手短に、ラルフとグラディスがどちらも五十六歳であること、成人した娘がふたりいること、九カ月まえにオレゴン州からこの町へ越してきたこと、いまは工具と金型を製造する工場で夜勤についていることを聞きだした。オレゴンでの生活にはなんの不満もなかったが、自然保護団体のシエラクラブと環境保護庁、目撃されたつがいのニシヨコジマフクロウとの陰謀で、ウィラメッテ国立森林公園の近くにあった製材所が廃業へ追いやられたため、引越しを余儀なくされたのだという。

「どうも不思議なんですがね、銀行へ口座を開きにいくと、行員が妙な顔つきでわたしを見て、いったいなんだってロードアイランドなんかへ越してきたのかと訊いてくるんです。それから、運転免許の申請のため登記所を訪れたときにも、同じことを訊かれました」ラルフが言った。

「配線にやってきたひとのことを忘れてるわ。あのひとにも同じことを言われたでしょう?」グラディスがすかさず言い添えた。

フレミング夫妻はじっとおれを見つめていた。おれがすべてを説明してくれるとでもいうかのように。国内最小の州が抱える劣等感は、ときに喧嘩腰の態度をとらせるほど大きい。フレミング夫妻もこの土地にしばらくいれば、そのうち自力でそのことに気づくだろう。

「まあ、そんなわけで……じつに心残りではありましたが、サッシーは向こうに置いていかなきゃならなかったんです。ほかにどうしようもなかった。こちらの落ちつき先も決まっていなかったものですから」

「あとになって、この子も連れてこられたってことがわかったんですわ」いささか怒ったような口調で、グラディスが言った。

「そんなわけで、この子はオレゴンに残していかなきゃならなかった。幸い、近所に住むスティンソン夫妻が……ファーストネームはジョンとエドナというんですが、そのご夫婦が親切にもサッシーを迎えいれてくれることになりましてね」

「ここへ越してきた当初は、この子の様子を尋ねることもできませんでしたの。スティンソンさんのお宅には電話がないものですから」

「ところが、先々週の日曜に……たしか日曜だったな、グラディス？」

「いいえ。土曜日よ、あなた」

「ああ、それなら土曜だったんだろう。その日もわたしらはいつもどおりの時刻に目を覚ましました。だいたい八時ごろです。わたしが新聞を読んでいるあいだ、グラディスは朝食の支度をしていた。たしか卵料理だったな、グラディス？」

「もちろんよ。卵料理は毎朝つくってあげているでしょう？」

「そのときとつぜん、玄関のほうから何かを引っ掻くような音が聞こえてきましてね。たしか、ふたりで同時に気づいたはずです。そうだったな、グラディス？」

「いいえ。先にわたしが気づいたのよ、ラルフ。もう忘れてしまったの？　わたしが最初に物音を聞きつけて、『ねえ、あの音は何かしら』と訊いたら、あなたは『あの音ってなんのことだ』と訊きかえしてきたでしょう？　そのあと、あなたも音を耳にしたのよ」

「それで、わたしは新聞を置いて椅子から立ちあがり、玄関へ向かいました。そうだったな、グラディス？」

このラルフという男は、自分の行動を女房にいちいち確認しなければ、何ひとつ振りかえることができないのだろうか。

「わたしが扉を開けると、サッシーがなかへ跳びこんできて、キッチンをぐるりと駆けずりまわったあと、わたしにのしかかってきたんです。危うく尻餅をつくところでしたよ。そのあとサッシーはわたしの顔をひとしきり舐めまわしてから、今度はグラディスに跳びかかって、顔じゅうをよだれまみれにしました」

「この子に会えたことがあんまり嬉しかったから、わたしはなすがままにされていたんですの。夢じゃないってことを確認するために、頰をつねったくらいですわ」グラディスはそう言うと、不意に顔を赤らめた。

「どうやってここまでやってきたんだと思います？」

おれはふたりに尋ねた。

「おそらく、歩いてでしょうな」

「それから、多少は走りもしたと思いますわ」

あるいは、長距離トラックをヒッチハイクしたか、アメリカン航空のファーストクラスを予約したか。そんな揶揄が頭に浮かびはしたが、口には出さないでおいた。

「顔を舐めまわすのに満足すると、いくらか落ちつきを取りもどしましてね。水と残りものを与えてやると、明日という日はないかのようにむさぼり食いました」

「かわいそうに、死ぬほどおなかが空いていたんですわ。だからわたし、ラルフに言いましたの。『いますぐお店へ行って、ドッグフードを買ってきてちょうだい』って」

「アルポの缶入りドッグフードを買ってもどると、蓋を開けて皿に移すが早いか、ぺろりと三缶を平らげましてね。そうだったな、グラディス？」

「だから、わたし言いましたの。『三つもあげれば充分よ。それ以上食べさせたら、病気になってしまうわ』って」

「もうひと缶開けていたら、そいつも平らげていたでしょうな」

「この子をわざわざ病気にさせる必要なんてないわ」

「そうだ、一緒に昼食をとっていかれませんか、ミスター・マリガン」ラルフが出しぬけに言いだした。

「ありがとうございます。しかし、すぐに戻らなきゃなりませんので」

「遠慮なさらないでくださいな。オリーヴローフのサンドイッチを用意してありますのよ」

「いや、おかまいなく」

おれがもう一度断ると、ラルフは先ほどの続きに話題を戻した。「翌日になって、よくよくふたりで語りあってみたところ、それがどんなに驚くべきことであるかに気づきました。サッシーはわたしら夫婦を追って、国を横断してきたことになるわけでしょう。まるで映画みたいな話ですよ。テレビ局に電話するべきだと女房は言いましたが、それは時期尚早だとわたしは考えました」

「《驚異の動物たち》なら、きっとかなりの額で買ってくれたわ」いささか物欲しげにグラディスが言った。

「ひょっとしたらそうなったかもしれない。しかし、わたしには、こんな話など誰も信じてはくれないだろうと思えた。だが、新聞で紹介されたとなれば、話はべつです」

「チャンネル10に売りこむつもりだと思っていました」とおれは言った。

「チャンネル10?」ラルフが小首をかしげた。

「チャンネル10に話を持ちこむつもりだと聞いていましたので」

「ああ、そう、そのとおりです。《驚異の動物たち》を放送しているのは、そこの局ですからな。そうだったな、グラディス?」

「ちがうわ、ラルフ。あれはケーブルテレビ局のどれかで放送しているのよ」

おれは暇《いとま》を告げて席を立ち、サッシーから充分に距離をとるよう注意しながら玄関へ向かった。ラルフと、グラディスと、彼らの愛する〝驚異の動物〟についての記事をいますぐ書きあげたいという気分ではなかったから、保健局へ寄り道していくことにした。いや、〝寄り道〟と称するにはかなりの遠まわりであったかもしれない。

11

受付終了の四十分まえに性感染症センターにたどりつき、待合室にいるほかの者たちはどんな目的でやってきたのだろうかと想像しながら、三十分をすごした。つぶれきった爪をしきりに噛んでいる、ニキビ面の赤毛の女は？　がさつな恋人とコンドームなしにセックスをしてしまったがために、再度の妊娠を心配しているのにちがいない。だんご鼻にピアスをした、スキンヘッドの男は？　〈ダーク・レディ〉のカラオケ・ナイトでナンパされた市議会議員から、つまみのナッツのみならずエイズまでもらってはいないかどうかを確認したいのにちがいない。奥の鏡に映る、レッドソックスの二塁手ダスティン・ペドロイアのTシャツを着て、ぼさぼさの髪に怖じけた表情をした中年男は？　注射は死ぬほどきらいなのだが、アニメーションのネズミみたいな笑い方をするガールフレンドと寝るためなら、麻酔なしでも外科手術を受ける覚悟でいるのにちがいない。

事務員がおれの名前を呼んでいた。

採血を担当する看護師はおれの静脈を探りあてるまでに、三回も針を刺しちがえた。そのあと事務員からは、ただいま検査機関が立てこんでいることをご了解くださいとふたたび念を押された。

「結果が戻ってくるのは七週間後になります」

「今朝、電話で問いあわせたときには五週間と言っていた」

「七週間の間違いです。この書類の山をごらんになって。これは全部、血液検査の申請書で、その大半がＨＩＶ検査へまわされるんです。どうしても検査を受ける必要があるとおっしゃってましたね。なぜそんなにお急ぎなんです？」

ロードアイランド州の住民がどこからもくすねることのできない何かを必要とするとき、それを手に入れる方法は二種類ある。たとえば、配管工の免許をとろうとしたが、州の定める試験に落ちてしまったら？　五十枚にもおよぶ駐車違反切符をなかったことにしたかったら？　あるいは、ＨＩＶ検査の結果を急がせたかったら？　これだけ小さな州に暮らしていれば、力になってくれそうな人間と知りあいである可能性は高い。伯父さんが配管免許委員会のメンバーであるかもしれない。市警本部長が同級生であるかもしれない。保健局の事務員がいとこの奥さんであるかもしれない。だが、そうした人間が見つからなかったら？　その場合は、ちょっとした心づけをさしだすという方法がある。

贈収賄はロードアイランド州の主要なサービス産業だ。昼休みの腹ごなしに州の端から端までを歩ききることのできない州に暮らす人々からは、広い理解は得られまい。だが、ロードアイランド州に暮らす人間なら、賄賂《わいろ》には善と悪、ふたつの種類があることを知っている。言うなれば、コレステロールのようなものだ。悪玉のほうの賄賂は、納税者の金《かね》で政治家やその強欲な友人の私腹を肥やす。善玉のほうの賄賂は、不当な低賃金で働く公務員の不足を補い、その子供たちに歯列矯正器を与え、大学資金の一部となる。善玉の賄賂は無脂肪だ。迷惑千万なお役所仕事を解消してくれる、生物分解性の賄賂なのだ。賄賂やコネという潤滑油なくして、ロードアイランド州で成し遂げられることはほとんどないし、定められた時間内で結果が出るものは何ひとつない。

賄賂は、植民地時代の最初の統治者が海賊キャプテン・キッドからの目こぼしをとりつけることに成功してからというもの、おれたち州民にめんめんと受け継がれてきた伝統のひとつなのだ。そんなやり方は時代遅れだと言ってくれてもかまわない。おれは財布から二十ドル札を取りだし、カウンターの向こうへすべらせた。

「それじゃ、四週間後に。よい一日を」と事務員は言った。

　編集部へ戻ったとき、ローマックスは夕食の時間にまにあうよう帰宅したあとだった。その椅子には夜番の社会部編集員、ジュディ・アブルッツィがすわっていた。

「例の犬の写真だけど、抜群の出来よ。引き攣《つ》った笑みを浮かべる田舎っぺ丸出しの夫婦と、その顔を舐めまわす不細工な大型犬。あんたがどんなにまずい文章を書いたって、この写真を一面に載せない手はないわ」

「原稿はまだ仕上げてない」

「だったら、あと一時間で仕上げなさいな」

「電話を一本かけてからだ」

　オレゴン州プラインヴィルの女性署長は、公僕という身分が何を意味するかに関して、特異な見解を持ちあわせているらしい。口調は丁寧で、一介の記者にも親切で、心づけを要求するようなそぶりはいっさいない。「ええ、ジョンとエドナのことは存じています。町から四十マイルほど離れたデシューツ川の河岸で、小さな家に暮らしていますわ」

「スティンソン夫妻と今夜じゅうに連絡をとる方法はありませんか？」

「緊急事態か何かですか？」

「いや、そういうことではないんですが」

「でしたら、手の打ちようはありませんね。あの家は電話を引いていないんです。今夜はうちも人手が足りていないので、わたしが車でひとっ走りしてくるわけにもいきませんし」

「伝言をお願いすることは可能でしょうか」

「食料品の買いだしと郵便物の回収に、毎月二回ほど町へやってきますから、郵便箱にあなたからのメッセージを入れておくことはできるかと思います。じつを言うと、連邦法に触れる行為なんですがね。郵便箱には規定の郵便物以外のものを入れてはならないことになっていますから。でも、警察の権限で、いつも郵便局長には目をつぶってもらっているんです」

おれは署長に礼を言ってから、自宅と職場、携帯の電話番号を告げ、ジョンでもエドナでもいいから、コレクトコールで電話をかけてきてほしい旨を伝えた。

「スティンソン夫妻のことはよくご存じなんですか?」

「ええ、とてもよく知っていますわ」

「彼らが犬を飼っているかどうかはご存じありませんか」

「いっとき、毛足の長い大型犬を飼っていましたけど、いまはいないようですね。それじゃ、取材したいというのはあの犬のことで? ジステンパーにかかったときのことかしら。いいえ、あれはハリソン家のスパニエル犬だったわね。たしか、スティンソン夫妻のところの犬は、どこかへ逃げだしたって聞いたような気がするわ」

電話を切ると、おれはコンピューターの前にすわり、ラルフとグラディスとサッシーに関する記事のリードをてきぱきとキーボードに打ちこみはじめた。

12

おれがミーティングに駆けつけたとき、カメラマンはすでに撮影を終えて引きあげようとしているところだった。陳列棚のあいだの通路には、揃いの赤い野球帽をかぶった二十四人の男たちがたむろしていた。高校時代に見知った顔も、警察の前科記録で見かけた顔もいくつかあった。その両方にあてはまる顔もふたつほど見つけた。

「こいつはわしからの差しいれだ」ゼリッリが言いながら店に入ってきた。「ポテトチップスをひと袋と、ソーダをひと缶ずつ持っていけ。おい、ヴィニー！ひとりひと袋と言ったろう。おまえさんに商品をまるまる平らげられちまったら、わしが自分で店に火をつけるのと変わらんだろうが」

揃いの野球帽には、十字に重ねた野球バットのイラストの上に、黒い文字で綴った〝ディマジオ団〟のロゴがかぶせてあった。

「どうだ、あの帽子は。なかなかの出来だろう」ゼリッリがおれに問いかけた。「特注であつらえたものだ。ところで、おまえさんとこのカメラマンだがな、ありゃあ、みごとなオッパイをしとるな。あの娘、連中の帽子をたいそう気にいったようで、しきりに絶賛しとったぞ。そのあと連中を店の前に並ばせて、バットを手にポーズをとらせてな。最前列には、チーム写真さながらの片膝をついたポーズまでとらせておったわい！」

「ちょっと失礼。どうしてこの活動に参加することにしたんです？」おれは出発の用意を整えた団員をつかまえては、同じ質問をしてまわった。交通局に籍は置いているものの、ろくに出勤もしていないトニー・アルカーノは、〝町に何かお返しがしたくて〟というような言葉をぼそぼそとつぶやいた。女房の歯並びを配列しなおしては警察の前科記録の常連となっているエディ・ジャクソンは、〝愛する人間を守りたい〟からだと答えた。マーティン・ティリングハストは、刑務所で入れたのだろう前腕のぞんざいな刺青《いれずみ》をちらつかせながら、〝悪しき犯罪に立ち向かいたい〟のだとのたまった。そうした戯言を、おれはすべて手帳に書きとめた。

「ひとりを除いて、名前がわかったぞ」おれとふたりきりになったところで、ゼリッリが切りだした。ポテトチップを噛み砕く七百本の歯が消えうせたいま、店内は薄気味の悪い静けさに包まれていた。「誰も名前を知らなかったのは、例のアジア人だ」言いながら、ゼリッリはミスター・ラプチャーを指さした。「ただひとり、この近辺で見かけたような気もするがたしかではないと言っておった」

そう告げると、ゼリッリは写真を裏がえした。そこには、身元の判明した野次馬ふたりの名前と、プロヴィデンスの流儀にのっとった住所が書きつけてあった。要するに、番地のたぐいはいっさいなく、目印のみが記されている。たとえば、〝ラーチ・ストリートのアイヴィー・ストリートとキャンプ・ストリートのあいだに建つ、塗装の剝げかけた黄色い家。コンクリート敷きの前庭に青いピックアップトラックがとめてある〟といったふうだ。

ゼリッリの店を出たとき、時刻は九時四十五分になっていた。おれは車に飛び乗り、四ブロック先のラーチ・ストリートをめざした。

「ミセス・デルッカ？」

「そうだけど。おたくは？」

「マリガンと申します。新聞社の者です」

「新聞ならもうとってるよ」

扉越しに聞こえてくる声にはどこかで聞いた覚えがあったが、それがどこだったかは思いだせなかった。どこか特定の場所で頻繁に耳にしていた声のはずなのだが。

「いや、購読の勧誘じゃなく、おれは記者でして」

「それで？　記者さんがうちへなんの用？」

「ジョゼフはいますか？」

「あの子もあたしの新聞を読んでる。自分用にべつのをとる必要なんてないね」

おれは崩れかけたコンクリートの階段に立って、三カ所に掛け金のついた堅固な扉を目の前にしていた。

「ミセス・デルッカ、ここではなんですから、なかへ入れていただくわけにはいきませんか」

「ばかを言うんじゃないよ。あんたが自分で名乗ってるとおりの人間で、ほかの誰かじゃあないってことが、どうしてあたしにわかるんだい。ひょっとしたら、あたしをレイプしにやってきた人間かもしれないじゃないか。扉を開けろだって？　ったく何を言いだすんだろうね」

「おふくろ？　誰と話してるんだ？」

「誰でもないよ、ジョゼフ。いいから、ベッドに戻りな」

重々しい足音。

「まったく、あんたのせいで、ジョゼフを起こしちまったじゃないか。これで満足かい」

三個の錠がはずされる音がして、勢いよく扉が開け放たれ、かつて頻繁に目にしていた女の顔があらわれた。逆毛を立ててボリュームを出した青い髪と、糊のきいた青いスモックワンピースを着た姿が脳裡に蘇る。

ようやく思いだした。一カ月ほどのあいだ、カーメラ・デルッカは例のダイナーでウェイトレスとして働いていたのだ。その間、何かと客をどやしつけたり、あれほど寛大なチャーリーですら堪忍しきれなくなるほどのろのろとカウンターとボックス席のあいだを行き来したりしていた。チャーリーがカーメラを馘《くび》にしたあと、そのあとを引き継いだ者はない。

ふと視線を落とすと、ウサギの顔がついたスリッパから、むくみきった脚が突きだしていた。いまこの場面をドーカスが目にしたなら、この女と寝たのだろうとおれをなじることだろう。

カーメラの背後には、溺愛する息子の巨体がそびえていた。六フィート三インチの身長と四十がらみの年齢はおれと同じ。ただし、黄ばんだボクサーショーツのゴム紐をぴんと張りつめさせている、プラス五十ポンドの体重を除外すればの話ではある。このくそ寒いなか、男はシャツすら身につけていなかった。人間離れした濃い体毛に、かなりの保温効果があるのかもしれない。

「いったい何の用でおふくろを煩《わずら》わせているんだ？」

この男には気をつけろ、マリガン。おれは心のなかでつぶやいた。プラス五十ポンドの正体は、ひょっとしてひょっとすると筋肉なのかもしれない。

「おれは記者で、連続火災について取材しているんです」

「それがおふくろとなんの関係がある？」

「いや、おれが話を聞きたいのはあなたのほうでして」

「あんた、火事についての記事を書いてる記者か？」

「ええ」

「あの記事がやつを煽《あお》ってるだけだってこともわからないのか？　火事が起これればいちいち記事にして、あんなふうに新聞で大きく扱って。それこそがやつの望んでることだろうが。事件のあれこれを報じた新聞を目にすることが。やつはあんたの書いた記事をそっくり切りぬいちゃあ、くそスクラップブックをつくってやがるにちがいねえ。おっと、汚い言葉を使ってすまない、おふくろ」

「誰なんです？」

「誰って、何がだ？」

「スクラップブックをつくっているっていう人間です」

「そんなこと、おれが知るもんか。ひょっとしてあんた、本当は頭がゆるいのか？」

「火災の現場を目撃されたことは？」

「なんでそんなことを訊くんだ？」

「現場を目撃したという方々を訪ねて、目にされたことについて訊いてまわっているだけです」

「ああ、おれは三件の現場を目撃した。いや、四件だ。最後のときは、消防士がこんがり丸焼けにされたっけか。死体が建物から引きずりだされてくるのを見たぜ。鼻がひんまがるほどのひどいにおいだったが、ありゃあ、最高の見物《みもの》だったな」

結婚披露宴のときのトニーが目蓋に浮かんだ。誰もが羨《うらや》ましがる女の肩を誇らしげに抱いていた姿。視界が戻り、ジョゼフ・デルッカの顔を目にした瞬間、握りしめたこぶしを動かさずにいるにはかなりの努力が必要だった。こいつは〝くそったれ〟の綴りもわからないのにちがいない。だとしたら、こいつが〝くそったれ〟であることを責めるわけにはいかない。

「どういった経緯で現場に居合わせたんです？」

「仕事ができなくなってから、毎週金曜は《ゆかいなブレディ一家》を見るのが習慣になっててな。サイレンの音が聞こえてきたときは、新しい歯列矯正器について長女のマーシャが文句を並べたててるところだった。この矯正器をはめてるとブスに見えると言ってな。だから、おれは画面に向かってこう言ってやった。『ああ、そのとおりだよ、うじうじうるさい不平屋め』それから番組が終わったあと、現場まで歩いていった。どんな具合かたしかめてやろうと思ったのさ」

「なるほど。ミセス・デルッカ、あなたもそのときのことを覚えていらっしゃいますか。息子さんとふたりで《ゆかいなブレディ一家》を見ていたときのことを」

「おふくろはそんときコインランドリーへ出かけてたんだよ。だいいち、おふくろがどこにいようが、あんたにゃ関係ねえだろ」

「それじゃ、あなたはひとりで家にいたわけですね」

「このくそったれはいったい何を言ってやがるんだ？　おっと、すまない、おふくろ。おい、あんた、おれが何かしたとでも言いたいのか？　とっととうせやがれ、くそ野郎。十二番サイズのナニをケツの穴に突っこまれるまえにな」

マーク・トウェインは言った――ひとはみな月である。誰にもけっして見せない暗い面を持っている。では、ジョゼフ・デルッカの〝暗い面〟とはなんなのだろう。あと三十分の猶予があれば、もう少しこの場にとどまり、この目でたしかめてみたいところだ。

ダッシュボードの時計によれば、ゼリッリから教えてもらった人間をもうひとりくらいは訪ねられそうだった。だが、こんなことをしてなんになるというのか。おれはいったい何を期待していたのか。写真に写った野次馬のひとりが案の定の放火魔で、おれがあらわれるやいなや、犯行のすべてをぶちまけてくれるとでも思っていたのか。

轍だらけの路面に車を走らせ、自宅へと向かいながら、こともなげに考えていたおのれに悪態をついた。玄関の鍵を開けて寝室に入り、皺くちゃのベッドカバーをしばらく見つめた。胃薬のマーロックスを寝酒代わりに呷ってから、注射痕に貼ってあったバンドエイドとアルコール綿を剝がし、ヴェロニカの香りが残る毛布の下にもぐりこんだ。

13

チャーリーのダイナーでとった朝食は、大量のミルクで薄められたコーヒーと、引っくりかえして軽く焼いた目玉焼き、そして地方版の新聞だった。マフィアのドン、ブルッコラが心不全でミリアム病院に収容されていた。マクラッケンのオフィスの壁を確実に飾るであろうプロヴィデンス大学バスケットボール・チームの花形フォワードが、語学講師の腕をスパナで殴りつけて骨折させたとして、二十時間の社会奉仕活動を命じられていた。とはいえ、ビッグ・イースト・トーナメントへの出場までは禁じられなかったとの明るいニュースを、わが紙スポーツ欄のコラムニストが高らかに報じていた。それから、われらが市長がまたもや政敵の裏をかいていた。

なんでも、来秋の選挙で市長の対立候補と目されている人物が先週、投票用紙の最上段に名前を載せたいがためだけに、アンジェリーナ・V・リコからアンジェリーナ・V・アリコへ改名していたらしい。すると昨日、今度は現市長のロッコ・D・カロッツァがロッコ・D・アアアアカロッツァに改名したというのだ。まさしく一面ものの一大ニュース。〝名犬ラッシー〟の記事がその座を奪われるのも無理はない。ところが、一面以外のページを開いても、サッシーの記事はどこにも見あたらなかった。

スツールをふたつ挟んだ席に目をやると、ひとりの市議会議員がノートパソコンで最新ニュースをチェックしていた。紙の新聞など自分で買うにも安すぎたが、べつにかまいやしなかった。おれは他人の金《かね》で、この感触を味わいながらニュースを読むのが好きなのだ。

「なあ、チャーリー」

「なんだ？」

「ゆうべ、カーメラ・デルッカに会った。相変わらずチャーミングだったぞ」

チャーリーは鉄板の前を離れてこちらに近づき、カウンターに両手をついて、ぐっと顔を寄せてきた。

「おれがカーメラを雇ったのは、彼女が金《かね》を必要としてたからだ。だが、うちの仕事はカーメラの手に余った。それだけのことだ。余計な勘ぐりはやめてくれ」

おれはにやりと笑ってみせると、ぐるりと首をまわして、おれを除いた唯一の客、黒焦げになりつつあるパンケーキの焼きあがりを待つ客を見やった。チャーリーもおれの視線を追ってから、苦々しげにつぶやいた。

「マリガン、このくそったれめ」

出社してコンピューターにログインすると、ローマックスからのメッセージが届いていた。

例の犬のネタだが、きみの書いた原稿はまるで使い物にならん。アブルッツィのほうからハードキャッスルに書きなおしを命じた。きみが今年度の昇給を期待していないといいのだが。

アーカンソー州からの移住者で、不定期掲載の特集記事や週二回掲載の中央版コラムの執筆を担当しているハードキャッスルは、間仕切りに囲まれた自分の机に向かって骨ばった背を丸め、赤らんだ大きな手でキーボードを叩いていた。おれはそちらへ近づいていきながら、のんびり声をかけた。「よう、調子はどうだ？」

「マリガン、まったく、おまえはものの書き方をわかっちゃいないな。おまえの書いたサッシーの原稿は犬のく……犬の糞《ふん》だ」とハードキャッスルは言った。こんな会話でまで〝くそ〟という単語を避ける心意気は畏《おそ》れいったものだ。「愛くるしい夫婦と〝驚異の動物〟の感動秘話をせっかく手に入れたってのに、おまえの財布を掏《す》ろうとした州知事がとっ捕まったみたいな話に仕上げちまうなんてな。〝フレミング夫妻の言によれば〟に、〝仮に歩いてきたのであれば〟に、〝確証は得られていない〟だって？　いったい何を考えてやがるんだ。こういうネタってのは、愛の告白をするときみたいに感情を込めて、多少の脚色すら加えて文章にするもんだろうが」

「しかし、実際に裏はとれなかったんだ」

「田舎っぺの保安官に訊いたら、スティンソン夫妻はたしかに実在するし、その夫婦が飼っていた大型犬が家から逃げだしたと言ってたんだろ。おれには充分な裏づけに思えるがね。いったい何が見つかれば満足なんだ？　犬の残した足跡か？　ＤＮＡか？」

「原稿はあんたの好きなように書きなおしてくれてかまわない。ただ、おれの署名をはずすのだけは忘れないでくれ」

「たいそうな太っ腹だな、マリガン。一発くらいは的《まと》をはずしても惜しくないのか。一面記事ならもう充分ものにしたから、それくらいは痛くも痒《かゆ》くもないってか？」

そう、ハードキャッスルの言うとおりだ。おれの書いた原稿はたしかに犬の糞だ。おれが自分のネタを他人にくれてやったのは、愛の告白をするときみたいに感情を込めて原稿を書くことができなかったからだ。ハードキャッスル学院の受講料がただであるなら、わざわざ金《かね》を出してまでジャーナリスト養成学校に通う必要がなぜあるだろう。

自分の机に戻ると、メッセージの受信を知らせるアイコンが点滅していた。ローマックスから新たなロケット弾が発射されたらしい。

プレスリリース。

不可解なメッセージを見つめていると、雑用係の青年がやってきて、ビア樽くらいの大きさをしたプラスチック製の白い箱をおれの机の傍らに置いた。側面には〝郵政局〟との青いステンシル文字がプリントされている。なかには、どうでもいいような情報をあわよくば紙面に載せてもらおうともくろむ公報官や立候補者から送られてきた、一日分のプレスリリースがおさめられていた。通常、こうした郵便物をふるいわけるのは見習い記者の仕事なのだが、今日のところは、一面記事を台無しにした罰としておれにやらせようということらしい。

いちばん上の封筒を拾いあげ、封を開いてみた。もし自分を市議会議員に再選させてくれたら、市民センターの名物であるトイレ待ちの長い行列に対してなんらかの改善策を講ずると、マルコ・デル・トッロが約束していた。ただし、具体的に何をするつもりかについての言及はいっさいない。

電話が鳴りだしたことに気づき、箱の中身を緑色の大きな屑かごに放りこんだ。コレクトコールをつないでもらい、質問をひとつ投げかけたあとは、相手の返答に耳を傾けた。電話を切り、編集部のなかを見まわした。整理部の部長の机の周囲で雑談に興じているハードキャッスルの姿が見えた。太腿を叩きながら甲高い声で何ごとかを言うと、幾人かの整理部員が笑い声に加わった。

「ハードキャッスル！」名前を呼びかけながら、おれはそちらへ近づいていった。「あんたに知らせておかなきゃならない情報が入った」

「おや、ご当人のおでましだぞ。マリガン、ちょうどいま、おまえの書いたサッシーの原稿のことを話してたところだ。こいつはピュリッツァー賞受賞も夢じゃない。どうせなら、おまえの口からみんなに説明してやっちゃどうだ？」

おれはそのまま踵を返し、自分の机へ戻った。コンピューターに目をやると、新たにローマックスからのメッセージが届いていた。

そのジャケットとネクタイはどうした。誰かの葬儀か何かか?

その日の午後、教会の会衆席で隣にすわったロージーは、おれの肩に顔をうずめたまま嗚咽《おえつ》を漏らしつづけていた。

キャンプ・ストリートのホーリー・ネーム・オブ・ジーザス教会で営まれたトニー・デプリスコの葬儀には、六つの州からの消防士たちが列席していた。その場所は、トニーの焼け死んだ地下室からほんの二ブロックしか離れていなかった。

何列か前の席に、トニーの妻ジェシカの背中が見えた。幼い娘ミケイラがその膝で丸くなって眠っている。両脇には、呆然とした面持ちの男の子ふたり――トニー・ジュニアとジェイク――が身じろぎもせずすわっている。

さらに前方へ目をやると、二十五年以上まえにトニーの堅信礼を執《と》り行なった、ポール・マウロ神父の萎《しな》びた小柄な姿が見えた。老神父は閉ざされた棺の前に立ち、勇敢にして高潔な故人の人柄と自己犠牲と、魂の救済について語りだした。これには小さく微笑まざるをえなかった。おれの知るトニーは、数学と国語の落第を免れるためにおれの答案を丸写しにするような横着者だった。母校のスポーツ史に貢献した唯一の武勇伝はといえば、他校の応援マスコットを片っ端から誘拐したことくらいのものだった。高校三年のとき、あの手この手でプロム・クイーンを射とめることに成功したあとは、二度の落第を経たのち、やっとのことで消防学校を卒業した。消防士となってからの二十年近い歳月のあいだ、ただの一度も表彰されたことはない。もしこの場にいることができたなら、マウロ神父はいったい誰の話をしているのだろうと、きっとトニー本人も首をかしげることだろう。

ロージーがおれの手に手を重ね、痛みに顔がゆがむほどの力で握りしめてきた。なあ、ロージー、おれたちがこんなふうに会うことは、もう二度とあってはならないな。おれは心のなかで、そうつぶやいた。


夕方には編集部へ戻り、翌日の朝刊に載せるディマジオ団の記事を書きあげた。野球帽とバットについての描写に加え、団員らの口から飛びだした眉唾物の大義をも余すところなく盛りこんだ。いまから帰ってもレッドソックスの練習試合には間にあいそうもなかったし、もとよりそんな気分でもなかった。そこで、週末の紙面に載せるポレッキとロセッリの記事にも取りかかっておくことにした。迷宮入りした事件の穴だらけな捜査記録や統計を検証したあとは、マクラッケンの自宅に電話をかけ、ニューイングランドじゅうの保険調査員がポレッキとロセッリを〝ばかと大ばか〟コンビ呼ばわりしている現状について、匿名の証言をとった。

ジム・キャリー主演の映画で〝ばかと大ばか〟コンビを世に生みだしたファレリー兄弟と、兄弟の撮る低俗なコメディ映画がこの地で局地的な人気を博しているのは、この兄弟監督がプロヴィデンスの出身であるからだ。この映画がホープ・ストリートの遠景から始まることも、地元っ子の自尊心をくすぐるのだろう。

では、かくいう自分はどうなのか。おれのことは〝最大のばか〟と呼んでくれてかまわない。この晩、おれはとうてい見つかるはずもない何かが見つかることを願って、真夜中すぎまでマウント・ホープじゅうを車で流してまわった。こんなことが事件の解決につながるとは思えなかったが、何もせずにじっとしていることができなかった。ほかに何をすればいいのかもわからなかった。

14

　ラーチ・ストリートでは、白い薄地のカーテンの向こうで大画面テレビが青い光を放っていた。その二階建て住宅は十年まえのマフィア抗争で死人が出た現場で、おれもその取材にあたった。マフィアから支給される月々の遺族年金で、残された妻と十代になる娘はいまもこの家で何不自由なく暮らしている。ホープデイル・ロードでは、ショーンとルイーザ・マリガンが牛乳配達人のささやかな収入で二男一女を育てあげた二階建てアパートメントの明かりがすべて消えていた。ドイル・アヴェニューでは、側面に緑色の文字で〝ディオ建設〟と社名を入れたショベルカーが、三階建てアパートメントの焼け跡に佇《たたず》んでいた。

この地区のゴミ収集日は木曜の朝なのだが、雪に残された痕跡からして、おおかたの近隣住民はすでにゴミバケツやらゴミ袋やらをゴミ捨て場まで引きずりだしたあとのようだ。アイヴィー・ストリートとフォレスト・ストリートの角では、ドブネズミの群れがビニール袋に掘った穴から残飯を引っぱりだしていた。ヘッドライトの光を浴びた目が、燃えるように赤く輝いていた。ゼリッリの食料雑貨店から少し先へ行ったところでは、五、六匹の野良犬がゴミバケツを引っくりかえして、路上の晩餐会を繰りひろげていた。

おれもそれにあやかって、魔法瓶の栓を開け、コーヒーをごくごくと呷った。CDをプレーヤーにセットすると、トミー・カストロの奏でるエレキギターのブルースが車体を揺さぶりはじめた。

おれのゆゆしき数々の悪癖……このまんまじゃ命がもたない……

一時間近くもあたりを走りまわったころ、通りの半ブロック前方を横切る人影が目にとまった。銃に撃ち落とされることなく残された街灯の光のなかに、シルエットだけが浮かびあがっている。歩き方からするとどうやら女であるらしく、何かを手にしているようだ。ガソリン缶にしては小さすぎる。大ぶりな拳銃かもしれないし、望遠レンズのついたカメラかもしれない。それを見定めようと目をすがめたとき、バックミラーに青い光がまたたいた。

歩道際に車を寄せ、通信指令係とのやりとりを警察無線で盗み聞きしながら、ナンバープレートの照合が終わるのを待った。バックミラーに映るパトロールカーを見つめていると、助手席側のドアが開いて、通りにおり立った女性警官がおれの車の背後に立った。ホルスターから抜いた銃を、右の太腿にぴったりと押しつけている。続いて相棒が運転席をおり、おれのほうへ近づいてきた。右手に懐中電灯を持ち、左手はリボルバーのグリップにかけている。おれは運転席側の窓をおろした。空手チョップのような冷気が頬を打つと同時に、懐中電灯の光を浴びせられた。

「やあ、エディ」とおれは言った。エディ・レイヒはかつて、おれの兄エイダンの〝ダチ公〟だった。その言葉が〝ギャング〟と同義語であった時分のことだ。

「マリガン？　おまえか？　こんな真夜中にいったい何をしてるんだ？」

「あんたと同じことをさ、エディ。時間を無駄にしてるんだ」

「なるほど。夜どおし通りを走りまわって、怪しげな人間を見つけたら、片っ端から呼びとめようってわけだな。しかし、このマウント・ホープに、怪しげに見えない人間なんぞいるか？」

「ひとりだけいる。小児性愛者とおぼしき神父。ただ、そいつもちかぢか州南部のウーンソケットへ異動させられるらしい」

「今夜、何かに火をつける予定はないな、マリガン？」

「目下のところは。ただし、あとのお楽しみにとってある葉巻ならある」

「ガソリン缶を積んだりもしてないよな？」そう問いかける口ぶりはごく軽い調子だったが、エディは懐中電灯で後部座席を照らしたあと、背後へまわりこみ、ウィンドウ越しにからっぽのカーゴスペースまで覗きこんだ。

運転席の脇まで戻ってくると、しかつめらしく目をすがめて、そろそろ家へ帰れとおれに命じた。

「そうだな、それもいいかもしれないな」

「ああ、そうしてくれ。おい、携帯電話は持ってるか？」

「ええ」

「おれの番号を教えておこう」言いながら、名刺をさしだす。「何か見かけたら、連絡してくれ。それと、今度、兄貴に会ったらこう伝えて――」

エディが言い終えるのを待たず、おれは窓を巻きあげた。厄介ごとをこれ以上抱えこむつもりはない。

歩道際から車を出すと、次の交差点を右へ曲がって、さきほど見かけた女を探した。当然ながら、女の姿はどこにも見あたらなかった。数分後、サイプレス・ストリートを走っているとき、パトロール中の団員ふたりを見つけた。肩にバットを担ぎ、煙草を吹かしながら、雪の上で足踏みをしている。おれはブレーキを踏んで助手席側の窓をおろし、そちらへ身を乗りだしながら声を張りあげた。

「よう、ヴィニー！　何か変わったことは？」

「特にはねえな。ルシンダ・ミラーが窓辺で服を脱いでいて、みごとなでかパイを拝ませてくれたことくらいだ」

おれはゼリッリからもらったコリブリ・ライターを取りだした。溶接しなきゃならないものは特になかったから、とりあえず葉巻に火をつけ、煙を味わいながら無人の道路をゆっくりと進んだ。ガソリン缶を手にこそこそ忍び歩いている人間は見あたらない。ミスター・ラプチャーらしき人間も見あたらない。ディマジオ団を除けば、人通りは完全に絶えていた。

CDが一周し、三曲目の《ナスティ・ハビッツ》がふたたびかかりはじめたところで、プレーヤーのスイッチを切った。午前三時ごろ、ヒーターが咳きこむような音を吐きだした直後に息絶えた。東の空が明るみだしたころ、配送トラックがゼリッリの店の前にとまり、地方版の朝刊をふた束、軒先におろしていった。おれは自宅へ車を向けた。二時間ほど睡眠をとって、夢がどんな奇跡を見せてくれるか試してみるとしよう。

玄関にたどりついたとき、扉の向こうから電話の呼出し音が聞こえた。扉を開けてなかに入り、受話器を取りあげた。

「この！

くそったれの！

くそ野郎！」

「やあ、ドーカス」

「それで、そのアマはどこのどいつなのさ？」

「そのアマ？」

「あんたがいまのいままで乳繰りあってた女よ！」

「相手がひとりだけだなんて、どうして思ったんだ？」

「あんたはまだあたしの亭主のはずだよ、この悪党！くそ野郎！」

「よい朝を、ドーカス」おれは言って、電話を切った。受話器を架台に戻す直前、リライトの吠え声が聞こえた気がした。


翌朝、寝不足の身体に鞭打って出勤すると、編集部員らが閉ざされた扉の内側に集まり、おのれらの経験と見識とを結集して臨むべき案件についての討議を繰りひろげていた。今後は市長の名前を〝アアアカロッツァ〟と表記すべきか。それとも、見出しに適した〝カロッツァ〟のままで通すべきか。壁越しに漏れ聞こえてくるくぐもった声から推しはかるに、議論はかなり白熱しているようだ。

社会部デスクの脇に積みあげられた山から今日の朝刊を一部つかみとり、一面を開いた。四段抜きのサッシーの写真が中央のスペースを独占していた。サッシーは前足をラルフの肩にかけ、耳の穴に舌を突っこんでいる。その隣に立つグラディスが恥じらうような笑みを浮かべている。それを眺めるうち、後悔の波に襲われた。ハードキャッスルがどうなろうと知ったことではないが、会社は困った立場に追いやられるかもしれない。

おれがまだ子供だったころ、ニュースキャスターのダン・ラザーがレッドソックスの試合中継を中断して、ローマ教皇パウロ六世が逝去したとの速報を伝えた。そのとき、父はこう言った。「ひょっとしたら事実かもしれない。しかし、明日の朝刊を見るまでは、鵜呑みにするわけにいかない」一般人が息をするような感覚で政治家が口からでまかせばかりを語る州においては、新聞だけが唯一の、真実を語る機関だと信じられていた。おれはその瞬間、自分もその一員になりたいと感じたのだった。

その晩も、ヒーターの壊れた車でマウント・ホープを走りまわった。午前三時ごろになって、音《ね》をあげた。身体が芯まで冷えきり、トミー・カストロのギターをもってしても、これ以上意気を燃やすことは不可能だった。大家《おおや》が暖房費をケチっているせいで、アパートメントのなかも冷えきってはいた。だが、相対的に考えれば、まだしも暖かいほうだった。

薄っぺらい毛布をかぶって、ひとり眠りについた。赤い目を光らせるドブネズミと、アニメーションの犬の夢を見た。赤い野球帽をかぶった獰猛《どうもう》な犬の群れが、新品のバットを振りまわす。うなじの毛を逆立て、闇のなかでうなり声を発しながら、左手にガソリン缶を握りしめた男を殴りつける。振りおろされるバットから逃れようと、男は横倒しになったゴミバケツのなかに頭から這いこむ。犬の群れは男の足首に食らいつき、男をゴミバケツから引きずりだす。鋭い牙が男の太腿から肉片をちぎりとる。ドブネズミが走り寄ってきて、血まみれの肉片をむさぼり食う。一台のパトロールカーが青い光をひらめかせながら猛スピードで近づいてきて、ブレーキ音を響かせる。警官の一団が車から飛びだし、「いい子だ！」とわめきながら、犬の群れにビーフジャーキーを放り投げる。それから、黒い艶《つや》を放つジャックブーツで男を蹴りつけはじめる。男の口が開いて、無音の悲鳴をあげる。

男の顔はおれのものだった。

15

土曜日の正午まえ、タイマー付きラジオの声で目が覚めた。ラジオの声は、今日からにわかな冷えこみに見舞われそうだとがなりたてていた。だとしたら、昨日までの寒さはいったいなんだったのか。

相棒ブロンコをブロードウェイのガソリンスタンド〈シェル〉にあずけて、ヒーターをなんとかできるか見てもらうことにした。修理工の名はドウェインといった。やけに声の小さな瘦せこけた男で、胸ポケットに〝ブッチ〟と刺繡された青い作業着をいつも着ている。父親が他界し、このガソリンスタンドを遺してから五年を経たいまも、亡き父の作業着を着つづけているのだ。

「愛馬がまた臍《へそ》を曲げちまったのか。こいつはおれがひと撃ちで安楽死させてやるから、あんたは新しい駄馬を飼い馴らしたらどうだ?」開口いちばんにドウェインは言った。ドウェインは長年にわたってブロンコの世話を焼いてくれているのだが、車を馬にたとえたこのジョークに飽きるということを知らなかった。

「こいつを手放すなんて耐えられない」おれは言って、ヒーターが動かなくなった旨を告げた。

家まで歩いて帰る途中、携帯でヴェロニカに電話をかけた。

「マリガン! ちょうどいま、あなたがわたしに愛想を尽かしたんじゃないかと思いはじめてたところよ」

「ばかな。それだけは絶対にありえない。ところで今夜、街なかまで足を伸ばさないか?」

「街なかって……目的地は本当に街なの? それとも、その手前? まさか、煙のにおいを求めてマウント・ホープを巡回するつもりじゃないわよね?」

ヴェロニカはおれという人間をよくわかっている。

「まあ、おれとしては、マウント・ホープも街の一部ととらえている。ただ、ひょっとしてきみは車の運転が好きなんじゃないかと思っただけだ」

「ブロンコをまた修理に出したの？」

「ああ」

「七時に迎えにいくわ」

午後七時、ヴェロニカはアパートメントの前でおれを拾うと、スレートグレーの三菱エクリプスを駆って、ブラッドフォード・ストリートに面したレストラン〈カミーユズ〉へ直行した。おれたちはふたりで一本のワインをあけ、小山のような大盛りのスパゲッティを平らげた。ディナー代はヴェロニカの奢《おご》りだった。乏しい給料の足しにと父親から毎月送られてくる五百ドルの仕送りを使うから、気にしないでとヴェロニカは言った。おれとしてはじつにありがたかった。さもなくば、窓際のテーブルで老母と食事をしている高利貸しに交渉を持ちかけなきゃならないところだ。レストランを出たあとは、イースト・プロヴィデンスの映画館でジャッキー・チェンの最新映画を鑑賞した。ジャッキーと道化役の相棒は、悪党をとっ捕まえるという大仕事をおれよりもずっとうまくやってのけていた。

通りを巡回しながらドブネズミを眺めていては、最高にロマンチックな夜などすごせるはずはない。それでもおれとしては、それなりに愉快なひとときをすごしていた。とりわけ、ヴェロニカが運転席から身を乗りだして、おれに口づけてくるたびに。今夜、車のキーを握っているのはヴェロニカのほうで、主導権もまたヴェロニカが握っていた。

巡回を終えたあともヴェロニカは自宅へ帰らず、おれの部屋までついてきた。おれたちはベッドに並んですわり、エマソン社製の十六インチ・テレビでクレイグ・ファーガソンのトーク番組を見た。ヴェロニカはロシアン・リヴァー・ヴァレー産のシャルドネをラッパ飲みしながら。おれも同様に、胃薬のマーロックスをラッパ飲みしながら。背後では、音量を絞った警察無線がときおりかすかなさえずりを響かせていた。テレビ・タレントのなかではファーガソンがいちばん面白いとヴェロニカは言った。ヴェロニカの言うとおりであるのかどうかを判断できるほど、おれにはテレビを見る習慣がなかった。

「ねえ、マリガン。ほかにも誰か、気になるひとがいるの？」かすかに眠気をにじませた声で、ヴェロニカが訊いてきた。

その瞬間、ドーカスの怒声が鼓膜に蘇った——あんた、何人のアマっ子とヤリまくってるのさ！　ひとりのマリガン。ふたりの女。雲泥の差のボキャブラリー。

「ポレッキとロセッリも数に入れるべきか？」

ヴェロニカは微笑んで、小さく首を振った。

「そうか。なら、答えはゼロだ」

「ハードキャッスルが言ってたの。あなたが現像室のブロンド美女と浮気してる、って」

「グロリア・コスタのことかい」

「そう、そのひとのこと」

「グロリアとは何もない。くそったれハードキャッスルからネタを仕入れるのはやめたほうがいい。あいつがあのくだらないコラムのなかで書いてることも、鵜呑みにしちゃだめだ。いくらかネタをでっちあげているんじゃないかと、おれは怪しんでいる」

「そうかもしれないわね。だけど、グロリアのほうはあなたに気があるんじゃないかしら」

「その可能性は否定できない」

警察無線がふたたびかすかなさえずりを発した。ヴェロニカが帰ったあとに何か事件が発生したら、どうやってマウント・ホープへ駆けつければいいのだろう。そんなことを考えていたとき、不意にヴェロニカが服を脱ぎ捨て、ブラジャーとパンティのみの姿で毛布の下にすべりこんだ。もちろん、おれのほうに異議はなかった。慌てて電灯を消し、服を脱ぎ捨ててボクサーショーツ一枚になってから、ヴェロニカの隣にもぐりこんだ。腕のなかに誰かのぬくもりを心地よく感じるのは、久しぶりのことだった。いや、はじめてのことかもしれなかった。

「マリガン?」

「うん?」

「ひょっとして、勃起してる?」

「どうやらそのようだ」

「だとしたら、それを腰に押しつけてくるのをやめてもらえないかしら」

「本気で言ってるのか? おれくらいの歳になると、次にいつ勃起できるかわかったものじゃないんだぞ」

ヴェロニカはくすくすと笑いながら毛布の下で手を伸ばし、硬くなったイチモツを指でなぞった。おれは一縷《いちる》の望みに胸をふくらませた。

「面白いひとね。もう少しでほだされるところだったわ。でも、検査結果が出るまではおあずけよ」

返す言葉をひねりだそうとおれが知恵を絞っているうちに、ヴェロニカはうとうととまどろみはじめていた。その寝顔をしばらく眺めたあとで、おれのイチモツはその日いちばん暗いニュースをようやく受けいれた。ヴェロニカは本当にエイズ恐怖症なのか。それとも、おれとの関係に慎重になっているだけなのか。おれにはどちらとも言いきれなかった。しかし、隣から聞こえてくる規則正しく深い息遣いは、それを問いただすタイミングはいまではないと告げていた。胃の潰瘍が不平を鳴らしはじめた。おれはベッドから起きあがり、マーロックスをもうひと口飲みくだした。ベッドに戻ると、ヴェロニカの髪に顔をうずめ、ヴェロニカの香りで肺を満たした。

翌朝、判明した事実がひとつ。ヴェロニカは夜のうちにいったん目を覚まし、勝手に警察無線を切ってしまったらしい。だが、それについてとやかく言うのはやめておいた。

ヴェロニカは外泊の用意を整えてきたらしく、ハンドバッグから黄色い歯ブラシを取りだした。歯磨きを終えると、その歯ブラシをバスルームの鏡の下に据えられたホルダーにさしいれた。おれとヴェロニカ、ふたりぶんの歯ブラシが並ぶ光景は、前途に待ち受ける希望を象徴しているように思えた。それと同時に、なんだか空恐ろしくもあった。

「ほかにも何か、そこにしまっておきたいものはあるのかい。ジーン・ネイトの入浴剤？　ヘアドライヤー？　清潔なタオルを置いていってくれれば、おれも拝借することができる」

ヴェロニカはくすくすと笑って、おれに唇を重ねた。歯ブラシはその場に残された。

おれたちはひとまず、フォックス・ポイント地区でヴェロニカがひとり暮らしをするワンルームのアパートメントへ向かった。モダンな赤煉瓦造りの外観は、こけら板に覆われた十九世紀初頭のコロニアル様式の建物がおおかたを占める地区においては、目障りな闖入者にしか見えなかった。ヴェロニカが手早くミサ用の服装に着替えたあとは、聖ジョゼフ教会へ車を走らせた。子供のころ、おれはこの教会で侍者《じしゃ》を務めていたことがある。ヴェロニカには一緒に出席するよう説きつけられたが、教会のセックス・スキャンダルが取り沙汰されてからというもの、ミサには一度も出ていなかった。

心臓発作を引き起こしそうなチェダーチーズのオムレツと日曜版の新聞にありつくため、ヴェロニカの車を借りてチャーリーのダイナーへ向かった。おれと餓死のあいだに立ちはだかる救世主は、今日の一面をすでに読み終えていた。

「最高の大見出しだったぞ」チャーリーはそう言って含み笑いを漏らすと、ジュージューと音を立てるベーコンの上に汗の光る禿げ頭を屈みこませた。

おれの書いた記事の頭には、〈放火課はばかと大ばか〉との大見出しが躍っていた。編集長がレイアウトに思わぬ遊び心を発揮したらしく、ポレッキとロセッリの写真の横に、本家本元のばかと大ばかコンビ、ジム・キャリーとジェフ・ダニエルズの顔写真まで並べていた。端から端までページを繰ったが、新たな火災を報じる記事はひとつも見あたらなかった。念のため、携帯電話で消防本部に電話をかけ、ゆうべのマウント・ホープが平穏そのものであったことを確認した。

霧雨を降らせるべきか、あられを降らせるべきかと決めあぐねる空のもとへ信者が吐きだされはじめるのと同時に、教会の前でヴェロニカを拾った。通りへあふれだした信者のなかには、闇社会の成りあがりが三人、州議会議員が四人、それから判事の姿もあった。いずれも明日には、労働搾取や輸送トラック強奪や収賄の案件に立ち戻ることとなるのだろう。

いったんヴェロニカのアパートメントへ戻り、色褪せた青のオックスフォード・シャツとローライズのリーバイス・ジーンズに着替えるヴェロニカの姿を感嘆の思いで見守った。かつてあのシャツはどこぞの男の持ち物だったのではないかと訝りはしたが、今回も口は閉ざしておいた。ホープ・ストリートのビリヤード・バー〈オマリーズ〉にたどりつくころ、青いシャツは目下の持ち主の香りを漂わせはじめていた。

おれとしては、エイトボールのルールやコツをヴェロニカに得々と手ほどきする予定でいた。ところが、結局は五ゲーム中三ゲームで敗北を喫した。ローライズのジーンズから覗く柔肌に気をとられていたのがいけなかったのかもしれない。

夜にはふたりでおれのベッドに寝そべり、スポーツ専門チャンネルでレッドソックスの春季キャンプ情報をチェックした。二〇〇七年ワールドシリーズの立て役者、ジョナサン・パペルボンがどんと胸を叩きながら、チームが今年も優勝できない理由はないと大口を叩いていた。「こいつはメジャーリーグ級の自信家だが、今年も大活躍を見せるのは間違いないな」とおれはつぶやいた。

それを受けて、ヴェロニカが言った。「たかが野球のチームなんかを、どうしてそこまで気にかけるの?」

かつて十ドルで外野席のチケットが買えた時代、おれは多くの週末の午後を父とともにフェンウェイ・パークですごしたものだった。「たった一度でいい。おれの目の黒いうちに、ワールドシリーズを制してほしいもんだ。おれが望むのはそれだけだ」そんなセリフを父から何度聞かされたことか。だが、ムーキー・ウィルソンの放ったゴロがビル・バックナーの股の下をすりぬけた年の冬、父の心臓は血液を送りだすのをやめた。

そうしたことを、野球の知識のない相手にどう説明すればいいのだろう。二〇〇四年、あの輝かしい一夜が明けた朝、カート・シリングのユニフォームを父の墓石に掛けてやったことの理由を、どう説明すればいいのだろう。昨秋、勝敗を決する試合の実況放送を一緒に聞こうと、小型ラジオを手に父の墓へ向かったことの理由を、どう説明すればいいのだろう。

結局、「気にかけるだけの理由があるからさ、ヴェロニカ」とだけ、おれは答えた。こんな言い方では変な誤解をされるかもしれない。そう思いなおしたとき、電話が鳴りだした。ふたつめの呼出し音で、おれは受話器を取った。

「この!

くそったれの!

くそ野郎!」

「やあ、ドーカス。いまは話してる時間がない」おれは言って、受話器を置いた。

そのあと、おれたちはヴェロニカが今夜もうちに泊まっていくべきかどうかについて話しあった。万が一通しはじめた。

火災が発生した場合に備えて、おれには車が必要だとヴェロニカは言ったが、本当はおれを焦《じ》らして楽しんでいるだけではないかと勘ぐらずにはいられなかった。おれとしても、肌に感じるヴェロニカのぬくもりを楽しんでいたし、エイズ検査の結果が出たあとはさらに輪をかけて楽しくなるだろうとも感じていた。結局、今夜は特例だということで話がまとまった。歯ブラシはそのまま残していっていいし、合鍵をつくったっていい。ただし、いかにも女向けのバス用品だけは絶対に置いていかないこと。

　その晩は、ベッドにもぐりこむまえに無線機を自分の側へ移動させておいた。明け方四時ごろ、その無線の声で目が覚めた。マウント・ホープで何かが燃えている。おれは車のキーをつかみあげ、ヴェロニカを起こさぬよう静かに服を着こもうとした。ところが、ヴェロニカはもぞもぞと寝返りを打つと、無線の声を聞きつけてベッドから起きあがり、例のジーンズに脚を

16

カタルパ・ロードが警察に封鎖されていたため、その手前に車をとめ、くすぶる煙のなかを歩いて現場へ向かった。

ロージー率いる消防隊は四階建て下宿屋の消火をあきらめ、火元の隣や通りの向かいに建つ三階建てアパートメントへの延焼を防ぐための放水活動にあたっていた。窓ガラスが砕け散っては、五人編成の放水チームにガラスの雨が降りそそいでいた。

おれがまず考えたのは、少なくとも今夜はひとりの死者も出さずに済みそうだということだった。火元である木造の下宿屋は市の住宅供給局に接収されているため、去年の九月から空き家となっている。行くあてのない飲んだくれやシングルマザーたちは、当初、立ち退きに猛反発したが、そうしたほうが身のためだと建築安全検査官に説き伏せられた。そうして家を失った住人のなかには、いまもなおオンボロ車や段ボールの家で寝起きしている者もいる。

次に考えたのは、安宿が一軒焼けただけで死人がないなら一面扱いにはならないな、ということだった。そして次の瞬間には、例によって例のごとく、重度の自己嫌悪に陥った。

火の勢いはとどまることを知らなかった。火の粉が風に煽られジルバを踊る。血に餓えた赤い舌が庇《ひさし》を舐める。荘厳たる火柱が屋根から噴きあがる。どれくらいの時間が経過したのだろう。おれはその光景に魅せられたまま、呆然とその場に立ちつくしていた。そのとき不意に風向きが変わり、もうもうたる煙が押し寄せてきて、呼吸困難に陥った。ふたたび息ができるようになると、あたりを見まわしてヴェロニカを探した。

二分後、消防車の陰で手帳にペンを走らせているヴェロニカの姿を見つけた。同じ場所にグロリアの姿も見えた。ニコンのデジタルカメラをかまえて、手際よくシャッターを切っている。

「今夜はたまたま、残業をしていたの」ピントの調節をしながら、グロリアは言った。「それで、家に帰る途中、煙のにおいを嗅ぎつけたってわけ」

砲撃を思わせる大音量が空気を震わせ、おれは驚きに跳びあがった。振りかえると、地面に崩れ落ち、新たな焚きつけとなった屋根が赤く燃えあがっていた。炎が鎮静化したあとも、この現場に解体作業員は必要なさそうだ。ショベルカーとダンプカーが一台ずつあれば、すべての灰を運び去ることができるだろう。

そろそろ夜が明けようとしていた。ヴェロニカは原稿執筆のために取り急ぎ出社し、鎮火後に何かが起きた場合に備えて、おれは現場にとどまることにした。再燃防止のための放水を行なっている一本を残して、消防隊はホースの巻きとりに取りかかりはじめていた。

そのとき、空気中を漂うかすかなにおいが鼻を突いた。おれはポンプ車の横にいるロージーをつかまえて訊いた。

「このにおい、気づいたか?」

ロージーは大きく鼻をひくつかせてから、つぶやいた。「やられたわ」

においは微粒子でできている。オレンジの香りを吸いこむときや葉巻の香気を味わうときには、その物体の一部である微粒子が鼻腔を通って体内に流れこんできたことになる。ならば、甘ったるい死のにおいを嗅ぎつけたとき、気管支を何が駆けめぐっているのかはもうおわかりだろう。胸の悪くなるようなそのにおいよりも、そうした考えこそが、おれに吐き気を催させた。ときとして、ものごとの仕組みを知らないほうが幸せである場合もあるのだ。

ロージーが無線機に向かって二、三の指示を伝えていた。一時間もしないうちに、二匹の死体捜索犬が現場に到着し、車から地面におり立つが早いか、キャンキャンと吠えたてはじめた。犬たちが何を嗅ぎとったのか、おれにはいやというほどわかりきっていた。

落ちつきなくあたりを歩きまわりながら、消耗しきった様子の消防隊員らとときおり言葉を交わしつつ、何度も腕時計に目を落とした。さらに一時間が経過したころ、焼け跡から犠牲者の遺体が掘りだされた。遺体は全部で二体。衣類のほとんどが焼け落ちて、焦げた肉がむきだしになっていた。遺体が歩道におろされると、ポレッキとロセッリがその横にしゃがみこんで、簡単な検分を始めた。それが済むと、検死官の到着を待つあいだ、遺体の上には防水シートがかぶせられた。

「身分証明書を身につけていたとしても、すべて燃えてしまいましたね。おそらくは路上で寝ることに嫌気がさして、少しでも暖をとろうとここに忍びこんだんでしょう」会話を盗み聞きしようと背後に忍び寄ったとき、ロセッリがポレッキに言うのが聞こえた。

「だとしたら、もってこいの場所を選んだことになるな」ポレッキはそう言うと、太鼓腹をゆさゆさと揺らしながら哄笑した。

それを耳にしたロージーが両のこぶしを握りしめて言った。「あんたの尻を蹴飛ばしてやりたいところだけど、自分より弱っちい相手を痛めつけるのは、わたしの主義に合わない」

二時間後、ヴェロニカの草稿に目を通していると、グロリアがやってきて、自分の撮った写真を広げてみせた。降りそそぐガラスや火の粉から身をかわす消防隊員。炎に包まれた窓を背景にして、ホースを手に現場へ突入していく霜まみれのロージー。炎に呑みこまれた建物の全景をとらえ、消防士や消防車輌の小ささを際立たせたロングショット。鼻面を灰まみれにしながら、焼け跡を嗅ぎまわる死体捜索犬。

「へえ、やるじゃないか」おれは感嘆の声をあげた。

「ここに雇われたときには、一年以内に現像室から写真部へ異動させてもらえる約束になっていたの。なのに、あれからもう四年にもなる。現場から火災発生の連絡を入れたとき、上からなんて言われたと思う？本物のカメラマンを叩き起こして現場へ急行させるから、おまえはおとなしく待っていろ、ですって。写真ならわたしにだって撮れるって言いかえしたけど、結局、ポーターがよこされてきたわ。でも、いま、ポーターの撮った写真を見せてもらってきたの。わたしのほうがずっといい出来だった。部長は、ポーターの写真を一枚、わたしのを四枚使うことにするって。しかも、一面に載るのはわたしの写真よ」

「このロージーを写したやつなんて、スタンリー・フォアマンの作品を彷彿《ほうふつ》とさせるじゃないか。ほら、ボストン・ヘラルド紙に掲載されて、ピュリッツァー賞をとったときのやつだ」

「ありがとう、マリガン」グロリアは言って、おれの腕にそっと手をかけた。「ところで、これ、よかったらあなたにあげようと思って」

そう言ってさしだされたのは、大きく目を見開き、恍惚の表情で炎に見いるおれを写した写真だった。それを見つめるうちに、闇に踊る火の粉の映像と、肌を炙《あぶ》る熱気が蘇ってきた。写真の背景には、野次馬の一団がぼんやりと写りこんでいた。おれは写真に顔を近づけ、じっと目をこらした。はっきりとは言いきれないが、そのなかのひとりがミスター・ラプチャーに似ているような気がした。

17

月曜の朝いちばん、コンピューターの画面にローマックスからのメッセージが点滅した。

市長の記者会見。正午、市庁舎にて。

それがなんだというのか。おれは市庁舎番の記者ではないはずだ。しかし、どうしてそんなことをさせたがるのかとローマックスに尋ねることには、衆人環視のもとで辱《はずかし》めを受けるリスクがつきまとう。何が狙いなのかもわからぬまま、おれはとりあえず市庁舎へ向かった。

ケネディ広場の南端に建つ市庁舎は、ボザール様式の失敗作と称するにふさわしい。その外観はまるで、頭のいかれた人間がカモメの糞の山から彫りあげたかのようだ。鳥の糞のこびりついた石段をのぼってロビーを抜け、右へ曲がって市長の執務室に入った。天井にはクリスタルのシャンデリアがきらめき、床から天井まで開いた窓の向こうにはピーターパン・バスの停留所を臨むことができる。カロッツァ市長は執務机を前にして立っていた。元市長のバディ・チャンチが通常業務をこなしたかどで咎《とが》を受け、連邦刑務所へ追い払われる以前に愛用していた机、マホガニー材のアンティーク物の机だった。

赤と青を基調とした東洋風の絨毯の上を、テレビカメラのケーブルがくねくねと這っている。チャンネル10にチャンネル12、チャンネル6から派遣されたカメラマンやレポーターはずいぶんと早めにやってきたのだろう、最前列のベストポジションをわがもの顔で独占していた。ほかにも、ボストンのチャンネル4とチャンネル7、AP通信の記者、ニューヨーク・タイムズの地方通信員とおぼしき女まで顔を揃えている。マウント・ホープは、いまや全米注目の的となりつつあるようだ。

その盛況ぶりが、市長のスイッチを〝オン〟にしていた。オールバックに整えた白髪まじりの髪から〈ルイス・ボストン〉で買った最高級スーツに至るまで、すべてがカメラ写りを考慮したものであることがありありとしていた。その隣にしかつめらしい面持ちで立つアンジェロ・リッチ市警本部長もまた、徽章までフル装備した制服姿や制帽を小脇に抱えた姿勢に、最高の晴れ舞台へ臨む意気込みが窺《うかが》えた。

市長と本部長はいくつか小声で言葉を交わすと、カメラに顔を向けた。本部長は見覚えのあるバットを右肩に担いでいた。いやな予感が胃袋を締めつけた。

「始めてもよろしいかな？」テレビ局の照明が点灯するのを待って、カロッツァ市長は続けた。「よろしい。では、始めるとする。まずはリッチ本部長からの報告をお聞きいただこう」

それを受けて、本部長が口を開いた。「昨夜十一時五十七分、マウント・ホープを巡回中のパトロールカーがノウルズ・ストリートとサイプレス・ストリートの角を通りかかった際、南東の一角で、野球バットを凶器に男性一名へ暴行を加えている二人組の男を発見した。警官二名が車をおりて拳銃を抜き、被疑者二名をその場で逮捕。被疑者二名は抵抗を示すことなく、事情聴取のため市警本部へ連行され、黙秘権等の権利を読み聞かせられたのち、権利の主張を放棄した。

二名の被疑者はそれぞれ、アイヴィー・ストリート四十六番地在住のエディ・ジャクソン、二十九歳、およびフォレスト・ストリート八十九番地在住のマーティン・ティリングハスト、三十七歳と名乗っている。ともに前科があり、それぞれの罪状は、ミスター・ジャクソンが妻に対する暴行罪。ミスター・ティリングハストには輸送トラック強奪および凶器による暴行罪。ふたりはまた、近ごろ組織されたディマジオ団なるマウント・ホープ自警団のメンバーであるとも語っている。その巡回中、サイプレス・ストリートを西へ進んでいた際、ある物体を手に近づいてくる男を発見。その物体がガソリンの二ガロン缶であることを確認し、襲撃におよんだとのこと。たしかに、現場に残された二ガロン缶をパトロール巡査らが発見している。それから、この一本を含む野球バット二本も」本部長は言いながら、肩に担いでいたバットをカメラのほうへ掲げてみせた。

この話の行きつく先が、おれには手に取るようにわかっていた。ポケットからトローチ・タイプの胃薬を取りだし、包み紙を剝がして、二錠を口に放りこんだ。

「被害者はアイヴィー・ストリート百四十四番地在住のジョヴァンニ・M・パノーネ、五十一歳。救急隊によってロードアイランド病院へ搬送された結果、右手首の複雑骨折、脳震盪《のうしんとう》、頭部、両腕、両肩の打撲と診断された。病院にて行なわれた事情聴取によると、ミスター・パノーネはノース・メイン・ストリートのガソリンスタンド〈ガルフ・ステーション〉にて除雪機用のガソリンを購入し、徒歩で自宅へと戻る道中、当該の被疑者二名に襲われたとのことである。

被疑者二名は聴取のなかで、自分たちはマウント・ホープ地区における連続放火事件を食いとめるべく、みずからの義務を果たしたにすぎないとも述べている。しかしながら、プロヴィデンス市警が行なったのちの捜査により、被害者ミスター・パノーネが成人向け更生施設で守衛として雇われていること、一連の火災が発生した際の所在をすべて説明できること、その大半は職場にて夜勤についていたことが判明している。よって、プロヴィデンス市警はミスター・ジャクソン並びにミスター・ティリングハストをともに暴行容疑で告発し、罪状認否手続きまでのあいだ身柄を拘束するものとした。また、ディマジオ団なる組織の設立者および団員に対して共同謀議の罪を問うことが可能であるか否か、それを判断するための捜査を現在進めているところである。わたしからの報告は以上」

本部長は小さく頭をさげてから、後ろに一歩さがった。一糸乱れぬ髪型をした男たちが口々に質問を投げかけはじめたが、カロッツァ市長が両手をあげ、マイクに向かって「シイーーーーッ」と息を吹きかけることでそれを制した。

「わたしのほうから付け加えておきたい点がある。これだけテレビカメラがあふれているなかで、わたしが口を閉ざしていられるとは誰も思うまい？」しばらく待っても笑い声があがらないことに顔をしかめると、市長はしぶしぶ先を続けた。

「ゆうべ発生した事件は、じつに、きわめて遺憾である。市長として、わが市民がバットを手に市中を徘徊したり、私的制裁を加えたりすることを許してはおけない。町の警邏《けいら》は然《しか》るべき訓練を積んだ警察官のする仕事であって、一般市民のなすべきことではない。そんなことはわかりきっていると諸君らはお思いになるだろうが、わが市唯一の地元紙はどうやら異なる見解をお持ちのようだ」

腹のなかが胃酸の大樽と化していた。トローチの効果はなかったようだ。

「先週の木曜日、その地元紙はL・S・A・マリガンなる記者の書いたこんな記事を掲載している」言いながら、市長は手にした新聞を掲げてみせた。一面に掲載されたディマジオ団の記事が、赤のマジックで丸く囲んである。「まだこれをごらんになっていない方々のために、これを書いた記者がいかにジャーナリストの名折れであるかをかいつまんで説明させていただこう。この記者は問題の自警団と、それを組織した人物とを諸手《もろて》をあげて褒めたたえている。ちなみに、その人物の名はドミニク・L・ゼリッリ。違法ノミ行為の前科があり、マフィアの朋友として警察に知られる人間でもある。さて、マリガン」

市長は言って、マニキュアの光る指をおれに突きつけた。「きみにはかねてから頭を抱えてきたが、ここまでひどいものとは思いもしなかった」

それを受けて、チャンネル10のくそったれレポーター、ローガン・ベッドフォードがカメラマンを促し、おれにレンズを振り向けさせた。手の平で顔を隠そうかとも考えたが、そんなことをしたら、連行される容疑者みたいに見えてしまう。中指を突き立ててやろうかとも考えたが、ベッドフォードのことだから、きっと、おれが市長を侮辱したかのように映像を編集しなおしてしまうにちがいない。そこでおれはただ、歯磨き粉のコマーシャルみたいに爽やかに微笑んでみせることにした。

「さらには、昨日の日曜版において……」市長の続ける声がした。「この地元紙は、同じ記者が書いた記事、プロヴィデンス市警放火課をあげつらう内容の記事をまたもや一面に掲載した。半分だけの真実と誤解を招きかねない統計データを満載し、献身的な公僕の信望を貶《おと》めんと工作された、きわめて侮辱的な中傷記事である。いまここで、これだけははっきり申しあげておきたい。リッチ本部長もわたしも放火課のアーネスト・M・ポレッキ主任捜査官には絶対の信頼を置いており、ポレッキ主任捜査官は、困難な状況のなか、非凡なる手腕を発揮してくれている。市民のみなさんにお約束しましょう。われわれはかならずや、マウント・ホープにおける連続火災の責任を負うべき人間を見つけだし、法の裁きのもとへ引っ立てることを」

市長はいったん言葉を切り、メモをとる記者たちの手がとまるのを待って、ふたたび口を開いた。

「さて、何か質問のある者は？」

「市長！」ベッドフォードが大声を張りあげながら、宙に手を突きあげた。

「なんだね、ローガン？」

「改名後のお名前ですが、正式にはどのように発音すればよろしいでしょう？」

「カロッツァのままでよろしい。四つの〝ア〟は黙字であると考えていただきたい」

「さすがだな、マリガン！」エレベーターをおりると同時に、ハードキャッスルの歓声が響いた。「さて、お次はどうする？　連続レイプ魔を称える記事でも書くか？」

どうやらここ編集部でも、チャンネル10の生中継で会見の模様を見ていたらしい。おれが自分の席についた途端、ローマックスがゆっくりと近づいてきて、〈カッサータ〉のピザの空き箱を奥へ押しやってから、机の角に尻を載せた。

「まあ、あまり気にするな。きみが警官からとったあのコメント、一般市民はおとなしく家にいて、町の警邏は自分らに任せておくようにと警告するコメントを掲載していなかったら、困ったことになっていたかもしれん。だが、きみはその引用を記事に盛りこんだ。よって、会社が苦境に追いこまれることはない。きみはただ、世の人々がどんなことを言ったりしたりしているかについて書きつづければいい。それを市長が好むと好まざるとにかかわらず」

「ありがとうございます、ボス。そうさせてもらいます」

「手始めに、死体捜索犬を題材にした特集記事でも書いてみたらどうだ」

歩み去るローマックスの背中を眺めながら、おれは心を決めた。ローマックスが冗談のつもりで口にしたアイデアを、現実のものとしてみようじゃないか。

18

マクラッケンの秘書は長い美脚をグレーのウール・パンツで覆い隠しており、ちらりと覗く太腿を拝むことはできなかった。その代わり、フリルのついた白いブラウスのボタンを、上から四つめまではずしたままにしてくれていた。おれは心の奥底に眠る意志の力を総動員して、その谷間を凝視しないよう努めた。

「あのオッパイは詰め物なしの本物かもしれないと、何かがおれに告げている」秘書が手ぶりでおれをオフィスに通したあと、開口いちばんにマクラッケンが言った。

「おまえにもまだ、奇跡を信じる童心が残っていたとはな」

「童心なら残ってる。ないのは希望だ。あの秘書、ヴィニー・パツィエンツァとつきあってるんだ」

ボクサーを引退し、カジノの接待係へと職を変えてからはパンチのスピードがやや落ちたとはいえ、パツィエンツァなら平均体重の男くらいはこてんぱんに叩きのめすことができるはずだった。

「ところで、近ごろ毎晩のようにマウント・ホープをうろついているらしいじゃないか」

「誰から聞いたんだ?」

「警察関係の知りあいから」

「世間は狭いな」

「いいや、州が狭いんだ。なあ、マリガン。時間の無駄はやめておけ。自分が放火犯を現行犯逮捕できるとでも思ってるのか?」

「わかってる」

「ところで、ばかと大ばかコンビの記事、ありゃあ最高だったぜ。そろそろ誰かがやつらのケツを叩いてやるべきだと思ってたんだ。そうすりゃ、多少の成果があがるかもしれん」

「そいつは疑わしいな」

「おれもそう思う」

「そんな話をするために呼びだしたのか？　おれのたぐいまれなる仕事ぶりを称讃するために」

「いいや、情報のお裾分けをするためにさ。ポレッキのやつから、例の下宿屋が燃えた事件に関する報告書の下書きを見せてもらったんだが、そこで新たな事実が見つかった」

「ほう？」

「今回の現場には時限装置が仕掛けられていた」

「時限装置？」

「コーヒーメーカーだよ」マクラッケンはそれだけ言うと、もうわかるだろうとばかりにうなずいてみせた。

おれが無言のまま見つめかえしていると、ようやくマクラッケンは沈黙を破った。

「コーヒーメーカーに水の代わりにガソリンを入れておいて、電気の通じているコンセントにプラグをさしこむ。適当な時間にタイマーをセットしておけば、あとは自宅で女房と一発ヤってるころ、その家がとつぜん火に包まれるって寸法だ」

「プロの仕業ってことか？」

「かもしれん。購入先から足がつく危険がないから、プロが好む手口ではある。例の下宿屋に仕掛けられていたのは、プロクター・サイレックス社のイージー・モーニング・コーヒーメーカーで、型番号は四一四六一。〈ターゲット〉や〈ウォルマート〉なんかの大型ディスカウント店で、簡単にくすねてくることができる」

「アマチュアの線は消えたってことか？」

「いや、検索サイトのグーグルに〝放火〟のひとことを入力できる人間であれば、これしきの手口は五分で習得できる。コーヒーメーカーは放火の小道具としてかなり多用されているから、灰のなかに転がる残骸を蹴飛ばしたとき、さすがのばかと大ばかコンビにも、それが意味するところはわかったと見える」

「つまり、アマチュアの放火魔がいくらか知恵をつけはじめたってことか」

「おれとしては、ほかの可能性も否定はできない。もしかしたら、下宿屋の一件は一連の放火事件とは無関係なのかもしれない。あるいは、そもそものはじめから、アマチュアの手口に見せかけたプロの仕業だったのかもしれない。警察がパトロールを強化したり、ディマジオ団まで通りを徘徊しはじめたりしたせいで、慎重にならざるをえなくなったってだけのことかもしれん」

そう言うと、マクラッケンはにやりと笑い、目に見えないバットで空《くう》を切る身ぶりをしてみせた。

「ひとつ、腑に落ちない点がある。あの下宿屋は無人の廃墟で、ちかぢか取り壊しが予定されていた。なのに、なんで電気が通っていたんだ？」とおれは訊いた。

「ああ、そのことか。なんでも、たまたまディオ建設の作業員が銅管やらなんやらの回収にあたっている最中だったらしい。そのために、一時的に電気が通っていたってわけだ」

「犯人はどうしてそのことを知っていたんだ？」

「さあね」

「それでも、やっぱりプロの仕業だとは考えにくいな。被害に遭った建物の所有者はほぼばらばらだし、法外な保険金をかけられた物件もない。プロの仕業だとしたら、動機はいったいなんなんだ？」

「おれのほうが訊きたいね」

「つまり、おれたちにはまだ何もわかっちゃいないってことだ」

「そのとおり。あのオッパイが本物かどうかもわかっちゃいない」

19

　市庁舎の地下資料庫を覆いつくす埃のせいで、目は潤み、喉はひりひりと痛んだ。二時間をかけて不動産登記簿と固定資産課税台帳を調べ終えると、おれは盛大に鼻をかんでから、最後の一冊をぱたんと閉じた。

　記録によれば、放火に遭った九軒の建物はすべて、ここ十八ヵ月のあいだに持ち主が代わっていた。買い手は五社にもおよぶ異なる不動産会社であり、そこにはいかなる不審点も見いだせない。五つの社名をおれがいっさい耳にしたことがないという事実を除いては。さらにもう少し調べを進めてみると、問題の五社によって、ここ十八ヵ月間にマウント・ホープの四分の一が買い占められていることが判明した。とはいえ、固定資産税が値上げされてからというもの、市内にある安価な賃貸物件の多くが人手に渡っているのも事実だった。

　市庁舎から少し足を伸ばし、公文書を管理する州書記官の事務所も訪れた。ニスで固めた蜂の巣のような髪型をした女がおれの手からリストを引ったくり、大仰に顔をしかめてから、林立するファイルキャビネットの隙間へよたよたと姿を消した。三十分後、女はふたたびよたよたとカウンターへ戻ってきて、五通の会社設立登記申請書を天板に叩きつけた。

　おれは「ありがとう」と礼を言ったが、「どういたしまして」との言葉は返ってこなかった。心づけをもらえる可能性の少ない職種につくロードアイランドの州職員が、自分の仕事にやり甲斐を見いだすことはめったにないのだ。

　大半の州では、会社設立申請書のたぐいはコンピューターで管理されているのだろうが、ロードアイランド州ではそうはいかない。州書記官はこれまでに二度、コンピューター導入の予算を盛りこむよう議会を説得することに成功した。ところが、いずれの場合も、製造元から直接コンピューターを仕入れるのではなく、下院歳出委員会の委員長の兄である地元仲介業者に注文を通すことによって、甘い汁をばらまくことを忘れなかった。いずれの場合も、コンピューターの配達時刻を何者かが外部へリークした。いずれの場合も、その途中で輸送トラックが強奪された。おれの聞いたところによれば、ティリングハスト兄弟がそのヤマを実行し、奪いとったコンピューターは二十パーセントの手数料でグラッソへ売りわたされたとのことだった。

だからこそ、おれはいまカウンターの前に立ち、またもや紙の資料と取っ組みあっているわけだ。〝設立の目的〟という欄に綴られたあやふやな記述に加えて、申請書にはそれぞれの会社の所在地、役員や理事の名前などが記載されている。所在地は五社とも、プロヴィデンス市内の私書箱となっている。役員らの名前にはひとりとして聞き覚えがない。ロードアイランド州の法律のもとでは、企業を陰から支援する人間が名を伏せておくことが可能であり、そうした現状を利用する者は少なくない。そして、そうした人間が《ザ・ソプラノズ　哀愁のマフィア》の出演者であっても、パイン・ストリートの側溝を寝床とするホームレスであってもおかしくないのだった。

書類をもう一度見なおしてみて、気がついた。五社のうちの一社に理事としてあげられている名前には覚えがある。バーニー・ギリガンにジョー・スタート、ジャック・ファァレルにチャールズ・ラドボーン。この四人は、一八八二年にプロヴィデンス・グレイズでキャッチャー、一塁手、二塁手、エース・ピッチャーを務めていた面々ではないか。

だが、そうした情報をすべて手帳に書きとめてはみたものの、そこからわかったことは何もなかった。

ウェストミンスター・ストリートを渡り、とめておいた車に乗りこむころには、すでに陽が沈みかけていた。報道記者L・S・A・マリガンの人生における、典型的な一日の終わり。市長からの個人攻撃。ネタ元への実りなき取材。眼精疲労と滴る鼻水を数に入れたいというのでないかぎり、なんら得るもののない地道な資料漁り。

以前のおれならこうした日々にがっくりと肩を落としたものだが、長い年月を重ねるにつれて、苦労は簡単には実を結ばないことを学んだ。議会や会議で抜け作どもの長話に辛抱強く耳を傾け、警官や政治家の嘘八百につきあい、偽情報に振りまわされ、鼻先で扉を叩き閉められ、早朝四時、炎に包まれる建物を見つめながら雨に打たれる。そうした長い一日を幾度となく繰りかえす。そのなかで得たすべての情報を、いかなる詳細も漏らさず手帳に書きとめる。何が重要な意味を持つかは、あとになってみなければわからない。そうして酒に酔いつぶれては、下書き原稿にビールをこぼす。だが、ニューヨーク・タイムズやCNNで働き口を見つけたひと握りの人間でないかぎり、給料は雀の涙だし、世のなかに名前が知れわたることもない。

だとしたら、そんな茨《いばら》の道をわざわざ歩む人間がどうしているのか。それは、それが彼らの天職――セックスを禁じられない司祭職のようなもの――だからだ。誰かがそれをやらなければ、マクラッケンの考えが正しいことになってしまうからだ。言論の自由なんぞは軟弱な人間が掲げる楯にすぎないことになってしまうからだ。なら、おれはどうなのか。おれがこんな仕事をしているのは、ほかには何ひとつまともにできないからだ。もし記者になれなかったら、おれはバス停で地べたにしゃがみこんで、空き缶に入れた鉛筆を呼び売りしていたことだろう。

それに、ときには苦労が報われることもある。数年まえ、あるネタ元がおれにこんな情報を漏らした。ウォリック市のとあるモテルで、州警察の本部長がときおり、マフィアからの接待を受けている。おれはビッグマックとカフェインで命を存《なが》らえつつ、蓋付きのガラス瓶に小便をしながら、五週間にもおよぶ張りこみを続けた。CDプレーヤーから流れるトミー・カストロとジミー・ザッカリーの曲を何度も口ずさむうち、全曲をそらでうたえるようになった。体重は八ポンド増え、エナジードリンクのレッドブル中毒になりながらも望遠レンズ付きのカメラを握りしめつづけていたとき、本部長の運転するクラウン・ビクトリアがモテルの駐車場に入ってきた。三十分後には、肌もあらわなホルターネック姿の売春婦ふたりが、本部長の接待役を務めるべくやってきた。

そのとき撮った写真のうちいちばんの傑作は、モテルの部屋から出てきた本部長が開け放った扉の前に立ち、半裸の売春婦から投げキスを受けている様子を写したものだった。本部長の髪はくしゃくしゃに乱れ、ネクタイは結ばず首からぶらさがったまま。そして両手は、閉め忘れたズボンのジッパーをあげている。その写真は一面のトップに三段抜きで大きく掲載された。そして、三週間のあいだ、町はその話題で持ちきりとなった。

もしここがコネティカットかオレゴンであったなら、本部長は窮地に陥っていたかもしれない。だが、ここはロードアイランドだ。本部長はいまもなおその座を占めている。

20

カウンターの上方に据えられたテレビから、ローガン・ベッドフォードの粘っこいテノールの声ががなりたてた。「みなさん、サッシーを覚えておいででしょうか。そう、飼い主との再会を果たすために国を横断してきたとされる、あの愛すべき大型犬サッシーです。しかし、ことの真相はどうだったのか。衝撃の新事実はこのあとすぐ！」

その直後、チャンネル10の《アクション・ニュース》が中断し、画面がコマーシャルに切りかわった。テーブルを囲む全員が顔を戻して、それぞれの酒に手を伸ばし、同業者のしでかしたヘマをテーマとする暴露大会を再開した。おれは四本目のキリアンを口へ運んだ。どんなに潰瘍が悪化しようが、今夜のおれにはビールが必要だった。

この日早々に、ベッドフォードから編集部に電話があった。わが社のコメントをとろうとする際にぽろりと漏らしていたから、このあと何を報じるつもりなのかはわかっていた。おれたちはローマックスの恐ろしい形相に耐えきれず、ブラックユーモアを闘わせるのに適した場所を求めて〈ホープス〉にたどりついたのだった。

そんなこんなで、おれたちは〝業界ヘマ話暴露大会〟をもう一時間近くも繰りひろげていた。まずはグロリアが大会の火蓋を切って落とし、最初の勤め先であるノースカロライナの弱小新聞社が〈南部一のプッシー〉との見出しで愛猫コンテストの結果を報じたというエピソードを披露した。

続いて、夜番の社会部編集員ジュディ・アブルッツィが名乗りをあげ、AP通信のリッチモンド支局で働いていたころの出来事について語りだした。なんでも、ある記者が気象情報に文学的表現を試みようとして、〝ジャック・フロストがヴァージニア・チューズデーに氷の爪を突き立てるでしょう〟などというふざけた原稿を提出してきたのだという。

四十年もの長きにわたって夕刊の原稿整理係を務めてきたショーン・サリヴァンは、七〇年代にポータケット市議会の番記者をしていた飲んだくれの話でそれに対抗した。議会が少しでも長引くと、そいつは決まって議場を抜けだし、酒場に通っていた。そして、ライバル紙であるポータケット・タイムズの編集部にあとから立ち寄っては、原稿を盗み見していたという。ところがある日、それに気づいたタイムズの記者がでたらめなリードを用意し、机に置きっぱなしにしておいた。それは、市の金《かね》で古いモテルを買いとり、売春宿として営業していたことを認めて、議員三人と市警本部長が辞意を表明したという内容のものだった。翌朝、わが紙はその飲んだくれの署名入りで、そのがせネタを報じた。一方、ポータケット・タイムズが報じたトップニュースは、交通安全誘導員をもうふたり雇いいれるべきかが議会で話しあわれたというものだった。

「何年もかかりはしたが、その一件もやがては過去のものとなった。なら、サッシーの件もいずれはそうなるときが来るかもしれん」とサリヴァンは言った。

おのれの伝えた誤報がジャーナリストにどれほどの深手を負わせるかは、同業者でないかぎりけっしてわかるまい。むろん、この業界にも根っからのペテン師がまぎれこむことはある。ネタを捏造《ねつぞう》してニューヨーク・タイムズに馘を切られた記者、ジェイソン・ブレアがその代表例だ。しかし、そいつらの語ったでまかせは、残るおれたちにまで傷を与える。純粋なミスによる誤報もまた同様。読者に新聞自体への疑いを抱かせてしまう点に変わりはないからだ。

「金持ちどもの暮らす〝ブラックストーン・ブールヴァード〟と表記すべきところで、貧乏人の暮らす〝ブラックストーン・ストリート〟なんぞと書こうものなら、おまえさんの記事なぞ誰も信じちゃくれなくなる」おれが入社した当初の伝説的社会部部長、アルバート・R・ジョンソンはかつておれをそう諭《さと》した。あのときしでかしたヘマは、おれから三夜分の睡眠を奪った。

ベッドフォードが戻ってきて衝撃の新事実を伝えるのを待っているあいだに、ヴェロニカの話す番がまわってきた。

「大学を出たてのころ、マサチューセッツ州西部の小さな新聞社で警察番記者をしていたの。そのときの編集長がバド・コリンズって名前の頑固爺いで、〝レイプ〟って言葉を絶対に使わせてくれなかった。繊細な読者が感情を害するから、〝レイプ〟ではなく〝性的暴行〟という言いまわしにしろというわけ。でもあるとき、わたし、目撃者からとったコメントのなかで〝レイプ〟って言葉を使ったの。だって、コメントを勝手に変えるわけにはいかないでしょう？　それで翌朝、紙面を確認したら、被害者が『性的暴行よ！　性的暴行！』と叫びながら通りを駆けぬけたことになっていた」

おれたちは腹を抱えて大笑いした。ふと見あげると、コマーシャルはすでに終わり、ローガン・ベッドフォードのキツネ面がふたたび作り笑いを浮かべていた。

「わたくしはいま、プロヴィデンス市シルヴァー・レイク地区にお住まいのマーティン・リピットとご一緒しております」その言葉を受けて、カメラのアングルが横へと移動し、隣に立つ三十代の男が映しだされた。

「マーティン、サッシーという名前の驚異の犬について、ご存じのことを話していただけますか」

「まえにも言ったとおりです。あの犬の名前はサッシーじゃない。シュガーというんです。それに、あいつは驚異の犬でもなんでもない」

「サッシーは本当はシュガーという名前だと？」

「ええ、そうです。ヴァーモントへスノーボード旅行に行くあいだ、二週間ほど友人にあいつをあずけていたんだけど、あいつがそこから勝手に逃げだしちまって。だいいち、国を横断しただなんてばかげてますよ。あの家まではほんの数軒しか離れちゃいないんだから」

「ラルフとグラディス・フレミング夫妻の家まで、ということですね？」

「こっちへ越してきたばかりの夫婦だからよく知らないけど、そんな名前だったと思います。ポーチにたまっていた新聞を開いて、あの写真をたまたま目にしなかったら、いまだにシュガーの居所がわからないところだった。おれにしてみりゃ、驚きなのはあの記事のほうですよ、ほんと」

ヴェロニカがおれを肘で突つき、くすくすと笑いだした。

「それで、サッシーは……いえ、シュガーはいまどちらにいるのでしょう？」

「あの夫婦のところに。あいつら、シュガーを手放そうとしないんです」

今度はグロリアとアブルッツィまで忍び笑いを始めた。

「フレミング夫妻は、シュガーが自分たちの犬だと完全に信じこんでいるわけですね？」

「そのとおりです。自分らの手放した飼い犬を恋しがるあまり、そいつが国を横断して自分たちを追ってきたと信じこんでいる。だけど、そんな話を頭から信じこむなんて、まともな人間にはできない芸当ですよ」

「そんな話を記事にするのも」ベッドフォードはそう言うと、満面の笑みをたたえながら、一面に掲載されたサッシー（あるいはシュガー）の写真を掲げてみせた。「では、マーティン、あなたはこれからどうするおつもりで？」

「明日、警察が出動して、うちの犬を取りもどしてくれることになってます」

「その模様は、明日の《アクション・ニュース》でお伝えします！　以上、ローガン・ベッドフォードがシルヴァー・レイクよりお伝えしました。ベヴァリー、そちらへお返しします」

いまやテーブルは大爆笑の渦《うず》に包まれていた。グロリアは涙まで流していた。この一件は会社にとってゆゆしき事態だった。うちの信用はガタ落ちだ。そこに籍を置くおれたち記者は、さぞかしマメヶ揃いに見えることだろう。だが、今夜のおれたちはアルコールの効果とぶっ飛んだ暴露話のせいで妙にハイな気分になっていた。ホッケーの実況中継が流れただけでも、笑い転げられたかもしれない。

五分後、おれたちがなおもくすくすと笑いつづけていると、カウンターでひとり酒を呷っていたハードキャッスルがスツールから立ちあがり、よろよろとテーブルに近づいてきた。その表情を見るかぎり、ことの重大さを正しく理解できている人間が、少なくともひとりはこの世に存在しているらしかった。

「おれをはめたんだな、マリガン。そうだろお？」とハードキャッスルは言った。たんまり食らったビールとウイスキーのせいで、ただでさえ締まりのない南部訛が輪をかけて締まりをなくしていた。

その声を聞くなり、爆笑の渦がぶりかえした。それにつられて、三つ離れたテーブルを囲む六人連れの消防隊員たちまでもが、わけもわからぬままに笑いだした。

たしかにおれには、こんな事態に陥るまえにハードキャッスルを救ってやることもできた。そうしなかったのは、こいつがあまりにもいけ好かないマヌケ野郎だからだ。ただし、おれもまた長いあいだ、この罪を抱えて生きていくことになるだろう。それがおれの考えていたことだった。だが、声に出して言ったのはこんなことだった。「なあ、ハードキャッスル。やっぱり、DNA検査の結果を待つべきだったな」

「地獄に落ちやがれ」ハードキャッスルが毒づくと、笑い声はさらに音量を増した。

ハードキャッスルが立ち去るのを待って、グロリアが口を開いた。「新聞社にまつわる恐怖の物語を、これ以上披露しあう必要はないわね。優勝者は決まりきってるもの」

「そんなことはない。まだおれが残ってる」

「サッシーを超えるなんて無理よ」ヴェロニカが言った。

「サッシーじゃなくて、シュガーでしょ」アブルッツィが言うと、グロリアがまたもや笑いの発作に取り憑かれ、バドワイザーの瓶を床に弾《はじ》き落とした。

「一九八〇年代のことだ」こぼれたビールを雑巾でぬぐいとるウェイトレスを尻目に、おれは語りだした。

「そのころうちの新聞はロードアイランド州ベスト・マザーなる賞をつくって、年ごとの受賞者を発表していた。受賞者は〝暮らし欄〟で人物像が紹介され、賞品として半年間の無料購読を贈呈された。何百という読者から、自分の母親がどうしてその栄誉にふさわしいのかを綴った手紙が送られてきた。その賞を発案した記者は、そうした感動的な手紙に一通残らず目を通し、最優秀者を選びだしたうえで、手紙の送り主とその母親への取材を行ない、母の日の紙面に受賞の記事を掲載していた。ところがだ。一九八九年のことだったと思うが、その記事が掲載された日、社会部部長のもとに一本の電話がかかってきた。電話の相手はこう言った。『あの女の育てた息子のうち、四人がいま刑務所にいることはご存じ？』」

またもやテーブルが爆笑の渦に包まれた。このとき宙を舞ったのはアブルッツィのアムステル・ライトだった。

「なかなかやるじゃない」笑いの発作がおさまるのを待って、ヴェロニカが言った。「だけど、サッシーにはとうてい敵《かな》わないわね」

「おれの話には、まだ続きがある。その記事を書いたのは誰だと思う?」

「ハードキャッスル?」

「ご名答」

「まさか、そんなことありえないわ」

「ところが、そんなこともあるのさ」

おれは言いながら席を立ち、ヴェロニカにおやすみのキスをしてから、店を出た。

21

ミスター・ラプチャーの姿を探すべく、その晩もマウント・ホープを車で流してはみたものの、本当に見つけられるなどとは微塵も期待していなかった。真夜中をまわるころ、葉巻を口にくわえ、トミー・カストロのアルバム『ノー・フーリン』を聞きながらドイル・アヴェニューに入ったとき、そこにやつがいた。写真と同じ黒の革ジャンのポケットに両手を突っこんだミスター・ラプチャーが、足早に歩道を突き進んでいる。おれはその数ヤード先で車をとめ、道路脇に寄せられた雪の小山を踏みこえると、男が近づいてくるのを待って声をかけた。

「こんばんは。ちょっと話を聞かせてもらえないか？」

　男は心臓の鼓動にして一拍分、おれをしげしげと観察した。それから大きく目を見開き、踵を返して駆けだした。おれもただちにそのあとを追った。

　十ヤード前方を行く男のあとを追って、ゼリッリの店の前を通りすぎた。二月のロードアイランド州の一カ月分に相当する雪をザクザクと踏みしめる二組の靴音があたりに響きわたる。走りはじめて一分もしないうちに、これまで吸いつづけてきた葉巻と、ジム通いをサボった土曜の朝すべてが悔やまれはじめた。右の腿が痙攣《けいれん》を起こし、脇腹に激痛が走った。心臓は暴走するドラムロールのようだった。

「待ってくれ！　少し話がしたいだけなんだ！」おれは男の背中に声を張りあげた。

　次の角を右へ曲がろうとして、男は足をすべらせた。バランスを崩して両腕を振りまわし、冷えきった空気を指が掻く。おれは男まであともう少しの距離に迫っていた。手を伸ばせば革ジャンの襟をつかめそうだ。ところがそのとき、男が足をすべらせたのとまったく同じ場所に右足が着地した。おれはど派手にすっ転び、除雪車が車道から撥ねのけたらしい氷の塊に左肘を打ちつけた。

　激痛が肘から肩へ走りぬけた。やっとのことで身体を起こすと、ひと気の絶えた通りのまんなかを走り去っていく男の背中が見えた。おれもふたたび駆けだした。男は小柄なわりに足が速かったが、おれのほうが歩幅は広い。寒さによる腿の痙攣はおさまらなかったが、痛みに耐えて走りつづけるうち、男との距離は徐々に狭まっていった。

　あと十五ヤード。

　十ヤード。

　五ヤード。

　だが、あの男を捕らえたとして、いったいどうするつもりなのか。ぶん殴って、痛めつけて、無理やり白状させる？　大学の講義では、その種の取材テクニックなんて教わらなかった。それに、もし男が何か武器を持っていたらどうするのか。ナイフか、下手をすると銃を持っているかもしれない。おれの勘《あや》が正しいとしたら、あの男はすでに何度もひとを殺めたことになるのだ。

怖気をふるいかけた次の瞬間、救急車に運びいれられる幼い双子の遺体が目蓋に浮かんだ。おれは大きく息を吸い、地面を蹴って男に跳びかかった。顔から氷の上に倒れこみ、すべる身体がとまったところで顔をあげた。男が肩越しにこちらを振りかえるのが見えた。嘲るような笑い声が聞こえた気がした。

男は猛スピードで次の角を右へ曲がり、しだいに速度をゆるめながら、暗がりのなかに姿を消した。

男を追って走った距離の長さに驚いた。車をとめた場所まで、痛む足を引きずりながら八ブロックも歩かなくてはならなかった。ようやくそこにたどりついてみると、誰かがドアをこじ開けて、ＣＤプレーヤーを盗みだしていた。痛めていないほうの腕で後部座席を引っ掻きまわし、着古したＴシャツを見つけだして、鼻から滴り落ちる血をぬぐった。

翌朝、左肘は紫色に腫れあがっていた。鼻には、かつて味わったのとまったく同じ痛みがあった。

怪我《けが》を負ったのはこれがはじめてではない。鼻の骨折が三回。左手首の骨折が二回。不意の肘鉄に両目の上をぱっくり割られたこともある。指の骨にひびが入ったことなら三回もあるし、そのうちの一本はいまもまだ曲がったままだ。右膝には半月形の手術痕が刻まれている。だが、そうした怪我のすべては、バスケットコートで負ったものだった。いったいいつから、記者業は接触プレーの許されるスポーツになったのだろう。

ロードアイランド病院の救急外来の待合室で、去年一年分のタイムズを読みながら二時間をすごした。研修医がレントゲン写真を読みとってくれるのを待って、さらに一時間を費やした。その結果判明したのは、今回折れたのがおれのプライドだけだということだった。

ようやく職場に出勤したとき、時刻はとうに昼をまわっていたが、雑用係がプレスリリースの詰まった箱をハードキャッスルの机に届ける瞬間は見逃さずに済んだ。自分の机まで歩いていく途中、五、六人の同僚に呼びとめられ、その鼻はどうしたのかと尋ねられた。「氷に足をとられて転んだんだ」とおれは答えた。これならまるまる嘘をついたことにはならない。

足もとの引出しを開けて、野次馬の写真をおさめた封筒を取りだし、机の上に中身を広げた。六枚の写真のなかから、ミスター・ラプチャーがおれを嘲っていた。おれはその顔にじっと目をこらした。

ふと顔をあげたとき、エドワード・アントニー・メイソン四世の姿が目に飛びこんできた。自分の見たものが信じられず、いったん戻した視線をもう一度そちらへ振り向けなければならなかった。ヒューゴ・ボスのスーツに身を包んで、コロンビア大学のジャーナリズム学部へ通っていたはずだが、とうとうこの町へ戻ってきたのか。踝《くるぶし》まで丈のある皺の寄ったトレンチコートを着こみ、《或る夜の出来事》で記者を演じたときのクラーク・ゲーブルさながらに茶色の中折れ帽を浅くかぶったメイソンがいま、悠々と編集部を横切っていた。いや、あれは間違いなくクラーク・ゲーブルを気どっているのだ。右耳の上に煙草まで挟んであるではないか。おそらくあの映画を見て、記者たるものはこうあるべきだと思いこんだのにちがいない。

メイソン一族は名門の資産家だ。アイルランド系やイタリア系の移民がやってきて、その座を奪いとるまで、二百年以上にわたってロードアイランド州をわがもの顔にしてきた。その顔にいちように張りつけられた渋面から判断するに、彼らはいまだにそのことを恨みがましく思っているらしい。メイソン一族はギニア沿岸から南部植民地へと奴隷を運び、ブラックストーン・ヴァレーにかまえた繊維工場で南部産の綿花から布を生産することにより財を成した。だが、羽振りのいい時代は大昔に終わった。この新聞社は一族に残された数少ない事業のひとつだった。

メイソン一族はこの新聞社を南北戦争時代から経営している。当初の百年間は、超保守主義の伝達機関として利用していた。移民排斥のプロパガンダを紙面に吐き散らし、婦人参政権から社会保障制度に至るまで、人類が成し遂げたすべての功績を社会主義化への転落を加速する坂道と見なしてきた。それがどうしたことか、第二次世界大戦のあたりから、メイソン一族は唐突な柔軟路線をとるようになった。紡績王としての横暴を捨て去り、公共の福祉に寄与する社会事業家としての温情主義的な方針をとりいれはじめた。以来、わが社もまた公益に資するための機関として、収益の多くが有権者の啓発や無産階級の教育等の目的に使われるようになった。メイソン一族は、体裁を整えるためなら新聞印刷用紙に年間百万ドルの余分な予算を割きながら、記者の名刺作製代には財布の紐を締めるたぐいの連中だった。地元の新聞協会とはここ五年もつきあいがなく、三パーセントの賃上げや歯科医療保険の導入を訴えられただけで、大袈裟に息を詰まらせる。

その一族のなかで、近年は新たな世代が出現しつつあった。夏には州南部の避暑地ニューポート、冬にはアスペンのスキー場で大金を湯水のように使い、株に手を出しては金《かね》をすり、フォックスウッズ・リゾートカジノのバカラ・テーブルで信託財産をぱあにする。そんななか、唯一、新聞社の経営に関心を抱《いだ》いたのがエドワード・メイソンだった。当然ながら、一族の古老たちは諸手をあげて、エドワードに後継者としての教育を受けさせた。コロンビア大学ジャーナリズム学部――五十年まえの新聞にしか載せられないような記事を書くよう学生たちを育てあげる、旧態依然とした人間どもの偏狭な砦《とりで》——にパパの懐から二万ドルもの大枚を叩《はた》かせたのち、エドワード・メイソンはここへ戻ってきた。生まれながらにして自分のものである地位につくべく、その実地訓練を開始するために。

全員の視線が降りそそぐなか、エドワード・メイソンは編集部を悠然と突っ切り、編集長室に入っていった。おれは机に視線を戻し、ふたたび写真に目をこらした。誰かがミスター・ラプチャーをとめなくてはならない。だが、ずきずきと痛む鼻と肘とが、おまえでは力不足だと告げていた。

おれには誰かの助けが必要だった。

22

「マリガンだ。あんたが興味を持つかもしれない情報がある」

「それならこっちにもある。十二番サイズのナニをケツに突っこんでやろうか」

「それを言われるのは、この一週間で二度目だ」

「だとしても、わたしは驚かない」ポレッキは言って、受話器を架台に叩きつけた。

くそったれめ、勝手にしろ。そう思いかけた直後、焼死した双子のことが思い浮かんだ。下宿屋の焼け跡から掘りだされたふたつの遺体のことが思い浮かんだ。父親に二度と会うことのできないデプリスコの子供たちのことが思い浮かんだ。来る日も来る日もみずからの命を賭して消火にあたっているロージーや消防隊のことが思い浮かんだ。受話器を取りあげ、もう一度ポレッキの番号を押した。

「おれが手に入れたネタを、とにかく見てみたほうがいい」

「ロセッリに持ちかけてみたらどうだ。あいつならサイズは九番だ」

「なあ、おれはあんたに有益な情報を提供しようと言ってるんだ。それがほしいのか、ほしくないのか？」

「どんなふうに有益な情報なんだ」

「あんたを英雄にしてくれるかもしれない情報。ばかと大ばかの記事を全員の記憶から消し去ってくれるかもしれない情報だ」

「それを言うなら、わたし以外の全員だな。わたしは恨みを忘れない予定でいる」

「いいか、おれはマウント・ホープに火を放ってまわっている人間を知っているかもしれない。そいつの写真をあんたが見たがるんじゃないかと思ったんだがな」

沈黙が垂れこめた。しばらくしてから、ポレッキは言った。「わたしをからかっているんじゃないだろうな？」

「ああ」

「いいだろう、くそ野郎。いまからこっちへ来い。なんとも胡散《うさん》臭い話だが、まずはおまえの手の内を見てやるとしよう」

「あんたのところはだめだ。知りあいに顔を見られるとまずい」

「十五分後にファウンテン・ストリートのマクドナルドで」

「そこはうちの連中がコーヒーを買いにくる」

「なら、ウェイボセット・ストリートの〈セントラル・ランチ〉は？」

「うちの部長の妹が営む店だ」

「そうかい、マリガン。なら、これでどうだ。ブロード・ストリートで鶏料理とスペアリブを売り物にしている〈サックス〉って店の近くに、〈グッドタイム・チャーリーズ〉というストリップ小屋がある」

「YMCAの少し先にある店か」

「そうだ。そこに入りびたっている変態どもにも知りあいがいるのか？」

「そこでいい」おれは言って、電話を切った。

車に乗りこみ、建物の周囲をぐるりとまわって、州間高速道路の向こう側へ出た。安アパートメントの立ち並ぶイタリア人街を突っ切り、ロードアイランド州では道路と見なされている小路を南へ四ブロック進んでブロード・ストリートに入ると、通りのはずれに車をとめた。あたりでは、ホットパンツから尻をはみださせた十六歳の売春婦が昼日中から客を引いていた。使用済みのコンドームや、重量にして四十オンス分の踏みつぶされた空薬莢が歩道のあちこちに転がっていた。

店内は薄暗く、小さなステージを照らす投光照明のほかに明かりはない。ステージ上では、痩せっぽちの黒人の女がひとり、絞め殺されたばかりの蛇みたいに身をくねらせている。真っ昼間から暇を持て余している数人の客がその周囲に群がり、とろんとした目つきで、水滴の浮いた缶ビールを握りしめている。奥の暗がりに目をこらすと、ボックス席に太鼓腹を押しこんでいるポレッキの姿が見えた。その向かいに腰をおろした直後、身体の向こうまで透けて見えそうなボディストッキングに全身を包んだウェイトレスが、どこからともなくあらわれた。

「あら、マリガン！　お久しぶりね」

ポレッキがおれに顔を向け、苦々しげに眉根を寄せた。

〈ホープス〉のウェイトレスを辞めてからマリーはどうしているのだろうと、ずっと気になっていた。マリーが服を脱いだらどんなふうだろうと考えたこともあった。こうしてふたつの謎が一気に解けたわけだが、いまはまだ昼間の二時三十分。浮き足立ちそうになる気持ちをおれは強いて抑えつけた。

無言でポレッキと向かいあったまま、マリーがおれのクラブソーダとポレッキのナラガンセット・ビール――植民地時代のわれらが敬虔なる祖先たちに虐殺されたアメリカ先住民の名をとり、地元ロードアイランドで人気を博しているビール――を運んでくるのを待った。おれが二十ドル札をさしだすと、マリーは十五ドルの釣りを返してから、右の太腿にはめた赤いガーターベルトを引っぱってみせた。おれはそこに一ドル札をすべりこませた。マリーはおれにウィンクを投げてくれた。

「で、わたしはどっちのほうなんだ？」マリーがテーブルを離れるのを待って、ポレッキが言った。

「なんの話だ？」

「わたしは〝ばか〟のほうなのか、それとも〝大ばか〟のほうか？」

「どっちでも大差はないだろう」

「腕を一本骨折するのと二本骨折するのとでは大ちがいだ」

おれは眼鏡の縁越しに、まじまじとポレッキを見つめてから言った。

「なあ、あんたは今後もおれにケンタッキー・フライドチキンを分け与えちゃくれないだろうし、おれだってあんたを野球観戦に誘うつもりはない。だがいま、この住み慣れた町で、人々が次々と焼け死んでいっている。あんたはおれと同じくらい、そのことを思い煩《わずら》っているものと思ったんだが」

「同じじゃない。おまえ以上にだ」

「だったら、あんたにいまから何枚かの写真を見せる。すべて見終わったら、写真は返してもらう。お互いにどうすべきかは、そのあと話しあおう」

「いいだろう」

おれはジャケットの内ポケットからマニラ封筒を取りだし、ミスター・ラプチャーの顔を赤いマジックで丸く囲んだ写真をテーブルの上に並べた。ポレッキはそれを一枚ずつ手に取っては、青みがかった仄暗い光のもとでじっと目をこらした。ポレッキがすべてを見終えると、おれは写真を集めて封筒におさめ、内ポケットに戻した。

「で、そいつはいったい誰なんだ」

「わからない。さしあたってはミスター・ラプチャーと呼んでいる」

「恍惚とした表情をしているからだな」

「ああ、そういうことだ」

「そいつが犯人だと考えた根拠は、それだけじゃなかろうな？」

「ゆうべ、ドイル・アヴェニューを歩いているところに出くわした。話を聞こうとしたら、いきなり逃げだした」

「取り逃がしたのか。おまえみたいな大男が、こんな小男を」

「もう一歩のところで、足をすべらせて転んだんだ」

「その結果が、その鼻か」

「ああ」

「骨は？」

「折れてない」

「そいつは残念」

ポレッキが手を振って、マリーを呼び寄せた。二缶目のビールが運ばれてくるまでのあいだ、おれたちはふたたび無言で待った。警察官が職務中に酒を飲まないと言ったのは、どこのどいつだろう。

「さて、おまえのよこした情報はたいしたものじゃない。証拠のひとつにもなりはしない。だが、ひとつの手がかりであることはたしかだ。目下のところ、われわれの持つ手がかりは多くない。その写真を手に入れるにはどうすればいい」

おれは内ポケットからふたたび封筒を取りだし、いちばん写りのいい写真を一枚選んで、テーブルの中央に置いた。その上に手の平を載せたまま、ポレッキの目を覗きこんだ。

「この一枚だけなら、あんたにやってもいい。ただし、ひとつ条件がある」

「聞こうじゃないか」

「あんたはこの写真をおれから受けとってはいない。おれたちのあいだでこの会話は交わされていない」

「そういうこったろうと思ってたよ」

「異論は？」

「ない」

ポレッキは残りのビールを飲み干し、写真を拾いあげると、重たい身体をよっこらせと椅子から引きあげた。

「ちょっと待った。手がかりは多くない……さっきそう言ったな？」

「それがどうした」

「手がかりは多くない。つまり、少しならあるってことだ。そうだろ？」

ポレッキは椅子に尻を戻して言った。「おまえに教える義理はない」

「おれはあんたにあるものを与えた。今度はあんたがおれに何かを与える番だ」

「すべてがギブ・アンド・テイクの精神で進むとでも思っているのか、この甘ちゃんめ」

「こんなふうに考えてみてくれ。ミスター・ラプチャーが本当に犯人だとしたら、おれはあんたに手柄を立てさせてやったことになる。ただし、やつが犯人だと確定するまで、おれは今後も調査を続けるつもりだ。そして、おれにならロを割ってくれる人間が、あんたら警察にはだんまりを通す場合もある」

ポレッキは一分ほどおれを睨《ね》めつけてから、ようやく口を開いた。

「何かつかんだら、わたしに連絡を入れようってのか？」

「今日だってそうしたんじゃなかったか？」

ポレッキは黙りこみ、結婚指輪をいじくりだした。必要のなくなった指輪をまだはめているのは、消えた女房をなおも愛しているからなのか。急激に増えた贅肉のせいで、単にはずれなくなってしまっただけなのか。

「この会話はオフレコだ。いいな？」

「もちろん」

「くそったれ新聞にこのネタがすっぱぬかれているなんて事態は、絶対にごめんだ」

「そんな事態は絶対に起こらない」

「いいだろう、マリガン。われわれはいま、とある元消防士に目星をつけている。日がな一日、マウント・ホープ消防署に入りびたっては、余計なお節介を焼いてまわっているって暇人の爺さんだ。火災現場にかならず顔を出しては、隊員にコーヒーを配ったりもしている」

なんてこった。こいつはジャックのことではないのか。

「その元消防士が犯人だとする確証はあるのか？」

「いまのところはない。だが、やつにはろくなアリバイがない。夜はいつも家でひとり、刑事ドラマやFOXニュースを見ているんだとさ。われわれが話を聞きにいったときも、質問に素直に応じるどころか、怒りを爆発させやがった。こいつが犯人にちがいないとロセッリは踏んでる。わたしとしては、まだそこまでの確信は持っていない。だが、たしかにやつは犯人像にあてはまる」

「犯人像？」

「ひとり暮らし。ある種の負け犬。消防隊員として三十年をすごしながら、一度の昇進もなし。それに、かって火事を消しとめる仕事をしていた人間なら、効果的に火事を起こす方法も熟知しているはずだ」

「かつて消防士だった人間が、あんなことをできると思うのか？」

「放火魔を捕まえてみたら現役の消防士や元消防士だったという例が、どれくらい多いと思うんだ」

「どれくらいなんだ？」

「知らん。だが、かなりの数だってことだけは間違いない。火を消しとめて英雄になりたかったってだけの理由で犯行におよぶやつらもいる。仲間と一致団結して炎に立ち向かうのが快感だからってだけのやつらもいる。それ以外のやつらは、単に頭がいかれてるんだろう」

「あんたが目星をつけてる元消防士の名前は？」

「おっと。それをわたしの口からあかすわけにはいかん。あとは自力で探りあてるんだな」

ポレッキはふたたびよっこらせと立ちあがった。


「またきてちょうだい！」陽気に呼びかけるマリーの声を背中に浴びながら、店を出ていった。おれは数分待ってから出口へ向かい、扉の隙間に顔を突きだして通りの左右を見まわした。

おれが恐れていたのは、ストリップ小屋から出てくる姿を目撃されることではなく、ポレッキと一緒にいるところを誰かに見られることだった。ミスター・ラプチャーの写真を渡したことにより、おれはとうとう一線を踏み越えた。記者というものは、警察に情報を明けわたしたりはしない。警察の召喚に応じるくらいなら、侮辱罪で刑務所に叩きこまれることを選ぶ者さえいる。おれたち記者がみずからの仕事をまっとうするためには、けっして他と馴れあってはならない。おれたちから少しでもスパイのにおいを嗅ぎとったなら、ゼリッリのような人間は口を閉ざして開かなくなる。

おれがポレッキに与えたのは、単なる写真以上のものだった。おれはばかと大ばかコンビのまだしもましなほうに、充分に機能する脳細胞さえあれば脅迫に使うこともできる材料を渡してしまったのだ。おれのしたことをポレッキがローマックスにちくりでもしたら、おれは物乞い用の空き缶を探しだし、呼び売り用の鉛筆を仕入れなければならなくなる。だが、たとえそうなったとしても、罪のない者がこれ以上犠牲になるくらいなら、自分が職を失うほうがずっとましだった。

23

マウント・ホープ消防署へ立ち寄り、ロージーはいるかと尋ねると、夜になるまで戻ってこないとの答えが返ってきた。食堂では、種類がばらばらの椅子にすわった六人ほどの隊員が黄色いフォーマイカのテーブルを囲んで、ローナン・マッカウン副隊長がオーブンからラザニアを取りだすさまを見守っていた。

「ジャック・セントファンティは来てないか?」そう問いかけると、返ってきたのは怒りに燃えるまなざしだけだった。

おれはマッカウンを見やり、片眉をあげてみせた。

「あの爺さんならいない。ここで歓迎されることはもう二度とないと言ってやったからな」

消防署を出て、キャンプ・ストリートまで車を走らせた。五十三番地に建つ奇怪なヴィクトリア様式の建物は、百年以上も昔に金持ちの邸宅として建造されたものだが、いまは正面玄関の横に十二個もの呼び鈴が並んでいる。そのいずれもが故障していたが、それはそれでかまわない。ノブをつかんで押すと、うめき声とともに扉が開いた。煙草の吸い殻とダイレクトメールの散乱する狭苦しい空間に、おれは足を踏みいれた。

踏み板を覆うゴムのゆるんだ箇所に足を引っかけたり、ぐらつく手すりに体重をかけすぎたりしないよう気をつけながら、階段をのぼった。ジャックの部屋は二階の薄暗い廊下の端にある。カエデ材の分厚い戸板には真鍮でつくられた2と3の数字が打ちつけられていたが、3のほうは上の釘がはずれて、上下逆さまにぶらさがっている。おれは片手をあげて、その扉をノックした。

「開いとるよ」

ノブをまわして扉を開けると、詰め物入りの肘掛け椅子にすわるジャックの姿が見えた。揃いの足台にはだしの足を載せ、手には大ぶりなグラスを握りしめている。椅子の傍らに置かれたマホガニー材の円卓の上に、半分からになったジム・ビームのボトルが載っている。部屋の明かりはついておらず、沈みかけた陽の光が半開きのベネチアン・ブラインドの隙間からかすかにさしこんでいた。卓上テレビにはFOXニュースが映しだされているが、音声は消してあるらしい。画面の発する光がジャックの顔を青く染めている。扉の横のスイッチを入れると、天井の明かりが灯った。ジャックはまぶしそうに顔をしかめ、左手をあげて目の上にかざした。明るい光のもとで眺めて、はじめて気づいた。縁飾りの凝った円卓の天板を守るためめか、酒瓶の下にはクロッシェ編みのナプキンが敷いてあった。

「なんと、マドンナ《リアム》か？　会えて嬉しいぞ、坊主」

「こちらこそ嬉しいですよ、ジャック」とおれは答えた。ジャックとロージーと身内の人間だけは、おれをリアムと呼ぶことを許されている。

「すわれ。まあ、すわってくれ。わしの家は、おまえの家だ」

　向かいあう位置に置かれた揃いの椅子に腰をおろしたとき、ジャックの顔を覆う数日分の無精ひげに気づいた。

「おまえも飲むだろう?」

「一杯いただきます」

　ジャックは肘掛け椅子から立ちあがり、パイル地のバスローブから垂れた腰紐を引きずりながら、ふらつく足でキッチンへ向かった。流し台から水の流れる音が聞こえた。ジャックは水に濡れたままのグラスを手にキッチンから戻り、それをおれに手渡してから椅子に腰をおろすと、酒瓶をさしだした。

「仕事のほうは順調なのか?」

「ええ、なんとかやってますよ、ジャック」

「美人の姉さんは? あの娘《こ》も元気にしとるのか」

「メグも立派にやっています。ニューハンプシャー州のナシュアで教師をしながら、郊外に家を買ったそうです。去年の夏には、ニューヘイヴン出身の気立てのいい女性と結婚しました」

「くそっ《メルダ》!」ジャックはしばらくおれを見つめてから、小さく鼻を鳴らして言った。「まあいい。それが〝立派〟だとおまえが言うなら、わしもそれでかまわん。エイダンのほうはどうだ。兄さんとはまだ口を利いとらんのか」

「おれのほうはそんなつもりはありません。向こうがおれを避けているだけで」

「口を利くのも難しいんだろう」

「そのようです」

「わしは最初からドーカスが気に食わんかった」

「そうでしたね」

「パッツァ・ストロンツァ。あれは正真正銘のロンピナーレだ」

いかれた雌犬《パッツァ・ストロンツァ》。正真正銘の鬼女《ロンピナーレ》。ジャックがこれまでの人生で最接近したイタリアは〈カッサータ〉で食べた三種のチーズとミートボールのピザがせいぜいだったが、イタリア語で悪態をつくすべだけは、完璧にマスターしていた。

「おまえら兄弟があの女のどこに惚れたのか、わしにはまったくもってわからん。あの女とおまえが結婚したとき、幸運をつかんだのはおまえのほうだと、エイダンのやつに言ってやったほどだ」

「結果として、あなたが正しかったようです」

「そうとも。いまごろはエイダンのやつもそれに気づいておるだろう」

「かもしれません。ただ、マリガン家の人間は恨みを忘れないすべに長《た》けているもので」

ジャックは声をあげて笑った。「おい、いまので思いだしたぞ。以前、シャッド・ファクトリー池へ釣りに出かけたとき、わしは一ダースもの大物を釣りあげた。ところが、おまえの親父さんときたら、一匹の魚も釣りあげることができんかった。帰りの車中で、わしはそのことをさんざんからかった。親父さんは猛烈に腹を立て、半年ものあいだ、わしとはひとことも口を利こうとしなかった。たったそれしきのことで、半年もだぞ」

ジャックのグラスはからになっていた。おれがボトルを返すと、ジャックはふたたびなみなみとグラスを満たしてから、ナプキンの上にそっとボトルを戻した。そのとき気づいた。円卓の上に、写真立てがひとつ飾られている。おれは椅子から立ちあがり、それをテーブルから持ちあげた。ゴム胴長を着てシャッド・ファクトリー池のほとりに立ち、釣りあげた魚を誇らしげに掲げるジャックとおれの父。後悔の波がおれを襲った。父の親友のもとへ、どうしてもっと頻繁に顔を出さなかったのだろう。

「おまえの親父さんはじつにアイルランド人らしい、本当に強情なやつだった。しかしいまは、あいつが恋しくてならんよ」

「おれもです」

ジャックはひとつため息を吐きだしてから、グラスの中身をぐいと呷った。「あいつはわしにとって、家《ファミ》族《グリア》も同然だった」

ジャックは一度も結婚をしなかった。早くに両親を亡くしてからというもの、ジャックにとって家族にいちばん近い存在はマリガン家の人間だけだった。おれは写真立てを円卓に戻し、ふたたび椅子に腰をおろした。

「それで、あなたのほうは最近どうなんです？」

「まだまだ健康そのものだ。となれば、不平を並べるわけにはいくまい」

「ここへ来る途中、消防署へ寄ってきたんです。あなたがあっちにいるんじゃないかと思ったもので」

「あそこにゃ、もういやというほど足を運んだ。これ以上、入りびたっても仕方あるまい」

おれは無言のままジャックを見つめた。

「その件で、おれに話したいことはありませんか」

「くそっ。あっちで何か聞きつけてきたんだな」

「ええ。でも、おれはあなたの口から話を聞きたい」

「消防署の連中のことをか？　いいや、あいつらは悪くない。あんなに気のいい連中はいないさ。もしおまえが必要とするなら、自分の着ているシャツを脱いで、パンツだって脱いで、おまえに譲ってくれるだろうよ。あの娘っ子だってそうだ。たしかロージーといったな。あの娘っ子が隊長に就任したときには、だいじょうぶなのかと危ぶみもした。わしらの時代には、女の隊員すら存在しなかった。そんなことはありえなかったもんでな。だが、いまは認めとる。あの娘っ子はたいしたものだ。あの連中のことは誰ひとり責めるつもりはない」

「ただし?」

「ただし、あの放火課の刑事どもはべつだ。ポレッキとロセッリといったか。あいつら、月曜の午後に消防署へ乗りこんできて、全員の前でわしにふざけた質問をしてきおった。そのあと、署の連中にも質問をしてまわった。なぜわしが四六時中消防署をうろちょろしているのか。一連の火災が起きたとき、わしがどこにいたかを知っているか。わしが不審な行動をとっているところを目撃したことはないか。そうやって、わしが犯人じゃないかという疑いの芽を全員の頭に植えつけていきおった。わしが放火犯だと? 三十年も消防士として働いてきた、このわしが? あのくそったれコンビめ」

「それで、そいつらになんと言ったんです?」

「もちろん、『くそったれ《ヴァッファンクーロ》』と言ってやったさ。するとやつら、そこらじゅうの扉を叩いてまわって、近所の住民たちにまで訊きこみをしてまわりおった。いまじゃ、誰も彼もが妙な目でわしを見るようになった。わしが帽子を脱いで挨拶したって、ひとことの返事も返っちゃこない」

「火災が起きたとき、どこにいたのか話してください。そこからあなたの無実を証明できるかもしれない」

「ここにいたさ。ひとりきりでな。いつものようにニュース番組を見ておった。つまり、メインキャスターのビル・オライリーが画面の向こうからわしの姿を見ていたというのでないかぎり、わしにアリバイはないってことだ」

「三階建てのアパートメントが燃えたときは? あそこが燃えたのは昼まえだった」

「あんときは消防署にいた。あのボンクラ《コリオーネ》どもにもそう話したさ。ところが、おれがずっとそこにいた、こっそり抜けだしたりはしなかったと断言できる隊員はいなかった」

「わかりました、ジャック。いまからあなたにしてほしいことがあります。すぐにその椅子から立ちあがって、釣りに出かけてください」

「いまは釣りのシーズンじゃない」

「だったら、よその土地まで出かけていけばいい。アラスカでもいいし、フロリダでもいい。釣り道具一式を抱えて、どこへ行くのかは誰にも告げずに、いますぐ飛行機に飛び乗ってください。そして、航空チケットとホテルの領収書をしっかり保管しておくんです。そうすれば、次に放火が起きたとき、あなたのアリバイが証明される。もう帰ってきてもだいじょうぶとなったら、携帯電話に連絡を入れます」

「ばかを言うな、リアム。そんな金《かね》などあるものか」

「おれが出します」

「おまえにそんなことはさせられん」

「そうさせてください」

「だめだ、リアム。それはできん」ジャックは断固とした口調で言い放った。これ以上の説得は無駄なようだ。

おれはため息をついて腕を組み、しばし思案をめぐらせた。ポケットから葉巻を二本取りだして、一本をジャックにさしだした。

「わしは遠慮しておこう。おまえひとりで喫《や》ってくれ」

シガーカッターで先端を切りとり、火をつけた。背もたれに寄りかかり、煙の輪をふたつ吐きだした。

「なら、こうしましょう。おそらく警察はもう一度あなたに話を訊きにきます。でも、何も話しちゃいけません。署への同行を求められたら、逮捕状はあるのかと訊いてください。相手の答えがノーだったら、同行を拒む。答えがイエスだったら、弁護士を呼ぶよう要求するんです。そして、弁護士があらわれるまでは、ひとことも口を利かないこと。おれのためにも、そうすると約束してくれますね？」

「ああ、そうするよ」

「それと、何も話すなとおれから指示されたってことも、ポレッキとロセッリには絶対に言わないでください」

「わかった」

「こんな状況は永遠には続かない。犯人はかならずなんらかの襤褸《ぼろ》を出す。いずれかならず逮捕される。そのとき、あなたはもとの生活を取りもどせるはずです」

「おまえの言うとおりであることを祈っとるよ」

　おれはもうしばらく葉巻を味わい、ジャックはもうしばらく酒を呷った。ふたりで父の思い出を語りあった。灰がシガーリングのところまで達すると、おれは吸い殻をグラスに落として立ちあがった。ジャックも椅子から立ちあがり、玄関でおれを見送ってくれた。

「おまえの親父さんが生きてくれたら、どんなによかったか。わしがいまどんな思いで毎日を送っているか、近所の連中からどんなに白い目で見られているか、とても言葉では言いつくせんよ」

　おれが廊下に出ると、ジャックは電灯のスイッチを切って、扉を閉めた。おれは重い足どりで階段へ向かった。暗がりのなかでひとりウイスキーを呷るジャックの姿を、頭に思い描きながら。

24

その晩、警察がサッシー（あるいはシュガー）の奪還にやってきたとき、ラルフとグラディスは例のちっぽけな家に立てこもり、呼びかけに応じようとしなかった。

拳銃をかまえた警官隊は拡声器を用いての説得を試みた。交渉が不発に終わると、正面玄関を強行突破するための破壊槌が運びこまれた。ところが、数人がかりで破壊槌を振りかぶった途端、凍結した石段に足をすべらせ、全員が凍りついた雪の上に倒れこんだ。その模様をローガン・ベッドフォードは六時のニュースで嬉々として伝えた。警官隊が慌ててよろよろと立ちあがり、雪の上に転がる破壊槌を拾いあげて、ふたたびそれを振りかぶろうとしたとき、問題の犬の正当な飼い主であるとされるマーティン・リピットが、こんなやり方はばかげていると指摘した。十人以上から成る警官隊はばつの悪そうな表情を浮かべ、しばしその場に立ちつくした。それからパトロールカーに飛び乗って、すたこらさっさと走り去った。

この問題の仲裁にはチャンネル10が乗りだすこととなりましたとの言葉とともに、ベッドフォードは実況を締めくくった。脚のレントゲン撮影や肉球の検査を行なえば、サッシー（あるいはシュガー）がはるばる国を横断してきたのか、通りを一本渡っただけであるのかがはっきりする。マサチューセッツ州グラフトンのタフツ大学獣医学部カミングス校が検査を請け負い、チャンネル10がその費用を負担する。リピットとフレミング夫妻はその結果を受けいれることに同意したという。

カウンターの上方に据えられたテレビの画面がコマ

ーシャルに切りかわるのを待って、おれは言った。

「それにしても、ベッドフォードみたいなマヌケ野郎のほうがプロヴィデンス市警察より分別をわきまえていたというのは、なんとも嘆かわしい話だな」

「オレゴン州のスティンソンとかって夫婦に連絡をとって、サッシーがまだそこにいるかどうかをたしかめたほうが手っ取り早いんじゃないかしら」とヴェロニカが言った。

それならおれが一週間まえに済ませていた。その際、サッシーは木材運搬用のトラックに轢かれて死んだとエドナ・スティンソンから聞かされていたのだが、そんな話をいまさら持ちだすわけにはいかない。そこで、おれはこう答えた。「ハードキャッスルが連絡を試みたんだが、その夫婦はカナダのブリティッシュコロンビア州へ年に一度の釣り旅行に出かけていて、一カ月は戻ってこないらしい」

ヴェロニカはハンドバッグからヴァージニア・スリムのパックを取りだし、一本を振りだして口にくわえた。おれがさしだしたコリブリ・ライターに先端を近づけて火をつけ、ひと息に煙を吐きだすと、一瞬考えこんでから、灰皿で煙草を揉み消した。

「職場ではもう吸えないんだもの。悪習を断ついい機会かもしれないわ」

おれのほうは葉巻が吸いたくて仕方なかったが、いまはやめておいたほうがよさそうだった。

そのとき不意にヴェロニカが席を立ち、ジュークボックスに二十五セント硬貨を落としはじめた。それから、スローなナンバーを何曲か選んでボタンを押した。ガース・ブルックスがカバーしたボブ・ディランの《トゥー・メイク・ユー・フィール・マイ・ラブ》が流れはじめると、おれたちはテーブルとテーブルの合間のわずかなスペースで身体を寄せあい、埃まみれのざらつく床板に靴底をこすりながらチークを踊った。ぴったりと押しつけられた身体の感触がたまらなく心地よかった。そのあと、おれたちは手に手を取りあって〈ホープス〉をあとにした。見あげると、このひと月ではじめての澄みわたった夜空が広がっていた。

　明るい月が市庁舎の上空に浮かんでいる。おれたちは歩道に立ったまま唇を重ねた。夜と呼ぶにはまだ浅い時刻だったが、このところは夜更かしのしすぎだということで話がまとまった。それぞれの車に乗りこみ、それぞれのアパートメントをめざした。

25

　相棒ブロンコを一夜の床《とこ》につかせたあと、狭い階段をのぼって自分の部屋に入った。磁器製のホルダーのなかで、ヴェロニカの残していった歯ブラシがなおも存在を主張していた。

《ロー・アンド・オーダー》の再放送をつけたまま、国が発行した出版物のページを開いた。その名も、『ア《A》ルコール・煙草・火《T》器および爆発物取締局《F》、二十一世紀の指針／放火および爆破事件、爆弾の脅威と探知、爆発物処理班、犯罪解明のための弾道学、銃器売買、ブレイディ法、組織犯罪防止のための教育と訓練、特別捜査官の採用、危険回避のための情報、法規、規制、手引き、管轄区、科学捜査研究所、捜査形態、A

TF定期報告、教会放火対策特捜班を包括して』。

ちなみに、映画のほうの《法と秩序《ロー・アンド・オーダー》》の著作権はクリント・イーストウッドが持っているらしい。

　いつのまにやら居眠りしていたようだ。ノックの音で、はっと目が覚めた。寝ぼけたまま、はだしの足で冷たいリノリウムを踏みしめて玄関まで歩いていった。錠をはずして扉を開けると、ストローマットの上で、シャロン・ストーンが白いスノーブーツの靴底についた雪をこすり落としていた。妙だな。おれの家にハリウッドからの来客があるなんて。ハリウッドに多少なりともゆかりのある人間で、おれが唯一知っているのは、ロードアイランド出身のルース・バッツィだけだが、あのコメディエンヌにしたって、コメディ番組《ラフ・イン》を降板して以来、とんと顔を見ない。

「あら？　なかへどうぞとは言ってもらえないのかしら」シャロン・ストーンがいたずらっぽく笑った。

「ああ、すまない、グロリア。きみだとわかっていたら、シャツを羽織ってきたんだが」詫びの言葉を述べると同時に、神経回路が目を覚まし、ひと握りの脳細胞が活動を開始した。

「すてきな胸筋を拝めて光栄だわ」そう応じながら、グロリアは戸口をくぐりぬけた。

　こちらこそ光栄だ。おれは心のなかでつぶやいた。グロリアの着ているケーブルニットの白いセーターは、ぷっくりとふくらんだ腹の肉を隠す一方で、乳房のふくらみを大いに強調してくれている。さらには、ニコンの広角レンズ付きと望遠レンズ付き、二台のカメラが首からぶらさがっていて、黒革のストラップが胸の谷間にくっきりと食いこんでもいた。部屋に入ると、右肩に引っかけていた緑色のフード付きコートを吊るす場所を探して、グロリアはあたりを見まわしはじめた。だが、そうした場所がどこにもないことを見てとるなり、コートをあっさり床に落とした。

　何か飲むかいと尋ねてはみたが、グロリアはヴェロニカの残していったロシアン・リヴァー・ヴァレーにも、おれのマーロックスにも首を振った。おれたちはいま、ベッドのへりに並んで腰を落としていた。そんな気遣いは無用だというグロリアの言葉を押して、おれはペドロ・マルティネスの擦り切れたユニフォームに慌てて袖を通していた。地方検事補にはとうてい見えない食欲不振の若手女優とサム・ウォーターストンが、刑事裁判制度における新たな勝利を祝い終える。ベライゾンのコマーシャルが始まり、〝ぼくの声、聞こえる?〟でおなじみの男が携帯電話を売りつけようと口を開きかける。この男の顔にはいらっと来るものがある。だが、おれの左フックは男に届きそうもない。仕方なく、リモコンを使って男を黙らせた。

「ねえ、これが今夜のプランってわけ? 役者たちが事件を解決するお芝居を眺めていることが。それより、今夜も夜空のもとで、現実の事件解決に挑んでみない?」

「なんの話だ?」

「あなた、毎晩、マウント・ホープの巡回をしているんでしょ」

「誰から聞いたんだ?」

「知りあいの警官から」

「たしかに、幾夜か通りを車で流したりもした。ほかにできることを思いつかなかったからね。だが、そんなことをしても時間の無駄だ。これ以上続けるつもりはない」

「時間の無駄なんかじゃないわ。ツキに恵まれることもある。わたしは一度、経験したわ」

「どういうことだ?」

「下宿屋が燃やされた日のこと。あのとき、火災報知器のボタンを押したのはわたしなの。おかげで、消防隊が現場へ駆けつけるまえに、四十枚も写真を撮ることができた」

「家に帰る途中でたまたま出くわしたんじゃなかった

のか」

「あれは嘘」

グロリアもまたこの二週間のあいだ、陽が落ちてから毎晩のように町をうろついていたという。ほとんどの時間は車を走らせつづけていたが、ときおりフォード・フォーカスを道端にとめては、脚の痺れをとるため通りを歩いたりもしていたらしい。つまり、おれが最初の晩に見かけた人影、カメラのような何かを手にした女の人影は、おそらくグロリアだったのだろう。

「きみはすでに一度、ツキに恵まれた。同じことが二度あるとは思えないな」

「カメラマンっていうのは、みずからツキをたぐり寄せるものなの。あのとき撮った写真を見たでしょう？　おかげで、現像室から抜けだせることになった。来週からは、晴れて専属カメラマンよ」

「すごいじゃないか、グロリア。ようやくそのときがやってきたな。だが、女ひとりで深夜の町をうろつくというのはいただけないアイデアだ」

「だったら、あなたが一緒に来て。そのためにここへ寄ったのよ。あなたに付き添いを頼むために」

「このままここで、クレイグ・ファーガソンのお喋りを楽しむというのはどうだい」

「お願いよ、マリガン。今夜は月もきれいだし、空も澄みわたってる。魔法瓶にあつあつのコーヒーも用意してあるし、プレーヤーにバディ・ガイのCDも入ってる。お望みなら、車のなかで葉巻を吸ってもかまわない。それと、軽いキスくらいならしてくれてもいい。わたしとしては、それも悪くないような気がしてる」

グロリアはおれに顔を近づけ、試みに唇を重ねてきた。

「ほらね。やっぱり悪くなかった」

「おれだって悪い気はしないさ。ただ、その……」

「ただ、ヴェロニカは気を悪くするかもしれない」

「そういうことだ」

「ヴェロニカとは真剣なつきあいなの?」

「さあ、どうかな。わからない。たぶんそういうことになるんだろう」

「わたしとひと晩つきあってみたら、答えがはっきりするんじゃないかしら」

そのとおりかもしれない。グロリアの言いぶんは至極もっともだった。心惹かれる提案でもあった。それでも、どこかに落とし穴があるような気がしてならなかった。おれはベッドから立ちあがり、外出の支度に取りかかった。

バスルームに入って扉を閉め、防寒用のズボンに穿きかえていたとき、電話が鳴りはじめた。

「代わりに出てくれないか、グロリア!」とっさに声を張りあげた。まったく、愚かとしか言いようがない。

「もしもし」と応じる一声のあと、扉の向こうが静まりかえった。ジッパーをあげながら慌ててバスルームを飛びだし、受話器を受けとった。


「この!

くそったれの!

くそ野郎!」

「やあ、ドーカス」

「で? そのアマは誰なのよ?」

「ただの同僚だ」

「そのアマとはもうヤったの?」

「まだだ」

「最初の一発が終わったら、かならずあたしに知らせてちょうだい。離婚調停の申立書に、あんたの裏切り行為をもうひとつ加えられる」

「おやすみ、ドーカス」おれは言って、受話器を置いた。

「もうじき元になるっていう奥さんね?」グロリアが訊いてきた。

「ああ」

「あのひとがわたしをどんなふうに罵ったか、あなたにも聞かせてあげたかったわ」

「不愉快な思いをさせてすまない。おれの女房殿はちょっとどころじゃなくいかれてるんだ」

「どうやらそのようね」

「ごらんのとおり、おれはいまかなりの面倒を抱えこんでる」

「だから、わたしまで加わると、さらに面倒を抱えこむだけだってこと?」

「面倒だなんて思っちゃいない。だが、どうやらそういうことになりそうだ」

「仕方ない。今夜のところはあきらめるわ。でも、すべての問題にけりがついたら、どこでわたしを見つければいいかは知ってるわね?」

それだけ言うと、シャロン・ストーンは最後に優しくおれを抱きしめ、床からコートを拾いあげて、玄関から出ていった。

26

編集部の中央にあって、四方をガラスに囲まれた編集長室は、さながら水槽のようだった。チューブからしぼり出したシリコンで目地をふさぎ、なかに水を満たして、熱帯魚を放りこんでみたい。そんな衝動に駆られたことは一度どころではない。

透明なガラスを通して、磨きこまれたオーク材の机に向かう編集長、マーシャル・ペンバートンの姿が見えた。赤い畝《うね》織りのネクタイをゆるめ、糊の効いた真っ白いシャツの袖を肘までまくりあげた、おなじみのスタイル。社会部部長のローマックスの姿も見える。栗色をした革製の来客用椅子に、深々と沈みこんでいる。ガラスの扉をくぐりぬけると、おれも同じく、もう一脚の椅子にどさりと沈みこんだ。

「何かご用で？」

「ああ、マリガン。じつは、きみを見込んで、きわめて重要な任務についてもらうことになった」とペンバートンが言った。

「それはどうも。ですが、おれのほうはさしあたっての仕事で手一杯でして」

ペンバートンは横目でローマックスを見やり、片眉をあげたが、おれの不遜な態度は受け流すことに決めたらしく、さらに続けてこう言った。

「きみも知ってのとおり、社主のご子息がコロンビア大学をぶじ卒業され、本日よりオンライン版の記者として働きはじめることとなった。ご子息はかねてから新聞事業に深い関心を寄せ、すこぶる意欲に燃えておられる。よって、第一線の記者のもとで一から仕事を学びたいと考えておられる。そこで、マリガン、きみにご子息の指南役を任ずることとなった。追って通知があるまで、取材の際にはかならずご子息を同行させるように」

「そんな大役を仰せつかるとは光栄の至りですが、ひとつ、ちょっとした問題が」

「なんだね？」

「おれはいまマウント・ホープ連続放火事件の取材にケツまでどっぷり浸かってまして、ご子息の高貴な青っ洟を拭いてやったり、金《かね》のにおいのぷんぷんするおむつを替えてやったりしている時間も忍耐力も持ちあわせてないってことです」

それから五秒のあいだ、苛立ちから憤怒に至るまで、一ダースもの感情がペンバートンの顔に次々と浮かんでは消えていった。ペンバートンは何かを言いかけて考えなおし、助けを求めてローマックスを見やった。

それを受けて、ローマックスが口を開いた。「この件に関して、マリガン、きみに投票権はない」

「ご子息のお高くとまったケツを、崇高なる〝暮らし欄〟へ据えてやったらどうなんです？　そうすりゃ、そいつがうちの編集部をうろちょろすることも、おれの手を煩わせることも、一面に何を載せろと余計な口を挟むこともない」

「じつを言うなら、われわれとしてもそうするつもりでいた」とペンバートンは答えた。「しかし、ご子息本人が、現場記者から始めて実績を積みたいと強く希望していらっしゃるのだ。それから、指南役はぜひきみにというのも、本人のたっての希望だ。なんでも、きみの記事に感銘を受け、きみこそがわが社随一の記者だと確信するに至ったらしい。それは勘ちがいだといくら言っても、聞く耳を持たなかった。率直に言って、マリガン、きみはわたしがこの役目に最もつけたくない人間だ。ニューメディアの時代においては、ジャーナリストとしていささか時代遅れなきらいがある。加えて、経営者たるメイソン一族に対する無礼千万な態度には目に余るものもある。だが、この件に関してわたしに決定権はないのだ」

「神よ！」言いながら天を仰ぎはしたものの、その決定権が神にもないことはあきらかだった。

「マリガン、われわれはみな、いずれこの若造の下で働くことになる。多少なりとものくそ敬意を示したまえ」ローマックスがふたたび静かに口を開いた。

水槽を出て間仕切りの向こうへ戻ると、エドワード・アントニー・メイソン四世がおれの机の角にちょこんと尻を載せていた。カバー・ガールばりに細い腰。最高級品の黒いスラックスに包まれた長い脚。おれのクロゼットの中身を全部合わせたよりも値段の高そうな、青のシルクタイ。まるで『華麗なるギャツビー』のページから抜けだしてきたかのようだ。クラーク・ゲーブルの中折れ帽を脱ぐと、ふさふさとした薄茶色の巻き毛があらわれた。

「やあ、どうも」メイソンが言った。

「とっととうせろ」とおれは言った。

「あとで出なおしたほうが？」

「そうだな。とりあえずはポロの練習にでも出かけて、三十年後に出なおしてきたらどうだ」

「ぼくが何か気に障るようなことでも？」

「リードもろくに書けないくせに新聞社を経営しようと思い立つようなやつは、誰であっても気に障るんだ。いずれ経営者として采配を振るうのがおまえの望みなんだろう？　だったら、親父さんが会長職に退いて、可愛い息子に社長の座を譲ってくれる日を予想してみろ。おれなら〝その日は来ない〟に五十ドル賭けるね」

「本当に？」

「ああ、本当だ」

「理由は？」

「理由は、新聞事業がいまにも死にかけているからだよ、お坊ちゃん。読者の新聞離れはとどまることを知らない。広告主は、コミュニティサイトのクレイグズリストやネットオークションのｅＢａｙがあらかた攫《さら》っていっちまった。そして、攫われた広告主が戻ってきたためしはない」

「いまは過渡期にあるだけだ」

「それがコロンビア大で教わってきたことか？　頼むから、その目をおっぴらいて現実を見ろ。昨今じゃ、世界じゅうの新聞社が経費の大幅カットに躍起になってる。ワシントン支局をたたみ、発行ページ数を減らし、何百という記者の馘を切り、それでもなお、赤字はとまらない。国内最大手の新聞社ナイト・リッダーすら敗北を認め、リングにタオルを投げいれた。トリビューン・カンパニーもどうやら死に瀕して喘《あえ》いでいるようだ。ロッキー・マウンテン・ニュースも、シアトル・ポスト・インテリジェンサーも、サンフランシスコ・クロニクルも、崖っぷちに立ってぐらぐらしてる。うちはそんなことにならないと考えてるんなら、楽観主義もはなはだしい。編集部に出まわってる噂じゃ、うちも去年は二、三百万ドルの赤字を出したらしい」

「もっと多い」

「なんだと？　本当なのか？」

「ええ」

「どれくらい多いんだ？」

「それは言っちゃいけないことになってます」

「だとすると、リストラは免《まぬが》れえないな」

「そうならないよう、父とぼくとで力のおよぶかぎり、あらゆる手立てを講じるつもりです」

「過去にタイムスリップして、アル・ゴアがインターネットを世のなかに普及しないようにする以外、おまえら親子に打てる手はほとんどない。新聞事業はいま、排水管のなかをぐるぐるまわってるんだ、お坊ちゃん。おまえが経営を引き継ごうってときには、采配を振るうべきものなんぞ何も残っちゃいない」

　メイソンが何か言いかえそうと口を開きかけたとき、ペンバートン編集長がゆっくりとこちらに近づいてきた。

「もう顔合わせは済んだようですな。マリガンが失礼など働いていませんかな、エドワード？」とペンバートンは言った。やけに明るい口調と、顔に刻みこまれた不安げな表情とが、なんともちぐはぐな印象を与える。

「ばかと大ばかの記事に引用していたあの見事なコメントを、どうやってとってきたのかと質問していたところです。そうしたら、そんなことは訊くものではないと叱られてしまいました。記者たるものは、匿名の情報提供者をけっして明かしてはならないそうです。ぼくにはまだまだ学ぶべきことが多くあり、ミスター・マリガンこそが最良の教師だ。ミスター・マリガンに比べたら、コロンビア大の教授たちなんて見せかけだけのハリボテみたいなものですよ。彼の下につけてくださったことを、改めて感謝いたします、ミスター・ペンバートン」

「感謝だなどと、とんでもない、エドワード。何か訊いておきたいことはないかね？　必要なものは？」

「さしあたってはありません、ミスター・ペンバートン」

「もし何かあれば、いつでもどうぞ。わたしのオフィスの扉はつねに開かれています」

おれにはつねに閉ざされていたぞ、とおれは思った。声に出して言おうとしたとき、ペンバートンがメイソンの背中をぽんと叩くが早いか、例の不安げな表情を顔に張りつけたまま、そそくさと立ち去ってしまった。

「わかったよ、お坊ちゃん。記者ごっこにつきあってやろうじゃないか」とおれは言った。ドブネズミのはびこる深夜の町を徘徊し、〈グッドタイム・チャーリーズ〉みたいな穴ぐらでひとりふたりのネタ元と密会し、夜も明けきらないうちからぬかるんだ雪に膝まで浸かって立ちつくす日々を何度か経験させてやれば、この坊やも追っつけ現実に飽き飽きすることだろう。

27

ファウンテン・ストリートに足を踏みだしたとき、外では小雪がちらついていた。

「それで、これからどこへ？」メイソンが訊いてきた。

「着けばわかる」

「ぼくが運転してもいいですか？」

「ああ」

メイソンはおれの先に立って何ヤードか通りを進み、ポケットからリモコン・キーを取りだすと、パーキングメーターの真横にとめられたシルバーブルー・オパールの六七年式ジャガーEタイプ・クーペに向けてロック解除のボタンを押した。

「この車は気にいってるか？」

「ええ、もちろん」

「なら、おれの車で行こう」

フォード・ブロンコに乗りこむなり、CDプレーヤーのおさまっていた空間から突きだすコードにメイソンは目を丸くした。

「ジャガーはニューポートのお屋敷に寝かせておけ。仕事用に、中古のシボレーかフォードを手に入れてこい。今後、プロヴィデンス市内にジャガーをとめなきゃならないときは、屋根付きの有料駐車場に入れてロックをかけ、タイヤを全部はずしたうえで、そいつを行く先々まで持ち歩くんだな」

「わかりました、ミスター・マリガン」

「それと、〝ミスター〟を上につけるのもやめろ」

「でも、あなたのファーストネームを知りません。署名にはL・S・A・マリガンとしか書かれていないから」

「なら、マリガンでいい。おまえのことは〝七光〟と呼ぶことにする」

「できればエドワードと呼んでもらいたいんだけどな」

ゼリッリの食料雑貨店へ向かう途中、焼け跡の前を二カ所、通りすぎた。ディオ建設の作業員らが残骸を解体し、ダンプカーへと積みこむ作業にいそしんでいる。店の真ん前のパーキングスペースにバックで車をとめると、メイソンに車内で待つよう言いわたした。

「どうして一緒に行っちゃいけないんです？」

「ネタ元についての〝お叱り〟を忘れたのか。あれが理由だ」


「もう戻ってきたのか？　まったく、物書きってやつは、どれだけ葉巻を吸えば気が済むのか」

「このあいだいただいたぶんは、まだ四本しか火をつけていませんよ、ウーシュ。今日はあなたのご機嫌をうかがいに寄っただけです」

「コリブリの使い勝手はどうだ」

「ヒットを連発しているときのラミレスより力強く、三塁を守るローウェルのグローブにも匹敵するほど頼もしい。ああ、いまので思いだしました。あれからオッズに変動は？」

「今週のところはまだ九‐二だ。金《かね》を散財したけりゃ、いますぐ賭けておけ。噂を聞くかぎりじゃ、コロンの肩の故障もたいしたことはなさそうだ。スピードガンではかったら、ストレートの速球が時速百五十三キロメートルを記録したらしい。やつの肩が完治したと正式な発表が出りゃあ、オッズは四‐一までさがる。今年は常連どもまで、両方に賭けを張っておる。二年連続で同じチームが優勝することなぞありえんからな。この三十年で、それを成し遂げたチームはふたつしかない」

ゼリッリはラッキーストライクの灰を灰皿に弾《はじ》き落とすと、白いボクサーショーツの上からぼりぼりと股間を掻いた。

「おれは見込みのない賭けに出るとしましょう。百ドルとつけておいてください」

ゼリッリは呆れ顔でおれを見やってから、耳の上に挟んであるちびた鉛筆を手に取った。フラッシュペーパーにメモをとり終えると、右手首の痣を撫でた。

「手錠の痕ですか」

「そうだ。くそったれのポリ公どもが、くそみたいにきつく締めつけおってからに」

「どれくらい勾留されたんです？」

「ひと晩だ。そのうち半分は、ひたすらパイプ椅子にすわらされておった。わしの背骨を痛めつけるのが狙いだったにちがいない。それから、刑事ふたりと洟垂れ小僧の平検事がやってきて、グラッソを売りわたさなけりゃ、例の暴行事件に絡めて最大限に重い刑を科してやるぞなどと言いだしおった。それしきの脅しで、わしが素直に応じるとでも思っとるのか、あのアホんだらどもめ！」

「グラッソが弁護士をよこしてくれたんですか？」

「うむ。ブレイディ・コイルが、洗濯糊の缶からたったいま出てまいりましたってないでたちで、翌朝八時ごろにやってきた。まあ、結局、その必要はなかったわけだがな」

「というと？」

「お天道さまが顔を覗かせるやいなや、独房までお迎えがやってきて、本部長室へ連れていかれた。本部長みずからがわしの手錠をはずし、わしに握手を求めてから、たいへん申しわけないことをしたと頭をさげはじめた。革張りのソファにわしをすわらせ、コーヒーとデニッシュパンまでふるまいおったわい。そのあとも、しきりに詫びの言葉を繰りかえしてな。何やら誤解があったようだ、悪く思わんでほしいと」

「いったい全体どういうことです？」

「あの帽子の小僧はなんだ？」


ゼリッリの視線をたどって店内を臨む窓を見やると、中折れ帽をかぶり、トレンチコートを着た痩せっぽちが棚からポルノ雑誌を拾いあげ、顔をしかめてから、もとの位置に戻す姿が目に入った。

「おれの連れです。すみません。車のなかで待てと言っておいたんですが、ひとから指図されることに慣れていないもので」

「この部屋へあがりこもうとしなきゃかまわんさ」

「そんなことをしようものなら、おれがこの手で撃ち殺してやりますよ」

ゼリッリは顔を戻して先を続けた。「それでまあ、わしがデニッシュパンをぱくついておると、あの能なしコンビ、ポレッキとロセッリがつかつかと部屋に入ってきた。本部長はいとも丁寧にやつらをわしに紹介した。まるで、あのボケナスどもをわしが知らんとでもいうかのようにな」

「いったい何が狙いだったんです？」

「例の能なしコンビに、洟垂れ検事に、本部長。総勢四人が椅子を引き寄せ、半円形にわしを取りかこむと、一枚の写真をさしだしてきおった。火災現場を見物している、黒い革ジャンを着た若いアジア系の男を写した写真だ。おそらく、デプリスコが焼け死んだときのものじゃろう。なんとも憐れなことだ。遺された女房と子供たちのために、うちでもレジの横に募金箱を置いておる」

メイソンがコーヒー・カウンターの前に立ち、カップにグリーンマウンテンをそそぎはじめた。小部屋の窓をちらりと見やり、おれと視線が合うと、ぱっと目を逸らした。

「おまえさんにせんだって見せられた写真、あれに写っておったのと同じ男じゃった。もしや、おまえさんがあの写真を渡したわけじゃあるまいな?」ゼリッツリの言うのが聞こえた。

「まさか、とんでもない」

「だろうな」

メイソンがふたつめのカップにコーヒーをそそぎ終えた。砂糖の包みとコーヒークリームのパックをかごからふたつずつ、つかみとった。

「写真を見せられて、そのあとどうなったんです?」

「本部長はこう言った。なんとしてでもこの男から話が聞きたい。ディマジオ団の連中に写真を配って、周囲に目を配るよう頼んでくれまいか」

「驚いたな」

「うむ、じつに驚きだ。あるときには社会の敵だと罵られ、次の日には、警察に代わっての実戦行動を命じられるとはな」

「ゼリッツリ巡査に敬礼」

「黙らんか、マリガン。くそこれっぽっちも面白くないわ」

「その要請は突っぱねたんですか?」

「ばかを言え! 警察を敵にまわしたって、なんの得にもならん。それに、くそったれ放火犯をとっ捕まえてやりたい気持ちは警察にも負けん。だから、こいつをもらってきた」ゼリッリはそう言うと、机の上に裏返しに積みあげられた八×十インチサイズの写真の山を、骨ばった青白い手でぽんと叩いてみせた。「今夜、団員に配るつもりだ」

メイソンがレジへ移動し、コーヒーの代金を支払いはじめた。

「万が一、男を捕らえても、けっして手荒なまねはするな。当然ながら、そう釘をさされたわい。ああ、もちろんだとわしは答えた。すると今度は、団員たちにバットは持たせるなときたもんだ。市民による自警活動はすばらしいアイデアだが、団員を武装させるのは無用のトラブルを招くとな」

「それで、なんと答えたんです？」

「武器のひとつも持たせせんと、連中を深夜の町へ送りだすことはできん。野球のバットか、セミオートマチック拳銃、どちらにするかはあんたらが選べと」

「さすがです」おれは言って、椅子から立ちあがった。「ちょっと待て。せんだっての夜、車からCDプレーヤーを盗まれたそうだな」

「誰から聞いたんです？」

「それは言えん。とにかく、暇なときにでも、ディーガンの車体工場へ寄ってみろ。新しいのを取りつけてくれる手筈になっておる。わしの口利きじゃから、金《かね》は要らん。ひょっとすると、おまえさんが盗まれたのとそっくり同じものが戻ってくるかもしれん。おまえさんが来るかもしれんと、ディーガンのやつには伝えてある」

小部屋を出て階段をおり、募金箱に二十ドル札を放りこんだ。コーヒー・カウンターまで歩いていって、コーヒークリームのパックをひと握りつかみとった。メイソンは車の脇に立って待っていた。コーヒーのカップを受けとり、プラスチックの蓋をこじ開け、中身を四分の一ほど地面にこぼしてから、大量のクリームをぶちこんだ。

「あそこでなんの話をしていたんです？」メイソンが訊いてきた。

「おまえの話だよ。指示に従うということを知らないおまえの話だ」

「コーヒーはどうです？　気を利かせたつもりだったんですが」

「おれの話が聞こえてなかったのか？」

「いえ、聞こえてます。すみませんでした、マリガン。二度とないようにします」

「それと、そのふざけた帽子を脱げ」

「ふざけてなんかいません。これはマロリー社の逸品ですよ。それに、この帽子をかぶってると、いくらかおとなびて見える」

「いいや、そいつは大きな勘ちがいだ」

28

ルッジェーロ・〝ザ・ブラインド・ピッグ〟・ブルッコラが埋葬される日、おれは黒のスウェット・パーカーを着て葬儀に参列した。胸には白い文字で〝きみのメッセージはこの場所に〟とのロゴがでかでかと躍っていた。

六時間後には、ビルトモア・ホテルの最上階にある〝エレガント〟をテーマとしているのであろうバーで、模造革の椅子にだらしなくもたれていた。水滴が縞模様を描くガラス窓の外では、そぼ降る霧雨のなかに町がひっそりうずくまっている。

ヴィニー・ジョルダーノがぶらぶらと店に入ってきて、店内をぐるりと見わたしてから、おれの向かいの椅子にどさりと腰をおろした。ジョルダーノはプロヴィデンス流マフィアの制服を身に纏っていた。〈ルイス・ボストン〉のテーパード・スーツに、黒のシャツ。白のシルクタイ。白の革ベルト。鏡の前で毎日練習しているのだろう鋭いまなざしを投げてきたが、おれを震えあがらせるにはもう少し練習が必要だった。

「その恰好で葬儀に出たのか？」ジョルダーノが訊いてきた。

おれは無言でうなずいた。

「誰にも撃たれなかったのはラッキーだった」

「今朝の葬儀で、おたくの姿も見かけた。市長に何やら耳打ちしていたろ。おたくと市長があんなに親しい仲だとは知らなかったな」

「何が親しいもんか。あいつもイタリア人街の出身だ。おれや、ブルッコラや、あんたのマブダチ、ウーシュとおんなじにな。ところが、市長になってからというもの、おれたちのことなんぞ知りもしないって顔をしてやがる。あいつがあの場所にいたこと自体が驚きだったから、弔意を表してくれたことに礼を言ってただけさ」

空はすっきりと晴れわたり、季節はずれに暖かい朝だった。空に低くかかった三月の太陽が道路脇に残る雪をじりじりと炙り、そこから立ちのぼる灰色に淀んだ霧が会葬者の靴――女たちのセルジオ・ロッシやプラダのパンプス、男たちのフェラガモのウィングチップ、おれのリーボックのスニーカー――の上をうっすらと漂っていた。

西の方角では、スワン・ポイント墓地でひときわ高くそびえ立つモニュメントの尖塔が霧のなかに浮かびあがり、十九世紀に市民を導いた聖職者たちの安息の地を示していた。東の方角に目をやると、シーコンク川をさかのぼる一艘の黄色いタグボートが見えた。灰色の水面《みなも》に老人の皮膚を思わせる皺のようなさざ波が立っていた。

ロードアイランドの裏社会、政界、財界、宗教界に籍を置く、名だたる名士たち。千人以上の会葬者が、ところどころに雪の残る草深い空き地に集まっていた。目に触れるすべてのもの――月桂樹やシャクナゲやアザレアの茂みまでも――が、南からのそよ風に身を震わせていた。金鍍金《めっき》の把手がついた暗灰色の棺の横で、会葬者から贈られた花輪が次々と焚き火にくべられていく。平均三百ドルはするであろう花輪を全部合わせれば、総額十五万ドルはくだらない。

プロヴィデンス市議会の議員は全員が顔を揃えていた。州議会議員の数も、軽く過半数に達していた。州最高裁判所の判事の顔も三つ見つけた。プロヴィデンスの司教、イラリオ・ヴェントラの姿も。それにしても妙だ。焼け死んだ双子の葬儀のときには、ここにある顔をどうしてひとつも見かけなかったのか。

十一勝十九敗の戦績を残した一九九〇年度プロヴィデンス大学バスケットボール・チームのチームメイト、ブレイディ・コイルが市長とジョルダーノの真後ろに立って、頭ひとつぶん高い六フィート六インチの長身を屈め、ジョルダーノの耳もとに何ごとかをささやいていた。刑事事件を専門とするコイルの依頼人には、アレーナやジョルダーノを始めとするマフィア関係の人間が多い。会葬者の輪のなかに、ウーシュの姿もあった。涙に暮れる未亡人の肩をそっと支えてやっている。おれの目がたしかであるなら、今日はズボンを穿いているようだった。

六十ヤードほど離れた場所では、州警察の警官がふたり、黒のクラウン・ビクトリアの屋根に望遠レンズを固定していた。FBIの捜査官ふたりと報道カメラマンひとりは、大胆にもシャクナゲの茂みの陰まで移動してきて、せわしなくシャッターを切りつづけていた。

怪奇小説家のラヴクラフトや、ドアーの反乱を率いたトーマス・ウィルソン・ドアー。元州知事のセオドア・フランシス・グリーンや、戦死する直前に妻へと宛てた手紙が有名なサリヴァン・バルー少佐。そんな人物たちが眠る墓地のなかへブルッコラの棺がおろされていくさまを、おれはじっと見守った。彼らが墓から起きあがって、もっといい寝床へ移ろうとしないことが不思議でならなかった。

しかし、頂点に立つドンを亡くしたロードアイランドの犯罪者連中にとっては、スワン・ポイント墓地こそが今朝いるべき場所であり、顔を売るべき場所だった。彼らにとってこの葬儀は、人脈をつなぐための社会的行事にほかならないのだ。

「ブルッコラの爺さんには、もったいないほどの餞《はなむけ》をくれてやった」向かいの椅子からジョルダーノが言った。

「たしかに。それに、地元の名士がもうひとり早々に地獄行きの切符を手に入れてくれたおかげで、おれは同僚たちから総額五十ドルの賭け金をせしめることができた」

「それなら、ここで飲む酒はあんたの奢りだ」

そう言うと、ジョルダーノは手を振ってウェイトレスを呼び寄せ、メーカーズマークをストレートで注文した。おれがクラブソーダのおかわりを注文すると、ジョルダーノは大仰に顔をしかめた。

「胃潰瘍なんだ」とおれは説明した。

ウイスキーというなぐさめなしにロードアイランドで生きることの恐怖を想像したのだろう。ジョルダーノはぎょろりと目をむいた。それからウェイトレスを呼びもどし、先ほどの注文をシングルからダブルに変えてくれと頼んだ。

「ところで、いまはどんな状況なんだ？」とおれは訊いた。

「なんの話だ」

「後継者の話さ。普通の状況ならアレーナが引き継ぐのが当然だが、いまは大陪審の対応にかかりきりだろう。前回、この町に力の空白が発生したときには、ブルッコラがドンの座につくことが決まるまでの一年間、空港に放置された車のトランクだの、川面《かわも》を漂う浮き草のあいだだのから、マフィアの面々の死体がごろごろ出てきたものだ」

「よせよ。そいつは三十年も昔の話だろ。このご時世に、そんな血生臭いことが起こるもんか。アレーナやグラッソやゼリッリみてえな爺さんたちは、そういう揉めごとを起こすにゃ歳をとりすぎてる。おれやディオや〝キャデラック・フランク〟みたいな若い連中には、プロヴィデンス大学やらボストン・カレッジやらで手に入れた経営学の学位がある。おれは不動産開発業、ディオのやつは建設業、フランクのやつは自動車販売業。最近のマフィアは、もうひとをばんばん撃ち殺したりはしねえんだよ」

「ピアノ線で首を絞めたり、鉄パイプで頭蓋骨を陥没させたりは？」

「勝手にほざいてろ」

「つまり、いまの三人が後継者候補に名乗りをあげているわけだ。おたくと、ディオと、フランクが」

「このおれが？　とんでもねえ。おれは去年一年で百五十万ドルの純益をあげてるんだぜ。これ以上、金《かね》はいらねえ。頭痛の種もいらねえ。暴力沙汰もまっぴらだ」

新聞売りの少年が音もなく店に入ってきて、テーブルをひとつずつまわりはじめた。ジョルダーノは少年に何枚か硬貨をやって夕刊を受けとり、一面の大見出し――〈亡きマフィアのドンに政治家が弔意〉――にちらりと視線を落としてから、テーブルの上に放りだした。

「やれやれ、マリガン。こんなことを続けてたって、金《かね》が儲かるわけがねえ。どうだ、おれと手を組まねえか。どっかに手ごろな土地を見つけて、分譲アパートメントでもおっ建てようぜ？」

「あいにくだが、四十になるまで身売りはしないと母に約束した。その話は十月になってからしよう」

「社会の底辺暮らしにまだ飽き飽きしてないのか？」

「金《かね》ならそこそこあればいい。でも、おたくのほうは上流階級の人間とも親交が深いようだ」

「たとえば、行政関係のお役人とかか？　州書記官の事務所で、火災に遭った建物の所有者を調べてたそうじゃねえか」

「誰からそれを？」

「知りあいの役人からさ。それに、深夜の町をこそこそ嗅ぎまわってもいるそうだな」

「それは誰から聞《き》いたんだ？」

「知りあいのお巡《まわ》りからだ」

ジョルダーノはグラスの中身をひと口飲むと、上着のポケットからパルタガスを一本取りだし、銀製のシガーカッターで先端を切りとった。公共施設内での喫煙を禁じる条例はなおも審議が長引いている。ジョルダーノが堂々とそれを嘲笑う機会は、まだまだ訪れそうにない。おれは椅子から腕を伸ばし、コリブリ・ライターの火をさしだした。

「上物だな。ウーシュからの貢ぎ物か」

「かもしれない」

ジョルダーノは深々と葉巻を吸いこむと、あからさまに眉をひそめる中年女をめがけて、かぐわしい紫煙を吐きだした。「なあ、マリガン。去年、あんたはおれにひとつ、便宜をはかってくれた。甥っ子が飲酒運転で逮捕された件を記事にしないでおいてくれたろ。おかげで、甥っ子はいまも元気にやっている。ロードアイランド大学で経営学を専攻しながら、ウーシュに代わって大学関連のスポーツ賭博をとりしきり、週に二千ドルの儲けをあげているとさ。それもこれもあんたのおかげだ。今度はおれが借りを返す番だ。マウント・ホープで時間を無駄にするのはやめておけ。おれがもっとおいしいネタをくれてやる」

「たとえば?」

「マンホールの蓋」

「は?」

「このネタはすごいぜ、マリガン。どでかいジャーナリズム賞も夢じゃねえ。アメリカ・ストリートのむさ苦しいねぐらの壁に思わず飾りたくなるような、立派な表彰楯が手に入る。ま、よく考えて、その気になったら連絡してくれ」

おれの住まいをどうして知っているのかや、いったいなんの話をしているのかと尋ねる隙も与えず、ライト級マフィアはすっくと椅子から立ちあがり、足音荒くエレベーターへ向かっていった。おれにはやつがほんの少しだけ気の毒に思えた。ゴッドファーザーになるなどというけっして叶う見込みのない夢を見るのは、何かときつかろう。


カウンターの上方に据えられたテレビの画面では、ティム・ウェイクフィールドが春季キャンプの参加メンバーを相手にナックルボールをひょいひょい放り投げていた。目を閉じれば、二〇〇三年のアメリカンリーグ・チャンピオンシップ・シリーズでアーロン・ブーンにサヨナラホームランを打たれたあと、とぼとぼとマウンドを去るウェイクフィールドの姿をなおもまざまざと思い浮かべることができる。これまでレッドソックスはヤンキースにさまざまな敗北を喫してきたが、あの一戦ほど胸の張り裂けるような思いをさせられたことはなかった。過去五年で二度のワールドシリーズ優勝も、その記憶をぬぐい去ってはくれていない。ニューイングランドじゅうのレッドソックス・ファンはいまもなお、家族の死を悼むように、あの敗戦を嘆いている。

クラブソーダのグラスを口に運びながら、窓の外に目をやった。そろそろ日が暮れようとしている。ロードアイランド州のシンボルであるインディペンデント・マン像が、州会議事堂のドームのてっぺんで黄金色に輝いている。あの由緒ある像が屋根の上から引きずりおろされ、クリスマスセール中のウォリック・モールに客寄せのために貸しだされたときのことを思いだし、おれはひとり忍び笑った。

ドームの傍らでは、錨のマークと〝希望《ホープ》〟のモットーを描いた州旗がそぼ降る雨のなかでうなだれていた。もしおれたちが自分に忠実であるなら、いますぐあの旗を引きずりおろして、海賊旗を掲げるべきだろう。

29

深夜〇時をまわってずいぶん経つころ、玄関扉の錠がカチリと音を立て、リノリウムの床を踏む足音が聞こえた。

「ヴェロニカか？」

「ごめんなさい。起こさないように気をつけてはいたんだけど」

その言葉とは裏腹に、枕もとのランプをつけた瞬間に照らしだされた顔はにやりと微笑んでいた。それほど申しわけなく思っていないことはあきらかだ。「地方版にアレーナの起訴陪審の近況を伝える記事を加えたくて、締切りぎりぎりまで粘ってたの」そう言うと、ヴェロニカは刷りたての朝刊をベッドの上に放り投げた。

　おれとしては、ヴェロニカを裸に引ん剝いて毛布の下に引っぱりこみ、その柔肌を両腕に抱きしめたかった。一方のヴェロニカは、自分の書いた記事にいますぐ目を通してもらうことを望んでいた。その望みが叶うまで、おれと裸で戯《たわむ》れるつもりはないようだ。

　一面に掲載されたヴェロニカの署名入り記事は、新たな特ダネを報じるものだった。今回もまた、アレーナが労働組合の金庫から三百万ドルを着服すべく周到な計画を練っていたことをほのめかす州代表の証言が一語一句正確に伝えられていた。また、続きページの飛び記事には、アレーナの弁護人を務めるブレイディ・コイルのコメントが紹介されていた。

　大陪審における一連の審理は法により非公開と定められている。よって、この証言をマスコミに漏らした人間は誰であれ、連邦法を犯した罪に問われるべきです。情報漏洩の背後にいる人物についてこちらが証拠を呈示するまでのあいだ、すべてが検察側に有利に働くことは火を見るよりもあきらか。その人物の目的は、無実の罪に問われているわたしの依頼人に不利となるよう、陪審の偏見を煽ることにあるように思われます。新聞社がこうした記事を掲載することもまた、良識にもとる無責任きわまりない行為であると言えるでしょう。


「きみはあの野郎をかんかんに怒らせちまったみたいだな」

「ブレイディを？　まさか。あのひとはただ、依頼人の手前、大口を叩いているだけよ。根は可愛らしいひとだもの」

「ブレイディ・コイルが可愛らしい？」あの男を形容する言葉なら、これまで数多く耳にしてきた。傲慢。

尊大。卑劣漢。だが、可愛らしいというのは一度も聞いたことがない。おれ自身、そんなふうに言ってもらったことはない。胃袋がよじれるような感覚に襲われた。いや、この痛みの原因はきっと、〈カッサータ〉で後先も考えずにむさぼり食ったペパロニ・ピザであるにちがいない。

「なあ、ヴェロニカ。おれはこれまで十八年ものあいだ、検察側と被告人側の双方に非公開の情報をあかしてくれるよう働きかけてきた。だが、ひとりとして、大陪審での証言をリークしてくれた人間はいない。きみはいったいどうやってそれに成功したんだ?」

「それは言えないわ、マリガン。あなたとベッドをともにするのと、ネタ元をあかすのとは、まったくの別物だもの」

返す言葉をひねりだそうと知恵を絞っていると、ヴェロニカがさっさと服を脱ぎ捨て、パンティ一枚になって、毛布の下にすべりこんできた。いきりたつ股間に、柔らかな尻がそっと押しつけられた。エイズ検査の結果が出るまで、あと十一日。ときとして、十一日間が途方もなく長い時間に感じられることもある。厳密には、一万五千八白四十分。

時計の針が時を刻む音が、やけに大きく耳に響いた。

30

翌朝、会社の真ん前に駐車スペースを見つけた。プロヴィデンス市警がかぶせていった〝故障中〟の赤いカバーが、パーキングメーターのてっぺんにかぶせられている。これなら、ただで駐車できる。今日は朝からツイているようだ。

プレスリリースでいっぱいになった白い箱が椅子の上でおれを待っていた。どうやらおれは、またもやローマックスの逆鱗《げきりん》に触れるようなことをしでかしたらしい。だが、何を？　思いあたるふしはひとつもない。

最終的には丸ごと屑かごに放りこむつもりで、数分のあいだ、プレスリリースを選りわけているふりを続けた。そのとき、一通の封筒がふと目にとまった。差出人はロードアイランド州経済発展審議会。口ひげと帽子をトレードマークとするミスター・ポテトヘッドの写真が、前面にプリントされている。誘惑に抗うことはできなかった。おれは封を破り、中身をたしかめた。

ミスター・ポテトヘッド像
海の町ロードアイランドのPRのため
州内全域の〝作付け〟に着手

われらがロードアイランド州にてミスター・ポテトヘッドを生みだしつづけている玩具メーカー、ハズブロ社がロードアイランド州経済発展審議会とタッグを組み、家族旅行に打ってつけの観光地としてロードアイランド州をPRする活動に乗りだすこととなりました！　PR活動の一環として、国内雑誌を対象としたフルカラー広告の掲載、家族旅行を楽しむためのトラベルグッズの無料プレゼント、応募受付のためのフリーダイヤルの設置が予定されております。また、観光の目玉として、全長六フィートのミスター・ポテトヘッド像が州内の至る場所で〝発芽〟いたします。皮ならぬ目を〝剝いて〟、どうぞ楽しみにお待ちください！ミスター・ポテトヘッド像が各地の除幕式でベールを脱ぐたびに、興奮と活気が高まるものと期待しております。

このPR活動は〝生焼け〟ではないとの言葉で、経済発展審議会会長は文章を結んでいた。ほう、それならお手並み拝見といこう。おれは四百ワードの原稿を手早く書きあげ、ジャガイモが〝発芽〟する場所と日時の一覧表をそこに添えた。芸術品の破壊を趣味にするティーンエイジャーたちにすれば、これこそが〝明るいニュース〟であるにちがいない。

そのあと、コンピューターに送られてきたメッセージを確認した。それでようやく、どうして罰を与えられたのかが呑みこめた。ブレイディ・コイルがローマックスに電話をかけてきて、葬儀に出席した際のおれの服装がはなはだ礼儀に欠けるとの苦情を持ちこんだらしい。

まったくもって、そのとおり。

椅子の背にかけたデニム地のジャケットから、ディープ・パープルの《スモーク・オン・ザ・ウォーター》のイントロが流れだした。内ポケットに入れてあった携帯電話をつかみだし、フラップを開いて耳にあてた。

「例のアジア系をとっ捕まえた」耳慣れた声が言った。「大急ぎでこっちへ来い。ひょっとすると、警察に連れていかれるまえに二、三のコメントがとれるかもしれんぞ」

31

エレベーターで一階におり、ロビーへ飛びだした途端、《或る夜の出来事》のコスプレ姿で優雅に重役出勤を決めこんだメイソンと鉢合わせした。

「どこへ行くんです？」

「おれは出かける。おまえは編集部で待て」

メイソンの脇をすりぬけて正面扉を押し開け、通りに飛びだし、車道を渡った。新聞配送用の赤いトラックが甲高いブレーキ音をあげ、クラクションを浴びせてきた。おれはフォード・ブロンコに走り寄り、パーキングメーターにかぶせられた〝故障中〟のカバーを引っつかんでから、運転席に乗りこんだ。こいつは何かと役立ちそうだ。ドアにロックをかけようとしたとき、メイソンが助手席側のドアを引き開け、座席にすべりこんできた。

押し問答をしている暇はない。クラクションを鳴らしたまま、ファウンテン・ストリートのはずれで赤信号を突っ切った。市庁舎の前を猛スピードで走りぬけ、プロヴィデンス川を渡った。きれいに磨きあげられた爪をアームレストに食いこませたまま、メイソンが訊いてきた。

「またどこかが燃やされたんですか？」

「着けばわかる」

青い回転灯をひらめかせたまま道路脇に斜めにとめられたプロヴィデンス市警のパトロールカー三台が、ゼリッリの店の前をふさいでいた。ブレーキを踏みしめると同時に、ミスター・ラプチャーの姿が目に入った。制服警官の逞《たくま》しい手に頭をつかまれ、パトロールカーの後部座席に押しこまれている。ほどなく、三台のパトロールカーはけたたましくサイレンを鳴らしながら、通りを走り去っていった。

「くそっ！」

おれは携帯電話をつかみとり、編集部にいるヴェロニカをつかまえて、手早く指示を与えた。カメラマンを連れて、いますぐ市警本部へ向かえ。市警本部は編集部から一ブロックしか離れていない。急げばまにあうかもしれない。

「うまくいけば、連行の瞬間を押さえられる」

メイソンが訝しげなまなざしを向けてきた。

「署名入りのスクープ記事をひとに譲ってしまっていいんですか」

「くだらない。そんなものはヴェロニカにくれてやるさ」

逮捕の模様をゼリッリから訊きだして、それをヴェロニカに伝えてやらねばならないが、それほど急ぐことではない。歩道脇から車を出し、ドイル・アヴェニューを北へしばらく進んで、車体工場の前に車をとめた。

「ここで待ってろ、七光」

マイク・ディーガンは工場《こうば》のなかにいた。ペンキの飛び散ったつなぎ姿の工員が暗紅色のクライスラー・セブリング・コンバーチブルを黒く塗りかえていくさまを、背後からじっと見守っているところだった。

「そろそろ来ると思ってたよ。キーをくれ。車は表にとめたままでいい。取付けは一時間で終わる」

メイソンを連れて、陽のあたるひび割れた歩道を引きかえした。側溝の底には、真っ黒に干からびた泥がこびりついていた。ロードアイランドの厳しい冬が残した、唯一の置きみやげだった。

扉を押し開けると、上部に取りつけられた真鍮製のベルがカラカラと音を立てた。おれはメイソンを伴ったまま、店に足を踏みいれた。

「いったい何をしておった。いちばんの見どころを逃しおってからに」おれに気づくなり、ゼリッリが言った。

スーツのズボンを穿いた姿には、妙な違和感を覚えさせられた。ゼリッツリはレジの横から売り物の青い使い捨てライターをつかみあげ、ラッキーストライクに火をつけると、それをもとの場所に戻した。

「上の部屋に場所を移したほうがいいですか、ウーシュ」

「ここでかまわん！　いまさっき、警察どもにも包み隠さずすべてを話した。おまえさんのコバンザメに聞かれて困ることなんぞ、何ひとつありゃせんわい」

「コバンザメじゃなくて、エドワードです」メイソンが言って、ゼリッツリに片手をさしだした。

ゼリッツリはそれを無視して、話を続けた。

「今朝十一時ごろのことだ。バドワイザーの配達員が冷蔵庫の商品を補充し終えるころを見はからって、わしは小部屋の窓から店内を見おろした。すると、そこに何が見えたか。わしらが目の色変えて探しまわっとったあのアジア系のくそったれが、ぬけぬけとわしの店に入ってくるではないか」

「おい、たまには仕事をしてみろ、七光。手帳を出して、メモくらいとったらどうだ」おれはメイソンに向かって言った。

「……わしはとっさに、ディマジオ団のガンサー・ホーズとウィンピー・ベネットがディーガンのところで働いておることを思いだした。あそこならここから目と鼻の先だ。すぐさま工場《こうば》へ電話をかけて、急いでこっちへ来いと呼び寄せた。それから店へおりて、くそったれの様子を窺った。くそったれはひとしきり店内を物色してから、ペントハウスとミケロブ・ビールの六缶パックを手にレジへ向かった。マールボロをひと箱注文したあと、勘定台の奥に陳列してあるコリブリ・ライターに目をとめて、ちょっと見せてくれとレジ係の娘に頼んだ。ライターを手にしたときの、あの表情。その感触にうっとりとしておることは一目瞭然じゃった。おそらく、そいつを使って建物に火をつけるところでも想像しておったのだろう。

　そのとき、ホーズとベネットが店先に出してあった売り物のバットをつかみあげながら、店のなかに入ってきた。くそったれはライターやらなんやらの支払いを終え、出口へ向かいかけたところで、ホーズとベネットが戸口をふさいでいることに気づいた。小さく頭をさげながら、ふたりのあいだをすりぬけようとした。ホーズが軽く肩を小突いてやると、くそったれはチーズ・ドゥードルの棚に倒れこんだ。バットをかまえたホーズとベネットが目の前に立ちはだかると、くそったれはひどく怯えた表情を浮かべた。

　それからやにわに、アジア系特有の間の抜けた訛で、くそたわけたことをわめきだした。『助けて！　警察を呼んでくれ！』とな」

　メイソンが眉をひそめ、手帳から顔をあげた。「その男はあなたに、警察を呼んでくれと頼んだんですか？」

「そうじゃとも。だから、すぐさま望みを叶えてやったわい。すまんかったな、マリガン。まずはおまえさんに知らせてやるべきだった」

「とんでもない、ウーシュ巡査」

「このくそったれめが。このあいだも言ったじゃろう。そんな冗談はくそ面白くもない」

　おれはメイソンを振りかえった。「ヴェロニカに電話しろ、七光。手帳に書きとめた内容をすべて報告するんだ」

　それからコーンビーフ・サンドイッチのパックを拾いあげ、冷蔵庫からアイスティーを取りだすと、店を出て、日除けの下に置かれた丸テーブルに腰をおろした。数分後、メイソンもポテトチップとコーラを手に、向かいの席に腰をおろした。

「連絡はついたか？」

「ええ」

「ゼリッリから訊きだした話をすべて伝えたな?」

「ええ。ローマックスに削除されずに掲載できるコメントはないのかと訊かれました。〝くそ〟とか〝くそったれ〟とかが含まれないコメントはないのかと。そのへんは適当に言いかえておいてくれと頼んでおきました」

「どんな詳細も漏らさず伝えたな?」

「ええ」

「男がライターを買ったってことも?」

「ええ、もちろん」

「マールボロとペントハウスを買ったってことも?」

「それは伝えてません。重要だとは思わなかったので」

「チーズ・ドゥードルのパックが出入り口の周囲に散乱したってことは?」

「それも重要だとは思いませんでした」

「詳細を省いて、いい記事なんぞ書けるものか。もう一度、電話をかけなおせ。今度は何ひとつ漏らさず、ヴェロニカに伝えるんだ」

メイソンが電話をかけているあいだに、サンドイッチの包み紙を入口脇のゴミバケツに投げいれ、店内に戻った。ゼリッリが腰を折って、擦り傷だらけのタイルの上からチーズ・ドゥードルのパックを拾い集めていた。

「ちょっといいですか、ウーシュ。例の男は代金を何で支払ったんです?」

「クレジットカードでだ」

「ビザですか、ディスカバーですか、それともマスターカード?」

ゼリッリはレジ係に顔を向け、声を張りあげた。

「シーラ! あのくそったれが使ったクレジットカードの種類はなんだ?」

「ビザです」

「すばらしい。よかったら、カード番号を教えてもらえませんか」とおれは言った。

相棒ブロンコは車体工場の真ん前にそのままとめられていた。メイソンをしたがえてそちらに近づいていくと、ディーガンがガレージから顔を突きだし、キーを放ってよこした。

「すっかりもとに戻してある。迷惑をかけてすまなかったな」

車道へ車を出しながら、再生ボタンを押した。トミー・カストロの《ママー・ジャマー》のイントロを飾るギター・ソロがスピーカーを震わせる。ダッシュボードから剝ぎとられたあの晩、プレーヤーに入れてあったCDの最初の曲だ。

メイソンが両手で耳をふさぎながら、声を張りあげた。「音量を絞ってもらえませんか?」

おれはダッシュボードに手を伸ばし、音量をあげた。その直後、バンドマン同士の腕比べに覆いかぶさるように、ディープ・パープルの《スモーク・オン・ザ・ウォーター》が流れだした。おれはプレーヤーの電源を落とし、携帯電話のフラップを開いた。

「この!

くそったれの!

くそ野郎!」

「すまない、ドーカス。いまはお喋りしている時間がない」

おれの敬愛するカントリー・ミュージシャンにして哲学者、キンキー・フリードマンはこう言った——恋愛という極楽の空には、地獄行きの小さなチケットがちりばめられている。きらきらと輝く星々から、そいつが紙吹雪のように降ってくるんだ。

編集部の少し先で、福祉会館の前に駐車スペースを見つけた。車をおりて、パーキングメーターに〝故障中〟のカバーをかぶせた。何がおかしいのか知らないが、メイソンにはそれがツボにはまったらしい。下々の者が編みだした生きるための知恵が、高貴な生まれの皇太子に理解されることはけっしてない。三分後、編集部でエレベーターをおりたときもまだ、メイソンは女子高生みたいにくすくすと忍び笑いを続けていた。

アジア系の男の逮捕についてヴェロニカの書いた原稿に目を通していると、ローマックスが近づいてきて言った。「ようやく例のひとでなしが捕まったようだな。めでたいことだ」

なんとなく腑に落ちないものはあったが、おれはとりあえずうなずいた。

「ここからは法廷番記者の出番だ。あとの取材はヴェロニカに任せておけ。きみはそろそろ、死体捜索犬の取材にでも取りかかってはどうだ」

「了解、ボス」

おれはローマックスの冗談を本気で実行するつもりだった。サッシー（もしくはシュガー）の一件をもってしても、ローマックスが犬関連のネタに臆することがないのだとしたら、恐れるものは何もない。

ローマックスが声の届かない距離まで離れたことを確認してから、叔母に電話をかけた。叔母のルーシーはボストンのフリート銀行顧客サービス部で働いている。

「リアム！　嬉しいわ！　可愛い甥っ子が電話をくれるなんて！」

本題に入るまえに、しばらく他愛ない話を続けた。叔母の息子コナーはどうしているか。フェンウェイ・パークでのダフ屋行為で食らった一年の執行猶予はもうじき明けようとしているらしい。電話をかけた目的を伝えて受話器を置くと、メイソンがそろそろと近づいてきた。

「あの、次はどんなネタに取りかかるんです？」

「マンホールの蓋」

「え？」

「マンホールの蓋だ」

「蓋の何を？」

「おまえも記者の端くれなんだろ、七光。その手帳や、トレンチコートや、中折れ帽や、一流大学のジャーナリズム学部で取得した卒業証書はみんな、まやかしか？　それが知りたきゃ、自分で調べろ。手始めに市の購買課からあたってみるといい。記事にする価値のあるネタが掘りあてられるかどうか試してみろ」

「ぼくにネタを任せてくれるんですか？」メイソンはあからさまに声を弾ませた。

「ま、そんなところだ」とおれは答えた。

「ありがとうございます、マリガン！　本気で嫌われているんじゃないかと思っていましたが、ぼくの誤解でした！」

マンホールの蓋か。おれはこみあげる笑いを噛み殺した。おかげで、あの高貴なケツをしばらくは遠ざけておけそうだ。

32

グロリアがこちらへ肩を寄せると、ブロンドの髪が頬を撫でた。おれたちは〈ホープス〉のカウンター席にすわって、連行シーンを写した写真をグロリアのカメラの液晶画面で確認しているところだった。ふたつ並んだグラスの表面を水滴が覆っていた。グロリアのグラスには生ビール。おれのグラスにはクラブソーダ。

なおもふたりで液晶画面を覗きこんでいたとき、いつのまに店に入ってきたのか、ヴェロニカが所有権を誇示するように、おれの首に両腕を巻きつけてきた。その姿勢のままグロリアににっこりと微笑みかけると、グロリアもにっこりと笑みを返した。このあと、ふたりは泥レスリングを繰りひろげるのにちがいない。まだ頼んでもいないのに、バーテンダーがヴェロニカにシャルドネのグラスを運んできた。おれとヴェロニカはそれぞれのグラスを手に、テレビが見やすい位置にあるテーブル席へ移動した。グロリアがスツールの上からこちらを振りかえっていた。もう少し食いさがるべきかと思案しているのだろう。だが、ヴェロニカと目が合うやいなや、グロリアはカウンターに顔を戻した。

《アクション・ニュース》の開始を告げるオペラ風のテーマ曲が流れだし、六時のニュースが始まった。ローガン・ベッドフォードの顔が画面にあらわれ、相も変わらずの謎かけのような前置きを述べはじめた。

「われわれ市民の長きにわたる悪夢が終わりを告げました！　青き制服に身を包んだ勇ましき英雄たちが、われらが美しき町を恐怖に陥れておりましたマウント・ホープ連続放火事件の犯人をついに逮捕したのです。逮捕劇の一部始終は、このあとすぐ！　衝撃の新事実をお伝えします！」

こんなふざけた台本を書いたのは、いったいどこのどいつだろう。

アーニー・ディグレゴリオがひとさし指の上でバスケットボールを回転させながら、フォックスウッズ・リゾートカジノで一緒に楽しもうと誘いをかけてきた。中古車販売を手がける〝キャデラック・フランク〟がフェラガモのつま先で軽くタイヤを蹴りつけ、「光り輝くキャデラック・セビル、あなたはこの誘惑に抗えますか？」とのセリフを棒読みした。そのあと、ベッドフォードが画面に戻ってきて、プロヴィデンス市警本部で行なわれた記者会見の模様を流しはじめた。

会見場にいる全員が背中を叩きあい、祝いの言葉を浴びせあっていた。本部長と市長とポレッキが代わる代わるにマイクを握り、称讃を与えあった。市長は会見時間の大半を独占して、事件解決はポレッキの地道な捜査がもたらした功績だと褒めたたえ、ゼリッツリやバットをたずさえた自警団員が果たした役割を最小限に印象づけようと努めていた。そのあとマイクを引き継いだポレッキが〝事件はまだ捜査中〟だとの警戒の言葉を差し挟みはしたが、三人のしたり顔や会場を覆いつくす祝賀ムードからして、ウー・チャンが犯人だと確信していることはありありとしていた。

会見の映像が途切れるなり、店内は拍手喝采に包まれた。奥まったテーブルふたつを別々に囲んでいた警官三人と消防隊員六人が一斉に椅子から立ちあがり、秘められた敵愾心《てきがいしん》の垣根を踏みこえて、陽気にグラスを打ちあわせ、力強い抱擁を交わしはじめた。去年八月に催された、市警チーム対消防本部チームによるソフトボール大会。あの乱闘騒ぎから続く遺恨――目のまわりの青痣や裂けた唇――のすべてを、この一瞬だけは水に流すことにしたらしかった。

33

どうやらおれは、原稿のリードなり、記事に盛りこむコメントなり、無料の駐車スペースなり、一面のトップ記事なり、絶えず何かを追い求めている人間であるらしい。そんななかほっとひと息つく時間ができたときには、葉巻の煙を肺いっぱいに吸いこみながら、胸に〝レッドソックス〟のロゴが刺繍されたユニフォームを着た発育不全の億万長者たちに声援を浴びせるのが、これまでのつねだった。だが、今夜のおれは異例の行動に打ってでた。それもなかなか悪くない気分だった。

悪臭漂う州会議事堂の風下に広がるショッピング・モールを抜け、その目玉である百貨店〈ノードストロム〉の前を通りすぎた。ショーウィンドウの向こうでは、数体のマネキンがおれの年収に匹敵する値段の衣装を纏っていた。隣を行く、丸みを帯びた尻の形、スカートのなかでしなやかに揺れるその動きに目を奪われていると、一分だか二分だかが過ぎたころ、自分が話しかけられていることに気づいた。

「……三人の連名にしたかったんだけど、ローマックスがその必要はないと言い張ったの。だから、取材協力ということで、記事の最後にあなたとメイソンの名前をあげておいたんだけど」

ヴェロニカが仕事の話をしていることがわかって、おれは妙に気落ちした。「おれたちは名コンビになれるかもしれないいな」

「あなたとメイソンが？」

「きみとおれが」

「ええ、そうね」

にわかに空腹を覚えた。まずは腹ごしらえをしておこう。

勿体《もったい》をつけたレストランのひとつが行く手に見えた。蔦の這う外壁に、真鍮製の手すり。硬材の床板。チャドだのコーリーだのといった名札をつけ、こぎれいな身なりをした給仕係。奥のボックス席に腰を落ちつけた直後、ヴェロニカが昼間の顔を脱ぎ捨てる気配を感じた。後頭部に手をまわしてヘアゴムをはずしてから、軽く頭を振って、艶やかな黒髪をゆったりと肩に垂らす。気だるいため息を吐きだし、脚を組む。十二ページのメニューから、おれは思わず顔をあげた。

ヴェロニカは子牛肉を注文した。おれはリブロースのステーキを選んだ。ひとには、肉以外の何物も受けつけないときというものがある。

ヴェロニカがふたたびお喋りを始めた。目の前で唇が動いていたが、おれの耳には途切れ途切れの単語しか入ってこなかった。放火。締切り。ウー・チャン。あの黒髪をヘアゴムで結いなおし、もう一度ほどいてみせてはくれないだろうか。組んだ脚をいったん戻して、もう一度、組みなおしてみせてはくれないだろうか。

「ねえ、自分が孤独だと感じたことはない？」

その問いかけには不意を突かれた。慌てて言葉を並べたてようとしかけて、自分が冷静沈着な男で通っていることを思いだした。「孤独なんて感じるわけない。きみやら、グロリアやら、ポレッキやら、みんなから尻を追いまわされてるってのに」

予想していたような笑みは返ってこなかった。ヴェロニカはテーブルに目を伏せ、ワイングラスの縁にゆっくりと指先を這わせはじめた。

「わたしたち、キスもしたし、ベッドのなかでふざけあったり、一緒に眠ったりもした。でも、あなたがその先、わたしに求めているのは、ほかの誰からでも得られるものだわ」

「それはちがう。グロリアならまだしも、ポレッキに貞操を許すつもりはない」

「あなたって、なんでも冗談の種にしてしまうのね」

「おおかたのことは。だが、何もかもってわけじゃない」

おれはしばし黙りこんだ。何を言うべきなのかも、どんなふうに言うべきなのかもわからなかった。

「きみはおれという人間を理解してくれている。おれがこのくそったれな人生のなかで背負っている、忌々しいあれこれも。おれがどれほど情けないダメ男であるのかも。それでもなお、きみと一緒にいることを許してくれている」

ヴェロニカが伏せていた目をあげ、おれを見つめかえしたとき、チャドだかコーリーだかがどこからともなくあらわれて、チップ目当てにしきりとおれたちの世話を焼きはじめた。いや、水はもういらない。飲み物のおかわりもまだ必要ない。粗挽きの胡椒なら自分の頭にでも振りかけておけ。とにかくここから消えうせろ。

おれたちは沈黙のなか食事を続けた。けっして気まずいものではなく、親密な空気の漂う沈黙だった。そのことがおれには少しだけ怖かった。おれは多くを語りすぎたか。あるいは、言葉が足りなかったか。それより、さっきおれはいったい何を言ったのだろう。思いだせるのは、いくつかの単語だけ。〝くそったれ〟に、〝ダメ男〟に、〝忌々しい〟。ロマンチックなムードを盛りあげる魔法の言葉が三連発。

「マリガン?」

沈黙が破られた。

「あなたもわたしという女をわかってくれているわね? まえにも言ったけど、わたしって、愛するのが難しい女だから」

愛だって? いったいなんの話だ? 愛がどうのなんて、おれがいつ口にした?

ステーキを切ることに集中しているふりをして、時間稼ぎを試みた。そのとき、ヴェロニカがあの美しい黒髪を掻きあげる仕草が目に入った。おれははっと息を呑んだ。

チャドだかコーリーだかがふたたびあらわれ、おれに伝票をさしだすと、ヴェロニカは横からそれをかすめとり、アメックスのカードをウェイターに手渡してから、席を立って化粧室に向かった。愛だって? 愛がどうのだなんて、おれがいつ口にしたんだ。なおも考えあぐねていたとき、肩に優しく手が置かれ、吐息が耳を撫でた。

レストランを出て、腕を絡めあったままヴェロニカの車まで歩いた。おれの自宅の玄関をくぐったときも、着ていた服を脱ぎ捨てたときも、おれにはまだ判断がつかずにいた。全身を駆けめぐりつつ局部に集中していくこの血流は、単なる肉欲によるものなのか。それ以上の何かなのか。

濃厚な愛撫。いっぱいに帆を張ったおれの股間。そして、浴びせられる冷水。たどるべき道すじはわかりきっていた。ところが、ベッドに倒れこんだおれの股間を、ヴェロニカは執拗にまさぐりつづけた。唇まで這わせてきた。それから、潤みきった自分のなかへ導きいれさえもした。

控えめに言っても、興味深い進展だった。これがスポーツキャスターなら、〝観客は興奮に沸きかえった〟とでも表現するところだろう。

あの不毛な二年のあいだ、おれがドーカスと励みつづけていた行為はいったいなんだったのか。それがなんであれ、いまヴェロニカとおよんでいる行為とはまったくの別物であったことだけはたしかだ。おれたちは組んずほぐれつ絡みあった。ときおり体位を変えながら、鼻と鼻とをぶつけてはくすくすと笑いあった。このうえない快感に身を震わせた。絶頂の瞬間、おれたちは同時に息を呑み、きつく互いを抱きしめあっていた。少しでもヴェロニカを悦ばせられたことを願いながら、おれは汗だくの身体をぐったりと横たえた。

ヴェロニカはかなりの体力の持ち主であるようだ。やがて、ヴェロニカがおれの胸から顔をあげ、にっこりと微笑んで言った。

「わたしが受けてと頼んだ、例の検査のことだけど」

「それがどうかしたか？」

「結果は合格よ」

やはりヴェロニカは時間稼ぎをしていただけということか。せめて、注射針に刺される必要のない方法を思いついてくれればよかったのだが、なんにせよ、それがうまい手であったことは否みようがない。それでも、針の先ほどの苛立ちを覚えずにはいられなかった。この瞬間を引きのばすことに、いったいどんな意味があったというのか。

「ねえ、もう体力は尽き果てた？　それとももう一度、愛しあってみる？」

また愛だ。愛がどうのだなんて、おれがいつ口にした？

34

アンジェラ・アンセルモが子供たちを叱りつけるいつもの声で目が覚めた。「トゥードルズがかわいそうでしょ！　どうしたらそんな意地悪ができるの！」どうやら、ジャムだかキャンディだかを使って、何やらいたずらが行なわれたらしい。

ベッドから床に足をおろし、肩越しに後ろを振りかえった。カーテン越しにさしこむほのかな光に照らしだされた、ヴェロニカの寝顔。深く、規則正しい息遣い。枕の上でもつれた黒髪。そこに顔をうずめたいという衝動を抑えこみ、つま先歩きでバスルームに向かった。シャワーを浴びながら、石鹸の泡を身体じゅうに塗りたくった。ふと気づくと、眠たげな顔をした全裸の法廷番記者が隣に立っていた。

「トゥードルズって誰のこと？」ヴェロニカが問いかけてきた。温かな湯の伝う艶やかな肌を眺めるうちに、おれにも尋ねたいことがいろいろ浮かんではきたが、まずは訊かれた質問に答えることにした。

「あの一家の飼い猫さ」

それからヴェロニカを胸に引き寄せ、シャワーの飛沫《しぶき》を浴びながらキスを交わした。柔らかな手の平がおれの背を撫でる。おれもそのなめらかな肌を思うぞんぶんに撫でまわした。このあと仕事が待っていることをヴェロニカが思いださせてくれなかったなら、一日じゅうでもそうしていたことだろう。水に濡れた女ほど色っぽいものはない。

冷蔵庫のなかがからっぽだったため、朝食はダイナーでとることにした。おれがヴェロニカを連れて店に入っていくと、チャーリーはぼさぼさの眉毛の片方を大袈裟に吊りあげてみせた。連続放火犯ウー・チャンの逮捕をべつにすれば、この日、ロードアイランド州内にめぼしいニュースはなく、大統領予備選挙についてのひねくれた解説やら、ワシントン発の大法螺《おおぼら》やら、イラク国内のテロ事件やらでかろうじて紙面が埋められていた。

ヴェロニカが暮らし欄を読んでいる横で、おれはスポーツ欄を開いていた。カート・シリングの肩の具合は冬のあいだになぜだか悪化しており、外科手術が必要であるかどうかが医師たちのあいだで話しあわれているという。だが、チームにはまだ、ベケットやマツザカ、レスター、ウェイクフィールド、バックホルツ、コロン、マスターソンら、必要とする以上の先発ピッチャーがいる。とりたてて心配することはない。鉄板にこびりついた焦げをこそげ落としていたチャーリーがエプロンで手をぬぐいながらこちらを振りかえり、にやりと笑いながら言った。

「女の趣味がよくなったな、マリガン。まえに連れてきた、あの不器量なブロンドとはどうなったんだ。あんたの名前は〝くそ野郎〟だと思いこんでいた、あの女さ」

昼であろうと夜であろうと、おれがこの店を訪れるとき、チャーリーはかならずここにいて、おれに料理をつくってくれる。庶民が娘をジュリアード音楽院に通わせるには、日がな一日、働きづめに働かなければならないのだ。おれはうなり声をひとつ絞りだしてから、カウンターに二十ドル札を置いて立ちあがった。誰にも借金をすることなくガールフレンドに食事を奢ってやれる店があることに、まずは感謝しなければなるまい。

35

「いまから送信ボタンを押すわ。ファックス機のすぐそばで待っていてちょうだい、リアム」受話器の向こうで、叔母のルーシーが言った。「ほかの誰かに見られたらたいへんだもの。本当はこんなものを送っちゃいけないいんですからね」

送られてきたファックスは全部で十枚あった。去年の十一月から今年の二月にかけて、それから三月頭の数日を含む、ウー・チャンのビザカード利用記録。自分の机に戻り、記録にある日付と放火事件の発生した日付をつきあわせることにした。だが、ざっと眺めてみただけで、厄介なことになりそうだと気づくには充分だった。

ウー・チャンの職業はコピー機のセールスマンで、利用記録の大半はありふれた日常の足跡《そくせき》にすぎなかった。ドラッグストアの〈CVS〉に、スーパーマーケットの〈ストップ・アンド・ショップ〉。ガソリンスタンドの〈テキサコ〉。大型ディスカウント店の〈ターゲット〉。リカー・ショップの〈B&D〉。ランジェリー・ショップの〈ヴィクトリアズ・シークレット〉で二百四十九ドル九十五セントの買い物をしている点には好奇心をそそられるものの、おそらくは恋人へのプレゼントなのだろう。あるいは、ひそかな女装癖があるのかもしれない。だが、それより何より注目すべきは、十一月に購入したUSエアウェイズの航空チケット代金四百七十七ドルと、十二月二十日まで二十一日間にわたって滞在したとされるサンフランシスコのホテル・ウィットコムの宿泊費二千四百五十七ドルだった。仕事絡みの出張かもしれないし、プライベートな休暇旅行かもしれない。それともこれは、綿密に計画されたアリバイ工作なのだろうか。

ホテル・ウィットコムに電話をかけ、コンシェルジュにつないでもらった。ええ、ミスター・ウーのことならよく覚えております。何かと苦情を訴えてこられる方でしたから。窓からの眺望が気にいらない。禁煙室のはずなのに、煙草のにおいがする。部屋の小型冷蔵庫にJ&Bをもっとたくさん補充してくれ。チェックアウトの際には、請求書の内容にまで文句をつけられました。

念のため、ウー・チャンの写真をメールに添付して送ると、コンシェルジュは折りかえし電話をかけてきて、ホテルに滞在していたのはたしかにこの男だと断言した。

おれはすぐさまコンピューターに向かい、調べあげた情報をキーボードに打ちこみはじめた。こいつが署名入りの一面記事となることは間違いない。劇的なダンクシュートを決めた気分だ。そのとき、ふと気がついた。おれには何人か、警告を与えておかねばならない人間がいるのではないか。

36

「ちくしょうめ!」ゼリッリの怒声が轟いた。

「厳密には、十二月に発生した三件の火災のみ、アリバイが証明されたにすぎません。それ以外のときにはこの町にいた。しかし、そのうえでウー・チャンの犯行を疑うとなると、連続放火事件を起こしているのは複数犯だと考えなければならない」

「その可能性はくそみたいに低い」

「ええ、そのとおりです」

「くそったれめ! ゆうべ、ディマジオ団からバットを回収したばかりだというに。このぶんじゃ、連中をまた通りへ送りださねばならんようだ」

「そのようです」

机の上で電話が鳴りだした。ゼリッリは受話器をつかみあげて、ボストン・セルティックス対ニュージャージー・ネッツ戦のオッズを告げ、ちびた鉛筆の芯を舐めてから、フラッシュペーパーの切れ端に金額を書きとめた。受話器を架台に戻すと、ボクサーショーツの上から股間を掻きながら、ぼんやりと虚空を見すえた。

「ああ、ちくしょうめ。しかし、おまえさんには礼を言わなくてはならんな。わざわざここまで足を運んで、直接わしに知らせてくれた。こんなくそ忌々しいニュースを新聞なんぞで知った日にゃあ、たまったもんではない」

おれたちはしばらく黙りこんだまま、それぞれに煙草と葉巻をくゆらせた。

「CDプレーヤーの按配はどうだ?」

「良好です」

「葉巻は足りとるか?」

「充分に」

「ヤンキースにも五十ドルばかし賭けてみんか？　そうすりゃ、レッドソックスが負けても、丸損は防げるぞ」

「せっかくですが、やめておきます。それでヤンキースが勝ちでもしたら、たとえ金《かね》が入ってきたって、遺族賠償金を受けとったような気分に陥るだけですから」


　この日、ジャック・セントファンティの暮らす小さなアパートメントはブラインドが開け放たれ、羽根板の隙間から斜めにさしこむ陽光が室内の雰囲気を〝陰鬱〟から〝単に侘《わび》しげ〟にまで改善していた。ジャック自身にも改善は見られた。パイル地のバスローブを脱ぎ捨て、洗いたてのジーンズと青のオックスフォード・シャツを着こんでいた。ひげを剃ったばかりなのだろう、左の頬には剃刀《かみそり》負けの痕ができており、白髪まじりの薄い髪はきれいに梳かしつけてあった。そして肘には、防水加工のナイロン・ジャケット――背中に白い文字で〝プ《P》ロヴィデンス市《F》消防本部《D》〟とロゴの入った紺色のジャケット――をさげていた。外出の用意はすべて万端に整っていた。

「おお、リアム。例のニュースは聞いたろう？」残されたわずかな歯を覗かせながら、ジャックは満面の笑みを浮かべてみせた。

「ジャック、じつは……」

「これからちょっくら、署のほうへ顔を出してこようかと思ってな。どうだ、歩きながら話でもするか？」

　玄関へ向かいかけたジャックの肘をつかんで、おれは言った。「待ってください、ジャック」

　ジャックはおれと目を合わせるなり、そこから何かを感じとった。

「どうした、リアム？　兄さんか姉さんに何かあったのか？」

「ジャック、あの男は犯人じゃありません。あれは誤認逮捕です。警察はまだ認めたがらないだろうが、一日か二日のうちに、あの男を釈放せざるをえなくなる」

「間違いないのか？　わしはちゃんとテレビで……」

「間違いありません」

ジャックはがっくりと肩を落とした。全身から空気が抜けだしていくのが目に見えるようだった。肘にさげていたジャケットがぱさりと床に落ちた。

「つまり、まだ終わっちゃいないということか」

「ええ」

「ポルカ・ヴァッカ！」

おれがことさら気にいっているイタリア語の卑語。直訳すると〝豚に牛〟だが、〝ちくしょうめ！〟の意味で使うこともできる。

「ポレッキとロセッリは、またあなたを追いまわしはじめるでしょう。おれが言ったことを覚えていますね、ジャック。やつらがやってきたとき、どうすればいいのかを」

「何も話さない。逮捕状が出ていないなら、同行には応じない。もし逮捕状を持ってきていたら、弁護士を呼ぶ」

「そうです。それと、何も話すなとおれから指示されたってことも、絶対に言っちゃいけません」

「ああ、わかっとる」

ジャックは肘掛け椅子にどさりとすわりこんだ。円卓に敷かれたクロッシェ編みのナプキンの上には、琥《こ》珀《はく》色の液体が二インチほど残るジム・ビームのボトルがなおも置きっぱなしになっていた。

「少しつきあってくれんか、リアム？」

沈黙のなか、おれたちはボトルの中身を交互に呷った。グラスを用意する手間は省かれた。

「暇ができたら、またここへ寄ってくれんか」

「ええ。次に来るときには、もっといいニュースを持ってきます」

玄関の手前で立ちどまり、ぎゅっとジャックを抱きしめた。ジャックはいささか面食らったような顔をしていた。

「あと少しだけ辛抱してください、ジャック」それだけ言って、部屋を出た。階段をおりるあいだじゅう、胃の潰瘍が怒号をあげていた。


〈グッドタイム・チャーリーズ〉の店内は今日の午後もまた閑散としていた。この日、マリーは接客に出ておらず、例のボディストッキングも着ていなかった。いや、いっさい何も身につけていなかった。右の太腿にはめたガーターベルトも数に入るというのでなければ。入口をくぐるおれの姿を認めると、マリーは流れる水のようになめらかな動きでステージの端へと移動し、ガーターベルトに親指を引っかけた。おれはその隙間に一ドル札をすべりこませ、マリーの尻をぽんと叩いた。

「ありがと、マリガン」とマリーはささやいた。

「礼を言うべきはおれのほうだ」とおれは返した。本心から出た言葉だった。

店の奥のボックス席に近づき、椅子に腰をおろそうとしたとき、座面にビールがこぼれていることに気づいた。そこで仕方なく、ステージがまずまずよく見える席を選ぶことにした。マリーはいま、ポールから逆さまにぶらさがっているところだった。

数年まえまでは、この店もそれなりのにぎわいを見せていた。だが、この数年で町には新たに六軒のストリップ小屋が誕生し、そのほとんどがかつての工業地域アレンズ・アヴェニューに集中していた。そして、〈グッドタイム・チャーリーズ〉から大多数の常連客を吸いとるのみならず、ニューイングランド全域から客を集めるようになっていった。州外のボストンやハートフォード、ウースターから貸切バスで詰めかける団体客まで出はじめた。

ことの発端はこうだ。とある売春斡旋《あっせん》業者の代理人を務めていた聡明なる若き弁護士が、州の定める売春防止法を通読していた際、売春婦が〝街路で客を拾う〟娼婦と定義されていることに目をとめた。ならば、客との交渉からのすべてを屋内で行なってさえいれば、金銭を引きかえにした性行為は法に抵触しないことになる。若き弁護士は法廷でそう主張した。判事もまたその主張を認めた。それにより、ロードアイランドでは、はるばるタイやコスタリカまで足を伸ばす必要性が消滅した。新たに開店した六軒のストリップ小屋はストロボ・ライトやDJプレーのほかに、個室サービスを呼び物としている。その小部屋のなかでは、地元の女たちに加えて、シリコン入りのたわわな乳房をしたニューヨークやアトランティック・シティ出身の美女たちが、三十ドルでプライベート・ダンス、百ドルでフェラチオの特別サービスを提供している。

これまでのところ、州の立法機関が講じた唯一の手立ては、憤りに満ちたコメントを発表することだけだった。皮肉屋と呼んでくれてもかまわない。水面下で金《かね》が動いたのではないかと、おれは疑っている。一方で、一九七〇年代から〈グッドタイム・チャーリーズ〉を経営している爺さんは、軽く尻を叩く程度の〝おさわり〟を除いて、客が踊り子に触れることを固く禁じている。閑古鳥が鳴くのも無理はない。

約束の時間から三十分が過ぎたころ、二杯目のクラブソーダをちびちびすすっていると、ポレッキがようやくやってきて、向かいの席に尻を押しこんだ。固定されたテーブルと椅子とのあいだの隙間は、ケンタッキー・フライドチキンの詰まった腹にはちょいとばかり狭すぎるようだ。

「今度はなんの用だ、くそ野郎」開口いちばんにポレッキは言った。

おれはクレジットカード利用記録のコピーを無言の

まま取りだし、煙草の焼け焦げにまみれたフォーマイカのテーブルの上をすべらせた。

「ああ、それか。その記録なら今朝、フリート銀行に勤める呑みこみの早い人間から手に入れた。召喚状をちらつかせるだけ。簡単なものだ。しかし、一般人のおまえがどうやってこれを手に入れたんだ？」

「それは言わないでおこう」

「いくつか法を破りでもしたか」

「めくじらを立てるほどのものじゃない」

ポレッキは鋭くおれを睨《ね》めつけようとしたが、その出来映えはあまりにお粗末だった。なんの効果もないと見てとると、すぐにあきらめて、話題を戻した。

「ほかの四件の火災についても、ウー・チャンにはアリバイがあった。まだ調べを進めている最中だが、そのうち裏がとれるだろう。とんだ無駄足を踏ませてくれたな、マヌケ野郎。おまえのよこしたミスター・ラプチャーは、完全なるシロだ」

「ああ、そのようだ。とすると、おれが路上で声をかけたとき、なんだってあの男は逃げだしたんだろう」

「わたしの知ったことか。たまたまポケットにヤクを入れていて、おまえを麻薬捜査官だと思いこんだのかもしれん。おまえに財布を奪われると考えたのかもしれん。極度の人見知りだったのかもしれん。あるいは単に、マヌケ野郎がきらいなだけだったのかもしれん」

「これからどうするつもりだ？」

「起訴か釈放かを決定するまでには、四十八時間の猶予がある。勾留期限のぎりぎりまで、やつを釈放するなと本部長は言っている。青二才の官選弁護人がやつのアリバイ確認をしているあいだに、真犯人を見つけだせるかもしれんとな。でなけりゃ、手ぶらのままウー・チャンを釈放するという赤っ恥をさらすことになる」

「なるほど」おれがそう応じると、ポレッキはしまったとばかりに顔をゆがめた。

「おい、いまの話はオフレコだ。わかってるな？」

「なあ、ポレッキ。知ってのとおり、何かをオフレコにしたいときには、事前にその旨を伝えておかなきゃならないんだ。今後、おれ以外の記者を相手にするときには、このことを肝に銘じておいたほうがいい。なかには融通の利かないやつもいる」

前回はステージの上で目の保養をさせてくれていた痩せっぽちの黒人の女が、ピンヒールの靴にGストリング一枚というでたちでテーブルに近づき、ご注文はとポレッキに問いかけた。

「ナラガンセット・ビールを出してやってくれ。勘定はおれに」おれが言うと、ポレッキは妙なものでも見るようなまなざしを向けてきた。

「放火課の責任者が職務中に酒を飲んでるって記事でも書くつもりか？」

「くだらない。自分から酒を奢っておいて、あんたがそれを飲んでるところをすっぱぬく？　スクープひとつのためにそんな姑息なまねをするほど、おれは落ちぶれちゃいない」

「ああ、いま以上に落ちぶれようもないからな」

黒人の女がビールを手に戻ってきた。おれは女に五ドルを渡し、それとはべつに、一ドル札をGストリングの紐にはさんでやった。尻を叩くのはやめておいた。あまりにぺたんこすぎて、気が引けた。

「つまり、おれたちはふりだしに逆戻りってわけだ」

「〝おれたち〟だと？　一緒にするな、マリガン。わたしは正式な捜査を指揮する警察官だ。おまえはくそったれの寄生虫だ」

「ほかの線から浮かびあがっている容疑者はいないのか？」

「例の元消防士だけだ」

「ジャック・セントファンティだな？」

「ノーコメントだ。おまえがその名前をどこから引っぱってきたにせよ、教えたのはわたしではない」

「ああ、わかってる」

「ロセッリはそいつが犯人にちがいないと決めこんでるが、わたしのほうはまだ懐疑的だ。あの爺さんに、あんな大それたまねができるとは思えん」

ポレッキはシャツの胸ポケットからパロディを一本取りだし、紙マッチで火をつけた。安物の黒い細葉巻が発する煙は、シトロネラ油を練りこんだくそのにおいがした。

「悪くとらないでほしいんだが、もしかすると、外部の応援を求めたほうがいいんじゃないか？」

「いいか、マリガン。ロードアイランド州消防本部長が抱える放火捜査官はたったの三名。そのうちの二名が、すでにうちの課へ派遣されている。リーヒーって名前のほうは、ウェスタリーで消防署長を務めていた人間で、かなりの腕っこきだ。ペトレリって名前のほうは、いとこが民主党の州支部長だってだけで、いまの仕事にありついた。消防庁で二週間の研修を受けたから、自分にはなんでもわかってるって顔をしてやがるが、実際にはなくそのひとつもわかっちゃいない」

「その消防庁から応援は得られないのか？」

「あそこは国土安全保障局の出先機関みたいなもんだ。放火事件捜査のなんたるかもわかっちゃいない」

「ＦＢＩはどうだ？」

「同時多発テロ事件以降は、テロ関連の事件でないかぎり、いっさい興味を示さない」

「これは本当に、放火魔による犯行なのか？　ほかの可能性を示唆するような証拠は何か見つかっていないのか？」

「ただのひとつもな。毎度の保険金詐欺を疑っているんだろうが、被害に遭った建物を所有しているのは、五つもの不動産会社で……」ポレッキの声が尻すぼみに小さくなっていった。贅肉に覆われた肩を小さくすくめてから、ポレッキは続けた。

「市長からは猛烈に尻を叩かれている。市議会の連中も、結果を出せとわめきたてている。放火事件の捜査はくそがつくほど困難だってことを、あいつらはまったくわかっちゃいない。犯人が残していった証拠は、たいがいきれいに燃えつきちまう。燃え方がひどければ、出火原因を突きとめることさえできない。そうなったら、運任せだ。いかれ野郎が犯行を重ねていくうちに、ひょっとしたら現行犯逮捕できるかもしれん」

ポレッキの葉巻から漂うあまりの悪臭に、吐き気がこみあげてきた。なんとかにおいをごまかそうと、ポケットからキューバ葉巻を取りだし、コリブリ・ライターで火をつけた。

「上等なライターだな。ごろつき仲間のウーシュから巻きあげたのか」

「かもしれない」

ポレッキはにやりと微笑んでビールを飲み干すと、テーブルと椅子の隙間から太鼓腹を押しだした。

「またな、くそ野郎」そう言い捨てて、出口へ向かった。

編集部へ戻ったらすぐに、クレジットカード利用記録のコピーをウー・チャンの弁護士に送ってやろう。たいていの官選弁護人には、お決まりの手続きのために法廷へ姿を見せること以外、何かをしている暇などない。ポレッキが良心にもとづいて行動するという確信も持てない。

赤い照明のなかで、マリーが腰を揺らしている。クール・アンド・ザ・ギャングの《レディーズ・ナイト》に合わせて身をくねらせる。おれはグラスを手に椅子から立ちあがり、ステージの間近へ席を移した。数分後に、はたと気づいた。マリーの乳首を数インチの距離で眺めながら、頭のなかではヴェロニカのことを考えていた。

37

その晩は手料理をふるまわれた。

食材の詰まった紙袋を三つも抱えて、ヴェロニカはおれの部屋にやってきた。何やら手の込んだ料理をつくるつもりであったらしい。ところが、おれの部屋にある調理器具が傷だらけの小鍋ひとつであることを知ると、臨機応変に予定を変更した。錆びつきかけたガスコンロに小鍋を載せて湯を沸かし、茹であがったペンネにオリーヴオイルを振りかけた。アルミホイルに載せたピーマン、ナス、ズッキーニ、マッシュルームを脂のこびりついたオーブンに入れて、こんがりと焼きあげた。

「へえ、そいつはそういう目的のためにあったのか」

ガスコンロのつまみをひねるヴェロニカの背中に向かって、おれは言った。

夕食の支度が整ったとき、室内はいまだかつてないほどのかぐわしい香りに満たされていた。テレビの画面では《ロー・アンド・オーダー》の再放送がかかっていた。おれたちはベッドの上で脚を投げだし、ロシアン・リヴァー・ヴァレーを代わる代わるにラッパ飲みしながら、紙皿とプラスチックのフォークを使って料理を食べた。皿もフォークもすべてドーカスに持ち去られてしまっていたが、それについてはまったく気にしていなかった。皿洗いは死ぬほどきらいなのだ。

食事を済ませたあとは、紙皿とフォークをゴミバケツに放りこんでテレビを消し、ベッドの上で読書タイムと洒落こんだ。おれは書評欄の担当者の机からこっそり失敬してきたロバート・B・パーカーの新作を開き、ヴェロニカは薄っぺらなペーパーバックを取りだした。韻律にこだわらない自由詩を綴る、パトリシア

・スミスという女流詩人の詩集だという。ヴェロニカとの半同棲生活は、安らぎと同時に動揺を与えるものであるらしい。
おれが第二章を読んでいたとき、ヴェロニカがとつぜん詩の朗読を始めた。舌の上で転がる言葉の感触が気にいったのか、いっこうにやめる気配がない。おれに詩なんぞを聞かせてなんになる？　いったいおれにどうしろというのか。おれは頭のなかからヴェロニカの声を締めだそうとした。私立探偵スペンサーに尾行を任せていいものかと迷っている疑り深い夫の出す結論に、意識を集中しようとした。するとそのとき、ヴェロニカが横から腕を伸ばして、おれから本を奪いとり、ぱたんと閉じてしまった。
「ねえ、この詩を聞いてみて」
「詩には興味がない。詩なんてものは、おれにとっちゃ、なんの意味も持たない。ボブ・ディランがあの鼻声でメロディに乗せてくれるのでないかぎり」

「いいから、黙って聞いて」

ジャズを産み落としたものがなんであろうと、
その産道がどれほど潤み、きつく収縮していようと、
それを天高く掲げ
生まれたての尻を叩き
悦びに満ちた絶叫をほとばしらせたのが誰であろうと、
そんなことはどうだっていい。

必要なのは、流れるようなメロディと切れ味のよいスキャット。
その甘美な調べに身をゆだねるわたしたち。
必要なのは、煙草のように痩せこけた男たち、
バーカウンターに反射する自分の顔に毒づく男たち。

必要なのは、アンフェタミンの白い粉。

手縫いのスカートを引っぱりあげ。

ダンスフロアで足を踏み鳴らそう。

門限をとっくに過ぎても、時間なんてもう訊かない。


「こいつは傑作だ！」おれは感嘆の声をあげた。

「ほらね、言ったでしょ」

「貸してくれ」ヴェロニカから受けとった詩集を引っくりかえして、裏表紙の著者近影写真をたしかめた。

「なんと。本人の顔までエロいじゃないか」

「ばかね！」たしなめるようにヴェロニカは言ったが、その顔はにやりと笑っていた。

しばらくしてから、おれはふたたびテレビをつけた。《ザ・シールド～ルール無用の警察バッジ～》の再放送。この刑事ドラマを気にいっているのは、主演のマイケル・チクリスがレッドソックスの熱狂的なファンだからだ。車から忘れ物を取ってくると言い置いて、ヴェロニカが部屋を出ていった。ギャング団〈ワン・ナイナーズ〉がトラック一台分の擲弾筒《グレネード・ランチャー》をどうやって入手したのかをヴィック・マッキー刑事率いる特捜班がついに突きとめようとしたとき、ダッフルバッグを抱えたヴェロニカが戻ってきて、クロゼットの扉を開け放ち、中身を確認しはじめた。色褪せたジーンズが四本。レッドソックスのユニフォームが三枚。皺の寄った紺色のブレザーが一着。そして、大量のワイヤーハンガー。それだけたしかめると、ヴェロニカはダッフルバッグのジッパーを開けて、何枚かの服を取りだし、それをハンガーに吊るしはじめた。ヴェロニカとの半同棲生活は、いっそうの安らぎといっそうの動揺を与えるものになりつつあった。

クロゼットの扉を閉めると、ヴェロニカはベッドにぱたんと倒れこみ、おれに脚を絡めてきた。寝返りを打って唇を攫おうとしかけたちょうどそのとき、警察無線から弾けた声が甘いムードを断ち切った。

「ローカスト・ストリートでコード・レッド！」

「ねえ、いまの場所って、ひょっとして？」

「ああ、マウント・ホープだ」

着ていた服の上からトレーナーを羽織り、フォード・ブロンコに乗りこんだ。

「これはもう、スクープがうんぬんってだけの話じゃない。放火魔の野郎は、おれを本気で怒らせた。おれの個人的な恨みを買った」歩道脇から車を出しながら、おれは言った。

「どうして？」

「おれの性生活を台無しにしたからさ」


キャンプ・ストリートを左折してローカスト・ストリートに入ったとき、第六消防分署の隊員らはすでに、ホースの巻きとりや器材の積みこみ作業を開始していた。ロージーは陽に焼けたバンガローの前庭に立って、何やら笑い声をあげていた。

「リアム！　こっちへ来て！　いいものを見せてあげる！」

おれを見つけると、ロージーは大声を張りあげた。それから、おれとヴェロニカを引き連れてバンガローの玄関を抜け、ホラー映画のポスターや、ハイネケンの空き缶や、汚れた衣類の散乱する居間に入った。正面の壁際には折りたたみ式の階段がおろされていて、天井の跳ねあげ戸に続いていた。懐中電灯のスイッチを入れて階段をのぼりはじめたロージーのあとに、ヴェロニカとおれも続いた。

「頭をぶつけないよう気をつけて」ロージーの声が聞こえると同時に、頭頂部が梁に激突した。

煙を逃がすためだろう、消防隊の叩き割った穴が屋根にいくつも開いていたが、狭苦しい屋根裏部屋のなかには、焦げた電気コードのにおいと、むせかえるようなべつの何かのにおいがなおも充満していた。ロージーが懐中電灯を左へ振り向けると、ベニヤ板にツーバイフォーの木材で脚をつけただけのテーブルが光のなかに浮かびあがった。テーブルの上には水栽培の設備がしつらえられている。焼け焦げたグローライトの下に並ぶ、二十以上の大麻の鉢。そのうちの半分は炎に葉を呑まれたらしく、茎だけが寂しく残っていた。それ以外の鉢は、熱にやられて完全に萎《しお》れきっていた。

「ブラウン大学の学生たちが、自分たち用に栽培していたの。出火原因はグローライトのオーバーヒート。家が丸ごと焼け落ちてもおかしくなかった。わたしたちの到着があと少しでも遅れていたらね」

「ここの空気を思いきり吸いこんでもかまわないかな」

「どうぞご自由に。うちの隊員たちも、ここでめいっぱい息を吸いこんでから、うっとりと目を閉じていたわ」

　そう言って、ロージーはふたたび笑い声をあげた。おれとヴェロニカもそれに倣った。笑いだしたいほど愉快な話というわけではなかったが、連続放火犯が今夜は休みをとるつもりであるらしいことが判明した安堵感から、全員が妙にハイな気分になっていた。ただし、ロージーをハイな気分にさせているのは、安堵感だけではないようだ。

　そのとき、ロージーがおれの肘をつかんで脇へ引き寄せ、耳もとにささやきかけてきた。おれの身長はロージーより二インチ低いだけだから、大きく腰を屈める必要はなかった。

「あんたは背の高い女がタイプなんだと思ってた」

「低くたってかまわない。ついてるパーツはみんな同じだ。それぞれの距離が近いってだけで」

「すごい美人じゃない、リアム」

「そのうえ、料理もできる」

「あんたがあの娘《こ》にどんなに夢中になってるか、向こうは知ってるの？」

その言葉に、おれはきょとんとなった。「なんでそう思うんだ？」

「何言ってるの。あんたがあの娘《こ》を見つめるまなざしを見れば一目瞭然《いちもくりようぜん》よ」

そう言うと、ロージーはおれの頬に軽くキスをしてから、こう続けた。「じかに身につけられるようなものを、何かプレゼントしてあげなさい」


自宅へと車を走らせながら、おれはそわそわと落ちつかない気分に襲われていた。ロージーはおれ以上におれのことをわかっている。だからこそ、ロージーの言ったことが平静を失わせた。放火発生の可能性に沸きかえったものの行き場を失ったアドレナリンが、全身の血管を駆けめぐってもいた。それを感じとったのだろう、ヴェロニカが太腿に手の平を載せてきた。

「〈ホープス〉に寄って一杯飲んでいかない？」

「もっといい案がある。家に帰って、素っ裸で取っ組みあおう」

「そのまえに、ひとつだけ訊いてもいい？」

「なんだ？」

「どうしてロージーからは、リアムと呼ばれても怒らないの？」

「ロージーは小一のときから、おれのことをそう呼んでいるんだ。その呼び方が染みついているから、あとからなおせと言っても無駄だったんだよ」

通りの向かいに車をとめ、イグニッション・キーに手を伸ばしかけたとき、無線機からふたたび声が弾けた。

「ドイル・アヴェニューでコード・レッド！」

副腎がアドレナリンをふたたび全身に送りこみはじめた。車をUターンさせ、もと来た道を引きかえしながら、無線機の声に耳を澄ませた。

「三階建てアパートメントが延焼中！　逃げ遅れた住人が多数。第六消防分署が応援を要請しています！」

それから一分もしないうちに、またも無線機から声が弾けた。「プレザント・ストリートでコード・レッド！　一軒家が延焼中！　第十二消防分署が応援を要請しています！」

「まさか……嘘でしょう？」ヴェロニカが呆然とつぶやいた。

おれはアクセルをめいっぱいに踏みこんだ。プロヴィデンス川を渡り、オルニー・ストリートの急勾配をひと息に駆けあがり、キャンプ・ストリートを左に曲がって、マウント・ホープ地区に入った。

次の瞬間、ふたたび無線機から声が弾けた。

「ラーチ・ストリートでコード・レッド！　コード・レッド！　コード・レッド！　なんてことだ！　これじゃまるで、地獄絵だ！」

38

ヴェロニカがハンドバッグを探って携帯電話を取りだした。

「どの現場へ向かうつもり？」

「ドイル・アヴェニューできみをおろしたあと、ラーチ・ストリートに向かう」

ヴェロニカは社会部の夜間デスクに電話をかけてそれぞれの目的地を伝えてから、可能なかぎりの人員をマウント・ホープへ派遣するよう促した。続いてもう一本、ローマックス の自宅に電話をかけて、ベッドにいるところを叩き起こした。

無線機から新たながなり声が響いた。ポータケット市が応援要請に応えて、ポンプ車三台、はしご車一台を出動。

キャンプ・ストリートとドイル・アヴェニューの角にさしかかったとき、五十ヤード前方に、三階建てアパートメントの一階と二階の窓から噴きだす炎が見えた。ドイル・アヴェニューは警察に封鎖されていた。おれはその手前で車をとめ、くれぐれも気をつけろと念押ししてからヴェロニカをおろした。

美貌を武器にすんなりと非常線を突破していくヴェロニカの背中を見送ると、ふたたびアクセルを踏みこんで、キャンプ・ストリートを北へ五ブロック進んだ。ラーチ・ストリートも警察に封鎖されていた。交差点を抜けてからもう少し先へ進み、歩道にタイヤを乗りあげて車をとめた。これなら、消防車輛や救急車輛も難なく通りぬけられる。

駆け足で交差点まで引きかえし、ラーチ・ストリートに入った。非常線の手前に野次馬の列ができていた。今夜にかぎっては、誰もが怯えきった表情を浮かべていた。すすり泣いている女もいた。

人垣を押しわけながら進んでいたとき、ひとりの制服警官が目の前に立ちはだかった。パトロール巡査のオバニオン。おれの熱狂的ファンとは言いがたい。その原因にはなんとなく心当たりがある。オバニオンが証拠品のロッカーからマリファナをくすねていることを記事にしたのが関係しているのだろう。本部長は最初のうち、そんなことはあるはずがないと憤慨していたが、結局、オバニオンに一カ月の無給停職処分を言いわたす羽目となった。おれが報道関係者用の通行証を呈示すると、オバニオンはそこにちらりと視線をやってから言った。「とっととうせやがれ」

おれはそれに従った。走りだしたい衝動を抑えこみながら踵を返した。現場から逃げ去る放火犯と間違われ、ディマジオ団に襲われるようなリスクを犯すわけにはいかない。キャンプ・ストリートを南へ一ブロック歩き、東に曲がってサイプレス・ストリートに入った。民家の私道を突き進んで裏手の柵を乗りこえ、そこに建つ民家の私道を突っ切ると、ラーチ・ストリートに出た。

　炎の存在を肌で感じるより先に、聴覚がそれを感じとった。炎は、風にはためく無数の旗のような音を発していた。炎を目にするより先に、肌がその存在を感じとった。皮膚を炙るすさまじい熱気は、まるで悪魔に手の甲で頬を引っぱたかれたかのようだった。

　メゾネット型アパートメントの正面の壁を、一面の炎が這っていた。むきだしのアスファルトの外壁から黒煙が舞いあがり、軒《のき》から立ちのぼる灰色の煙とまじりあっている。屋根の上を見あげると、二人の消防隊員が斧を振りあげては振りおろして、建物のなかに充満した煙を逃がすための穴を開けていた。そのとき、風に煽られた炎が巨大な舌を伸ばし、東側の壁を舐めあげた。斧を振るっていた隊員ふたりが慌てて逃げだし、西側の屋根に架けられたはしごをくだりはじめた。ホースを手にした隊員らが援護に駆けつけ、ふたりに水飛沫を撥ねかけた。

　路面には消火ホースの罠が張りめぐらされていた。ゆるんだ継ぎ目から漏れだす水が、ジーンズの裾を濡らしていく。

　そのとき、背後から破裂音があがった。

　驚きに振りかえった瞬間、二階建ての民家の地下室で閃光が弾けた。塗装の剝げかけた黄色い外壁。コンクリート敷きの前庭にとめられた青いピックアップトラック。先日おれが話を訊きに訪れた家――カーメラ・デルッカと息子のネアンデルタール人、ジョゼフが暮らす家だった。地下室はみるみるうちに火の海と化し、三カ所に開いた窓が赤々と輝きだした。

「来てくれ！　こっちだ！」とおれは叫んだ。

　振りかえると、四人の消防隊員がすでにメゾネット型アパートメントの前を離れ、二本のホースを引きずりながら通りを渡りはじめていた。二人の部下をしたがえたロージーがガスマスクを装着し、ヘルメットのフェイスシールドを引きさげながらそれに続き、玄関扉を蹴破るなり、家のなかへ飛びこんでいった。三十秒後、三人が家のなかから戻ってきた。ロージーに抱えられたカーメラ・デルッカが鳥のように腕をばたつかせながらわめきたてた。

「ちょっと、あんた！　さっさとおろしな！」

ロージーはその要求に従った。カーメラに傷を負った様子はなかったが、隊員のひとりが念のため救急車のほうへと誘導していった。おれもそのあとを追った。救急隊員が怪我の有無を確認しているあいだに、カーメラから話を訊きだせるかもしれない。

「ミセス・デルッカ、火災が発生したときはどちらに？」

「あんたの知ったことかい。言っとくけど、あんたんとこの新聞にあたしの名前を載せたりするんじゃないよ」

「消防隊長に対して、何かおっしゃりたいことはありませんか？　たったいまあなたを現場から救出した女性のことですが」

「余計なお世話だね。放っといてくれたって、自分の足でちゃあんと逃げだせたんだ」

通りの向こうでは、メゾネット型アパートメントから吐きだされる煙が黒い大波から白い細流へと変化していた。炎がついに戦意を失い、撤退を始めたしるしだ。

一方、カーメラ・デルッカの家では、炎が俄然、勇み立ち、立てつづけに鈍い破裂音を吐きだしはじめた。地下室に置いてあった古いペンキ缶が破裂しているのだろう。屋根のへりに沿って走る雨樋から煙がのぼると同時に、ホースから放たれる水の間隙を縫って、炎が壁一面に爪を立てはじめる。開け放たれた玄関から、灰色がかった煙が漏れだしてくる。

そのとき、太腿にしがみつくオバニオン巡査を引きずったまま歩道を突き進むジョゼフ・デルッカの姿が目に飛びこんできた。ジョゼフは片手でやすやすとオバニオンを剝ぎとると、ひとこと咆哮《ほうこう》をあげた。

「おふくろ！」

「おふくろさんはぶじだ！」とおれは叫んだ。だが、ジョゼフの耳には届いていなかった。

ジョゼフは私道を走りぬけ、家のなかに飛びこんで、煙のなかに姿を消した。ついさっきカーメラを救出したばかりのロージーと隊員のひとりがそのあとを追った。

おれは息を殺して秒を刻んだ。

十秒。カーテンが炎に包まれる。

二十秒。窓際に置かれた詰め物入りの椅子に、火が燃え移る。

三十秒。玄関脇の外壁に炎が牙を剝く。

四十秒。庇から炎が舌を出し、屋根を舐めあげる。

五十秒。何かに放り投げられでもしたかのように、ジョゼフが玄関から転げだしてくる。それに続いて、煙の立ちこめる戸口にロージーと隊員の姿があらわれる。ジョゼフはふたりを押しのけて、家のなかへ引きかえそうとする。ふたりはジョゼフを地面に組み伏せ、耐熱手袋をはめた手を燃えあがる髪に叩《はた》きつける。べつの隊員がホースの口を空に向け、春雨のような飛沫を三人に浴びせかけた。

39

一夜明けた、朝刊一面の大見出し——マウント・ホープ、地獄の一夜。そこに添えられた四段抜きの写真は、カーメラ・デルッカを抱えて煙に霞んだ正面玄関から出てくるロージーをとらえたものだった。

ヴェロニカからの電話を受けたローマックスは編集部へ駆けつけ、ただちに印刷所へ連絡を入れた。千二百部を無駄にすることにはなったものの、印刷をなんとか途中でとめさせた。オンライン版に最新情報をアップしたあとは、現場の記者から送られてくる情報をもとに、みずから印刷版の原稿まで書きあげた。そして、火災現場を写した鮮烈な写真を何枚も添えて、見事な一面をつくりあげた。平時の締切りをたった九十分超過しただけで、刷りあがった朝刊はぶじに配送トラックへ積みこまれた。

「喜ぶのはまだ早いわ。印刷所と配送所からの残業手当請求を社長が受けとるまで、どう転ぶかはわからない」ヴェロニカが言った。

「そうだな。きっとローマックスは減俸処分を食らうぞ」とおれは応じた。

おれたちはチャーリーのダイナーでスクランブルエッグとベーコンを掻きこみながら、朝刊をむさぼり読んでいるところだった。昨夜はそれぞれの現場にかかりきりになっていたため、全体像を把握できないことがもどかしくてならなかったのだ。ゆうべ発生した不審火は全部で五件。五件目の現場では、マウント・ホープ・アヴェニューに建つ三階建ての庭付き集合住宅が全焼していた。こうして朝刊を読むまで、五件目の火災が発生していたことすらおれは知らなかった。

「だけど、あなたの友だちのロージーは勲章ものね」

「勲章ならもう、箪笥の引出しに入りきらないほどもらってるさ」

チャーリーがやってきて、食べかけのまま冷たくなったスクランブルエッグの皿をさげ、コーヒーのおかわりをカップになみなみとそそいだ。「おっと、噂をすれば影だ。あの若造がまた来たぞ。このまえ店にやってきて、チーズスフレはメニューにないのかなんぞとのたまいやがった若造だ」

黄褐色のカシミア・セーターに、ナイフのような折り目の入った褐色のスラックス。いつになくカジュアルな服装をしたメイソンが店に入ってきた。左手には、おれの年金よりも値の張りそうなダンヒルのブリーフケースをさげている。メイソンはおれの隣に腰をおろすと、チャーリーにコーヒーを注文した。

「おや。今朝はカフェオレじゃなくていいのか？　それともチャイラテか？　どうせまた、うちの店に置いてないものをご所望なんだろ」

「あなたの淹《い》れるおいしいコーヒーで充分です」

チャーリーはふんと鼻を鳴らし、カウンターに叩きつけるようにカップを置くと、からになりかけたポットから澱の沈んだコーヒーをどばどばとそそぎいれた。メイソンは泥水のような液体をひと口すすってから、朝刊の一面を指さして言った。

「ゆうべはせっかくのビッグニュースを逃したみたいだ」

「ああ、そのとおり。プロヴィデンスを職場にしながら、ニューポートくんだりの宮殿で暮らしていたりすると、そういうことがしばしば起きるんだ」

「みなさんは見事な仕事ぶりでしたね」

「お褒めにあずかり光栄だ、七光。おまえの口から出た言葉だと思うと、このうえない重みがある」

ヴェロニカが右脚を伸ばして、おれの向こう脛を蹴りつけた。いったいどっちの味方なのかと疑いたくなるほど痛かった。

「意地悪ばかり言うのはよしなさい。父親がお金持ちなのは、彼のせいじゃないわ」

メイソンはひとつ肩をすくめると、銀の留め金をはずしてブリーフケースを開け、ぺらぺらのファイルフォルダーを取りだした。

「例のマンホールの蓋について調べていたら、気になる点が見つかったんです。ざっと目を通してもらって、次に何をすればいいか、アドバイスをもらえませんか」

「それはまた今度だ。いまから行くところがある」

駆けだしの新聞記者をセクシーな美女に託して店を出た。口笛を吹いて相棒ブロンコを呼び寄せようとしたが、やつには聞こえなかったらしい。仕方なく、会社の向かいの駐車場まで迎えにいって、マウント・ホープへ向かわせた。

40

プロスペクト・テラス・パークの展望台で、ミスター・ポテトヘッド像がロードアイランド植民地を設立した聖職者ロジャー・ウィリアムズの墓を見守っていた。その憐れなジャガイモは、どこぞの野蛮な性倒錯者から、Dカップのブラジャーと巨大な赤いペニスによる品種改良を加えられていた。

ドイル・アヴェニューに建つ三階建てアパートメントの焼け跡の前には、州消防本部長の車がとまっていた。おれはその後ろに車をとめ、運転席をおりて黄色い現場保存用テープをくぐり、水浸しのマットレスや煤まみれのソファを迂回して建物の入口へ向かった。胸の前で腕を組んだ制服警官がひとり、コンクリートの石段の上に立っていた。今度は「とっととうせろ」とは言われなかった。

「州消防本部長のところの捜査官がいま、地下室を嗅ぎまわってる。取材に応じてもらえるかどうか、訊いてきてやろうか」

「ありがとう、エディ」

兄の友人が戻るのを待つあいだ、ドイル・アヴェニュー百八十八番地に残された廃墟をぐるりと見わたした。子供のころにはこの場所でよく、ジェンキンズ家の双子と〝お巡りさんと泥棒ごっこ〟をして遊んだものだ。だがいまは、屋根の半分が空洞になっている。窓ガラスはすべて割れ、その向こうに黒以外の色彩はない。ここからはすべてが失われてしまった。南東の隅に位置する虚ろな窓を見あげた。マクリーディ先生が暮らしていた部屋。レイ・ブラッドベリやジョン・スタインベックに夢中になるきっかけをつくってくれた、おれの恩師。先生はゆうべ、煙に巻かれて死んだ。放火犯はおれの少年時代をも燃やしつくしてしまった。

昨夜この現場に最初に到着した消防隊員らは、マクリーディ先生以外の全住民をぶじに救出していたが、隊員三人が煙に肺をやられてロードアイランド病院へ搬送され、そのうちの一人は霊安室に安置された。南東の隅の窓をなおも見つめていたとき、放火捜査官のリーヒーが石段の上に姿をあらわした。

「公式に発言できることは何もないぞ、マリガン」

「非公式に言えることは？」

「地下室の壁を調べたところ、炭化の著しい場所が三カ所あった」

「矢尻を逆さまにしたような形状で？」

「うむ。それが意味するところを、きみもわかっているようだな」

「燃焼促進物が使われた痕跡ですね」とおれは言った。国が発行した放火事件に関する専門書を夜遅くまで読みこんだ甲斐があったというものだ。

「そう、燃焼促進物の痕跡だ。驚いたもんだな」

「時限装置は？　またコーヒーメーカーですか」

「床に散乱していたガラスの破片と溶けたプラスチックを掻き集めて、科学捜査研究所へ送った。検査結果はまだ出ていないが、おそらく間違いないだろう」

おれはリーヒーに礼を言ってから車へ戻り、次の角を折れてプレザント・ストリートに入った。二階家の私道にはパトロールカーが一台とまっており、制服警官がひとり、運転席でシートにもたれていた。家の外壁はすべて真っ黒に焼け焦げ、何色のペンキが塗られていたのかもわからなくなっていた。

「この家の住人がいまさっきやってきたところだ。なかに入って、ぶじなものがあれば持ち帰りたいと言ってな。家族写真か何かを探したいんだろう。だが、放火捜査官がこっちへまわってくるまでには、少なくともあと一週間はかかる。まだなかに入れるわけにはいかないと言って、追いかえさなけりゃならなかった。

それにしたって、ここを見てみろ。こんななかに、びしょ濡れでもなく、灰になってもいないものが何かひとつでも残っていると思うか？」

マウント・ホープ・アヴェニューに建つ庭付き集合住宅では、屋根の部分に真っ黒焦げの梁だけが取り残されていた。建物の内部ではいまだ炎がくすぶりつづけているらしく、ところどころで灰色の細い煙が立ちのぼっている。通りには一台のポンプ車がとどまって、この壁の崩れ落ちた北西側からの放水を続けている。このアパートメントの消火にはポータケット市からの援軍があたったのだが、現場に到着したときにはすでに、二階や三階の窓から住民たちが地面へ飛びおりはじめていた。そのうち三人は足首を捻挫《ねんざ》し、二人は脚を骨折した。消防士一人と、幼児一人を含む住民六人が、中程度の火傷と煙の吸入で病院へ搬送されたという。

話を訊きだせそうな人間を探してあたりを見まわしていたとき、ポレッキの部下ロセッリが焼け跡のなかから姿をあらわし、おれに気づいて中指を突き立てた。ロセッリならではの〝ノーコメント〟の意思表示だ。

ラーチ・ストリートに建つ倒壊したメゾネット型アパートメントの前では、道端にとめたショベルカーの傍らにディオ建設の作業員らがたむろしていた。まだ昼まえだというのに、ナラガンセット・ビールの十二缶パックを囲んで酒を酌み交わしている。その輪のなかにポレッキの姿があった。

「おまえはいつあらわれるつもりだろうと、ちょうど思っていたところだ、くそ野郎」

「あいつらはここで何をしているんだ。現場の検証はもう済んだのか?」

「いいや。建物の所有者が勝手にやつらを雇ったのさ。焼け跡から瓦礫を撤去しろと言ってな。わたしとしてはいっこうにかまわん。崩れ落ちた屋根や床で、地下室は完全に埋もれちまっている。山盛りのがらくたをどけてもらわないことには、なかにたどりつくことすらできないわけだからな」

通りの向こうに、ジョゼフ・デルッカの姿が見えた。玄関まえの石段にすわりこんで、包帯の巻かれた頭を膝にもたせかけている。コンクリートを踏みしめる足音に気づいて顔をあげると、鋭くおれを睨《ね》めつけた。

「うちの敷地に勝手に入るんじゃねえ、このハゲタカ野郎め」

ジョゼフは石段から立ちあがり、こぶしを丸めた。前へ一歩踏みだした瞬間、痛みに顔をゆがめて足をとめた。

「おふくろさんはどうしてる?」

そのひとことがジョゼフの気勢を削いだ。ジョゼフは大きなため息を吐きだし、石段にどさりとすわりこんだ。

「もう二度と、くそったれ新聞におふくろのことを書かせやしねえ」そうは言ったものの、その声からはさきほどの威勢のよさが完全に消えうせていた。

「記事にするつもりはない。ただ、おふくろさんの様子が気になっただけで」

「とんでもなくドタマに来てるさ。ゆうべは叔母の家に泊めてもらったんだが、どうして自分の家に帰れないんだと息巻いてばかりいる」

「どうしてこんなところにすわってるんだ？」そう問いかけてから、気がついた。おそらくほかに行くところがないのだ。

「あのポラックとかいう野郎を待ってるんだよ。いや、ポゼッキだったか？　パールスキか？　とにかく、あの野郎がほざきやがったのさ。おれをこの家に入れるわけにはいかねえとな。ふざけたことを抜かすなと言いかえしてやったら、地下室にさえ近づかなきゃ、なかへ入れてやると言いだした。おれは親父の写真とノマー・ガルシアパーラのルーキーカードが燃えてないか、何がなんでもたしかめなきゃならねえ。だから、あの野郎が酒盛りを終えるのを待ってるってわけだ」

「この家は貸し家か？」

「いいや、おふくろの持ち家だ。親父が癌で死んだあと、おふくろが相続したのさ。おふくろに遺された財産はこの家だけだ」

「火災保険には？」

「加入してるとおふくろは言ってる」

「それなら、保険金で建てなおせるな」

「さあな。おふくろはもう歳だ。一からやりなおすのは正直きつい。買いたいってやつがいりゃあ、土地ごと売っ払うべきかもしれねえな」

41

新たな志願兵を加えたディマジオ団は、総勢六十二名の大部隊となっていた。支給すべきバットが足りなくなったところで、ゼリッリはようやく新兵の募集を打ち切った。五名の負傷者および殉職者を出したロージー率いる分署隊には、まだろくな訓練も受けていない消防学校の新入生らが増援された。ノース・メイン・ストリートに建つ〈ドラーゴ銃器金物店〉では、消火器や銃が飛ぶように売れだした。女子供は続々とマウント・ホープを離れ、親類の家に身を寄せはじめた。残る男たちは家を守るべく、リボルバーやライフルを抱えて寝ずの番についた。わが社は家を失った人々のための救済基金を立ちあげ、先陣を切ってまずは社長が千ドルを寄付した。州知事はマウント・ホープ地区の巡視に州兵を出動させると申しでたが、いまはイラクに駐留中であることを思いだして、発言を撤回した。

〝地獄の一夜〟の続報のため、おれたち記者は何日も取材に明け暮れた。なすべき仕事がたんまりあることが、おれにはかえってありがたかった。おかげで、見慣れた古い町並みがしだいに小さくなっていくことをくよくよ考えている暇もない。

金曜日になってようやく、次に何をしようかと考える時間ができた。自分の机に向かって思案をめぐらせていたとき、《スモーク・オン・ザ・ウォーター》のイントロが思考を遮った。画面に表示された名前をたしかめ、少し迷ってから、通話ボタンを押した。

「この！

くそったれの！

くそ野郎！」

「おはよう、ドーカス」

「このあいだの晩、〈カッサータ〉で乳繰りあってたアジア女は誰なのさ！」

「電話をくれて嬉しいよ、ドーカス。リライトは元気にしてるか？　フィラリアの薬は？　毎月一日に、ちゃんと一錠ずつ服《の》ませてやってるか？」

「なんだい、いつも！　あたしよりあの犬っころの心配ばかり！」

「仕方ないさ。きみよりあいつのほうが、おれを愛してくれていた」

「このろくでなし！」

「愉快なお喋りをもっと続けていたいところだが、そろそろ仕事に戻らなくちゃならない」リライトとまでファックしていると責めたてられる前に終了ボタンを押した。

〝もうじき元妻〟のわめき声を一方的に断ち切った直後、ディープ・パープルがふたたび《スモーク・オン・ザ・ウォーター》のイントロを奏ではじめた。ダ・ダ・ダーー、ダ・ダ・ダダーー、ダ・ダ・ダーー、ダ・ダーー。

頭のなかの手帳にメモ——タイトルに〝煙《スモーク》〟のつかない曲に着信メロディを変えること。

「話がある」

「何か手がかりでも見つかったか？」

「いや、そうじゃない」とマクラッケンは言った。「ただ、〝地獄の一夜〟にはどうにも合点が行かない。放火魔が建物に火をつけるのは、それが燃えあがるさまを眺めたいからだ。だとしたら、四本の異なる通りで五件もの火災を同時に起こす意味がどこにある？　身体はひとつしかないってのに」

おれは引出しから未開封のマーロックスを取りだし、瓶の蓋を開けて、液状の胃薬をぐっと呷った。

「犯人に快感を覚えさせているのは、炎を眺めることじゃないのかもしれない。事件をとりあげた記事を新聞で読むことなのかもしれないし、ニュース番組で自分の手並みを鑑賞することなのかもしれない」

「ああ、ひょっとしたらな。もしくは、被害を最大限に広げることとなのかもしれない。あの地区の消防署には、一度に五件もの火事に対応できるだけの装備も人員もない。とにかく、このままじゃ〝かもしれない〟が増えていくばかりだ。いまからこっちへ来て、一緒にない知恵を合わせてみるってのはどうだ？」

「三十分以内に行く」

徒歩で町なかを抜け、マクラッケンのオフィスにたどりついた瞬間、ファイルキャビネットの最下段にフォルダーをしまおうと屈みこんだ秘書の尻を後ろから拝むことができた。

「ミスター・マクラッケンがお待ちです。そのままお入りください」黒い超ミニスカートの下から赤いレースのパンティを覗かせたまま、秘書が言った。

なんという誘惑。だがおれはどうにかこうにか、手を伸ばしたい衝動を抑えこんだ。元ボクサーである彼女の恋人が何人もの男の顔を改造してきたことを忘れてはならない。

おれの骨を粉末に変えようとでもするかのように、マクラッケンはおれの手を握りしめた。

「ポレッキからは何か訊きだせたか？」とおれは尋ねた。

「おまえとの通話を終えたあとに電話をかけた。三階建てアパートメントと二軒の一戸建ては間違いなく放火だ。いずれの現場でも、コーヒーメーカーとガソリンが使われていた。メゾネット型アパートメントと庭付き集合住宅についてはまだ捜査中だが、まず間違いなく、予想どおりのものが見つかるだろう」

「聞いた話じゃ、集合住宅から助けだされた幼児に回復の見込みはないそうだ。マウント・ホープでおとなになることのできない子供がまた一人。これで死者は十一人。加えて、火傷や怪我を負った者が十五人だ」

「さらに加えて、火災保険の請求総額はおよそ五百万ドル。うちの会社だけで三百万ドルだ。しかしまあ、生命保険に手を出していないだけ、まだましかもな」

オフィスの机は車一台をとめられそうなほどの大きさがあった。マクラッケンはその上を覆いつくすほどに、これまた大きな地図を広げた。マウント・ホープの通りや建物をすべてあらわした詳細地図だった。おれたちはそれから数分をかけて、これまでに被害に遭った十四軒の建物にしるしをつけた。マクラッケンが黄色のマジックを使って、それを日付順に塗りつぶしていった。十二月に燃やされた一軒目から始めて、〝地獄の一夜〟に燃やされた十四軒目まで。

はじめのうち、火災現場はあちこちに分散しているように見えた。一軒目はサイプレス・ストリート。二軒目は四ブロック南のドイル・アヴェニュー。三軒目はマウント・ホープ地区の東端に位置するホープ・ストリート。ところが、最後の一軒を塗りつぶし終えたとき、そこにはひとつの規則性が浮き彫りとなっていた。すべての現場が、北はラーチ・ストリート、東はホープ・ストリート、南はドイル・アヴェニュー、西はキャンプ・ストリートに囲まれたいびつな長方形――植民地時代にはホース・パスチャー・レーンの呼び名で知られていた区域――にすっぽりとおさまっている。マウント・ホープ地区の南東に位置する一画。ブラウン大学と高級街イーストサイドに近接する区域だ。

「ああ、おれも気づいてた。火曜の朝、〝地獄の一夜〟の被害をたしかめるために車で現場をまわっていたときにな。どこかに車をとめて徒歩でまわっても、十分以内に十四軒すべての現場を訪れることができたはずだ」とおれは言った。

「ドイルとラーチのあいだに挟まれた建物をきれいさっぱり片づけちまえば、最高の開発用地が手に入る」

マクラッケンが言った。

「そのとおり。だがそれには、大勢の人間が結託して、ひそかに謀議をこらす必要がある」

「なぜなら、被害に遭った建物は五つの異なる不動産会社が所有しているから」

「ああ。ただし、ラーチ・ストリートの一軒家はミセス・デルッカの持ち家だ。それを加えると、所有者は六人になる」

「〝地獄の一夜〟に燃やされたほかの四軒の所有者は？」

「さあな。今日の午後にでも、また不動産登記簿を調べてみよう。ひょっとすると、所有者の数がさらに増えることになるかもしれんがな」

「ああ、そうなると、話はさらにややこしくなる。それでもやはり、この規則性は見すごせない」

「偶然の可能性も排除はできない。数年まえ、マッコイ・スタジアムの周辺で癌患者が集団発生したとき、おれは何かがあると直感した。そこから四ブロックと離れていない狭い範囲に暮らす人々が、十人以上も次々と癌にかかり、死亡者まで出ていたんだ。ところが、疾病予防管理センターから派遣されてきたチームが調査を行なった結果、なんら異常はないとの結論がくだされた。マウント・ホープの火災だろうが、ポータケット市の癌患者だろうが、夜空に輝く星だろうが、何かが大量にあるからといって、そこに規則性があるとはかぎらない。偶然の集団発生はどこででも起きる」

「だとしても、見すごせない規則性であることだけはたしかだ」

「ああ、もちろんだ、マクラッケン」

42

帰り道、プロヴィデンス川を歩いて渡りながらヴェロニカに電話をかけ、これからダイナーで合流して、定例のグルメ・ランチに舌鼓《したつづみ》を打たないかと誘った。シェフのチャーリーがおれのチーズバーガーを火炙りの刑に処するさまを見守っていると、ヴェロニカが店に入ってきた。なんと、メイソンを引き連れて。おれはかすかな苛立ちを覚えた。だが、ヴェロニカから熱い抱擁とキスを浴びせられると、その苛立ちもほぼ完全に霧散した。

「電話をくれてよかった」言いながら、ヴェロニカはおれの隣のスツールに腰をおろした。「今朝、話しそびれたことがあるの。ルーシーを覚えてる？」

「きみの妹の？」

「ええ、そう。今日の午後、ボストンからこっちへやってきて、週末をうちですごすことになっているの。そのあいだはあなたに会えない。だから、昼食でもとりながら、一緒に静かなひとときをすごせたらいいなと思っていたってわけ」

おれは店内を見まわした。やけに声の大きな女がふたり、しばしば悪態を織りまぜながら、ハーブとかいう男の裏切り行為について談義している。慈悲を乞うチーズバーガーの悲鳴を掻き消すかのように、チャーリーが調子っぱずれな鼻歌で、ひげ親父バンド、ZZトップの曲をハミングしている。ふたつ離れたスツールにすわる見知らぬ男が、いびきのような鼻息を吐きだしながら、くちゃくちゃと料理を嚙みしめている。この店が最高にロマンチックな場所であるとは言いがたかったし、メイソンが隣にいては、恋人との密なひとときをすごせるとも思えなかった。

「妹さんがいるんですか？」メイソンが横から口を挟んだ。

「ええ、そうよ」

「あなたみたいに美人なのかな」

「わたしよりも若くて、わたしよりも美人」

「ぼくのこと気にいってくれると思います？」

なんだ、この会話は。おれは《ハイスクール・ミュージカル》の世界にでもまぎれこんでしまったのか？

ヴェロニカが髪を後ろに払いながら、笑い声をあげた。「さあ、どうかしら。あなたの電話番号を伝えておくから、自分でたしかめてみて」

メイソンはにやにやと顔をゆるめてから、不意に、自分がいちおうは記者で通っていることを思いだしたらしい。慌ててダンヒルのブリーフケースの留め金をはずし、なかからファイルフォルダーを引っぱりだした。

「少し時間をもらえませんか、マリガン。マンホールの蓋の件で、相談したいことがあるんです。これはと思うものを見つけたんですが、そこからどうやって調べを進めていけばいいか、アドバイスがいただきたくて」

なんと、すばらしい。一丁前に、自力で調査まで行なうつもりらしい。

「悪いな、七光。今日は時間がない」

「そうですか……わかりました」メイソンは言って、フォルダーを鞄に戻した。それからむっつりと押し黙り、しばらくしてから口を開いた。

「マリガン？」

「なんだ」

「もしかして、ぼくをテストしているんですか。ぼくが自分ひとりの力でやり遂げられるかどうかを試そうとしているんですか？」

「そのとおり。よくぞ見ぬいたな」

「それじゃ、自分の判断で行動すべきだってことですね？」

「ああ、そうだ。コロンビア大学の神聖なる講義室で培われた、その上等なオツムを使え」

メイソンはひとつうなずいてから、満足そうに微笑んだ。

ヴェロニカとメイソンがそれぞれのサンドイッチをつまんでいたとき、チャーリーがおれの前にやってきて、からになった皿をさげ、三人分の伝票を置いた。おれはその伝票をメイソンのほうへそっとすべらせた。

「それじゃ、まあ、ごゆっくり」ヴェロニカにそう声をかけるなり、拗《す》ねていると受けとられるのではないかと不安になった。念のため、頰に軽くキスをしてから立ちあがった。

出口へ向かいながら首をまわし、スツールの支柱に絡みつくなまめかしい生脚を最後に拝んだ。ヴェロニカは財布から妹の写真を取りだして、それをメイソンに見せていた。メイソンの顔には、またもにやけた笑みが浮かんでいた。おれは頭《こうべ》を戻して、雨の気配の漂う空のもとへ足を踏みだした。

ケネディ広場の〈CVS〉ドラッグストアに立ち寄って抗ヒスタミン剤のベナドリルを買い、水なしで二錠を服《の》みこんでから、市庁舎地下の黴臭い資料庫へ向かった。ベナドリルもたいした助けにはならなかった。最後の登記簿を閉じるころ、目のむず痒さは耐えがたく、鼻からは大量の鼻水が滴っていた。

ドイル・アヴェニューの三階建てアパートメント、プレザント・ストリートの一軒家、ラーチ・ストリートのメゾネット型アパートメントの三軒もまた、過去十八カ月のあいだに謎の五社のいずれかに買いとられていた。ところが、マウント・ホープ・アヴェニューの庭付き集合住宅には、いささか興味深い展開が待ち受けていた。なんと、ヴィニー・ジョルダーノの経営する企業――亡き母の名にちなんでつけられたというローザベラ不動産開発の所有となっていたのだ。記録によれば、若手マフィアのジョルダーノは三年まえに行なわれた公売でその物件を落札していた。念には念を入れて、デルッカ親子の住んでいる家についても調べてみたところ、こちらはやはり、一九六〇年代からデルッカ家の所有となっていた。

そうした情報のすべてを手帳に書きとりはしたものの、費やした時間や流れ落ちる鼻水に見合うものが手に入ったとは言いがたい。これが何かに見合う日が来るのかどうかも定かではなかった。

43

午後九時過ぎに編集部での用事を終え、小雨に濡れる通りへ足を踏みだした。金曜の夜の残りを、ヴェロニカの香りが残る殺風景なアパートメントですごしたくはなかった。おれは〈ホープス〉まで足を延ばし、カウンターのスツールに腰をおろした。ジョンソン・アンド・ウェルス大学に通う夜間アルバイトのバーテンダー、アニーがカウンターに入っていた。

「いつものでいい？」

胃袋の潰瘍はイエスと答えていたが、それを除く全身の求めに応じて、おれはキリアン・ビールを注文した。

「本当にいいの？」

「ああ」

誰かがジュークボックスに硬貨を入れたらしく、ボブ・ディランの《ロンサム・デイ・ブルース》が流れだした。おれが最も必要としていないもの。それは、いまの気分にぴったりの音楽だ。

店の奥から笑い声があがった。振りかえると、テーブルを囲む消防隊員たちがめいめいに一ドル札をアニーに向かって突きだしていた。アニーがそれを掻き集め、ロング・フレアスカートの裾をたくしあげて、すらりと長いおみ脚を隊員たちに披露する。スカートをもとに戻して皺をなおし、カウンターへ引きかえす。

キリアン・ビールの瓶がすでにからになっていることに気づき、すぐさま二本目を出してよこす。

「いまのはなんだったんだ?」とおれは訊いた。

「先週、刺青《いれずみ》を入れたの。そのことをうっかりここで漏らしたら、見せてくれって、みんなからせがまれちゃって。絶対にいやだって最初は断ってたんだけど、見せてくれたら、一回につきひとり一ドル払うからって言われたの。それで、〝まあいいか〟って開きなおることにした。だって、しみったれの男どもからチップを巻きあげる方法はそれしかないもの」

おれはジーンズのポケットから財布を引っぱりだし、五ドル札をカウンターに置いた。

「五ドルぶん見せてくれ」

アニーはにやりと笑って、スカートの裾をたくしあげた。赤と青の蝶が太腿の付け根にとまっていた。それを眺めれば、ヴェロニカのことを頭から締めだせるかもしれないと思っていた。だが、効果はまるでなかった。

三本目のビールがからになろうかというころ、胃袋の潰瘍が不平を鳴らしはじめた。そのとき、アニーが四本目のビールをカウンターに置きながら言った。

「これはあちらの奢りですって。奥のテーブルにいる女のひと。背がものすごく高くて、はっとするくらいのブルネット美人よ。あのひと、どこかで見たような気がするのよね。テレビで見たのかしら」

　アニーが指さしたほうを見やって、おれは言った。

「ああ、《ワンダーウーマン》の予告篇で見たんだろう」

　キリアンの瓶をカウンターから取りあげ、ロージーがひとりですわっているテーブルに近づいた。ロージーは琥珀色の液体の入ったグラスを手にしていた。テーブルの上にはバドワイザーの空き缶が四つも並んでいた。普段のロージーはちびちびとしか酒を飲まない。こんなに大量の酒を呷る姿は、これまで一度も見たことがなかった。口の両脇には、いままでなかった深い皺が刻まれていた。

「入ってきたとき、気づかなかった」

「わたしは気づいてた。ただ、そのときは話をする気分じゃなかった」

「調子はどうだ？」

「部下が二人、命を落とした。三人が病院送りになった。残る隊員はみんな、くそみたいに疲れ果てている。それから、わたしの管轄区で何人の市民が命を落としたのか、怪我を負ったのか、数をかぞえるのも、もういやになった。そんな調子よ」

　おれはロージーの左手を包みこみ、ぎゅっと握りしめた。

「ロージー、いまきみが言ったことは、何ひとつとしてきみの落ち度じゃない」

「本気で言ってるの？」またあのまなざしだ。七歳の子供に戻ったかのような気分におれを陥らせる、あのまなざし。

「もちろん本気だ。きみは町の英雄だ」とおれは答えた。だが、ロージーは力なく顔をうつむけることで、おれの称讃を拒んだ。がっくりと肩が落ち、暗褐色の髪の束が顔の前に垂れた。ロージーが小さく見えたのは、これがはじめてだった。

「何がいちばん恐ろしいか、わかる?」ささやくような声でロージーは言った。

「なんなんだい?」

「ポレッキとロセッリ。ばかと大ばかコンビが捜査を担当しているかぎり、わたしたちは永遠にこの悪夢から抜けだせないのかもしれない」ロージーはグラスの中身をひと息に飲み干し、アニーに手を振っておかわりを要求した。新しいグラスが運ばれてくると、それをまたひと息に呷った。

「なあ、ロージー。しばらく休みをとったらどうだ」

「公安委員会にも同じことを言われたわ。それだけはできないと答えたけど、無理やり二日間の休みをとらされた。だから、そのあいだは酒を呷りつづけてやろうと思って」そう言うと、ロージーはハンドバッグのなかを漁って、一通の封筒を取りだした。「ほら、これをあげるわ」

封筒のなかには、フェンウェイ・パークで行なわれる開幕戦のチケットが二枚入っていた。

「あのガールフレンドを誘ってみなさいな。わたしはいま、野球なんて見ている気分じゃないの」

「ヴェロニカは野球にまったく興味がないんだ。それだったら、きみと行くほうがいい」

「いまのわたしと行っても楽しくないわよ」

「べつにかまわない。似た者同士、惨めな気分に浸りきろう」

おれが言うと、ロージーはテーブルに手をついて椅子を引き、ハンドバッグをつかんで立ちあがった。おれはとっさに手を伸ばし、テーブルの上から車のキーをかすめとった。

「心配してくれてありがとう。でも、今夜は歩いて帰ることにするわ」

三十分後、カウンターに向かってちびちびとビールをすすっていると、アニーがまた新しい瓶をすべらせてきた。「これは、正面の窓際にすわっているブロンドの女性から。あなたって、いつもこんなにモテるの？　それとも、今日がたまたまツイてるだけ？」

「いつもモテる。そのうえ、毎日ツイている」

おれは新しい瓶をカウンターから取りあげ、バドワイザーの缶を手にしたグロリアのテーブルへ向かった。

「金曜の夜だってのに、寂しいわね？」

「ヴェロニカは妹と夜遊びに出かけてるんだ」

「ひょっとして、気持ちが冷めかけてるのかしら？」

「むしろ、熱くなりはじめている」

「なんだ、残念」

なんと返すべきかわからなかった。グロリアも続けるべき言葉に困っているようだった。黙りこくったたま、数分が過ぎた。

「さて、そろそろ行かなくちゃ」やがてグロリアが口を開いた。

「こんな時間からデートかい？」

グロリアは首を振った。「デートの相手を見つけるのは簡単じゃない。窓を少し開けて煙のにおいを探しながら、車でマウント・ホープを走りまわることがロマンチックだと感じてくれる男って、なかなかいないもの」

「ちょっと待った。まだそんなことを続けてるのか？」

「まあね。でも、毎晩ってわけじゃないわ。月曜の夜に地獄の門が開いたときは、ニューポートの〈ホワイトホース・タヴァーン〉にいた。ヘッジファンドについてのあらんかぎりの知識を披露することでわたしを口説き落とそうとする株式仲買人に、うんざりさせられていたの。おかげで、今年最大のニュースを逃す羽目になった。あんな男につきあって、時間を無駄にしちゃったわ」

グロリアは缶に残ったバドワイザーを飲み干し、椅子を引いて立ちあがった。

「待てよ、グロリア。今度はおれが奢る番だ」

「ごめんなさい。本当にもう行かなくちゃ」

「女ひとりで深夜の町をうろついたりするものじゃない」

「だったら、一緒に来て。プレーヤーにバディ・ガイのCDも入ってる。車のなかで葉巻を吸ってもかまわない。それに、今夜はキスなんてしないって約束するわ」

あやうくほだされるところだった。だが、おれがひとりで誰も彼もの世話を焼くことはできない。自分の面倒すら見きれていないではないかと、胃袋の差しこみも告げている。それに、グロリアがいま口にした約束を守りとおしてくれるかどうかも定かではない。その約束が破られたとき、自分が理性を保てるかどうかも。

おれが首を横に振ると、グロリアはおれに背を向けて、店を出ていった。雨のなか、窓の向こうを通りすぎていくグロリアの姿をおれは見つめた。

ジャケットのポケットから葉巻を取りだして先端を切りとり、コリブリ・ライターで火をつけた。アニーが新しいビールを運んできて、そのままカウンターのなかへ戻り、テレビの音量をあげた。新聞社から押しかけてくる夜勤組のために、ローガン・ベッドフォード版のニュースをいつも流してやっているのだ。

「サッシーのことを覚えておいででしょうか。そう、飼い主のあとを追って本当に国を横断したのか、していないのか、その真偽が取り沙汰されている犬、サッシーです。タフツ大学獣医学部によるその検査の結果が、本日ついに届きました。チャンネル10の独占でお伝えいたします。検査結果の内容は、このあとすぐ！衝撃の事実をお伝えいたします！」

いいや、おれには衝撃でもなんでもないね。声に出さずにつぶやきながらも、ビールを片手に立ちあがり、間近でテレビを見ようとカウンター席へ移動した。ベッドフォードはハードキャッスルの記事の載った新聞を嬉々として掲げ、その内容を執拗に繰りかえした。そして最後に、短い映像を二本流した。シュガーとじゃれあうマーティン・リピット。自宅前の石段の上で雨に打たれながら、抱きあって涙を流すフレミング夫妻。

頬を伝う涙をぬぐいながら、アニーがビールのおかわりを運んできた。

「いままで耳にしたなかで、いちばん悲しい知らせのひとつだわ」

「まったくだ。〝献花の代わりに献金を〟や〝友だちのままでいましょう〟や〝ヤンキースが勝利〟にも匹敵する」

44

その晩はなかなか寝つけなかった。下着一枚でベッドに寝転がり、CNNのニュースを流したまま、『燃焼促進物／証拠収集のためのポケットガイド』を読むことにした。しばらくして、ガソリンのにおいが鼻を突いた。玄関扉の向こうから、カサカサという物音も聞こえてくる。

はだしのまま忍び足で玄関に出ると、足の裏が何かの液体を踏んだ。扉に顔を近づけ、覗き穴に目をこらしてみたが、ひび割れた漆喰の壁のほかに見えるものはない。錠をはずし、ぱっとノブを引くと、敷居の向こうに男がしゃがみこんでいた。扉の下の隙間にさしこんだ塵取りを使って、一ガロンのポリ容器から室内にガソリンを注ぎいれている。

男はポリ容器を床に置いて立ちあがり、頭の先からつま先までじっくりとおれを眺めまわした。男の身長はわずか五フィート五インチほどしかなかった。

「マジかよ？　ボクサーショーツまでレッドソックスとは。いくらなんでもやりすぎじゃねえか？」

「なんならコンドームも見せようか」

小男は唇の右端をゆがめた。見ようによっては、笑みにもとれる。それから小男はジャケットのポケットに手を伸ばし、マールボロのパックを取りだした。一本を振りだして口にくわえ、使い捨てライターで火をつけた。

おれは黙りこくったままその動作を見守っていた。小男の唇がふたたびゆがんだ。おれが口も利けないほどびびっているとでも思ったのだろう。だが、おれの頭を占めていたのはそういうことではなかった。ただ単に、気の利いたセリフが思い浮かばなかったのだ。

〝そんなことをすれば、あんたも死ぬぞ〟ではあまりに芸がない。〝いまが火災予防週間だってことを知らないのか？〟というのもイマイチだ。〝なあ、悪気はなかったんだ〟ではおれの沽券《こけん》に関わる。おれの認める域に達するには、いずれも何かが足りなかった。

最終的に選んだセリフはこうだった。「悪いが、ティミーは今日、遊べないそうだ」

小男の顔から表情が消えた。

「死人にしては面白いジョークだ」

「たかが胃潰瘍で死ぬもんか」

「なんだと？」

おれは無言で肩をすくめた。

「マリガン、あんたにメッセージがある。あんたは突っこむべきじゃない場所に鼻を突っこんでる。そんなことをしてると身のためにならねえ。余計な詮索はやめておけ。これが最後の警告だ。次は本当に煙草を落とす」

「マリガン？　あんた、マリガンに会いにきたのか。あの野郎なら、おれが何カ月もまえに叩きだした。部屋のなかで煙草は吸うし、食事のあとの皿洗いもしないくせに、浮気までしてやがった。それに、家賃を半分払うって約束も、一度も守ってくれなかったもんでね」

小男はてんでとりあわなかった。おれが言い終わるより先に、さっさと階段をおりはじめていた。

おれはそのあとを追った。狭苦しい玄関ホールで小男に追いつき、肩をつかんで振りかえらせた。なんたる誤算。小男は両のこぶしを固め、左を放つと見せかけて、鋭い右のアッパーカットをおれの股間に食いこませた。笑みをたたえたまま、床にくずおれるおれを見届けると、背中を向けて建物を出ていった。この世界で気にかけるべきことなど、何ひとつないとでもいうかのように。

45

「よし、くそ野郎。もう一度、はじめから話せ」ポレッキが言った。

スキンヘッドの頭からエア・ジョーダンのスニーカーに至るまで、おれは小男の人相をもう一度事細かに説明し、小男の言ったことを思いだせるかぎり正確に繰りかえした。

「そいつは、おまえにメッセージがあると言ったんだな？　つまり、自分自身のメッセージではなく、ほかの何者かに代わってそれを届けにきたってことか？」

「そこまでは言わなかった」

「そいつがおまえみたいな大男をどうやって叩きのめしたのか、もう一度話してみろ」

「その話なら、もう三回もした」

「ああ。だが、その場面なら何度聞いても飽きないもんでな」

ワシントン・ストリートの警察署にたどりついたとき、時刻は午前三時をとうにまわっていた。おれの話を聞いた宿直の巡査部長がこれは一大事だと判断し、電話でポレッキを叩き起こした。おれたちはいま取調室で、煙草の焼け焦げにまみれたテーブルとコーヒーを飲み干したあとの紙コップふたつを挟んで、脚のぐらつくパイプ椅子にすわっていた。

「こいつは事件解決の突破口になるかもしれない。おまえは連続放火魔の顔を見たことになるのかもしれないんだ」

四時間後、おれは被疑者写真帳の最後の一冊を閉じた。小男を写した顔写真は見つからなかった。続く一時間は、紙マッチの裏面広告で美術学校を見つけたという似顔絵師につきあった。仕上がった似顔絵によれば、おれたちが探しているのはアニメ《ザ・シンプソンズ》のホーマー・シンプソンであるらしかった。

自宅に帰りついたとき、アパートメントのなかにはなおもガソリンのにおいが充満していた。階段の手すりも、玄関の戸枠も、ドアノブも、小男が触れた可能性のある何もかもが、指紋採取用の黒い粉に覆われていた。

少しでも眠っておこうとしたが、どうにもこうにも寝つけない。そこで、マクラッケンに電話をかけ、小男の訪問について知らせておくことにした。ニューイングランドじゅうの保険調査員に小男の人相を流してみると、マクラッケンは約束した。

「そいつはおまえに、余計な詮索はやめろと言ったんだな？　たしかにそう言ったんだな？」

「そうだ」

「となると、犯人は世間の注目を浴びることで快感を得ているというおまえの説、あれは怪しくなってくるな」

「ああ」

「そいつがどうやっておまえを叩きのめしたのか、もう一度話してくれ」

「もう二回も話しただろ」

「ああ。だが、その場面が最高に好きなんだ」

おれはそのまま電話を切って、ふたたびベッドに倒れこんだ。それでもまだ寝つけそうにない。仕方なく、ドライブに出かけることにした。


「次に会うことがあったら、今度こそこてんぱんにしてやりますよ。あんな小男にしてやられるなんて、まったく信じられない」とおれは言った。

「しかし、ときとしてそういうくそも起こるものだ」とゼリッリは言った。「とんでもないチビすけが、大男を一発で伸《の》しちまうことがある。身体の大きさなんぞ関係ない。わしの孫のジョーイを覚えておるか？わずか六歳のあのジョーイが、先だってわしに飛びかかろうとしてな。なんと、頭をわしの睾丸に激突させおった。あのときはたまらず膝からくずおれたわい」

ゼリッリは反射的に左手を伸ばし、ボクサーショーツのふくらみをかばった。

「やつの頭のてっぺんはおれの肩に届くか届かないかだったから、身長は五フィート五インチといったところでしょう。肌の色は浅黒くて、きれいに剃りあげた頭に赤い鱗《うろこ》状の斑点がふたつあった。ひょっとすると、乾癬《かんせん》にかかっているのかもしれない。盛りあがった肩の筋肉は、ジャケットの下にマスクメロンでも詰めこんでいるみたいだった。それと、吸っている煙草の銘柄はマールボロです。この界隈でそういう人間を見かけた覚えはありませんか」

「いや。アレーナがマサチューセッツのブロックトンから引っぱってきて、荒っぽい仕事に使っていた男に似てはいるが、最後に聞いたところによると、いまはシーダー・ジャンクション刑務所で十年の禁固刑についとるっちゅう話だ。トラック強奪の罪でな。しかし、なんともマヌケな話だ。そいつは運転手の頭を拳銃で殴りつけたあと、トラック一台分のコンピューターをどう売りさばこうかと算段しながら、貨物室のロックを撃ちぬいた。ところが、ドアを引き開けてみると、そこに何が詰まっておったか？　トラック一台分のパイプ椅子だったそうじゃ」

おれたちはすでにおなじみの儀式を終えていた。ゼリッリが葉巻ひと箱をおれにさしだし、食料品の陳列棚を見おろすこの小部屋で目にしたもの、耳にしたものについては何ひとつおおやけにしないことを誓えと命じる。おれはその求めに応じながら、受けとった箱の封を開け、葉巻に火をつける。

「明日の開幕戦のオッズは？」

「レッドソックスか？」

おれは無言でうなずいた。

「百七十だ」

「そいつはちょいと極端じゃありませんか？」

「先発はマツザカだぞ。もっと高くてもいいくらいだ」

「ひと口乗りましょう」

ゼリッリが営む商売の方針はつねに、大量販売の薄利多売だ。もしレッドソックスが勝てば、ゼリッリは敗者から百ドルを回収して、勝者に百ドルの配当金を支払い、儲けは残らない。もしレッドソックスが負ければ、敗者から百七十ドルを回収して、勝者に百五十ドルの配当金を支払い、二十ドルのマージンをとる。

ひっきりなしに鳴りつづける電話から判断するに、商売が傾く恐れはなさそうだ。

「レッドソックスにはずいぶんと甘い汁を吸わせてもらった。グラッソにもいくらか還元せねばならんな」

とゼリッリは言った。

46

野球は、夏に見るべきスポーツだ。とりわけこの日、四月初旬のボストンの午後には、誰もがそう実感したことだろう。試合開始時の気温は摂氏五度前後。港から吹きつける潮風にはかすかな下水のにおいが入りまじっていた。

おれたちはプロヴィデンス駅から午前発のアムトラックに乗った。ロージーは、背中にラミレスの名前と背番号が刺繍されたおろしたてのスウェットパーカー、おれは亡き父から譲り受けたレッドソックスのウォームアップ・ジャケットを着ていた。列車のなかでは、野球や放火事件やヴェロニカについて語りあった。

「このあいだわたしが言ったプレゼント、もう買ってあげた？」

「いや、まだだ」

「なぜ？」

「わからない。そういうことをすると、なんだか……」

「大きな一線を踏み越えてしまう気がする？」

「まあ、そういったところだ」

「ねえ、リアム。その一線はとっくに踏み越えてしまったと思うけど」

「冗談だろ？」

「いくつか質問させて」

「いいとも」

「ヴェロニカがそばにいないときに、彼女のことを考えてしまうことはよくある？」

「それは……ああ」

「アニーが太腿の蝶を見せてくれたとき、ヴェロニカのことを頭から締めだす助けにはなった？」

「そんなことまで見てたのか？」

「はぐらかそうとしても無駄よ。質問に答えて」

「いや、助けにはならなかった」

「ヴェロニカの指先に腕を撫でられると、ぞくぞくする？」

「ぞくぞくだって？」

ロージーはじろりとおれを見やった。

「ああ、まあな。腕にかぎったことじゃないが」

「真夜中にヴェロニカの寝顔を眺めつづけたことは？」

ロージーのやつ、どうしてそんなことまで知っているんだ。「……何回かある」

ロージーは手を伸ばし、おれの頬を軽くつねった。

「嬉しいわ。いつまでも子供だと思っていたリアムが、ようやく愛を知ったのね」

まっさきに感じたのは、反論したいという衝動だった。だが、反対に言い負かされてしまったら、戸惑いがいや増すだけだという気がした。

サウス駅でタクシーを拾い、開幕セレモニーにまにあうよう、試合開始一時間まえにフェンウェイ・パークに到着した。ボストン・ポップス・オーケストラの生演奏による《ジュラシック・パーク》のテーマ曲が流れるなか、二〇〇七年ワールドシリーズ優勝を称える巨大な横断幕が広げられ、レフトフェンスを覆いつくす。アメリカン・フットボールのテディ・ブルスキに、アイスホッケーのボビー・オアに、バスケットボールのビル・ラッセル、そしてボストンが誇るスポーツ界の偉人たちが次々と紹介される。デヴィッド・オルティーズの手を借りて、老齢のジョニー・ペスキーがセンターフィールドの旗竿に優勝旗を掲揚する。その間、ロージーもおれも喉が嗄れるほどの喝采を送りつづけた。やがて、ビル・バックナーがマウンドにあがり、目にたまった涙をぬぐってから、ドワイト・エヴァンスを相手に始球式を行なった。ああ、そういえば、あのふたりは同時代にプレーをしていたのだっけ。

いよいよ試合が始まると、マッザカがデトロイト・タイガースの強力打線を手玉にとり、ケヴィン・ユーキリスが三本のヒットを放ち、ラミレスが三塁打をぶちかました。レッドソックスは五‐〇で勝利をおさめた。

試合終了後、おれはきりりと冷えたキリアン・ビールですぐにも祝杯をあげるつもりだった。ところが、ロージーが突拍子もないことを言いだした。

「選手専用の駐車場に行って、出てくる選手に手を振りましょうよ」

いやなこった。冗談じゃない。選手がプレーしているところを見るのは好きだが、選手をアイドル視する趣味は露ほどもない。

「たまにはいいじゃない。きっと楽しいわ」

冷えたビールより楽しいわけがない。心のなかでぼやきながら、おれはしぶしぶロージーのあとを追った。

異様な熱気に包まれた赤と白の人波が、金網塀の前で押しあいへしあいしていた。通用口から選手が姿をあらわし、ファンの群れには一瞥《いちべつ》もくれることなく、腹立たしいほど高価な大型車に乗りこむたび、熱狂的な歓喜の声が飛び交った。

「結婚して、ダスティン！」

「ユーク！　ユーキリス！　写真を一枚！」

「ジョシュ！　あなたの子供を産ませて！」

ロージーは人垣を肩で押しわけ、強引に最前列まで進みでた。二人連れの男が文句を言おうと振りかえったが、ロージーをひと目見るなり、考えなおして顔を戻した。そのときだった。マニー・ラミレスが男子学生のように軽快な足どりで、通用口から飛びだしてきた。群集に向かってにやりと笑いかけると、目に見えないバットをスイングする身ぶりまでしてみせた。デジタルカメラのシャッターを切る音が一斉に鳴り響く。するとつぜん、ロージーの口から、耳をつんざく黄色い悲鳴が飛びだした。こんな声は、ロック・コンサートでわれを失った十代の少女たちしかあげないものと思っていた。

ラミレスもまた、声のするほうへ顔を振り向けた。そして、すべての男たちの例に漏れず、人山から頭ひとつぶん抜けだしたロージーの身長と美貌とに目を見張った。何十というファンたちがラミレスの名前をわめきたてていた。にもかかわらず、ラミレスが「これはこれは」とつぶやく声が、おれにははっきりと聞きとれた。

ラミレスが近づいてくると、ロージーは金網の隙間から指を伸ばした。ラミレスはにやりと笑って、その指をぎゅっと握りしめた。マウント・ホープの英雄、ロージー・モレッリ消防隊長は腰砕けになった。ラミレスは金網の前を離れ、ぴかぴかに手入れをされた六六年式リンカーン・コンチネンタルのほうへと歩いていった。ドアに手をかけたままもう一度こちらを振りかえり、ロージーを惚れ惚れと見つめてから、運転席に乗りこんだ。

車が角を曲がって見えなくなるまで、ロージーはテールランプを見つめつづけていた。それから、ゆっくりとおれを振りかえった。

「お願い……

このことは……

誰にも……」

「このことって、なんのことだ?」

ひとの流れに乗って通りを進み、ランズダウン・ストリートとブルックライン・アヴェニューの角に建つ〈キャスクン・フラゴン〉というレストランでビールとピザを胃袋におさめた。食後の腹ごなしに少し歩いてから、〈ボストン・ビリヤード・クラブ〉で何ゲームか腕を競いあった。そのあとは、すぐ近くで見つけた〈ビルズ・バー〉に入って酒を酌み交わし、閉店まで居すわった。プロヴィデンス行きの最終列車には、もうまにあいそうにない。営業許可時間後も店を開けているというもぐり酒場をバーテンダーから教わり、河岸《かし》を変えた。その酒場の売り物は、缶のまま出されるバドワイザーかミラー・ビール。縁の欠けたショットグラスにそそがれるジム・ビームかレベル・イエール。そして、やけに親しげにばんばんと背中を叩いてくる、泥酔したレッドソックスのファンたちだった。

翌朝の始発は六時十分発の普通列車だった。車中ではともに眠ってすごした。寝癖のついた髪とほろ酔いの気分でプロヴィデンス駅のプラットホームにおり立ったとき、時計の針は午前六時五十五分をさしていた。なんとも遅いベッドタイム。

改札を出るなり、ミスター・ポテトヘッド像の出迎えを受けた。誰かが赤いスプレー・ペンキで脇腹に〝くたばれヤンキース!〟と落書きしていた。おれはロージーにあらためてチケットの礼を言い、軽く肩を抱きしめた。気をつけて帰るよう念を押してから、駅を出た。アトウェルズ・アヴェニューをとぼとぼと歩いて自宅にたどりつき、悲鳴をあげる胃袋にマーロックスを流しこんだあと、ベッドに倒れこんだ。

ほどなく正午をまわろうというころ、ようやく編集部に顔を出した。エレベーターをおりるなり、ローマックスに腕をつかまれた。

「マリガン! グロリア・コスタの身に起きたことを聞いたか?」

47

十五分後、ロードアイランド病院の病室に入り、ベッドの脇に立ってはみたものの、枕の上にはまるで見覚えのない顔が横たえられていた。ガーゼに覆われた右目。紫色に変色し、左に曲がった鼻。切れて腫れあがった唇。糊の利いた真っ白なシーツの上に載ったままぴくりとも動かない、ギプスに包まれた右手。乾いた血がこびりついたブロンドの髪。シャロン・ストーンの面影は、もうどこにも残されていなかった。

グロリアの左手に手を伸ばしかけて、点滴のチューブが手の甲に固定されていることに気づいた。おれは肩にそっと手を置いた。左の目蓋がひくひくと震えながら開いた。おれの名前を呼んでいるのだろう、くぐもった声が口から漏れた。

ベッドの足もとへ腕を伸ばし、フックに吊るされているカルテを取りあげた。〝右手腱断裂。右後頭骨の骨折。右肋骨の骨折三本。顔面、両腕、胸部、背部に複数箇所の打撲傷。右目網膜剥離。視力回復の見通しは不明。〟

グロリアが左右どちらの目でファインダーを覗いていたか、おれにはどうしても思いだせなかった。

その晩、ふたたび手料理をふるまわれた。ヴェロニカは自宅から中華鍋を持ちこんで、エビに生姜《しょうが》、いちおうは野菜であるらしい物体を強火で手早く炒めはじめた。立ちのぼる湯気がヴェロニカの肌をほんのりと上気させていた。

「グロリアの容態は？」中華鍋を揺すりながら、ヴェロニカが訊いてきた。

「かなりの重傷だ。まだろくに口も利けない。見ているのがつらかった。きみも会いにいってやってくれ。おれの顔を見あげるのには、もう飽き飽きしただろうから」

沈黙が垂れこめた。ガスコンロの火を消してから、ヴェロニカはひとことつぶやいた。「さあ、それはどうかしら」

無難な話題に切りかえようと、おれはレッドソックスの開幕戦についてまくしたてた。料理を口に運びながら十分ほど話を続けるうちに、ヴェロニカの瞳が虚ろになってきた。おれが話を打ち切ると、今度はヴェロニカが妹とすごした週末の報告を始めた。レストランでディナーを堪能したこと。〈プロヴィデンス・プレイス・モール〉でショッピングを楽しんだこと。

「わたしに会えなくて寂しかった？」

「ああ、そりゃあもう」

続いておれが小男との遭遇について報告すると、ヴェロニカはフォークを皿に落とし、じっとおれを見すえて言った。「ひどいわ、マリガン！　どうしてそのことをまっさきに話してくれなかったの？」

「レッドソックスの勝利のほうが、遙かに重要だからさ」

「その男がまたやってきたらどうするの？」

「もちろん、かならずやってくる。そうしたら、今度こそあの男をこてんぱんに叩きのめしてやるさ。そのときが待ち遠しいくらいだ」

ヴェロニカはフォークを拾いあげ、先端をエビに突き刺した。

「あなたとその小男とは、運動場で決闘ごっこをしている遊び仲間じゃないのよ、マリガン。そいつが連続放火の犯人なのだとしたら、すでに何人もの人間を殺していることになる。それに、もしかしたら、次は銃を突きつけてくるかもしれない」

「それならそれで、奪いとってやればいい」そうは言ってみたものの、にわかな不安に胸がざわつきはじめた。

「次もまた、ここを狙われたらどうするの？」言いながら、ヴェロニカは指先でおれのジーンズのふくらみを撫でた。「このところのあなたの運勢からすると、次は一生消えないダメージを負うかも」

この会話の行きつく先は知りたくなかった。ただ、股間をさまようヴェロニカの指の感触は、もっと感じていたかった。身体には疲労がたまっていたが、いまから使うつもりの部位だけは、どうやら疲れ知らずであるらしい。ところが、もつれあうようにベッドへなだれこむやいなや、おれの欲求はにべもなく退けられた。はじめて結ばれたあの夜以来、おれたちは一度も身体を重ねていなかった。

「今夜は身体を休めなきゃだめよ。それと、無鉄砲なカウボーイ気どりもやめたほうがいい」

ヴェロニカは耳もとでそうささやくと、おれの頭を胸に引き寄せた。その感触もたまらなく心地よかった。柔らかな唇が額に触れた。そんな場所にキスをされたのは、生まれてはじめてのことだった。とつぜん、眠気がまぎれもない実体をともなって襲いかかってきた。ヴェロニカの香りは、おれを眠りへと誘《いざな》う麻薬だった。

「おやすみ」おれはもごもごとつぶやいた。

「愛してるわ、マリガン」ヴェロニカのささやく声がした。あるいは、それも夢だったのかもしれない。

48

翌日、グロリアの容態はいくらか回復していた。大いにとまではいかなくとも、ほんの少しは、あの晩何が起きたのかをおれに語れるほどには回復していた。グロリアは途切れ途切れの言葉で話した。ときおり涙で喉を詰まらせながら。乱れた息を整えながら。その声はひどくかぼそく、ひどくかすれていた。おれはベッド脇の椅子にすわりつづけた。一日目の朝と午後。二日目の朝と午後。そうしてようやく、事件の一部始終を把握することができた。

土曜の夜、巡回への同行をおれに断られたあと、〈ホープス〉を出たグロリアはブルーの小型車、フォード・フォーカスに乗りこみ、マウント・ホープを走りまわった。まもなく真夜中をまわろうかというころ、雨がとつぜん勢いを増し、気温がぐっと落ちこんできた。携帯マグに手を伸ばしたところで、家を出るまえにコーヒーを入れてくるのを忘れたことに気がついた。ゼリッリの店ならまだ開いている。グロリアは店の横手の駐車場に車をとめ、店のなかへ駆けこんだ。コーヒー・カウンターでグリーンマウンテンを一クオート、携帯マグにそそぎいれた。代金を払って店を出たとき、頬を打つ雨はさらに勢いを増していた。ぐっと顔をうつむけて、グロリアは車に駆け寄り、鍵穴にキーをさしこんだ。

ドアを引き開け、右足が運転席の床を踏むと同時に、それは起こった。

何者かの手に背中を押された。グロリアはシートの座面に顔から倒れこんだ。携帯マグが手から離れ、アスファルトの上に落ちた。男に上からのしかかられ、息が詰まった。屋根を叩く土砂降りの雨が悲鳴を掻き消した。

懸命に身体をよじって、男の下からなんとか這いだした。助手席側のドアに向かって、シートの上をさらに這った。こぶしで何度も顔を殴りつけられた。頭がダッシュボードの下に押しこめられた。片方の靴をなんとか手に取り、それを窓ガラスに叩きつけた。誰でもいい。お願い、気づいて。誰か。誰か。手からもぎとられた靴が後頭部に叩きつけられた。気づいたときには、喉にナイフを突きつけられていた。男の声が暗闇を切り裂いた。

「詮索好きな雌犬め、ケツの穴を犯してやるぞ」そのセリフが何度も繰りかえされた。何度も。何度も。

上半身をぐったりと床に落としたまま、身じろぎすらできなくなった。男がカメラバッグからニコンを引っぱりだし、ハンドバッグのなかを漁りだした。ふたたび男の声がした。

「金《かね》はどこだ、雌犬」

「財布のなか……数ドルしか残ってないわ……」グロリアは声を絞りだした。

ふたたびこぶしを浴びせられた。シートの上に転がるナイフが目に入った。男はスカーゲンの腕時計をグロリアの手首からはずそうと、留め金をいじくりまわしている。ナイフはすぐそこにある。一か八かで手を伸ばした。ナイフの柄をつかみ、男の顔に突きつけた。顔のない顔に。青いスキーマスクに覆われた顔に。

男の声がした。「いい度胸だ、雌犬」

グロリアの小さな手が男の手に握りつぶされ、弾けるような音を立てた。ナイフの刃が右手親指の付け根に食いこんで腱を裂き、シートの上にぽとりと落ちた。男の手に頭をつかまれ、ダッシュボードに何度も何度も叩きつけられた。そして、繰りかえされるあの呪詛《マントラ》——詮索好きな雌犬め、ケツの穴を犯してやるぞ。グロリア個人に向けられた呪いの言葉。

とつぜん、声がやんだ。男の身体がのしかかり、グロリアをシートに押しつけた。何者かから姿を隠そうとするかのように、男はじっと息を殺していた。誰かがそばを通りかかったのだろうか。ディマジオ団？ それとも、パトロールカー？

狂気のダンスが始まったとき、車のキーはどこかへ弾き飛ばされてしまっていた。男は車内を見まわし、助手席側のフロアマットの上からそれを拾いあげると、エンジンをかけて車を発進させた。グロリアは男の目を盗んで、なんとか窓の外を覗きこもうとした。自由の欠片《かけら》を探そうとした。だが、大きな手の平に頭をつかまれ、シートに乱暴に押しもどされた。どれくらいの時間が経ったのだろう。不意に男がアクセルをゆるめ、車が停止するのを感じた。

「お楽しみの時間だ、詮索好きのカメラ女」

男の両手が服に伸びた。トレーナーを乳房の上までまくりあげられ、ブラジャーを剝ぎとられた。ふたたびこぶしで殴りつけられた。いつ果てるとも知れず、何度も、何度も。男はグロリアの喉にナイフの切っ先を押しつけ、ジーンズとパンティを脱げと命じた。グロリアがそれに従うと、太い指が腿のあいだを荒々しくまさぐりはじめた。

そのとき、思いだした。レイプ魔に抵抗してはならない。どこかでそんな言葉を目にしたことがあった。

グロリアは言った。「後ろの席に移りましょうよ。そうすれば、あなたもこっちも楽しめるわ」

男は言った。「いいぜ、雌犬。なら、てめえが先に移動しろ」

四つん這いになってシートを乗りこえ、暗闇のなかを手探りして、ハッチドアの開錠レバーを探した。男はすぐ後ろまで迫っている。ふたつの大きな手が身体をまさぐりはじめる。

そのとき、怪我を負っていないほうの手がレバーを探りあてた。思いきり引きあげると、ハッチドアがぱっと跳ねあがった。グロリアはそこから外へ這いだすと、男の顔をめがけてドアを叩きつけた。暗闇のなかをやみくもに走るうち、電柱に激突した。向きを変えて、また走りだした。素っ裸のまま、血にまみれたまま、凍てつくように冷たい雨のなかを走りつづけた。

くそったれめ。おれはみずからを呪った。おれはあの晩、グロリアから一緒についてきてくれと頼まれたのではなかったか。

「男の人相は？」

ぼそぼそとつぶやく声からは、ひとつの単語も聞きとれなかった。

「背が低くなかったか？　筋肉が異様に発達していなかったか？」

ひょっとして、グロリアを襲ったのは例の小男ではないのか。

ふたたび不明瞭な声が返ってきた。

それ以上、答えを迫ることはできなかった。これ以上、グロリアを苦しめるわけにはいかなかった。

49

「彼女、犯人の顔はいっさい見ていないわ」その日の夕方、性犯罪課を訪れたおれに巡査部長のローラ・ヴィッラーニが言った。「男は犯行のあいだじゅうスキーマスクをかぶっていた。わかっているのは、男が白人だってこと、ヘビースモーカーに特有の声をしていたこと、結婚指輪をはめていたこと、そして、緑色のウィンドブレーカーを着ていたってことだけ。被害者は男が立っている姿も見ていないから、おおよその身長を推しはかることもできない」

あの小男は結婚指輪をはめていただろうか。小男の手を思いだそうとしたが、何も浮かんではこなかった。

「グロリアは新たな火災の発生に備えて、車で町を走りまわっていたんです」

「ええ、そう聞いているわ」

「そして、男はグロリアを〝詮索好きのカメラ女〟と呼んだ」

「ええ、その線でわたしたちも捜査を進めるつもりよ。人相の線を洗ってもたいした進展は見込めないけれど、ビニール製のカメラバッグから二種類の指紋が検出されている。それが犯人のもので、犯人に前科があれば、すぐに身元を特定できる。ただちにしょっ引いてやるわ」

「もしそうなったら、そいつと数分だけふたりきりにさせてもらえませんか」

「もしそうなったら、喜んでそうさせてあげる」

編集部へ戻り、連続放火事件関連の手帳を引出しから引っぱりだして、机の上に積みあげた。現場の説明。不動産所有者の記録。発見された放火の証拠。被害者や消防隊員や放火捜査官を対象に行なった、数えきれないほどの取材の記録。それらすべてを書き記した二十二冊の手帳。〝無〟の詰まった二十二冊の手帳。

いや、単におれが気づかなかっただけなのかもしれない。

殺人課の刑事は袋小路にぶちあたると、捜査ファイルを読みなおし、あらゆる細部をはじめからたどりなおす。おれの手もとに捜査ファイルはないが、二十二冊の手帳がある。このなかに、これまで見落としてきた何かがあるかもしれない。書き漏らしてしまった何かがあるかもしれない。四カ月ものあいだ綴りつづけてきた文字のなかに、なんらかの規則性を見いだすことができるかもしれない。おれは一冊目の手帳を取りあげ、表紙を開いた。

二冊目に手を伸ばしたちょうどそのとき、メイソンが近づいてきて言った。

「グロリアのこと、聞きました。本当にお気の毒です」

「ああ、わかってる」

「お見舞いに花を送りました」

「知ってる。病室に飾ってあった」

メイソンは不意に眉根を寄せ、首を振った。

「まさか、右目に傷を負うなんて。ファインダーを覗きこむのに使っていたほうの目なのに……」

なんと。メイソンのやつ、そんなことに気づいていたのか。ひょっとすると、こいつのなかにも記者の血が流れているのかもしれない。

「練習すれば、左目を使えるようになるさ」

「いずれにしても、グロリアが職を失うことは絶対にありません。ぼくが保証します」

そう言って、メイソンは黙りこんだ。左手に握りしめた薄いファイルフォルダーが目にとまった。

「それはなんだ?」答えを知りながら、おれは訊いた。

「マンホールのネタに関して集めた資料です。あの、ほんのちらっとでかまいません。全体に目を通して、何か足りないものがないかを確認してもらえたら、本当にありがたいんですが」

「わかったよ。あいてる椅子を持ってこい。とりあえず見てみよう」

メイソンは近くから椅子を引きずってきて、そこに腰をおろし、ピザの空き箱を脇へどけてから、机の上にフォルダーを置いた。そして、グーテンベルク聖書を扱うかのごとく、やけに丁重な手つきでカバーを開き、三枚のコピー用紙を取りだした。そこには、ウェスト・ベイ鉄工所なる地元製造業者と市の交通局との売買取引がすべて記録されていた。

「全部で何枚くらいになるんだ?」

「……九百十枚です」

「ひそひそ声で話すのはやめろ、七光。誰もおまえのネタなんか盗みやしない」

「交通局からの発注は一年間にわたっています。市が定める競争入札の制度を免れるためか、一回の発注金額はいずれも千五百ドル以内に抑えられている。でも、ここ一年の発注をすべて合わせると、一枚あたり五十五ドルの鋳鉄製のマンホールの蓋が九百十枚、総計で五万ドル超の金額になる」

「九百十枚ものマンホールの蓋を、いったいどうしようというんだ？」

「ぼくが不審に思ったのもそこなんです。そこで、交通局まで出かけていって、ジェンナーロ・バルデッリに直接訊いてみようとしたんですが、門前払いを食わされました」

「〝ブラックジャック〟・バルデッリか」

「はい？」

「われらが交通局の局長殿は、そう呼ばれるのがお好みなのさ」

「なるほど。ええと、それで次に、副局長のルイス・グリエコに会いにいきました。ちなみに、副局長にも愛称があるんですか？」

「〝ブラスナックル〟」

「なるほど。では、その〝ブラスナックル〟に会いにいくと、今度は『うせやがれ』と怒鳴りつけられました」

「それでどうした？」

「市庁舎へ行って、政治献金の記録を調べました」メイソンはフォルダーからもう一枚、紙を取りだした。「すると、ウェスト・ベイ鉄工所の経営者ピーター・エイブラムズが、法で上限と定められた金額を、前回の市長選でカロッツァ市長に寄付していたことが判明した」

「なかなかやるじゃないか、七光」

「それで、まずはざっとリードを書いてみたんです。目を通してもらえますか？」

「断る」

「なぜです？」

「まだ原稿を書く段階ではないからだ」

「何か足りないものでも？」

「ああ、そうさ。おまえにいまわかっているのは、選挙資金の大口献金者に対して、市当局がちょっとした便宜をはかってやっているって事実だけ。アイオワ州やコネティカット州でならニュースになるかもしれんが、ここロードアイランド州じゃ見向きもされない。それしきのことなら、年がら年じゅう至るところで行なわれている」

「ぼくのやっていたことは時間の無駄だったってことですか？」

「そうとはかぎらない」

「それじゃ、次は何をすればいいんでしょう」

「九百十枚もの蓋がその後どうなったのかを調べてみろ」

「それなら、もう訊きにいきました。でも、教えてもらえなかったんです」

「おまえが間違った相手に訊きにいったからだ、七光。ネタ元とすべき人間はべつにいる。局長の秘書を丸めこめ。除雪車のドライバーたちがたまり場にしている店を突きとめて、何杯も酒を奢れ。なんの役職にもついていない土木作業員を探して、話を聞きだせ」

メイソンはにやりと笑ってから、自分の机に戻っていった。ファイルフォルダーをいちばん上の引出しにしまうと、さっそく受話器に手を伸ばした。おれはメイソンという人間を見誤っていたのかもしれない。だとすると、おれが見誤っていることがほかにもあるのではないか。

一冊目の手帳を拾いあげ、もう一度はじめから読みなおした。いまは途切れ途切れにではなく、はじめから終わりまで一気に読みとおす必要がある。ところが、それから一時間も経たないうちに、近くを通りかかった記者六人と整理部員五人から、グロリアの容態はどうかと尋ねられた。マクラッケンとロージーも同じ用件で電話をかけてきた。ドーカスまで電話をかけてきて、相も変わらずの挨拶を述べた。

どう考えても、これでは仕事にならない。

携帯電話の電源を切り、ビニール素材のくたびれたブリーフケースに二十二冊の手帳を詰めこんで、編集部を出た。

パーキングメーターにかぶせておいた〝故障中〟のカバーがいずこかへ消え、代わりに一枚の駐車違反切符がワイパーの下に挟みこまれていた。そこには〝なかなかうまい手だ〟との走り書きがしてあった。あのカバーを失ったのは残念だが、おれにはまだ奥の手がある。通りの先にとめてある社長の車に近づき、ワイパーの下に違反切符を挟みこんでから、相棒ブロンコに乗りこみ、自宅をめざした。

ベッドに寝転がり、もう一度はじめから、じっくり時間をかけて手帳を読みかえした。黄色の法律用箋にときおりメモをとりもした。ビールをぶちまけてしまった一冊も、おおかたの文字はかろうじて判読できた。すべてを読み終えたときには二時間が経過していた。

そのあともう一度、はじめからすべてを読みかえした。そうして二十二冊目の手帳を閉じたとき、法律用箋に残されていたのは、ページの半分を埋めつくす疑問点だけだった。

マウント・ホープの一角を買い占めている謎の五社。その黒幕は誰なのか。とうの昔にプロヴィデンス・グレイズを去った野球選手らは、無断で名前を使われているだけではないのか。それを突きとめる方法はないか。放火事件がこれだけ頻発している地域で、例の五社はなおも土地や建物を買収しつづけているのか。だとしたら、目的はなんなのか。家を焼かれたジョゼフ・デルッカはおれになんと言ったか――買いたいってやつがいりゃあ、土地ごと売っ払うべきかもしれねえな。ひょっとして、〝おふくろ〟にそういう話を持ちかけた人間がいるのだろうか。

二度目に手帳を読みかえしていたとき、あることに気づいた。会社設立登記申請書の内容を書き写した箇所から、その手続きを代行した弁護士の名前が漏れている。あのときは、そんなものが重要な意味を持つとは思っていなかった。いや、結局は重要でなかったということになるかもしれない。匿名性を追求する依頼人やその代理人というものは、押しなべて口が堅い。とはいえ、いま見えている突破口はそれしかない。

それにしても、なぜジョルダーノはマンホールの蓋に関するネタをおれに漏らしたのか。あの男が市民の利益うんぬんなどを気にかけるわけもない。ネタを漏らしたとき、ジョルダーノはなんと言ったか――マウント・ホープで時間を無駄にするのはやめておけ。放火事件の取材からおれを遠ざけたかったのか。あるいは、ほかの理由があるのか。ジョルダーノが〝ブラックジャック〟と〝ブラスナックル〟に恨みを抱《いだ》いていることは間違いない。弟のフランクにもおいしい仕事をまわしてやってほしいとの要請を、あのふたりに突っぱねられたのだ。

ビールの染みが残る一冊には、三階建てアパートメントの解体を行なっているディオ建設の作業員を見かけたとの記述があった。〝ディオ〟の下には、アンダーラインが三本も引かれている。何が引っかかったのだろう。いくら考えてみてもわからない。ベッドから起きあがり、マーロックスをがぶがぶと呷り、ベッドに戻って、もう一度考えてみた。それでもやはり、これっぽっちも思いだせない。

さらに、謎がもうひとつ。おれを襲ったあの小男はいったい何者なのか。あの男が放火魔なのか。それとも、誰かに腕っぷしを買われて、荒っぽいメッセージを届けるよう命じられただけなのか。

いずれにせよ、あの小男が事件解決の鍵であることはたしかだ。おれが〝余計な詮索〟をやめなければ、あの男はまたあらわれる。やつ自身がそう約束したのだから。つまり、やつを捕らえるためには、もう一度おれに会いたくなるよう挑発してやればいいということだ。

50

その晩、ヴェロニカと〈カッサータ〉で一枚のピザを分けあいながら、今後のプランを打ちあけた。だが、ヴェロニカにはさほどの名案に思えなかったらしい。

「そんなのばかげてるわ。身の危険にさらされてまで、手に入れるべきネタなんてない」

「そういうネタもときにはある」

「グロリアにも同じことが言えるのかしら」

何も言いかえすことができなかった。

「お願いよ、マリガン。ばかはやめて。今度こそ、ただでは済まないかもしれない」

「ただじゃ済まないのはあっちのほうだ」

「なら、勝手にしてちょうだい。わたしには、その男があらわれるとき現場に居合わせるつもりはない。ごめんなさいね、カウボーイ。でも、その決闘が終わるまで、あなたにはひとり寝の寂しさに耐えてもらうことになる」

「きみの部屋に二、三時間寄って、そのあと自分の部屋へ帰ることもできる」

「それならいいわ。でも、今夜はだめ。先約が入っているの」

先約？　その響きがどうも気にいらなかったが、しつこく問いただすのはやめておいた。ウェイトレスを呼んで勘定を払い、テーブル越しに首を伸ばしてキスをしてから、尻をすべらせてボックス席を出た。

「くれぐれも慎重にね、カウボーイ。あなたがいなくなってしまったら、プロヴィデンスは寂しい場所になる」

自宅へ帰りつくなり、テレビをつけた。レッドソックス対タイガースの第三戦。先発ピッチャーはウェイクフィールド。六回裏の攻撃を終えての途中経過は、四‐二でレッドソックスのリード。その後、レッドソックスの攻撃陣はタイガースのリリーフ・ピッチャー三人を次々と打ちとった。試合結果は十二‐六。おれはしめしめとほくそ笑んで、テレビの電源を切った。

携帯電話を操作して、着信メロディを《アム・アイ・ルージング・ユー？》に変更した。アーカンソー出身の偉大なるブルース・バンド、ケイト・ブラザーズがうたうお気にいりの一曲だ。それが済むと、壁から陳列ケースをおろして、背面の蓋をこじ開け、祖父の形見のコルト四五を取りだした。床の上で胡坐《あぐら》をかき、三十分かけて銃の掃除と手入れをした。祖父のことを思いだしながら。

捕り逃すくらいなら、殺してやれ——それが祖父の口癖だった。

余分な潤滑油を拭きとりながら、弾を買ってこなきゃならないなとぼんやり考えた。しかし、相手はあの小男だ。あの男はとにかく小さい。銃に弾を込めておく必要など果たしてあるだろうか。

51

翌朝、グロリアの病室を訪れた。前回よりは声の張りがいくらか戻っていたものの、見た目の痛々しさに変わりはなかった。ベッド脇の椅子にすわったおれに、グロリアはなおもかぼそい声で「ありがとう、マリガン」とささやきつづけた。だが、深夜のマウント・ホープへひとりグロリアを送りだしたこと以外、このおれが何をしたというのだろう。

一時間後、ジミー・ザッカリーがCDプレーヤーからがなりたてる《ブルー・ドッグ・プロウル》を聞きながら、相棒ブロンコのハンドルを握り、見慣れた町並みを走りぬけた。まさに巡回《プロウル》の気分だ。焼け落ちた家の前でジョゼフ・デルッカを見つけた。補修剤の継ぎが目立つフォードのピックアップトラックの荷台に、せっせと段ボール箱を積みこんでいるところだった。「よう、あんたか」おれに気づいて、ジョゼフは言った。

「どうも、ジョゼフ。よかったら手を貸そうか」

「いいや。もうこいつで最後だ。けっこうな荷物になると思ってトラックを借りてきたんだが、焼け残ったもの全部を詰めこんだって、これっぽっちにしかならなかった」

たしかに〝これっぽっち〟としか表現のしようがなかった。フォークやナイフなどの銀食器。深鍋やフライパンが数点。不揃いな皿が数枚。工具が数点。額入りの写真が数枚。水に濡れた跡と煙のにおいが残る、揃いの革装丁の本が数冊。

不意の好奇心に駆られた。おれは荷台に手を伸ばし、革装の本を一冊引きぬいた。チャールズ・ディケンズの『荒涼館』。

「機会があったら、読んでみたほうがいい。この作家ときたら、くそすばらしい小説を書きやがるぜ!」ジョゼフが言った。

ジョゼフ・デルッカがディケンズの愛読者? ジョゼフに字が読めるのか? マーク・トウェインもおれも、ジョゼフ・デルッカという人間を見誤っていたようだ。ジョゼフが誰にもけっして見せないのは、暗い面ではなく明るい面だったのだ。

「先週会ったときのことだが、たしか、買いたいという人間がいれば土地ごと売り払ってもいいというようなことを言っていた。もう家は売れたのか?」

「いいや。だが、とつぜんうちを訪ねてきて、家を売ってくれないかと言ってきた女ならいる」

「なんの前ぶれもなくやってきて、そんなことを言いだしたのか?」

「ああ、くその前ぶれもなくな」

「それはいつのことで?」

「一月……いや、二月だな。あんときゃちょうど、黒んぼ歴史月間とやらのせいで、おれの楽しみにしてる番組がみんなお流れになっちまってたんだ」

〝黒んぼ〟という言い方に胸のむかつきを覚えながら、おれは続けて訊いた。「その女性の名前は？」

「名前は忘れちまったが、名刺ならあるぜ」

ジョゼフは言って、尻ポケットからくたびれた革の財布を引っぱりだすと、そこから角の折れた一枚の名刺を取りだし、おれに手渡した。上質な紙に、浮きだし加工で印刷された紺色の文字――〝シェリル・シベッリ、リトル・ローディ不動産、公認仲介人〟。その下には電話番号が載っていたが、住所は記されていなかった。

リトル・ローディ。謎の五社のうちの一社ではないか。

「これをしばらく借りてもかまわないかい？」

「好きにしな」


デルッカ家の前で相棒ブロンコをひと休みさせたまま、近隣の一軒家や、大家《おおや》自身が居住しているとおぼしきアパートメントの扉をノックしてまわった。うち三軒は鼻先で扉を叩き閉められ、四軒は留守中。二軒は借家で、六軒には建物の所有者が住んでいた。そして、その六人全員が、おれの知っている人間だった。母校で体育を教わっていた元教師。ホープ高校時代の同級生が三人。〈ホープス〉のバーテンダーであるアニーの母親。そして、おれの父が視力を失ったあと、牛乳配達の受け持ち区域を引き継いでくれたジャック・ハート。その六人中五人が、不動産売却の話を持ちかけられていた。そのうち二人はすでに商談がまとまっていた。そのうち四人はいまも、リトル・ローディ不動産のシェリル・シベッリからもらった名刺を持っていた。

火災が異常発生している南西の一角を離れて、キャンプ・ストリートを渡り、さらに何軒もの扉をノックしてみた。持ち家に住んでいるという五人から話を聞いたところ、誰ひとりとして、シェリル・シベッリなる女やリトル・ローディ不動産なる会社を知る者はなかった。

デルッカ家へと引きかえす途中、カタルパ・ロードを通りすぎた。四階建て下宿屋の残骸をダンプカーに積みこんでいるディオ建設の作業員の姿が目に入った。そのとき思いだした。ディオ建設の何が引っかかっていたのか。マウント・ホープで火をつけられた建物の解体や撤去作業にあたっているのは、なにゆえジョニー・ディオの経営する建設会社だけなのだろう。

52

「リトル・ローディ不動産でございます！」受話口から響く女の声は、やけに親しげで、やけに溌剌《はつらつ》としていた。

「ミスター・ディオにつないでもらえるかな？」

「申しわけありませんが、弊社にそのような名前の者はおりません」

「ミスター・ジョルダーノならおいでかな？」

「申しわけありませんが、そのような名前の者もおりません」女の声がさきほどより冷ややかになった。

「チャールズ・ラドボーンかバーニー・ギリガンは？　とっくの昔に天に召された、プロヴィデンス・グレイズの元選手なら誰でもいいんだけど」

「いったいなんのお話でしょう」

「それじゃ、シェリル・シベッリでもいいや」

「シェリルは今日一日、外出しております」

「それなら、ひとつ頼みがある。この次、ジョニー・ディオかヴィニー・ジョルダーノが顔を出したら、マリガンから電話があったと伝えてくれ」

そのような名前には聞き覚えがないと、女はふたたび繰りかえした。本当にそうなのかもしれない。おれはひとこと「よろしく」とだけ言って、電話を切った。

もし、リトル・ローディ不動産と連続放火事件とのあいだに、なんらかの関わりがあるのだとしたら……ディオかジョルダーノとリトル・ローディ不動産とのあいだに、なんらかの関わりがあるのだとしたら……

さっき電話に出た女から、ディオかジョルダーノにおれのメッセージが伝わったなら……

例の小男がディオかジョルダーノに雇われているのだとしたら……

まあ、その場合、おれはほどなく小男の再訪を受けることとなるだろう。

53

その晩は中華料理店で料理をテイクアウトし、フォックス・ポイント地区にあるヴェロニカのアパートメントへ向かった。鶏肉のガーリックソース炒めとエビ焼きそばを厚紙製の容器からじかに口へ運びながら、今日一日の報告に耳を傾けた。だが、料理にもヴェロニカのお喋りにも集中できず、頭のなかには霞《かすみ》がかかったようになっていた。ふたりで服を脱ぎ捨て、ベッドへなだれこむまでは。

あの晩と同じように、ヴェロニカはおれの頭を胸もとに抱き寄せた。だが、今夜のおれが眠気に襲われることはなかった。たっぷり時間をかけてあらゆる部位に探りを入れてから、しっかりと全身を絡みあわせ、呼吸とリズムを合わせて腰を動かしはじめたころ、ヴェロニカは快楽の海にどっぷり浸りきっていた。

乱れた息が落ちつくのを待って、おれはごろりと寝返りを打ち、カーペットの上からジーンズを拾いあげて、ポケットのなかを手探りした。

「ヴェロニカ、これをもらってくれないか」言いながら、小さな青い箱をさしだした。

ヴェロニカはベッドの上に起きあがって箱の蓋を開け、チェーンをひとさし指にかけて、ペンダントを持ちあげた。たいして高価なものではなかったが、多少の輝きは放っていた。そして、シルバー・チェーンの下には、アンダーウッド・タイプライターをかたどった純銀の小さなチャームがぶらさがっていた。

「すごくきれい。L・S・A・マリガンにも、こんなロマンチックな一面があったのね」

おれは肩をすくめてから、留め金をはめようとうなじに手をまわしたヴェロニカの髪を持ちあげてやった。

ヴェロニカはペンダントを首に垂らすと、おれに唇を重ねてきた。

　ことを終えたあとの睦言《むつごと》に急展開が訪れたのは、その直後のことだった。なんと、ヴェロニカがふたりの将来について語りだしたのだ。

「ねえ、マリガン。あなた、これからどうするつもりなの？」

「会社設立登記申請書を確認しなおすつもりだ」

「もう、そういうことじゃないわ。これからの人生で、あなたはどんなことがしたい？」

「そうだな。まずは、離婚を成立させたい」

「とっかかりとしてはまずまずね」

「それから、美人のガールフレンドと一緒にフェンウェイ・パークの外野席にすわって、レッドソックスがワールドシリーズ優勝を決める瞬間を見届けたい」

「美人のガールフレンド？　それって、わたしのこと？」

「かもしれない」

「そのあとは？」

「それだけ叶えば、あとは満足して死ねる」

「ねえ、マリガン。少しのあいだでいいから、まじめに考えてみて」

　さっきまでだって、おれは至極大まじめだったぞ。心のなかでつぶやきながら、声に出して言ったのはこうだった。「ああ、わかった」

「あなた、ロードアイランドにはずいぶん長く暮らしているのよね？」

「生まれてからずっとだ」

「そろそろ、もっと上をめざすべきだとは思わない？」

「たとえば？」

「ワシントン・ポストとか、ニューヨーク・タイムズ。ウォール・ストリート・ジャーナルなんてのもいいわね」

「レッドソックスの実況放送をただで見られない土地へ移り住むなんてごめんだね。だいいち、新聞業界の雇用状況は知ってるだろ。いまきみがあげた新聞社も、もはや記者を増やしたがってはいない。記者を減らしたがっているんだ」

「ええ、そうね。でも、どんな新聞社だって、引出しいっぱいの受賞楯を持つ敏腕記者にはつねに空席を用意しているものよ」

「十年まえに獲ったピュリッツァー賞なんて、誰ひとり目もくれないさ」

「そんなことないわ。それに、ジョージ・ポーク賞をもらったのはほんの二年まえのことじゃない」

「まあね」

「同じ報道でも、テレビ局はどう？　たとえば、CNNとか」

「この顔で？」

反駁してくれることを期待していたのだが、いくら待ってもその時は訪れそうになかった。代わりに、ヴェロニカはこう言った。「ウォルフ・ブリッツァーだってとびきりのハンサムとは言えないわ」

おれは何も答えなかった。

「ねえ、少し考えてみて、マリガン。望むことがなんでも叶うとしたら、これからの人生で何をしたいか」

「それならもう叶ってる」

「本当に？」

「ああ、もちろん。こうしてきみの隣に裸で寝ている」

「まじめに考えて！」

おれはにやりと笑って言った。「ロードアイランドという名前の由来を知ってるか、ヴェロニカ？」

「知らないわ。でも、いまから教えてくれるんでしょ」

「いや、それはできない。じつを言うと、誰にもたしかなところはわかっちゃいないんだ。歴史学者が長年にわたってあれこれほじくりかえしてきた結果、残ったのはいずれも生半可な仮説ばかりでね」

「たとえば？」

「たとえば、ある学者はこう唱えてる。ロードアイランドとは、〝ならず者の島《ローグアイランド》〟から転訛した名称である。遙か昔の植民地時代、ロードアイランド州東部のナラガンセット湾沿岸に住みついた異端者や密輸人や殺し屋どもをさして、マサチューセッツ州の堅実なる農夫たちがそう呼んだのがはじまりだと」

ヴェロニカはくすくすと笑いながら、髪を後ろに跳ねのけた。その仕草に、おれはうっとりとなった。

「だったら、もともとの名前に戻すべきね。ロードアイランドなんて平凡すぎる。ローグアイランドのほうがよっぽど洒落《しゃれ》てるわ」

そのうえ、よっぽどふさわしくもある。われらが州では、百年以上もの長きにわたって、ナラガンセット湾の入り組んだ入り江にひそむ海賊どもによる商船の略奪が繰りかえされていた。一七〇〇年代後半から一八〇〇年代前半にかけては、ロードアイランド州の船長たちが奴隷貿易を牛耳《ぎゅうじ》っていた。フレンチ・インディアン戦争や独立戦争のあいだには、湾内に入ってくる船があれば、プロヴィデンスやニューポートを拠点とする重装備の私掠船がいずこからともなく忍び寄り、掲げられた旗にかかわらず積み荷を強奪してまわった。南北戦争後には、プロヴィデンス・ジャーナルの共同経営者であったボス・アントニーが一票あたり二ドルの相場で票を買いとることによって、何十年ものあいだ共和党に政権を握らせつづけた。十九世紀から二十世紀に変わるころには、デヴィッド・グレアム・フィリップスの書いた〝上院の反逆〟という記事によってその名を不朽のものとされたネルソン・アルドリッチ上院議員が、悪徳資本家に手を貸して国から金《かね》を巻きあげさせていた。一九五〇年代から六〇年代にかけては、プロヴィデンスを根城とするレイモンド・L・S

・パトリアルカという名のマフィアがニューイングランド一帯を牛耳り、ラジオでかけるレコードからひとの生き死にに至るまで、すべての決定権を握っていた。そして、カロッツァ市長の前任者である誉れ高きヴィンセント・A・〝バディ〟・チャンチ・ジュニアは、プロヴィデンス市の名で知られる犯罪事業に加担した罪で、連邦刑務所送りになっている。

「もちろん、プロヴィデンスの名前の由来は誰でも知ってる。聖職者ロジャー・ウィリアムズが神の導きに感謝の意を表するために、みずからのおさめる町に〝神意〟を意味するその名を授けた。コットン・マザーの提案した〝万物の残りかす〟や〝ニューイングランドの下水管〟が定着しなかったのは、じつにありがたいことだ」

「だから、この町が好きだっていうの?」

「おれはこの町で育った。警官も強盗も、床屋もバーテンダーも、判事も殺し屋も、売春婦も神父もみんな顔見知りだ。州の議員もマフィアの構成員も、全員の顔と名前を知っている。どちらも大差はないってことも知っている。票を金《かね》で買う政治家や袖の下を受けとっている警官を記事にしても、そうした醜聞に慣れすぎたこの町の人々は、くすくすと笑って肩をすくめるだけだ。以前はそれが苛立たしかった。だが、いまはちがう。ならず者の島ローグアイランドは、報道記者のためのテーマパークだ。年中無休の遊園地だ。この町でなら、日がな一日、ただでジェットコースターに乗りつづけていられる。

だが、知らない土地では勝手がちがう。スクープを連発することなんてできなくなる」

「いいえ、あなたならできるわ。ワシントンの大法螺吹きたちを追いまわす毎日がどんなに楽しいか、想像してみて」

ワシントン? ワシントンという地名が登場するのはこれで二度目だ。

「ワシントン・ポストに履歴書を送ったのか」

「マリガン、まずはわたしの家族について少し話させて。妹のルーシーは今年の秋からハーバード大学の医学部に通いはじめる。兄のチャールズは三十にして、大手会計事務所の副所長を務めている。それで、わたしは？　三流新聞社から週に六百ドルのはした金をもらって、〝ニューイングランドの下水管〟をあくせく駆けずりまわっている。父はわたしを憐《あわ》れに思うあまり、月に五百ドルを仕送りしてくる。それを送りかえすだけのプライドがあれば、わたしもあなたのように生きられるのかもしれない。

　わたしの両親は野心の塊なの。わたしが記者になりたいと打ちあけたとき、両親はわたしを椅子にすわらせて、そんな道を選ぶのは大きな間違いだと言ったわ。でも、わたしが聞く耳を持たないことがわかると、しつこく言い聞かせようとも、脅しをかけようともしなかった。わたしがプリンストン大学を卒業したあとも、コロンビア大学ジャーナリズム学部の学費をすべて出し、不平や小言はひとことたりとも口にしなかった。だけど、わたしは思ったわ。両親はどこかわたしを恥じているんじゃないかって。わたしは両親から誇りに思われたい。ルーシーやチャールズのように。自分でも自分を誇りに思いたい。わたしもあの両親の娘なのよ、マリガン。つまり、わたしも野心の塊だってこと」

　なかなか説得力のあるスピーチだったが、おれとしては、自分がいつごろからまたひとり寝の寂しさに耐えなきゃならなくなるのかということのほうが気になった。

「で、ワシントン・ポストからの返事は？」

「一カ月まえに履歴書と記事の切りぬきを送ったの。そうしたら先週、ボブ・ウッドワードから電話があったわ。ウォーターゲート事件をすっぱぬいた、あのボブ・ウッドワードからじきじきによ！　それで昨日、ワシントンまで面接に行ってきた。ボブはわたしのことをすごく気にいってくれたみたい。わたしには記者の直感が備わっている。文才もあるし、取材能力も高い。特に、アレーナの記事が最高だと絶賛してくれた。わたしがアジア系だってことも幸いしたわ。わたしを雇えば、少数民族の雇用義務を果たせるもの。それから、わたしを見つめるあのまなざしからすると、わたしの容姿も気にいってくれたんじゃないかしら」

あまりの急展開に思考が追いつけなかった。内心の動揺を声ににじませないよう気をつけながら、おれは言った。「それで、いつから働きはじめるんだ？」

「あと一、二カ月で、連邦裁判所の番記者にあきが出るらしいの。まずはそこで、オンライン版用の短い記事を毎日アップしながら、印刷版用にときおり解説記事を書いてもらうことになるって言われたわ。すごくやり甲斐のある仕事だと思わない？　あとはイエスと答えさえすれば、その仕事がわたしのものになる」

「次に打ちあけようとしていることをあててみようか。ボブにおれのことも話したっていうんだろ？」

「それだけじゃないわ。あなたに代わって熱意に満ちた履歴書を書きあげ、選りすぐりの記事と一緒にボブに渡しておいたの」

「おれが中国人だってことも言っといてくれたか？」

「マリガン！」

「いっそのこと、いますぐ婚姻届を出して、きみの姓に変えてみたらどうだろう」

「なんでもジョークにするのはやめて。あなたのほうから連絡をしてもらいたいと、ボブからことづかってるの。ねえ、考えてみてくれるわね？　愛してるわ、マリガン。あなたを失いたくない」

おれはヴェロニカを胸に抱き寄せ、その髪に鼻を押しつけたまま ささやいた。「おれもきみを失いたくない」だが、〝おれも愛してる〟と続けることはできなかった。最後にそのセリフを口にしたのは結婚生活の最後の月のことで、しかも、それはまったくの嘘。本心から出た言葉ではなかった。以来、そのセリフが舌にしっくりなじんでくれることはなくなった。

「ボストン・グローブに履歴書を送ることは考えなかったのか？　ポストがきみをほしがっていると聞いたら、グローブだって飛びついてくるにちがいない。ボストンなら、州間高速道路を五十マイル北上するだけでいい。週末ごとにきみを訪ねていくこともできる。ふたりで金《かね》をためて、フェンウェイ・パークの年間予約ボックスシートを買うことだってできるかもしれない」

「ねえ、マリガン。あなたがポストへ移ることを考えてくれるなら、わたしもグローブへの転職を考えてみるわ。どう？　そうしてくれる？」

「ああ、わかった」そう応じながら、とうていロマンチックとは言えないセリフが口から飛びだそうとしていることに気づいた。「だが、それでもきみが町を離れ、おれがとどまることになったら、新たな旅立ちの記念にきみのネタ元を譲ってくれるってのはどうだ？」

ヴェロニカは大きなため息を吐きだした。「大陪審の証言をリークしてくれているネタ元のこと？」

「そう、そいつのことだ」

「彼、あなたには絶対に口を割らないと思うわ。あなたのことが心底きらいなんですって」

おっと！　新事実が発覚。謎のネタ元は男で、おれを心底きらっているらしい。とはいえ、それしきの特徴では、範囲はいっこうに狭まらない。

自宅へ帰りついたときには、真夜中近くになっていた。デニス・ルヘインの小説を手に取ってはみたものの、まったく頭に入ってこない。ヴェロニカのことが頭にこびりついて離れない。ヴェロニカを引きとめるために、おれに言えたことがあったろうか。考えあぐねているうちに、時刻は午前四時をまわっていた。結局、小男はあらわれなかった。その次の晩にもあらわれなかった。

54

看護師が手を貸してグロリアを車椅子から立ちあがらせたあと、おだいじにと声をかけてから、からっぽの車椅子を押して自動ドアを通りぬけていった。おれはギプスをしていないほうの腕をとって、数フィートの距離をゆっくりと進み、歩道脇にとめたフォード・ブロンコへとグロリアの手を引いた。そのとき、少し離れた場所で、右腕にギプスをした男がタクシーをとめようと左手をあげた。その腕が振りあげられるのを目にするなり、グロリアはびくりと身体を震わせ、おれの胸に顔をうずめた。グロリアが身体に負った傷は、どんなに深かろうといずれ癒えるだろう。だが、心に負った傷はそれより遙かに深かった。

おれはグロリアを抱きしめたまま、しばらく頭を撫でてやった。それから、助手席に乗りこむのを手伝った。シートベルトを締めようとすると、折れた肋骨が痛むのだろう、グロリアの口から小さな悲鳴が漏れた。おれはボンネットをまわりこみ、運転席に乗りこんでエンジンをかけた。

「まえよりもずいぶんよくなったみたいだ」

「全然よくなっていないわ」

「病室から解放されて、嬉しいだろう？」

「どうせまたすぐに戻らなきゃならない」

「そうだったな」

グロリアにはこのあと何回もの手術が控えている。断裂した手の腱を修復する手術。鼻の形成外科手術。右頬の形成外科手術。ただし、右目の網膜については、手のほどこしようがないらしい。

州間高速道路九五号線に乗って、州を南下しはじめた。そこから数マイルのあいだ、車内は沈黙に包まれた。グロリアはフロントガラスの向こうに目をすがめ、どんよりと曇ったロードアイランドの朝を見つめていた。

「マリガン？」

「うん？」

「こうなったのはあなたのせいじゃないわ」

「いいや、おれのせいだ」

「頼んだものは手に入れてくれた？」

「ああ。グラヴコンパートメントに入ってる」

シートベルトをしたまま身体を起こそうとして、ふたたび小さな悲鳴を漏らしながらも、グロリアはそろそろとグラヴコンパートメントに手を伸ばして、なかから催涙スプレーの缶を取りだした。

「ありがとう、マリガン。いくら払えばいい？」

「そんなことは気にしなくていい。ウーシュの店に在庫があふれているから、きみがひとつもらってくれたらありがたいそうだ。リボルバーも届けてくれと言われたが、おれのほうから断っておいた」

　グロリアは傷を負っていないほうの左手をあげ、親指で撃鉄、ひとさし指で銃身の形をつくると、思いつめた表情でそれを見つめた。

「だいじょうぶだよ、グロリア。きみはたいした女だ。相手の男をまんまと出しぬいたんだから」

「もし、あの男が戻ってきたら？」

「戻ってくるわけがない。いまごろは命からがら逃げまわっているだろう」

「警察はあの男を捕まえられるかしら」

「もちろんだ」とおれは答えた。じつを言うなら指紋の照合は不発に終わっていたが、それはグロリアが知る必要のないことだ。いまのグロリアに必要なのは、正義はかならず果たされると信じることなのだ。

　クランストンを通りすぎた直後に雨が降りだした。ワイパーのスイッチを入れたとき、グロリアが身をこわばらせていることに気づいた。やがて、口からうめき声が漏れはじめた。

「いや……いや……いや……やめて……」

「グロリア？　いったいどうしたんだ？」

「雨よ！　あれをとめて！」グロリアは大声で叫びながら、左手をダッシュボードに叩きつけた。

　目に見える範囲に、車をとめられそうなスペースはなかった。グロリアを落ちつかせるために、何をしてやればいいのかもわからなかった。

「とめて！　雨をとめて！」

　ウォリックのイースト・アヴェニューで高速をおりた途端に、グロリアの悲痛な願いが聞き届けられた。そこから数マイルの距離を進んでヴェラ・ストリートに入り、平屋造りの黄色い小さな家の前で車をとめるころ、叫び声はすすり泣きに変わっていた。グロリアが生まれ育った家の前では、グロリアの母親が歩道に立って、娘の到着を待っていた。グロリアを抱きかかえたおれを助けて、家のなかへと導いた。

55

会社設立登記の申請を代行した弁護士はみな、ぐるぐる渦を巻いたり大きく跳ねたり、ことさらにもったいぶった飾り文字で署名をしていた。そうした文字を解読するよりは、その下にタイプされた文字を読むほうが簡単だ。ベス・J・ハーパズ、アーウィン・M・フレッチャー、パトリック・R・コナリー三世、ヨランダ・モズリー＝ジョーンズに、ダニエル・Q・ヘイニー。

おれが想像していたのは、謎の五社すべての設立登記を同じ弁護士が申請したのではないかということだった。だとすれば、五社のあいだにつながりが生まれ、次に打つべき手も見えてくる。だが、おれの予想は見事にはずれた。州書記官の事務所をふたたび訪れることで得られたのは、まったく聞き覚えのない五つの名前だけ。ただし、聞き覚えがあるかもしれない人間になら心当たりがある。

正午を少しまわったころ編集部に顔を出すと、ヴェロニカが自分の机に向かって、緑色の雑草のようなものをもぐもぐと噛みしめていた。おれは手帳を取りだし、先ほどの情報を書きこんだページを開いてから、ヴェロニカの机の上にぽんと放りだした。

「この五つのなかに、知っている名前があったら教えてくれ」

開かれたページをしばらく見つめてから、ヴェロニカは口を開いた。「悪いけど、いまは時間がないわ。すぐに裁判所へ向かわなきゃならないの。アレーナの起訴が今日、決定されるかもしれない」

そう言うなり、人間工学にもとづいて設計された椅子から立ちあがり、おれの頬に軽く口づけてから、エレベーターのほうへさっさと歩き去ってしまった。

だが、報道記者たるものは臨機応変でなければならない。ひとつの情報源が空振りに終わったなら、次なる手段を模索すべし。おれは自分の席に腰をおろし、机の引出しから伝家の宝刀を取りだした。ベス・J・ハーパズ弁護士の名は、電話帳にたしかに載っていた。

「マクドゥガル・ヤング・コイル・アンド・リモーネ法律事務所でございます。どちらにおつなぎいたしましょう?」

「ベス・ハーパズをお願いします」

「お名前とご用件をお伺いしてもよろしいでしょうか?」

「ジェブ・スチュアート・マグルーダーと申す者ですが、二十二年間連れ添った妻が、最近、同性愛に走りましてね。すぐにも離婚訴訟を起こしたいんです」

「申しわけありませんが、ハーパズは離婚関連の業務を取り扱っておりません。もう少し小さな法律事務所をあたってみてはいかがでしょう」

おれは女に礼を言って、受話器を置いた。電話帳をふたたび手もとに引き寄せ、ダニエル・ヘイニーの名前を探そうとしたところで、手っ取り早い方法があることに気づき、リダイヤル・ボタンを押した。

「マクドゥガル・ヤング・コイル・アンド・リモーネ法律事務所でございます。どちらにおつなぎいたしましょう?」

「やあ、どうも、ご機嫌よう。わが友ダニー・ヘイニーはおいでかな?」

「お名前とご用件をお伺いしてもよろしいでしょうか?」

「チャック・コルソンから電話があって、土曜のゴルフの約束をすっぽかすつもりじゃないかどうか確認したがっていたと、ダニーのやつに伝えておいてくれないか。千ドルを賭けて腕比べをすることになっているんだが、こっちはもうその金《かね》を使っちまったもんでね」

「かしこまりました。少々お待ちくださいませ。いま手があいているか確認いたします」

保留音が鳴りだした。おれは電話を切った。声色を変える練習を二分ほど続けてから、ふたたびリダイヤル・ボタンを押した。

「マクドゥガル・ヤング・コイル・アンド・リモーネ法律事務所でございます。どちらにおつなぎいたしましょう？」

「アーウィン・M・フレッチャーを」

「お名前とご用件をお伺いしてもよろしいでしょうか？」

「ジェイムズ・W・マッコードだ。火急の用件で、一刻も早くミスター・フレッチャーに相談したいことがある」

「申しわけありません。フレッチャーはただいま、所用で町を離れております。ほかの者がお力になることもできるかと思いますが」

「あの野郎、ここぞというとき、いたためしがない」

おれは言って、電話を切った。

十分後、三度目になるリダイヤル・ボタンを押した。

「マクドゥガル・ヤング・コイル・アンド・リモーネ法律事務所でございます。どちらにおつなぎいたしましょう？」

「パトリック・R・コナリーを頼む」

「パトリック・R・コナリー・ジュニアのほうでしょうか、それともパトリック・R・コナリー三世のほうでしょうか」

「へえ！　親父さんがまだ生きていたとは知らなかったな」

「お父君のほうはまだ四十五歳でいらっしゃいますが」

「てことは、例の抗生物質が梅毒をやっつけることに成功したわけだ」

「あの、お客さま？」戸惑いの声が聞こえた直後、受話器を置いた。

声色を変えるのもいいかげん限界だ。向こうの声の持ち主も、そろそろ発信者番号を確認しはじめるころだろう。おれは椅子から立ちあがり、ぶらぶらとメイソンの席まで歩いていった。

「頼みがある」

「ぼくもです」

「おれが先だ」おれは言って、なすべきことを説明した。

「ヨランダ・モズリー＝ジョーンズをお願いします」

沈黙。

「ゴードン・リディという者ですが、いまお世話になっている刑事事件のことでご相談がありまして」

沈黙。

「ですが、どうしても今日じゅうに話しておきたいんです」

沈黙。

「そうですか。いえ、けっこうです。じつは出先から電話していまして。のちほど、こちらからかけなおします」メイソンはそう言うと、慌てて受話器を置いた。

「それで？」

「ミズ・モズリー＝ジョーンズは現在、ブレイディ・コイルの助手として連邦裁判所に出廷しているため、今日じゅうに連絡をとることは不可能だそうです」

「上出来だ、七光」

「それにしても、ゴードン・リディって誰なんです？」

「気にするな。で、おまえの頼みというのはなんだ？」

「大量発注されたマンホールの蓋が、その後どうなったかを突きとめました」

「話してみろ」

「あちこちで訊きこみをしたところ、交通局に勤める職員の多くが、仕事のあと、ブロード・ストリートにある〈グッドタイム・チャーリーズ〉というストリップ小屋をたまり場にしていることがわかりました」

「その店なら聞いたことがある」

「そこで、ぼくもその店に入りびたってみることにしました。場ちがいに見えないよう、ちゃんとジーンズにトレーナーという恰好もしていきました。とりあえずこちらから声をかけてみようかとも思ったけど、そんなことをしたって、どうせ不審がられるだけです。だから、カウンター席にひとりすわって、とにかく聞き耳を立てつづけた。店内には大音量の音楽が鳴り響いていますから、簡単な作業じゃなかったですけどね。一日目と二日目の晩、連中は踊り子の尻を撫でたり、セルティックスやレッドソックスの話題で盛りあがったりしているだけだった。ところが、三日目の晩、作業服を着た三人連れの男たちがやってきてカウンター席にすわり、翌朝あたることになっている作業についての愚痴をこぼしはじめたんです。すべてを聞きとるのは無理でしたが、どうやら、トラックの積み荷が関係しているらしいってことと、〝マンホールの蓋〟という単語だけは聞きとることができた。三人組はその作業にうんざりしきっているらしく、苦情を訴えようと言いだす者までいました」

「ありゃあ、かなり重たいだろうからな」

「一枚、百五十ポンドもあるそうです。ちゃんと調べておきました」

「それで、どうした？」

「翌朝早くに交通局まで出向き、道端に車をとめて、周囲をぐるっとまわってみました。すると、鉄道線路の脇に、貨物搬入口を見とおすことのできる物陰が見つかった。そこに身をひそめていると、午前十時ごろ一台のトラックがやってきて、ゆうべの三人組と背格好の似た三人の男が荷台にマンホールの蓋を積みこみはじめた」

「そのトラックを追ったか？」

「もちろんです。トラックは通りを右に曲がってアーネスト・ストリートに入り、もう一度右に曲がってエディ・ストリートに入ったあと、九五号線を北上しはじめた。ポータケットのロンズデール・アヴェニューで高速をおり、一マイルかそこら東へ進んでから、金網のゲートの前で停止した。クラクションを鳴らすと、ゲートがガラガラと音を立てて開いた。トラックはゲートを通過して、搬入口にバックで停車した」

　そこでいったん言葉を切ると、メイソンはにやりと笑ってみせた。おれがこらえきれずに先を促すのを待っているのだろう。

「で、そこはどういう場所だったんだ？」

「ゲートに括りつけられた看板には、〝ヴィーデン屑鉄加工所〟とありました」

　おれたちは揃って笑いだした。

「当節、その加工所はマンホールの蓋をいくらくらいで買いとってるんだ？」

「一枚あたり十六ドルです。ちゃんと調べておきました」

「整理させてくれ。市の交通局は、市長に最大限の選挙資金を寄付した人間から一枚あたり五十五ドルの値段でマンホールの蓋を買い、〝ブラックジャック〟・バルデッリと〝ブラスナックル〟・グリエコはそいつを新品のまま、一枚あたり十六ドルの値段で屑鉄加工業者に売っ払っているってことか」

「そのとおりです。つまり、現時点で、バルデッリとグリエコは総額一万四千五百六十ドルを懐におさめたことになる。ちゃんと計算もしておきました」

「もうリードは書いたか？」

「そのまえにもう一件、取材しておきたい相手がいるんです。いまから市長を訪問して、〝これこれこういう事態になっていますよ〟と知らせておかないと。いちおう、弁明のチャンスは与えるべきかと思いまして」

「〝ブラックジャック〟や〝ブラスナックル〟の異名を持つ人間を交通局のトップに任命したとき、どういう事態になると考えていたのか……そう訊くのを忘れるな」

「まずはオンライン版用に簡潔な原稿を書いて、ただちにアップしろとローマックスから言われました。そのあと、印刷版用に詳細な原稿を書くように、と」

「どうやら、初のスクープをものにしたようだな、七光。こいつは署名入りの一面記事になるぞ」


自分の机に戻り、ジョゼフ・デルッカからあずかった名刺を取りだして、リトル・ローディ不動産にふたたび電話をかけた。シェリル・シベッリは今日も職場に出ていなかった。仕方なく、名前と電話番号を伝えて電話を切ると、伝家の宝刀をふたたび抜いて、シェリル・シベッリの自宅の電話番号を見つけ、プッシュボタンを押した。

応答はなし。

電話帳によると、自宅の住所はネルソン・ストリート二十二番地であるらしい。プロヴィデンス大学のすぐそばだ。会社を出て車を飛ばし、真っ白い外壁をした小さな一軒家の扉をノックした。

ノックに応える者はなかった。

56

マクラッケンの秘書は、午後五時きっかりに一日の仕事を終えて帰宅する。おれは勝手にオフィスに入り、五社の設立登記を申請した弁護士についてわかったことを報告した。室内には重苦しい沈黙が垂れこめた。

「それだけじゃ、なんの証拠にもならないな」しばらくして、マクラッケンが口を開いた。

「ああ、わかってる」

「あれほどの大手法律事務所なら、設立登記の申請を数多く請け負っていてもおかしくない」

「ああ」

「それにしても、あまりに偶然が過ぎる」

「ああ」

おれたちはふたたび黙りこんだ。

「謎の五社を所有している黒幕、それさえ突きとめられればいいんだがな」ふたたびマクラッケンが口を開いた。

「ああ」

「しかし、そいつを突きとめる方法はない」

「おれの知るかぎりでは。五人の弁護士のうち誰かひとりが弁護士資格剝奪のリスクを冒し、守秘義務に違反してくれるなら話はべつだが」

「そいつはまずもってありえない」

「ああ、そのとおりだ」

マクラッケンは机の上に手を伸ばして、象眼細工をほどこしたサクラ材の葉巻ケースを開け、爆薬並みに味のきつい葉巻を二本取りだして先端を切りとってから、一本をおれに手渡すと、木のマッチで自分のぶんに火をつけた。おれはコリブリ・ライターで自分のぶんに火をつけた。そのあとはふたたびの沈黙のなか、それぞれに葉巻を吹かしつづけた。

「おれを襲った小男の人相は流してくれたか？」今度はおれが沈黙を破った。

「つきあいのある保険調査員には全員に連絡をとった。だが、誰も心当たりがないそうだ」

「おれが余計な詮索をやめなければ、またあらわれるとあの野郎は言っていた」

「ところが、おまえは詮索をやめていない」

「誰がやめるもんか」

「そいつがやってきたら、どうするつもりだ？」

「取材する」

「そいつを叩きのめすまえにか、あとにか？」

「それは向こうの出方しだいだ」

ズボンのポケットから《アム・アイ・ルージング・ユー？》のイントロが流れだした。フフップを開いて発信者がドーカスであることをたしかめると、そのままフラップを閉じた。ポケットに携帯電話を押しこもうとしかけたとき、ケイト・ブラザーズがアンコールに応えはじめた。

「もしもし、マリガン？　今夜はあなたに会えそうにないわ。それだけ伝えておこうと思って。ネタ元とディナーをする約束になっていて、遅くまでかかりそうなの」

「なら、明日は？」

「もちろんあいてるわ。あなたに会えないなんて、寂しくておかしくなりそう。ああ、もう行かなきゃ。それじゃ、明日ね」

頭のなかの手帳にメモ――タイトルに〝きみを失《ルージング・》う《ユー》〟という言葉の入らない曲に着信メロディを変えること。

「なあ、マクラッケン。今夜、レッドソックス対ヤンキースの試合を一緒に観戦するってのはどうだ？」

「チケットがとれたのか？」

「ああ。〈ホープス〉のボックスシートだ。ロージーにも声をかけてみよう」

「レズビアン消防隊長に？」

「おい、それは勘ちがいだと言ったろう？」

「いいや、あの女は間違いなくレズビアンだ。おれにはわかる」

「なんだってそう言いきれるんだ？」

「このあいだデートに誘ったら、すげなく断られた」

「だから同性愛者だっていうのか？」

「もちろん」

「おまえのまわりには、さぞかし大勢のレズビアンがあふれていることだろうよ」

ロージーがおれとマクラッケンのあいだのスツールに腰を落ちつけると同時に、憎《にっく》きデレク・ジーターがバッターボックスに立った。われらがジョシュ・ベケットにヤンキースのマイク・ムッシーナ、いずれの投手も好投を見せるなか、五回の裏、ついにラミレスがホームランを放った。その後、雨による試合の中断が長引いたため、ゆっくりビールを味わう時間ができた。マクラッケンがもう一度ロージーを口説いてみる時間も。

「悪いけど、あなたってわたしの好みじゃないの」

「それじゃ、どんな男が好みなんだ？」

「すぐそこにいる男《ひと》」言いながら、ロージーはカウンターの上のテレビを指さした。ようやく雨がやんだらしい。マニー・ラミレスが濡れた芝生の上を走りぬけ、レフトフェンス前の守備位置につく姿が画面に映しだされていた。「ふう、彼ってほんとにいかしてるわ」ため息まじりにロージーは言った。

九回の表、パペルボンが縞々軍団の最終打者を三振に討ちとると、恒例の〝くたばれヤンキース〟コールが店内に響きわたり、ジーターのユニフォームを着てきたうつけ者の頭に、誰かがビールを浴びせかけた。アニーがリモコンを拾いあげ、《アクション・ニュース》にチャンネルを変えた。それからひとつひとつテーブルをまわって、一ドル札を掻き集めては、スカートの裾をたくしあげ、長いおみ脚を披露しはじめた。誰もが浮かれ気分ではしゃいでいた。ジーターのユニフォームを着た男ひとりを除いては。

その晩も、小説を片手に夜更かしをした。例の小男がついに姿をあらわしてくれることを願いながら。午前三時ごろ、その願いが聞き届けられた。

57

木材がばらばらに砕ける音で、小男はその到着をおれに知らせた。

慌てて玄関に駆け寄ると、扉が叩き壊されていた。小男の頭頂部を遥か下方に見おろすなり、おれは左のこぶしを放った。小男は右手でやすやすとそれを受けとめ、おれの股間を蹴りあげた。どうやら、この男は股間攻撃が大のお気にいりであるらしい。小男はそのあと間髪を入れずおれに突進し、廊下をぐんぐん突っ切って、キッチンの壁におれの背中を叩きつけると、今度は肋骨を集中攻撃しはじめた。

おれの放つカウンターパンチは、小男の頭のてっぺんで虚しく弾むばかり。こぶしを繰りだせるだけのスペースを確保するため、小男を突き放そうとしたが、貨物列車を押してでもいるかのごとく、小男はびくとも動かない。小男のこぶしはまるで削岩機のように、右から左から、おれの胴体に連打を浴びせてくる。それにしても、どうしてこいつはおれの顎を狙わないんだ？　ひょっとすると、位置が高すぎて届かないのかもしれない。ようやくこぶしがおれに飽きたらしく、小男は不意に一歩、後ろにさがった。そのとき、気づいた。おれの身体を支えていたのが、小男ひとりの力であったことに。

おれはずるずると壁をすべり、床の上にへたりこんだ。小男は短すぎる右腕を振りあげると、手の甲をおれの頬に叩《はた》きつけた。

「呑みこみの悪い野郎だ。マンホールの件を嗅ぎまわるのはやめろと言ったろ」

マンホールの件？　まさにマンホールの蓋で殴りつけられた気分だった。こいつがおれを遠ざけようとしていたのは、連続放火のほうではなかったのか？

その問いを口にしようとしたとき、小男の姿はおれのプライドとともに、きれいさっぱり消え去っていた。

58

翌朝、小便にまじった血の量は思ったほど多くなかったが、身体を動かしても動かさなくても、肋骨に鋭い痛みが走った。痛みをこらえてそろそろと編集部に入り、まっすぐメイソンの机へ向かった。

「いったいどうしたんです？　ひどい顔色だ」

「気にするな、七光。ただ、ひとつだけ教えてくれ。マンホールのネタを追っているのはこのおれだと、誰かが勘ちがいするような理由はあるか？」

「すみません、マリガン。あなたと組んで仕事をしていると、行く先々で話してしまいました」

なんと、すばらしい。

「マリガン！」名前を呼ばれて振りかえると、ローマックスが手招きをしていた。「たったいま警察無線が鳴りだした。ロードアイランド病院付近の工事現場で遺体が発見されたらしい」

ローマックスはコンピューターの画面から顔をあげ、上から下までおれを眺めまわした。「どうやら、誰かさんは不運な一夜をすごしたようだな。いまから現場へ行けるか？」

実際にはかなり厳しいものがあったが、「もちろんです」とおれは答えた。まあ、いまのおれには打ってつけの現場ではないか。帰りしなに病院へ寄って、肋骨の具合を診てもらうとしよう。


遺体は、エンジンのかかったままになっているディオ建設のショベルカーの傍らに、うつ伏せの状態で倒れていた。土砂に残された跡からすると、心臓が血液を送りだすのをやめるまでのあいだ、被害者は病院をめざして五ヤードほどの距離を這いずったらしい。背中には、弾丸の射出口とおぼしき大きな穴が三つ開いていた。

刑事のひとりが遺体を転がして仰向かせた。深緑色のブレザーの胸ポケットに、黄色いロゴが縫いつけられている——リトル・ローディ不動産。数フィート離れたところで被害者のハンドバッグを漁っていた制服警官が、運転免許証を引っぱりだした。

「やあ、エディ。身元が判明したかい」

「わかってるだろ、マリガン。まずは遺族に知らせるのが先だ。それまで公表することはできない」

「なんなら、当ててみせようか」

エディは何も答えない。

「シェリル・シベッリ、ネルソン・ストリート二十二番地。ちがうかい」

「知りあいか」

「まあ、そんなようなものだ」

救急外来の待合室で、診察の順番がまわってくるのを二時間待った。おれのまえには、交通事故による負傷者五名、高熱に浮かされて泣きわめく子供十数人、胸の痛みを訴える中年男三人、足をすべらせて転んだ老人二人が控えていた。

第一の手がかりであった小男は、連続放火事件とは無関係だった。第二の手がかりであった女は殺された。おれの残したメッセージがその引鉄《ひきがね》となったのかもしれない。これから何をすればいいものか、もはや皆目《かいもく》見当もつかない。

レントゲン撮影の結果、肋骨は四本折れていた。左が一本に、右が三本。

おれをぐるぐる巻きのミイラに変身させた研修医は、最後にこう結論をくだした。「あと二発殴られていたら、肋骨の一本が肺を突き破っていたでしょうね」

「なるほど。とことんおれはツイてるな」

編集部へ戻ると、ローマックスの視線を感じながらそろそろと部屋を横切って自分の席に向かい、ゆっくり椅子に腰をおろした。オンライン版用に射殺事件のリードを書いていると、ローマックスが近づいてきて、机の角に尻を載せた。

「いったい何があった？」

できればひとにには言いたくなかった。「二人組のニューヨーカーに、ちょっと喧嘩を吹っかけられまして。おれの着ていた〝くたばれヤンキース〟Tシャツが気に食わなかったんでしょう」

「肋骨か？」

「ええ」

「何本折れた？」

「四本」

「そいつを仕上げたら、家に帰れ」

あえて反論はしなかった。今夜から、レッドソックス対インディアンズの二連戦が始まる。敵は、去年のリーグチャンピオンシップ・シリーズを戦った因縁の相手だ。いまのおれには、ユニフォームを身に纏うのにいつも以上の時間がかかるだろう。

59

Tシャツ一枚を脱ぐことすらも拷問だった。ようやくその作業を終えたあとも、ユニフォームの上着に腕を入れ、ボタンをとめるまでに五分を要した。ヴェロニカが電話をかけてきたとき、試合は三回の表、スコアは〇‐一でレッドソックスがリードを許していた。

「もしもし、マリガン？　今夜は何時ごろ、こっちに来られる？」

「今夜は自宅にこもりきりの予定だ」

「それって、いつもの冗談？」

「残念ながら、本気だ」

声を発するだけで肋骨に激痛が走った。

「ひとつ頼みがある。どこかでテイクアウトの料理を仕入れたあと、アトウェルズ・アヴェニューの〈ウォルグリーン〉に寄って、処方薬を受けとってきてくれないか」

「何かあったのね？」

「いや、たいしたことはない。あとでちゃんと説明する」

四十分後、デリカテッセンのサンドイッチの包みと小さな白い袋を手にしたヴェロニカが部屋に入ってきて言った。

「あの扉、どうしちゃったの？」

「心配はいらない。二日ほどで修理を済ませると大家《おおや》が言っていた」

「で、あなたのほうは？　こんな薬がどうして必要になったのかしら？」ベッドに横たわるおれの横に、ヴェロニカは小さな袋を放ってよこした。

すべてを打ちあける覚悟はまだできていなかった。

小袋の口を破り、子供に開けられないようデザインされた蓋をやっとのことでこじ開けると、薬瓶からオキシコドンを二錠振りだして口に放りこみ、そのあとキリアン・ビールを流しこんだ。

「その鎮痛剤は、アルコールと一緒に服用してはいけないのよ」

「世間一般にはそう言われているが、おれの経験から言うと、このほうがよく効くんだ」

「何があったのか、話してくれるわね？」

「いまのスコアは一‐四。これから六回の表が始まる。インディアンズに点差を広げられちまった。これから六回の表が始まる。レッドソックスに反撃のチャンスがまわってきたところだ」

「マリガン！」

ヴェロニカはおれからリモコンを奪いとり、テレビの電源を落とした。

「試合が終わったら、ちゃんと説明する」

「いま説明して」ヴェロニカはおれをきっと睨みつけ、手の届かない高さにまでリモコンを持ちあげてみせた。

「頼む、ヴェロニカ。この一戦だけはどうしても見逃せないんだ」

ヴェロニカは唇を尖らせながらもリモコンをおれに返し、そのまま隣に寝転がった。おれがテレビの電源を入れると、寝返りを打って抱きついてきた。おれはたまらずうめき声を漏らした。

「マリガン？」

「説明は試合のあとだ。サンドイッチを先に食べていてくれ」

レッドソックスは八回の攻撃で同点に追いついた。九回の表にラミレスがスリーラン・ホームランを放ち、パペルボンが九回裏を無失点に抑えて、試合は幕を閉じた。

「試合後のインタビューも見たいと言ったらどうする？」

ヴェロニカは無言のままリモコンの電源ボタンを押し、画面を真っ黒にすることで、その問いに答えた。

「それで？」

「今夜のレスターは決め球を欠いていたが、リリーフ陣に救われた」

「いいかげんにして、マリガン！　いったい何があったのか、ちゃんと説明して！」

おれはその要求に従った。何食わぬ顔を装おうとはしたが、無駄な努力であることはわかりきっていた。おれが小人にぶちのめされたという事実は、どうにも包み隠しようがない。

おれがぶざまな失態についてすべてを語り終えたとき、ヴェロニカは笑いを嚙み殺すのに必死になっていた。

「あなたのほうがこてんぱんにしてやるんじゃなかったの？」

「相手を見くびりすぎた」

ヴェロニカは玄関扉をちらりと見やり、顔を曇らせた。

「その男、またやってくるかしら」

「それはない。向こうの目的はもう果たされた。明日にはマンホールのネタが記事になる。もう一度やってきたって、得るものは何もないさ」

ヴェロニカは両手でおれの顔をそっと包みこみ、額、左右の頰、顎の順に優しく口づけた。その腰を引き寄せようとして、おれはふたたびうめき声を漏らした。

「今夜はきみが上に乗るってのはどうかな？」とおれは提案した。臨機応変なのがおれの取り得だ。

「だめ。あと数日はおあずけね」

まさか、数日も？

オキシコドンとキリアンのカクテルをもう一杯胃袋に流しこみ、チェイサー代わりにマーロックスをがぶ飲みした。ふとヴェロニカを見やり、首をかしげた。これほどの美女がどうしておれなんかとつきあっているのだろう。しきりに頭をひねっているうちに、薬が劇的な効果をあらわし、意識が朦朧《もうろう》としはじめた。

翌朝、キッチンから聞こえてくる物音で目が覚めた。おれがつけたCNNの音声を聞きつけたのだろう、スクランブルエッグとベーコン、オレンジジュースとコーヒーを載せたトレーを両手に持ち、脇の下に朝刊を挟んだヴェロニカが寝室に入ってきた。オレンジジュースで鎮痛剤を服みこんではみたが、ビールとカクテルしたときほどの効果は得られなかった。

マンホールの蓋に関するペテンを報じたメイソンの記事は、一面をでかでかと占領していた。火事に関する記事はなし。〝地獄の一夜〟以来、新たな火災は一件も発生していなかった。

「でも、なぜなのかしら」

「あれ以来、頭に血ののぼった六十二人の荒くれたちが、バットを片手に、叩き割れそうな頭を探して通りをうろつきまわってる。マウント・ホープの全住民の半数は、毎晩、眠気覚ましのカフェイン錠剤を服用したあと、引鉄《ひきがね》に指をかけたまま寝ずの番を続けてる。建物に火をつけてまわれるのも生きていてこそだってことくらいは、われらが放火犯にもわかるんだろう」

「どうしてよその土地には手を出さないのかしら」

「マウント・ホープに特別な思いいれがあるんだろう」

「このまえ訊かれた弁護士のことだけど、あれはいったいなんだったの？」

「たまたま見つけた名前だ」

「そこからどこかへ行きつけた？」

「完全なる袋小路に」とおれは答えた。本当のことは言わないほうがいい。グロリアやシェリル・シベッリの身に降りかかった悲劇を考えると、できるかぎり何も知らないでいるほうがヴェロニカのためだ。

その日の午後、ヴェロニカはおれの隣に寝転がって、エロチックな女流詩人の新たな詩集を読みはじめた。おれはヴェロニカが暇つぶしのためにと買ってきてくれたニューヨーカー誌を開いた。セイモア・ハーシュがまたしても、イラクでの米軍による虐殺を暴きたてていた。

おれはこれまで十八年という歳月を通じて、ならず者《ローグ》の島《アイランド》を牛耳る三流の悪党や大法螺吹きどもを記事にしてきた。ハーシュは三十五年という歳月を通じて、この国を牛耳る一流の悪党や大法螺吹きどもを記事にしてきた。おそらく、ヴェロニカの言うことが正しいのだろう。そろそろおれも、重い腰をあげるべきなのだろう。意味のある何かを世に問えるかどうか、自分を試してみるべきなのだろう。

それについて考えてみた。さらにもう少し考えてみた。おれの結婚生活は破綻した。両親はすでに他界した。姉はニューハンプシャーで幸せに暮らしている。兄はカリフォルニアにいて、まともに口も利いていない。ヴェロニカはワシントンへ行ってしまう。ヴェロニカを失うなんて耐えられない。おれをこの町につなぎとめているものはなんなのか。


その晩、ヴェロニカがふたたび、〝将来〟なるものの話題を持ちだした。

「マリガン？」

「うん？」

「ワシントン・ポストのウッドワードには、もう電話を入れてくれた？」

「今週中に電話する。かならず」

「約束してくれる？」

「ああ、約束する」とおれは答えた。本心から、そう答えていた。


水曜の朝、ヴェロニカは編集部に病欠の連絡を入れるよう、おれへの説得を試みた。だが、いくら言っても無駄だとわかると、湿らせたスポンジで身体をぬぐい、シャツを着るのを手伝ってくれた。肋骨の痛みは前日よりいくらかやわらいでいた。レッドソックスは連日の勝利をおさめていた。おれはいよいよ、自分の将来についての決断をくださんとしていた。グロリアが失った視力や、シェリル・シベッリの遺体、父の親友ジャックにかけられた嫌疑、小男からこうむった屈辱、五夜連続のセックスレス・ライフ。そうしたあれこれさえなかったなら、上機嫌でこの日を迎えられたかもしれない。

通りに駐車スペースを見つけることができなかったため、マフィアが経営する駐車場に十ドルを払って車をあずけ、二ブロック先にある編集部をめざして歩きだした。建物の前に、二台のパトロールカーが二重駐車しているのが見えた。おれが歩道を近づいていくと、パトロールカーのドアが勢いよく開いて、四人の制服警官が飛びだしてきた。

二人がおれの背後にまわり、二人が前に立ちはだかって行く手を阻んだ。一人がおれの腕をつかみ、後ろにねじあげて手錠をかけた。それから、おれの胸をパトロールカーの車体に押しつけ、乱暴に脚を開かせてから、全身に手の平を打ちつけ、ポケットというポケットを引っくりかえした。鎮痛剤の小瓶が地面に転がり落ちた。肋骨の痛みは、さながらショットガンで撃たれたかのようだった。

「おまえを逮捕する」

ああ、それくらいのことなら、言われなくてもわかってる。

市警本部へ連行されるまでの短いドライブのあいだ、車内で発せられた言葉はこれだけだった。「いったいどういうことなんだ?」に、「何がどうなってるのか、誰か教えちゃくれないか?」に、「おれはいったいなんの容疑をかけられてるんだ?」ひょっとすると、パーキングメーターやら違反切符やらをめぐってのあの手この手のいかさまに誰かが気づき、ちっとも笑えないと判断したのかもしれない。

60

テレビ局のバンが三台、市警本部の前に二重駐車していた。カメラとマイクから成る歓迎委員会が石段の上で待ちかまえている。おれが車をおりるなり、レポーターどもが一斉に質問をがなりたてる。ローガン・ベッドフォードが人垣を肩で押しわけ、最前列からマイクを突きだす。

「なぜあんなことを？」

だから、あんなことってどんなことだ？

四人の制服警官に引っ立てられて入口を抜け、エレベーターに押しこまれ、二階の取調室まで引きずっていかれた。肋骨の痛みが激しすぎて、その痛みがどんなに激しいかを声に出して訴えることすらできない。

警官の一人がおれの両肩をつかみ、背もたれのまっすぐな金属製の椅子に無理やり座らせた。そのまま四人は部屋を出て、扉を叩き閉めた。扉に開いた小窓から、一人が見張りに立っているのが見える。逃亡の恐れがあると見なされているらしい。

テーブルのところどころにできた煙草の焼け焦げ痕に見覚えがある。小男の訪問についてポレッキに語って聞かせたときと同じ部屋のようだ。手錠をはめられたまま、饐《す》えた汗と煙草のにおいを吸いこんでいるうちに一時間近くが経過した。やがて、いかにも頭の悪そうなにやにや笑いを浮かべたポレッキとロセッリが部屋に入ってきた。肋骨の痛みは耐えがたいほどで、肘から指先にかけての感覚は完全になくなっていた。

「まずはこいつをはずしちゃくれないか？」

「とんでもない。それどころか、もっと頻繁にそいつを身につけたほうがいいくらいだ。じつによく似合っているからな」ポレッキが言った。

「じつにそのとおり。どうせなら、縞模様の服も合わせてみてはどうでしょう」ロセッリが相槌を打った。

「縞模様の囚人服は、もう州刑務所では使われていない」ポレッキがご丁寧に訂正した。

「マリガンが仕掛人になって、流行を復活させるかもしれませんよ」ロセッリが言った。

「いいかげんにしてくれ。その漫談はこのあともまだまだ続くのか？」おれはたまらず横槍を入れた。

「いいや、おしまいだ」ポレッキは言って、片割れの大ばかを振りかえった。「そっちはどうだ？」

「自分もです」

「では訊こう。マリガン、この薬物はおまえのものだな？」

そう言うと、ポレッキはジャケットのポケットに手をさしいれ、証拠保存用のビニール袋を引っぱりだして、テーブルの上に放り投げた。袋のなかには鎮痛剤の小瓶がおさめられていた。

「あんたの目は節穴か。ラベルを見りゃあわかるだろ。そいつはれっきとした処方薬だ」

「ほう？」ポレッキはわざとらしく片眉をあげた。「ならば、ここにあるドクター・ブライアン・イズリアルとやらに連絡をとって、それが事実かどうかを確認してもかまわんわけだな？」

「それしきの理由でおれを引っぱってきたのか？」

「いいや、まさか」

「わたしのほうから説明させてください」ロセッリが身を乗りだした。

「まずは正しい手順を踏もう。被疑者の権利を読み聞かせてやれ」

ロセッリはポケットから手垢のついたカードを取りだし、得意満面に朗読を始めた。刑事ドラマを何度か見たことがあれば、ミランダ警告の内容くらい誰でも逆さにだって暗誦できるだろうが、ロセッリにはまだカードが必要らしい。

「では、始めるとするか。まずは、この愉快な座談会に参加してくれたことに対して、マリガンに礼を言わんとな」ポレッキが言った。

「ええ、わざわざお越しいただき、じつにありがたいことです」ロセッリが追従した。

「こちらから訊かれるまえに、みずから告白しておきたいことはないか？」ポレッキが言った。

「そうしていただければ、時間と手間の節約になるんですがね」ロセッリがこくこくとうなずいた。

「お赦しください、神父さま。最後に告解をして以来、千回も姦淫の罪を犯してしまいました」とおれは言った。

「ひと昔まえなら、電話帳でぶん殴っているところだ」ポレッキが怒りに肩を震わせた。

「めったにないこととはいえ、いまでもできないわけじゃありませんよ」ロセッリが言った。

それから揃って紙コップを口へ運び、のんびりコーヒーをすすりはじめた。おまえも飲むかとは、ひとことも訊いてくれなかった。

しばらくして、ポレッキがふたたび口を開いた。

「犯罪心理プロファイリングがどういうものかは知っているだろう、マリガン」

おれは無言で続きを待った。

「ＦＢＩが十八番《おはこ》とする手法です。事件の詳細をまとめて送ると、そこから導きだされる犯人の特徴が返ってくる。それこそ、イチモツの大きさに至るまで」ロセッリがしたり顔で説明した。

「そこで先週、クワンティコの頭脳集団が異教徒狩りを数時間中断して、われらが連続放火犯のプロファイリングにあたってくれることとなった」

ポレッキがジャケットのポケットから何かを取りだし、テーブルの天板に叩きつけた。ホッチキスで綴じられた数枚の紙に、タイプ打ちされた文字が並んでいる。おかしいぞ。なぜ手書きのメモではないのか。プロファイリングの結果は、おそらく口頭で伝えられたはず。FBIがその内容を文字に起こすことはありえない。内容に間違いがあった場合、被告人側の弁護士に証拠として用いられては困るからだ。

「ひょっとして、マリガン、おまえが読みたいんじゃないかと思ってな。いや、ちょっと待て。後ろ手に手錠をはめられたままで、どうやってページをめくるつもりだ？」ポレッキが芝居がかった口調で訊いてきた。

「なるほど、困りましたね」ロセッリが調子を合わせた。

「手錠をはずしてやることもできないわけではないが」ポレッキが小首をかしげた。

「それはいけません」ロセッリが首を振った。

「そうだな。では、きみが内容を要約してやるというのはどうだ」ポレッキはロセッリに顔を向けた。

「了解いたしました。では、まず、われらが放火犯の年齢は二十代後半から三十代後半であるそうです」

「おまえは三十九歳だな、マリガン」

「犯人はひとり暮らしをしています」

「おまえもそうだな、マリガン」

「古ぼけたおんぼろのSUV車に乗っている。たとえば、シボレー・ブレイザーやフォード・ブロンコなど」

「マリガンのブロンコも廃車寸前のおんぼろだ」

「健康状態はすこぶる良好であり、引き締まった肉体をしている」

「マリガンも然り」

「さもなくば、五ガロン缶を持ち運ぶことも、地下室の窓から出入りすることも不可能でしょう」

「ただし、犯人はなんらかの持病を抱えている。マリガン、おまえは胃潰瘍を患っているそうだな」

「犯行の計画は綿密に練りあげられており、現場に残された証拠品は皆無に近い。よって、犯人は高い知能指数を持ち、系統立った思考のできる人物である」

「おまえもじつに悪知恵の働く男だ。そうだろ、マリガン」

「権威を有する者に対して、反抗的な態度をとる傾向がある」

「たとえば、公僕たる警察官を〝ばかと大ばか〟呼ばわりするなどの暴挙に出てみたり」

「愛車のブレイザーやブロンコを駆って、夜の町を徘徊しては、次の獲物を物色している」

「おっと、たしか、深夜の町でマリガンを職務質問したとの報告がエディ・レイヒからあがっていたな？」

「建物に火をつけたあとは、現場付近にとどまって、炎が燃えあがるさまに見いっている。ただし、妙に悪知恵が働くため、自分がかならず現場に居合わせることを疑われないよう、もっともらしい口実を用意している」

「たとえば、新聞社の記者であるといったふうに」

「警察の捜査にそれとなく介入しようとする」

「ウー・チャンなる無実の人間を逮捕させたり、謎の小男なる容疑者をでっちあげたりして、捜査を攪乱しようとさえするかもしれん」

「異性との関係を維持することに問題を抱えている」

「ところで、女房のドーカスは元気にしているのか？」

そして、犯人は炎に魅了されている。そう続けたいのだろう？　就寝まえの読書タイムから得た知識の断片を掘り起こしながら、おれは心のなかでつぶやいた。だが、おれにもそのきらいがあるということだけは、ポレッキもロセッリも知るよしはない。

「そして、犯人は炎に魅了されている」案の定、ロセッリが続けた。

「そういえば、ドーカスは今朝われわれになんと話してくれたのだったか？」

「マリガンはくそったれのくそ野郎だと」

「そっちじゃなく、もうひとつのほうだ」

「十五年まえにカプロン編物工場の火災現場を目撃して以来、夫は炎に魅せられているのだと」

さすがはドーカス。おれを罰する新たな方法を、こうも鮮やかに見つけだすとは。

ポレッキが安物の細葉巻に紙マッチで火をつけ、マッチの炎をしばらくおれの鼻先に突きつけたあと、胸もとをめがけて弾き飛ばしてきた。

「さて、マリガン。このプロファイリング結果だが、おまえの知る誰かにぴったりあてはまるとは思わんか?」

「ああ、おおよそあんたにあてはまる。知能指数が低いって点と、かなりのおデブちゃんだって点を除けばの話だが」

「やはり、電話帳を取ってきましょうか」ロセッリがおもねるように言った。

「おれが犯人じゃないってことくらいは、いくらあんたらでもわかるだろ?」

「なあ、マリガン。おまえが事件の犯人として刑務所送りにされる姿をこの目で見たいと、わたしがどれほど強く願っているか、おまえには露ほどもわかっていないようだな」

ばかと大ばかコンビはさらにいくつか内容のない脅し文句を並べたてたあと、椅子から立ちあがって部屋を出ていった。十五分後にふたたび姿をあらわしたときには、さらにふたつの見知った顔を引き連れていた。人並みはずれた濃い青ひげとハムみたいなこぶしを誇る巨大な木偶《でく》の坊、ジェイ・ウォーガート。ゆさゆさ揺れる尻と、ブロンドに染めたまがい物の髪と、獲物を前にしたキャメロン・ディアスの笑みの持ち主、サンドラ・フレイタス。プロヴィデンス市警殺人課の愛すべき刑事たち。しかし、殺人課の刑事がいったいおれになんの用なのだ?

61

フレイタスはおれの向かいに腰をおろし、大判のマニラ封筒をテーブルの上に放りだした。ウォーガートはテーブルの脇をまわって、おれの背後に立った。ポレッキとロセッリが戸口の両脇に立ちはだかると、狭苦しい部屋のなかがぎゅうぎゅう詰めになった。

フレイタスが封筒の口を開け、三枚の現場写真を取りだして言った。

「被害者のハンドバッグのなかから、あんたの名前と電話番号の書かれた連絡メモが見つかったわ」

おれは何も答えなかった。

「それから、被害者が殺害される数日まえに、あんたが被害者の自宅の扉をノックしているのを見たという目撃者も何人かあらわれている」

おれは口のジッパーを閉ざしつづけた。

「被害者はこのところ頻繁に、マウント・ホープの不動産物件を見てまわっていた。そのとき、見てはならない何かを目撃してしまったのかしら。だから、彼女を手にかけたのかしら」

おれは無言のままフレイタスを見つめかえした。本当なら一時間まえに、弁護士の同席を要求すべきだったのだろう。だが、このやりとりから何かがつかめるかどうか、どうしてもたしかめてみたかった。

「被害者は四五口径の銃で三発撃たれていた。いいえ、そんなことくらい、当然あんたは知っているわね。賭けてもいい。今朝、あんたのねぐらを家宅捜索した際に押収された銃、あれと線条痕が一致するのは間違いないわ」

「いくら?」とおれは訊いた。

「なんですって?」

「いくら賭ける？」

ウォーガートが椅子の脚を蹴飛ばし、おれの胸をテーブルの天板に押しつけた。悪玉刑事と善玉刑事。こういう茶番はまえにも見たことがある。テーブルの上に置きっぱなしにされている鎮痛剤の小瓶が目に入った。そいつをよこせと肋骨は悲鳴をあげていたが、一錠でいいからと懇願したところで、ばかと大ばかコンビも、殺人課コンビも、それに応じてくれるとは思えない。

殺人課コンビは一時間もおれを締めあげてから、ようやく手錠をはずし、一本だけ電話をかけることを許可した。おれはジャック・セントファンティに電話をかけて、目下の状況と、一時的にではあるがジャックの嫌疑が晴れていることを伝えた。

「なんということだ、リアム。わしにできることはないか？」とジャックは言った。おれはヴェロニカの電話番号を告げ、あと一日か二日、家を留守にする旨を説明しておいてほしいと頼んだ。線条痕検査の結果が出さえすれば、それ以上おれを引きとめておくことはできないはずだ。おれは自分にそう言い聞かせた。

電話を終えると、留置場に放りこまれた。二人組のヘロイン密売人と軽く世間話をしたあとは、コンクリートブロックに彫られた壁画を鑑賞してすごした。むきだしの本能と、みなぎる性欲と、生《き》のままの欲情。そして、写実主義と印象主義とを交錯させた巧みな筆致。そのふたつが鮮やかなコントラストをなしている。七十六歳で絵を描きはじめた田園風景画家〝グランマ・モーゼス〟とポルノ男優ロン・ジェレミーの融合。そう考えてもらえば、間違いないかもしれない。

おれは死ぬほどくたびれ果てていた。薄汚れた寝台に腰をおろし、硬いマットレスに身体を横たえてはみたものの、肋骨の痛みのせいでどうにも寝つけない。何時間にも思える時間が過ぎたころ、ようやく眠りが訪れた。

雨が裁判所の窓を激しく叩いている。証人席にすわるグロリアが身をよじりながら、苦悶のうめき声を張りあげる。「とめて！　あの雨をとめて！」

ドーカスが判事席からグロリアを見おろして言う。

「そりゃまあ、さぞかしつらいだろうけど、質問にだけ答えなさいな」それから黒いローブの内側に手をさしいれ、コーヒーメーカーと五ガロン缶を取りだす。

検察席から、小男が立ちあがって言う。

「てめえを襲った男はこの部屋のなかにいるか？」

グロリアがうなずいて、一点を指さす。

「自分を襲った男がくそったれのくそ野郎であることを証人が確認したと、記録にとどめておくように」ドーカスが書記官に命じる。

陪審席で、ハードキャッスル、ヴェロニカ、ブレイディ・コイルが哄笑をあげ、高々と両手を打ちあわせる。

ドーカスがコーヒーメーカーをいじくって、タイマーをセットしようとしている。証人席の女はなおもおれを指さしている。その顔が、いまではシェリル・シベッリに変わっている。コーヒーメーカーが爆発し、火柱を噴きあげる。おれははっと目を覚ます。まるで火がついたように、肋骨が熱く煮えたぎっていた。

62

四十八時間後に留置場から叩きだされた。

鎮痛剤にベルト、靴紐、ミッキーマウスの腕時計、ライター、財布は戻ってきたが、財布に入れてあったはずの二十ドル札三枚は消えていた。ビザカードはそのまま残されていたが、カード番号から最近の使用歴がチェックされたことは間違いない。だが、幸いなことに、近ごろコーヒーメーカーを買った覚えはない。それから祖父の形見の銃も、この場で返してもらうことはできなかった。

相棒ブロンコも押収されたままだった。いまごろは州警察の科学捜査研究所であちこち引っ掻きまわされていることだろう。鎮痛剤を水なしで一錠服み、駅から半マイルの距離を歩いて自宅に戻った。家宅捜索を受けたあとの室内は荒れ放題に荒らされていた。キッチンは引出しという引出しが抜きとられ、中身が床にぶちまけられていた。だが、いまはそんなことすらどうでもよかった。服を脱ぎ捨て、こわごわとシャワーの下に進みでた。熱い湯が肋骨の上を流れるに任せたまま、長いことその場に立ちつくした。

金曜の昼まえ、痛む肋骨を支えてエレベーターをおり、編集部に足を踏みいれた瞬間、キーボードを叩くせわしない音がぱたりと鳴りやみ、記者や原稿整理部員、総勢二十数名が一斉に顔をあげた。重苦しい沈黙が室内を覆いつくす。やがて、締まりのない南部訛がその静寂を破った。

「町に火をつけちゃあ、そいつを記事にしていたんだってなあ？　さすがはマリガン！　よくぞ思いついたもんだ！」

「いいかげんにしておけ、ハードキャッスル」鋭い怒声が響いた。

社会部に鎮座する玉座からおもむろにローマックスが立ちあがり、ついてこいとおれに手ぶりで示してから、ペンバートン編集長のおわすガラス張りのオフィスに入っていった。そのあとを追って歩きだしたとき、ヴェロニカに腕をつかまれた。

「だいじょうぶ？」

「期待しうるかぎりでは」

「何かわたしにできることはある？」

「あるとも」おれは言って、ヴェロニカの手を握りしめた。「あの水槽のなかでの愉快な閑談が終わったら、ちょっとつきあってくれ」

それだけ言うと、ヴェロニカの手を放して水槽に入り、栗色をした革製の来客用椅子のひとつに深々と沈みこんだ。

ペンバートンがかけていた眼鏡をはずし、ティッシュペーパーでレンズをぬぐってから、もとの位置に戻した。糊の利いた真っ白いシャツの袖口のボタンをはずし、袖を肘までまくりあげた。

「喉は渇いていないかね、マリガン。ミネラルウォーターは？　それともコーヒーにするか？」

「それじゃ、モルヒネをいただこうかな」

「なんだと？」

「なんでもありません。お気遣いなく」

「そうか。では、単刀直入に話をしよう。どうやらわれわれはいま、ある種の難局に直面しているようだ」

「難局？　そんなくそ生易しいものじゃない。列車の横転事故にも匹敵する大惨事だ」ローマックスが言った。

おれは余計な口を挟まないことにした。

「この不運な出来事がテレビでどのように報じられたかは知っているかね？」ペンバートンが訊いてきた。

「残念ながら、おれのいた留置場では、娯楽センターの七十二型高画質フラットスクリーン・テレビが故障中だったもので」とおれは答えた。

「ああ、そうだったな。きみは留置場に入れられていた。さぞかし不愉快な思いをしたことだろう？」

「それはそれは、わかりきった質問をどうも」

ローマックスが鋭くおれを睨《ね》めつけて言った。「口を慎まんか、マリガン」

ペンバートンが気をとりなおして、先を続けた。

「あいにくなことに、地元の全テレビ局がことさら大袈裟にこの一件を取り沙汰している。しかも、わが新聞社そのものが連続放火魔であるとの誤った印象を、視聴者に植えつけかねん口ぶりでだ」

「つまり、厄介者の社員ひとりを槍玉にあげてくれればいいものを、と」

「そんなことは言っておらん」

「ちなみに、うちの新聞はどんなふうに報じたんです？」

「ああ、そうだ。きみは新聞も読めない状況にあったのだったな。では、先にこれを読んでもらって、そのあと話を続けることにしよう」

ペンバートンは机に手を伸ばして新聞の山から一部を拾いあげ、おれに渡した。おれはまっさきにスポーツ欄を開いた。一昨夜の試合ではレッドソックスの攻撃陣が猛攻をふるい、七‐五でヤンキースをくだしたという。おお、すばらしい。

一面には、L・S・A・マリガンの名がふたたび登場していた。ただし、今回は署名としてではない。おれの逮捕に関する記事を書いたのはローマックスだった。一介の記者にゆだねるには、内容があまりにデリケートすぎるということか。ざっと目を通してわかったのは、ポレッキがおれのことを連続放火事件の〝重要参考人〟と表現していることだった。少なくとも、シェリル・シベッリの殺害とおれとを結びつける発言はなされていないらしい。編集長であるペンバートンのコメントも掲載されていた。〝状況をすべて把握できるまでコメントは差し控えさせていただく〟とある。

おれは新聞を机の上に放り投げ、ペンバートンに顔を戻して言った。

「おかしいな。部下である記者を編集長がいかに擁護するつもりであるかが、何も書かれていませんね」

「いや、それはその……」ペンバートンは助けを求めてローマックスを見やったが、なんの援護も得られないことがわかると、あきらめてこう続けた。「マリガン、きみにこんなことを尋ねなければならないのはじつに心苦しいが、わたしの立場も理解してもらいたい。つまり、きみはこのおぞましい事件に、なんらかの形で関わっているのかね？」

「むろん、答えはノーです」なぜかローマックスが答えた。

「この程度の質問なら、マリガン、きみが自分で答えられるのでは？」ローマックスを無視して、ペンバートンはおれを見すえた。


「寝言は寝て言え」とおれは答えた。

「それは〝ノー〟の意味に受けとればいいのかね？」

「ご自由に」

「よろしい。ならば、話は簡単だ。あとは、きみの処遇をどうするかだな」

63

午後二時の〈ホープス〉は閑散としていた。すでにいる客といえば、飲んだくれが二人、カウンターにもたれて強そうな酒をちびちびやっているのみ。おれはヴェロニカとメイソンを連れて店の奥へと進み、冷蔵庫の脇のテーブル席に腰をおろした。

「無期限の無給停職処分だとさ」ペンバートンのくだした結論を、おれはふたりに報告した。

「嘘でしょう？」ヴェロニカがまなじりを吊りあげた。

「はじめに言いわたされたのは有給停職処分だった。ただし、それには条件があって、放火事件には今後いっさい鼻を突っこむなというんだ。そんな条件には応じられないとおれは答えた。とりわけ、いま置かれている状況では」

「あまりに不当な仕打ちだわ」

「向こうの身になって考えてみろ。会社のためを思ったら、おれから距離を置かざるをえないさ。おれが向こうの立場になったら、きっと同じことをする」

「それにしたって、無給なんてひどすぎる」

「仕方ないさ。おれが会社から給料をもらって事件に鼻を突っこみつづけていることを、ローガン・ベッドフォードみたいなくそったれに暴きたてられでもしたら、世間の目にはどう映る？」

「ちょっと待ってください。警察は本当に、あなたが犯人だと疑っているんですか。それともただ単にポレッキが、〝ばかと大ばかコンビ〟の記事の仕返しをしようとしているだけなんでしょうか」

「その両方だな」

「なぜあなたが犯人だと考えたんでしょう」

「ＦＢＩのよこしたプロファイリング結果が、ものの見事におれと一致していたのさ」

「そんな人間はごまんといる」

「そのとおり。それに、あのプロファイリングにはひとつ大きな穴がある」

「穴？」

「犯人が放火魔であるということを大前提にしているって点だ」

「犯人は放火魔ではないんですか？」

「ああ、ちがうとも。あれは快楽目的の犯行なんかじゃない。金目《かね》当ての犯行だ」

「その根拠は？」

「ま、そのうちわかるさ、七光」

「これからどうするつもりなの？」ヴェロニカが訊いてきた。

「当座預金の口座に千二百ドルほど残ってる。この状況を打開するまでに、一カ月の猶予があるってことだ。もしそれ以上かかるようなら……」


「今年はまだ有給休暇をとっていませんよね」メイソンがやにわに言いだした。

おれは黙ってうなずいた。

「有給休暇として認められているのは、年に……三週間でしたっけ？」

「ああ」

「なら、そのぶんの給与が受けとれるはずです。あなたの月給から換算すると……」

「二千六百ドル足らずだな」

「父に話して、すぐに小切手を切ってもらいます」

昼番のバーテンダー、ディエゴはカウンターのなかで何やらせわしなく手を動かしている。注文をとりにくる気配はない。見兼ねたメイソンが椅子から立ちあがり、三人分の酒を取りにいった。自分にはカンパリソーダ、ヴェロニカにはシャルドネ、そして、おれにはキリアン・ビール。おれは鎮痛剤を二錠、口に放りこみ、そこにビールを流しこんでから、チェイサー代わりにマーロックスを呷った。

「今日、ワシントンのウッドワードから電話があったわ」

「それで？」

「わたしのための空席はすぐにもあけるつもりだけれど、この一件が片づくまでは、あなたと距離を置くようにって」

「つまり、転職の件で電話を入れるには、最良のタイミングじゃないらしいな」

「ええ、たぶん」

「で、きみは？　やつの忠告に従うのか？」

「わからないわ。できればそうしたくないけど……」

「しかし、きみは野心の塊だ。なぜなら、パパの娘だから」

ヴェロニカは唇を引き結び、ワイングラスに視線を落とした。

ハードキャッスルと整理部員が二人、店に入ってきて、カウンター席に腰をおろした。裁判所の書記官も一人、ぶらりと店に入ってきた。店内は満席になりつつある。ハードキャッスルがこちらを振りかえり、おれをめざとく見つけるやいなや、ジャケットから携帯電話を取りだした。

「あなたには弁護士が必要だわ」ヴェロニカの言う声がした。

「そんなものを雇う金《かね》はない」

「ぼくのほうでなんとかしましょうか」メイソンが身を乗りだした。

「さしでがましいまねをするな、七光」

「すみません。悪知恵の働く上司のあとをついてまわっているうちに、あの手この手の策を弄する癖が伝染《うつ》ってしまったみたいで」

思わず頰がゆるみかけた。いつのまにやら、おれはこの若造が好きになりだしているようだ。

「それじゃ、どうするつもりなの？」ヴェロニカが心配そうに訊いてきた。

「そうだな。きみのネタ元に頼みこんで、善意の無料奉仕でもしてもらうとするか。ブレイディ・コイルとおれとは、プロヴィデンス大学時代のチームメイトでもある。困ったときには助けあってこそのチームメイトだ。そうだろ？」

これまでに見知った情報にもとづいて推測すれば、答えは簡単に導きだせる。まずは、非公開の大陪審における証言の内容を知ることのできる数少ない人間のひとりであるということ。アレーナの弁護人であるコイルは大陪審に出席できるわけではないが、あれだけ顔の利く人間であれば、非公開の法廷など笊《ざる》のようなものだろう。それに、コイルなら、ヴェロニカが口をすべらせた特徴――おれを心底きらっている男――にもぴったりあてはまる。ヴェロニカの目が大きく見開かれたところを見ると、おれの推測は正しかったようだ。

「この町で秘密を守りつづけることは難しい。ただ、どうにもわからないのは、コイルのやつがなんのためにそんなまねをしているのかってことだ。自分の依頼人が有罪だという印象を強めて、いったいなんの得になる？」

ヴェロニカの返答を辛抱強く待っていたとき、例のブルース・バンドが尻ポケットのなかで《アム・アイ・ルージング・ユー？》を奏ではじめた。

「あんたが釈放されたって、たったいまラジオで聞いたの。たいへんな目に遭ったわね」受話器からロージーの声が聞こえてきた。

「自宅にいるよりよっぽど快適だった」

「わたしにできることはない？　弁護士を雇うお金はあるの？」

「それくらいの金はある」とおれは嘘をついた。

「いまどこにいるの？　顔を見たいわ」

「この一件が片づくまではやめておいたほうがいい。

消防隊長が連続放火事件の容疑者と通じているなんて噂にでもなったら、隊員たちにどう説明するつもりだ？」

数分をかけてなんとかロージーを説得し、じゃあまたと言って電話を切ったその直後、カメラマンを引き連れたローガン・ベッドフォードがこれ見よがしの気どった態度で店に入ってきた。ベッドフォードはぐるりと店内を見まわすと、一瞬のためらいもなく、まっすぐおれのいるテーブルへ向かってきた。小さな赤いランプが灯っているところを見ると、すでにカメラはまわっているらしい。カメラが近づいてくるのを見てとるなり、ヴェロニカは弾かれたように席を立ち、女子トイレに駆けこんだ。

頭のなかの手帳にメモ――着信メロディを《スタンド・バイ・ユア・マン》に変えること。

カウンターの奥の鏡を覗きこんで髪の乱れを直してから、ベッドフォードは狭い隙間を横歩きににじり進んで、無理やりおれの隣に立った。カメラのフレームになんとしてでもツーショットでおさまりたいのだろう。

「チャンネル10の独自の調査により、ＦＢＩが導きだしたマウント・ホープ連続放火事件の犯人像にあなたが完全一致したとの独占情報を入手いたしました。その件について、何かおっしゃりたいことはありませんか」

「すでに新聞で報じられている情報を、どうしたら〝独占〟なんて言いきれるんだ？」

「市民の代表としてお訊きします。Ｌ・Ｓ・Ａ・マリガン、あなたがマウント・ホープ連続放火事件の犯人なんですか？」

「なあ、ローガン。プロのジャーナリストでもないくせにいっぱしのジャーナリスト面をしたいんなら、せめて、そのマヌケ面のままこの店に乗りこんでくるようなまねだけは控えるんだな。それさえ気をつけてくれたら、インタビューに応じてやってもいい。そうだ、いっそのこと、いまのコメントをオンエアしてみちゃどうだ？」

ベッドフォードはおれの問いかけを無視して、メイソンにマイクを振り向けた。「あなたはどう思われますか？　こうして問題の人物とテーブルをともにしていることについて、何か釈明したいことは？」

メイソンはおれが持ちこんだマーロックスの瓶をテーブルから取りあげ、ベッドフォードにさしだしながら言った。「さあ、これをどうぞ。ぼくがあのカメラをおたくの胃袋に詰めこんでやったあと、こいつが必要になるだろうから」

間違いない。おれはこの若造が確実に好きになりだしている。

ベッドフォードが憤然とした表情でくるりと背を向け、出口に向かって歩きだした。

「おい、ちょっと待て」おれはその背中を呼びとめた。

ベッドフォードがおれを振りかえる。

「店を出るまえに、ハードキャッスルに伝えておいてくれ。余計なまねをする暇があったらマスでもかいてろ、ってな」

64

　夜の帳《とばり》がおりると同時に、入り江から濃密な霧が流れこんでいた。これなら、おれといるところを誰にも見られずに済む。ヴェロニカがほっと胸を撫でおろす気配が隣から伝わってきた。手に手を取りあって〈ホープス〉を出たあと、おれたちはヴェロニカの車に乗りこんだ。ヴェロニカがエンジンをかけると同時に、二人連れの歩行者が真横を通りすぎていった。その光景は、暗闇のなかから突如あらわれでた亡霊を連想させた。二台先にとまっている車もろくに見とおせない視界のなか、ヴェロニカはおれのアパートメントに向けてそろそろとアクセルを踏みこんだ。

　その晩も、おれたちは肌を合わせた。ヴェロニカはおれの上に馬乗りになると、肋骨の負担にならないよう最大限の注意を払いながら、優しく腰を揺らしはじめた。どちらも話をする気分ではなかった。腕のなかでヴェロニカが眠りについたあと、おれは艶やかな黒髪に鼻をすり寄せ、嗅ぎ慣れた香りを思うぞんぶん吸いこんだ。どれくらいそうしていたのだろう。気づいたときには、夢中で頭を絞りつづけていた。どうしたらヴェロニカを失わずに済むだろう。おれの少年時代に加えて将来までをも灰にしようとしているくそ野郎を、どうしたらとっ捕まえることができるだろう。しばらくしてから、ヴェロニカを起こさぬよう慎重に身体を起こした。マーロックスと鎮痛剤のカクテルを胃袋に流しこむと、キッチンのテーブルに向かって、二十二冊の手帳をもう一度はじめから読みかえしはじめた。

　午前二時を少し過ぎたころ、警察無線が息を吹きかえした。「コード・レッド！　ホープデイル・ロード十二番地！」おれが少年時代をすごした二階建ての安アパートメント。兄のエイダンと、姉のメグ、そしておれの三人で、よくかくれんぼをして遊んだ家。父がしだいにしなびていくさまを、なすすべもなく見守るしかなかった、あの家。いまあそこで暮らしている住人を、誰か知っていただろうか。いくら考えても思いだせない。

椅子から立ちあがって寝室に入り、ヴェロニカの車のキーをつかみあげた。ヴェロニカはベッドに腰かけて、ジーンズに足を通しているところだった。

「マリガン、あなたが行く必要はないわ」

「おれはもう記者じゃないから？」

「横になって、少しは眠らなきゃ。現場にはわたしが行く。すぐに戻って、何もかも報告してあげるわ」

そう言うと、ヴェロニカは右手をさしだし、キーを返すよう促した。おれは首を振って、握りしめたキーをポケットに押しこんだ。

霧に呑まれたヘッドライトの光が、視界のなかで乱反射している。おれはひたすら記憶を頼りに、住み慣れた町のなかをそろそろと進みつづけた。速度を時速十五マイルに保ったままキャンプ・ストリートに入り、プレザント・ストリートを通りこした直後、そのことに気づいた。車を少しバックさせてから、ハンドルを右に切った。道端にとめられた車の脇をかすめた際、サイドミラーを弾き飛ばしてしまったことに気づきはしたが、かまわず車を直進させた。プレザント・ストリートを五十ヤードほど行ったところで左に曲がり、ホープデイル・ロードに入るやいなや、燃えあがる炎と救急車輌の回転灯とに染めあげられた真っ赤な霧が目に飛びこんできた。

ハンドルをまっすぐに戻した瞬間、破裂音が耳をつんざき、車が制御不能に陥った。ヴェロニカが悲鳴をあげるなか、車は大きく左に傾いて、電柱に正面から激突した。

「だいじょうぶか？」

「ええ、たぶん。あなたは？」

これ以上は痛みようがないと思っていた肋骨が未知の痛みを訴えてはいたが、おれはそれを押し隠して「だいじょうぶだ」と答えた。

車の損傷を調べるため、車をおりた。ヘッドライトが粉々に砕け、フェンダーがひしゃげていた。とはいえ、前輪のタイヤから空気が抜けきってさえいなければ、このまま走らせることもできたかもしれない。そのままボンネットをまわりこみ、助手席側のドアを開けて、車をおりるヴェロニカに手を貸した。ほんの二、三歩進んだだけで、ヴェロニカが足を引きずっているのが見てとれた。

「膝を傷めたみたい」

地面にしゃがみこんで目をこらすと、ジーンズの裂け目から血がにじんでいた。

「病院で診てもらったほうがよさそうだ」

「おれが送ってってやるよ」霧のなかから、誰かの声が響いた。

声のしたほうへ顔を向けると、古ぼけた平屋の石段をおりてくるディマジオ団の一員、ガンサー・ホーズの姿が見えた。「プレザント・ストリートに車をとめてある。すぐに取ってくるから、ちょっと待ってろ」

ガンサーの背中を見送ったあと、おれはあたりを見まわした。いったいどうして、とつぜんタイヤがパンクしたのだろう。そのとき、きらりと光る何かが目に入った。何本もの釘が突きだしたツーバイフォーの木材が二本、車道に転がっている。おれは木材を裏返し、足で踏みつけて釘を折り曲げてから、歩道まで引きずっていった。それと同時に、ガンサーの運転する車が目の前で停止した。ガンサーの車は、運転席側のサイドミラーがなくなっていた。

病院へと向かう道中、おれはガンサーにサイドミラーの件を詫び、保険会社の担当者の名前と電話番号とを書き写したメモを手渡した。それから、車道に仕掛けられていた罠のことを伝えた。

「そりゃあ間違いなく、消防隊の到着を遅らせたい誰かが仕掛けたんだろう。残念ながら、消防隊がやってきたのは通りの反対側からだったがな」とガンサーは言った。

「しかし、そっち側にも同じものが仕掛けられているかもしれない」

「ねえ、マリガン。念のため、誰かに知らせておいたほうがいいんじゃないかしら」ヴェロニカが言った。

少し考えてから、おれは言った。「消防隊はとっくに現場に到着してる。いまさら知らせたところで手遅れだろう」

ロードアイランド病院救急外来入口の前で、ガンサーはブレーキを踏みこんだ。おれはガンサーの手も借りて、ヴェロニカをそっと車からおろした。そのとき、けたたましいサイレンの音を鳴り響かせながら、一台の救急車が近づいてきて、おれたちの真後ろで急停止した。後部ドアが勢いよく開け放たれると同時に、病院のなかから看護師が二人、駆けだしてきて、ストレッチャーをおろそうとしている救急隊員に手を貸した。

患者はストラップでストレッチャーに固定されていた。幅広の頸椎固定器具が首に巻きつけられていた。消防服の一部が焼け焦げていた。その下に覗く皮膚は、鉄板の上でじっくり焼きあげたステーキを思わせた。ある一点を見落としていたなら、それが誰であるのか見当もつかなかったろう。

標準仕様のストレッチャーは、患者の身長より半フィートぶん、長さが足りていなかった。

65

週が明けて月曜日。連邦大陪審はアレーナおよび国際労働組合の役員三名の起訴処分を決定した。三十二にもおよぶ起訴項目は、電信詐欺、横領、マネーロンダリング、贈収賄、虚偽所得税還付申告、偽証、審理妨害、労働搾取に、共同謀議などなど。十二針を縫った膝の痛みなど、ヴェロニカにとってはなんの足枷にもならないらしい。秘密のネタ元からの情報をもとに、ヴェロニカはまたもスクープをすっぱぬき、記者会見で耳目《じもく》を驚かさんともくろむ連邦検事の野望を打ち砕いた。

ブレイディ・コイルは依頼人のアレーナにあれやこれやの指導をしたり、度重なる取材のなかで検察を糾弾したり、保釈請求の手筈を整えたりと、あちこちを駆けずりまわっていたため、おれとの面会時間をようやくひねりだせたときには、すでに一週間が経過していた。

おかげでおれには、ロージーの容態ばかりを気にかけて、悶々と思い悩む時間がたっぷり与えられた。

ロージーは集中治療室に入れられていた。面会を許されているのは家族のみ。病院に問いあわせても、返ってくるのは危篤の状態が続いているとの返答だけだった。何度電話をかけても、返ってくる答えはいつも同じだった。警察や消防署に詳細を尋ねようとしても、すぐに電話を切られてしまう。事故についておれにわかっているのは、新聞に書かれていた内容だけだった。

見出しには〈英雄的消防隊長、路上に仕掛けられた罠にかかり重態〉とあった。あの晩、ロージーは回転灯をひらめかせながら、現場をめざしてマウント・ホープ・アヴェニューに車を走らせていた。北側から現場に近づこうと、ホープデイル・ロードにさしかかったところで左にハンドルを切った。そのとき、路上に仕掛けられていた罠が前輪タイヤを突き破った。車は大きく傾いて、街灯の支柱に激突した。後続のポンプ車を運転する隊員は、立ちこめる霧に視界を遮られていた。ロージーの車が突如として目の前にあらわれるまで、その存在に気づかなかった。ポンプ車は車の右後部に追突した。その衝撃で、ロージーの乗る車は横転し、燃料タンクが爆発した。

おれは放火事件の調査を続けた。資料や手帳を何度も読みかえし、すでに話を訊いた人々にも、もう一度話を訊きにいった。何かをしていないと、ストレッチャーに力なく横たわるロージーの姿ばかりが頭のなかをぐるぐると駆けめぐる。ロージーのためにも、犯人の野郎をかならずとっ捕まえてやりたかった。いや、できることなら、そいつをこの手でぶっ殺してやりたかった。

マクドゥガル・ヤング・コイル・アンド・リモーネ法律事務所はテキストロン・タワーの二フロアを占めていた。十二階でエレベーターをおり、マホガニー材の観音扉を押し開けると、バスケットボールの試合ができそうなくらいだだっ広い待合室が目の前に広がった。向かって左手では、ベージュのビジネススーツを着た女がガラスの天板を載せた巨大な受付デスクの向こうにすわって、いくつもの電話を首尾よくさばいている。右手に目を向けると、いかにも冷酷そうな鋭い目をした子犬サイズの鮫が五匹、百ガロンもの水を満たした水槽のなかを反時計まわりに泳ぎながら、ここで雇うことになるのがどんなたぐいの弁護士であるのかを、独自のやり方で伝えようとしていた。

受付デスクの前に立って、しばらく待った。女は受話器を置いて顔をあげると、デヴィッド・オルティーズのユニフォームとレッドソックスのチームキャップに一瞥をくれてから、郵便物を集荷にきたのか、配達にきたのかと尋ねてきた。

「ブレイディ・コイルと十時に会う約束をしているんだが」

「あら、失礼いたしました」

「いや、とんでもない」とおれは応じた。どこかで聞いた覚えのある声だということに、どうか気づいてくれませんようにと祈りながら。

「お名前は？」

「L・S・A・マリガン」

「少々お待ちください」

女は受話器を取りあげ、わずかなやりとりを交わしてから電話を切ると、「ミスター・コイルはただいま手がふさがっております。すぐにお呼びいたしますので、おすわりになってお待ちください」と告げた。待合室の椅子にすわって、水槽のなかの鮫を眺めながら、悶々とロージーのことを考えつづけた。こんなにも長く待たせているのは、ただ単に、おのれの優位性を誇示せんがためだけに鮫の親分が考えだした小細工であるにちがいない。一時間近くが経過したころ、ようやく秘書の案内で階段をのぼり、コイルのオフィスに通された。

「マリガン！」コイルはおれの右手を両手で握りしめると、満面の笑みを浮かべてみせた。大きく開いた口から覗く、目のくらむほど真っ白な杭垣を見せつけようとでもいうつもりか。「ずいぶんと久しぶりだな。母校でエキシビション・ゲームが催されたときにきみを誘ってやった、あのとき以来じゃないか？」

さらに優位性を誇示しようというのか。数多くの史跡を誇るベネフィット・ストリートを見晴らす眺望や、おれより三インチ高い身長や、千二百ドルのスーツだけでは充分ではないとでもいうのか。

コイルはおれを部屋に通し、黒革の来客用椅子を勧めた。青を基調とした東洋風の絨毯の上を歩きながら、おれは壁を飾る写真をぐるりと見まわした。バディ・チャンチ前市長や、ジョージ・W・ブッシュ元大統領や、弁護士出身のオピニオンリーダー、アラン・ダーショウィッツや、元NBA選手のアーニー・ディグレゴリオらとツーショットでポーズをとるコイル。それから、いかにもばか高そうな額縁におさめられたジャクソン・ポロックの絵画が四枚。この部屋が金庫室ではないところを見ると、複製画にちがいない。

「さて、先に言っておくが、うちに刑事事件の弁護を依頼する場合、二万ドルの弁護費用がかかる」コイルは言いながら机の後ろにまわり、背もたれの高い革製の回転椅子に腰をおろした。

「それなら問題ない。新聞事業が瀕している絶滅の危機について本を執筆したんだが、つい先だって、サイモン・アンド・シュスター社との出版契約がまとまった。近いうちに八万ドルの契約金が入る」

「それはすごい！」

「ありがとう」そう応じながら、おれは心のなかで舌を出した。「おまえに二万ドル。国税局にも二万ドル。それでも、判事と十二人の陪審員を買収し、ウーンソケットへ売春ツアーに出かけるだけの金《かね》は残る」

「陪審員を買収しようだなんて、いくら冗談でも言うものじゃない」

「判事ならいいのか？」

「ほぼ半数が法衣に〝大安売り〟の刺繍を入れている。ただし、それをおおっぴらに公言するのは、礼儀に反する行為だと見なされている」

「貴重なレッスンをありがとう」

「どういたしまして。さて、おふざけはここまでにしよう。きみをこの窮地から救いだすために何ができるか、考えてみようじゃないか」

まずはFBIのよこしたプロファイリング結果について話しあった。新聞で読んだらしく、コイルはおおよそのところをすでに承知していた。

「プロファイリングは有効な捜査手段のひとつではあるが、裁判で証拠として用いることはできない。それに、今回の内容は大勢の人間にあてはまる。それ以外で、警察が確固とした証拠をつかんでいる可能性はないか？　目撃者であるとか、物的証拠であるとか」

「それはありえない」

「車やアパートメントから、有罪の証拠となりうる何かが発見された可能性は？」

「向こうが勝手な小細工をしていないかぎりはありえない」

「火災発生時のアリバイは証明できるか？」

「十二月にホープ・ストリートの三階建てアパートメントが燃やされたときは、知りあいの保険調査員と一緒に、ボストンのアイスホッケー・リンクでカナディアンズがブルーインズを無条件降伏に追いやるところを眺めていた。あとは二件、アリバイがある。おまえが大陪審の証言をリークしてやっていた法廷番記者と、素っ裸で乳繰りあっていたんでね」

コイルはしばしおれを睨《ね》めつけてから、ようやく口を開いた。

「驚いたな。きみとの仲がどれほど親密であるにせよ、まさか、ヴェロニカが秘密厳守の約束を破るとは」

「ヴェロニカが喋ったんじゃない。おれの勝手な推測だ」

「なるほど」コイルは強いて笑みを浮かべた。「では、その件がほかに漏れる恐れはないと思っていいんだろうか？」

「もちろんだ」

「いいだろう。そうなると、きみの抱える問題を迅速に片づけることも可能だ。きみには火災発生時のアリバイを証明してくれる人間がいると、市警本部長にじきじきに伝えることもできる。警察は単独犯による犯行だと信じこんでいるようだから、そのアリバイさえ証明されれば、きみへの嫌疑はただちに晴れる。そのうえで、正式な謝罪や、きみを重要参考人と名指しした放火課への懲戒処分を求めることもできる。弁護料は全額支払ってもらうことになるが、きみがわたしとの約束さえ守ってくれるなら、その一部がきみの手もとに戻ってくることになるだろう」

おれはジーンズのポケットから小切手帳を引っぱりだし、机の向こうからさしだされた万年筆を受けとった。

「この小切手を渡すまえに、ひとつ確認しておきたい。おまえがおれの代理人を引き受けることは、利害の抵触にあたらないのか？」

「どういうことだ？」

「放火の被害に遭った建物の大半は、マウント・ホープの一角をせっせと買い占めてまわっている五つの不動産会社が所有している。そして、その五社はいずれも、過去十八ヵ月以内に設立されている。その設立登記の申請を行なったのは、いずれもこの法律事務所の弁護士だ」

「それが何か問題なのか？」

「ああ、問題だとも。その五社の背後にいる黒幕たちが、町に火を放っているんだからな。おれはそいつらの正体を暴きだすつもりでいる。だから、おまえの法律事務所がおれとそいつら、両方の代理人を引き受けたりしたら、まずいことになるんじゃないかと訊いているんだ」

コイルはさも驚いたふうを装って、両の眉をあげてみせた。

「まったくばかげた話だ。それを裏づける証拠はあるのか？」

「いま探しているところだ」

「いくら探したところで、そんなものが存在するとは思えんな。彼らは犯罪に手を染めるような人間ではない」

面白い。これほど大手の事務所であれば、星の数ほどの設立登記申請を手がけているはずだ。そのうえ、問題の五社を担当したのはいずれも若手の弁護士ばかり。なのにコイルは、おれがどの会社の話をしているのか、正確に把握している。

「ジョニー・ディオやヴィニー・ジョルダーノこそ、犯罪に手を染めるような人間だと思うがな」とおれは言った。

ふたたびの誘導尋問。なかなか手ごわい相手ではあるが、ひょっとしたらなんらかの反応を引きだせるかもしれない。期待したとおりの反応は返ってこなかった。ただ、ほんの一瞬ではあるが、コイルの視線が部屋の隅へ走った。下手をすれば見逃してしまうほど、ほんの一瞬の動きだった。いますぐそこへ駆け寄って、コイルの視線が思わず吸い寄せられてしまったものの正体をたしかめたい。そんな衝動に駆られた次の瞬間、思いだした。いま現在の肋骨の状態を。かつてゴールの下で、コイルからどれほど手荒な接触プレーを受けていたかも。

「いったいどこから持ちだしてきたのか知らないが、そんな名前は設立登記申請書のどこにも載っていないはずだが」

「ああ、そのとおりだ。しかし、小切手を切ったのがやつらなら、そこには名前が載っているかもしれないな」

「わたしには知るよしもない。請求書を確認でもしてみないことには」

「だったら、いますぐ確認してみろ」

「そんなことをしてなんになる? 依頼人の許可もなく、その種の情報をきみに教えることはできん。倫理規定にもとる行為だ」

「依頼人の許可は得られそうにないと、すでに確信しているわけだ?」

「彼らがイエスと言ったとしても、わたしがやめろとアドバイスする」

「その倫理規定ってやつだが、大陪審の証言をリークすることは禁じていないのか？」

「うちの法律事務所がきみの代理を務めることは、どうやら不可能であるようだ。お引きとり願おう」

「いいとも、コイル。しかし、じつに有意義なひとときだった。早いうちにまた会おう。今度はワン・オン・ワンで勝負してみるってのはどうだ」

「勝負ならもうついてる。ついさっき、自分が負けたことにも気づかなかったのか？」

いいや、負けたのはおまえのほうだ。おれは心のなかでつぶやいた。

66

ダイナーでテイクアウトのコーヒーを買い、バーンサイド・パークのなかをぶらぶらと歩いた。ロードアイランドの州知事を務めたこともあるアンブローズ・エヴァレット・バーンサイド将軍の功績を称えて名づけられた公園だというが、無能なる指揮官が南北戦争時にあげた唯一の功績はといえば、独特な形状の頬ひげを世に知らしめたことくらいのものだった。

公園の中央には、馬に乗って敬礼のポーズをとる将軍の像を前にして、気をつけの姿勢で応じるミスター・ポテトヘッド像が立っていた。そのジャガイモの横っ腹には、〝フレデリックスバーグの戦いにおいて北軍から八千人もの死傷者を出してくれたことに感謝を込めて〝との碑文が赤のスプレー・ペンキで書き加えられていた。

　ベンチにすわっているあいだ、小銭を恵んでくれないかと十数人から声をかけられた。値下げ交渉にも応じるというさまざまな調合薬の売りこみを受け、ピットブル・テリアに吠えたてられた。せっかくの誘いを拒んだことで、ティーンエイジャーの売春婦からは罵声を浴びせられた。売春婦の誘いに乗る気はなかったが、肋骨の痛みにはなおも悩まされていたため、ヴァイコディンの誘惑に抗うにはかなりの自制心が要った。

　もう一度、病院に電話をかけた。危篤状態に変わりはなかった。

　まもなく午後一時三十分にさしかかろうかというころ、テキストロン・タワーの回転扉からコイルがあらわれ、イタリア製のローファーに包まれた足で歩道を踏みしめはじめた。コイルは公園を横切り、通りを渡って、〈キャピタル・グリル〉に入っていった。やたらと値の張る昼食代を、経費として落とせる人種に人気の高級レストランだ。おれはその背中を見届けてから、テキストロン・タワーまで歩いていって、入口を抜け、エレベーターに乗って十二階のボタンを押した。

　ベージュのスーツを着た女は、受付デスクの上に置いた何かをせわしなくいじくっていた。くたびれたジーンズがちらりと目に入ったのだろう、おれが近づいていくと、顔をあげもせずにこう尋ねてきた。

「荷物の集荷かしら、それとも配達かしら？」

「集荷です」おれは言って、足早に女の前を通りぬけ、階段に足をかけた。

「ちょっと！　どこへ行かれるんです？」背後でわめきたてる女の声がした。

「さっき、レッドソックスのチームキャップを部屋に忘れたんだ！」

「帽子なら頭に載ってるじゃないですか！」

　あとを追って階段を駆けのぼる靴音が聞こえた。だが、女のハイヒールがおれのリーボック・スニーカーに敵《かな》うはずもない。

コイルのオフィスにたどりつき、ドアノブを引いた。運よく、鍵はかかっていない。なかに入り、コイルが一瞬だけ視線を投げた場所に駆け寄った。そこに置かれていたのは、長さ四フィートの郵送用の紙筒だった。

「何をしているんです？　そんなものを持ちだされては困ります！」

おれは女の脇をかすめ廊下を走りぬけ、エレベーターのボタンを押した。ドアが開くのを待っていると、女が電話の送話口に向かってわめきたてる声が聞こえてきた。レッドソックスのユニフォームを着てチームキャップをかぶった盗っ人をとっ捕まえろと、警備員に指示しているらしい。大きな紙筒を奪いかえしてくれとも女は言った。

一階でエレベーターのドアが開いた瞬間、ロビーで待ち受けていた警備員ふたりが一斉にこちらへ視線を向けた。そこからおりてきたのは、黒のタンクトップを着て、ぼさぼさの髪をした男だった。男は四つ折りにした大きな紙を何枚か、左腕に抱えていた。警備員はすぐさま男から目を背《そむ》け、音もなく開きはじめたべつのドアを見守りはじめた。おれはすばやく回転扉を通りぬけ、足早に歩道を突き進んだ。しばらく行ったところで、尻ポケットに入れてあったチームキャップを引っぱりだした。タンクトップ一枚では少し肌寒い陽気だったが、ユニフォームは紙筒に押しこんで、エレベーターのなかに置き去りにしてきてしまった。あれはもう手もとに戻ってはこないものとあきらめたほうがいい。

ウェイボセット・ストリートの〈セントラル・ランチ〉に入ってボックス席にすわり、ベーコン・チーズバーガーを注文した。肉が焼けるのを待ちながら、四つ折りにした紙を開いて、またすぐに折りたたんだ。ウェイトレスを呼び寄せ、注文した料理は持ち帰り用に包んでくれと頼んだ。店を出ると、ピーターパン・バスの発着所へ直行し、市外へ向かういちばん早いバスに飛び乗った。

ポータケット市でバスをおり、周囲を見まわして誰にも尾《つ》けられていないことを確認してから、コンフォート・インに一夜の宿をとった。

ようやく寝つきはしたものの、その眠りは、ひとつながりになった長い夢の断片に何度も何度も断ち切られた。フェンウェイ・パーク。かつてないほどにまばゆい輝きを放つ太陽。一面の赤と白。息を呑むほどに美しい長身の女がマニー・ラミレスを見つけて顔をほころばせ、少女のような笑みを浮かべる。

67

翌朝、目が覚めたあとも、少女のように微笑むロージーの顔を脳裡に描きつづけようとした。だが、シャワーを浴びて服を着るころ、その笑顔は跡形もなく消え去っていた。いちばん近くにある〈ダンキンドーナツ〉までぶらぶらと歩いていく途中、もう一度、病院に電話をかけた。容態に変化はなし。コーヒーと朝食メニューのサンドイッチを買って、窓際のテーブルにすわった。窓の外を見やると、古びたダムに堰《せ》きとめられたブラックストーン川の水が激しく渦を巻いていた。あのダムはかつて、北アメリカで最初に誕生した水力式の紡績工場へ水を安定供給するためにつくられたものだった。

その工場はいま、史跡として一般公開されている。この場所こそがアメリカ産業革命発祥の地であるのだと喧伝《けんでん》している。まあ、そういう見方もあるだろう。だが、おれに言わせれば、あんなものは産業スパイ発祥の地でしかない。母国イギリスからこっそり持ちだしてきた紡績機の設計図をもとにして、サミュエル・スレーターなる英国人が一七九〇年に建設したのが、スレーター紡績工場なのだ。

ニューイングランド各地のさまざまな学区を記したバスがやってきては、スレーター・ミル史跡の駐車場に子供たちを吐きだしていく。ツアーガイドはあの子供たちにも、すべての真実を伝えるのだろうか。かつて工場で働いていた労働者の大半も、あどけない子供たちだったのだと。大量の綿埃を吸いこみながら、一日十二時間の労働に耐えていたのだと。仕事の手を一瞬でも休めようものなら、工場監督の鉄拳が飛んできたのだと。機械に髪を巻きこまれ、挽肉にされてしまう者がちらほらいたのだと。

ひとしきり物思いに耽《ふけ》ったあと、朝刊を手に取り、スポーツ欄を開いた。ゆうべの試合でレッドソックスがレンジャーズを八‐三の大差でくだしたことを知り、ほっと胸を撫でおろしたとき、メイソンが店に入ってきた。メイソンはこちらにひとつうなずきかけ、カウンターでコーヒーとコーンマフィンを買ってから、史跡を見晴らす窓際のテーブルにやってきた。

「ロージーはまだ危篤のままです」

「ああ、知ってる」

メイソンはふと黙りこみ、史跡のほうへ顎をしゃくって言った。「あそこの見学ツアーに参加したことは？」

「子供のときに一度だけ」

「ぼくの祖父の、祖父の、そのまた祖父にあたるモーゼス・ブラウンがサミュエル・スレーターをこの地へ呼び寄せ、工場をつくる資金を与えたんです」

「ちょうどさっき、それについて考えていたところだ」

「まったく、たいしたご先祖さまです」

「まったくだな、七光」

おれたちはそれぞれにカップを取りあげ、熱いコーヒーをすすった。

「朝っぱらからこんなところまで来させて悪かったな」

「とんでもない。でも、どうしてこんなところへ呼び寄せたんです？」

「二、三日、あるものをあずかっていてもらいたい」

「はい」

「なんの説明もしないのはフェアじゃないから、これだけは言っておく。あるものというのは、おれのもとにあるべきではないものだ。それと、よからぬ人間どもがそいつを取りもどそうとするかもしれない」

「いったいなんなんです？」

「知らないほうがいい」

「どこに隠しておけばいいんでしょう」

「そんなにかさばるものじゃない。スペアタイヤの下にでも押しこんで、その上に何かを載っけておけばいい」

「わかりました」

「それだけか？　ほかに訊きたいことはないのか？」

「ええ」

「おまえが本物の記者だとしたら、中身をたしかめずにはいられないはずだ」

「そうですね」

「だが、そんなことはしないほうが身のためだ」

「ぼくが誘惑に勝てないってことをわかっていて、それでもぼくにあずけるんでしょう？」

「ビジネス欄に挟んである」

それからもう二分ほど、ぽつりぽつりとロージーのことを話した。メイソンはコーヒーを飲み干すと、朝刊をテーブルから拾いあげ、それを小脇に抱えて店を出ていった。

サンドイッチを食べ終えて店を出た。そのままのんびり通りをくだり、電器店で二十一ドル九十九セントのテレフォンレコーダーを購入した。そのあとさらに数ブロックを歩いて、〈エイペックス〉というデパートに入り、小ぶりなダッフルバッグに、靴下、下着、洗面用具、チノパン、マーロックスを二本に、黒のTシャツを二枚、紺色のブレザー、よくよく見なければレイバンだと思いこんでいられそうなサングラスを買った。そこからまっすぐホテルへ戻って、ベッドに倒れこんだ。

夜になって、もう一度、病院に電話をかけた。

「ロージー・モレッリ消防隊長の容態は？」

「危篤のままです」

レコーダーのプラグを携帯電話の出力端子口にさしこみ、ベッドの上に寝転がって、レッドソックス対エンゼルスの試合を観戦した。四回の裏、レッドソックスが三点の遅れを取りもどそうとしているとき、いついかなるときでも愛する男を支えてやれとタミー・ウィネットが訴えはじめた。おれはいったい何を考えていたのか。よりによって、こんな曲を選ぶとは。発信者名をたしかめ、少し悩んでから、通話ボタンを押した。

「この！

くそったれの！

くそ野郎！」

「きみこそ元気にしてるかい、ドーカス」

「今夜はどのアマとヤりまくってるのさ、このろくでなし！」

「アマといえば、リライトはどうしてる？　フィラリアの薬はちゃんと服ませてくれてるか？」

「あの犬っころがそんなに可愛い？」

「もちろんだ」

「それはいいことを聞いたわ。なら、あの犬っころを保健所に引きわたしてやろうじゃない」そう言うなり、ドーカスは電話を叩き切った。いまだかつてない展開だ。先に電話を切るのは、いつもおれのほうだったのに。

リライトは檻に閉じこめられることをひどくいやがる。四年まえ、ドーカスとまだ夫婦生活を続けていたころにモントレー・ブルース・フェスティバルへめずらしく休暇旅行に出かけたとき、ペットホテルにあずけられていた数日のあいだ、リライトはいっさい食事をとろうとしなかった。ドーカスは虚仮《こけ》脅しを言っているだけだと、おれは自分に言い聞かせた。

ユーキリスが同点ホームランを放った直後、ふたたび携帯電話が鳴りだした。見覚えのない発信者番号。おれはレコーダーの録音ボタンを押した。

68

「レッドソックス・ファンクラブ事務局です。どちらにおつなぎいたしましょう?」

「マリガンだな?」

「かしこまりました。ミスター・マリガンにおつなぎしますので、お名前をお願いします」

「よく聞け、くそ野郎。生きて来週を迎えたかったら、例のものをおとなしく返しやがれ」

「例のものというと?」

「下手な芝居はよせ」

「わかったよ、ジョルダーノ。ところで、例のものはおたくにとってどれくらいの値打ちがあるんだ?」

「四五口径から放たれた二百三十グレーンの鉛玉三発

分の値打ちだ」

「その程度じゃ、一ドルと小銭にしかならない。ことの重大さを思えば、もう少し多くもらえるものと期待していたんだがな」

しばしの沈黙が垂れこめた。

「いくらほしいんだ？」

「こちらの置かれた立場を考えてみてくれ。警察はおれが放火犯だと決めつけている。会社からは無給停職処分を食らった。ジャーナリストとしてのキャリアは潰《つい》えた。新たな業種で仕事を探す必要がある」

「強請《ゆすり》なんて働いても、寿命を縮めるだけだぜ、マリガン」

「じつを言うと、不動産業に鞍がえしようかと考えているんだ」

「続けろ」

「ビルトモア・ホテルで酒を酌み交わしながらした会話を覚えてるか？」

「ああ」

「あのときのありがたい提案に、そろそろ応じようかと考えている」

じっくり思案をめぐらせているのだろう。ジョルダーノはふたたび黙りこんだ。

「……こういうのはどうだ。つい最近、州北部のリンカンに二十エーカーの土地を買った。高級分譲アパートメントを何棟か建てる予定でな。そこの収益の五パーセントをあんたにやろう。二年後、あんたの懐には十万ドル以上の大金が転がりこむはずだ」

「それまでのあいだ、どうやって金を稼げばいいんだ？」

「リトル・ローディ不動産にちょうど空きが出たところだ。給料はさほど多くないが、あんたに不動産業の適性があるのかどうか、見きわめるのにもいい機会になる」

シェリル・シベッリの後釜にすわれということか。

胸のむかつきをこらえて、おれは言った。「いいだろう。これが麗《うるわ》しき友情の始まりだな」

「で、おれはいつ、例のものを取りもどせるんだ？」

「今週中は無理だ。いま、大学時代の友人を訪ねにフロリダのタンパへ向かっている途中でね」

「すぐに引きかえしたほうが身のためだぜ」

「そう言うな。友人はおれのために、今週末のレッドソックス対レイズ戦のチケットを用意してくれてるんだ。そいつを逃す手はないだろ。今年のレイズは調子がいい。きっと見応えがある。おたくだって、リンカンの土地に関する書類を用意するのに数日はかかるんじゃないか？」

「なるほどな。しかし、あんたが手のおよばないところにいるってのが、どうにも気に食わねえ」

「当初はあっちに二週間ほど滞在するつもりだったんだ。それを早々に切りあげて、飛行機の予約も変更した。試合の翌日には飛んで帰る。そっちに戻ったら、まっさきに例のものを届けにいくよ」

「一緒に持ち歩いてやがるのか？」

「安全な場所に隠してある」

ジョルダーノはなおも納得がいかない様子ではあったが、かといって、手の打ちようもないと判断したらしい。

「飛行機をおりたら連絡しろ。空港まで迎えにいく」

「なあ、ヴィニー。その皮肉屋の殻の下には、人情家の本性が隠されているんだな」

「何を言ってやがるんだ？」

《カサブランカ》を見たことのない人間がこの世にいるなんて、にわかには信じがたかった。

おれは電話を切って、テレビの画面に意識を戻した。最後のバッターがヒットを放ち、レッドソックスが六－七の逆転勝利をおさめる瞬間を、運よく拝むことができた。

明けて水曜日は昼ごろに目を覚まし、病院に問いあわせの電話をかけたあと、〈ドハティーズ・イースト・アヴェニュー・アイリッシュ・パブ〉まで歩いていって、ライ麦パンのパストラミ・サンドイッチとクラブソーダを胃袋におさめた。日が暮れたあとにもう一度〈ドハティーズ〉を訪れて、エンゼルスがレッドソックスの若き左腕投手レスターを打ち負かし、四‐六で勝利をおさめるさまに臍《ほぞ》をかんだ。とはいえ、レッドソックスはなおも首位をキープしている。二位のヤンキースとは、二・五ゲーム差。ゆうべ感じた生命の危機や、リライトを保健所に連れていくというドーカスの脅し文句、危篤状態のロージー、ヴェロニカが電話を返してこないという事実を除けば、おれの目の前には薔薇色の世界が広がっていた。

69

その日の夕方には、ふたたびバーンサイド・パークに身をひそめていた。今回は、おろしたてのブレザーにチノパン、いんちきレイバンという、そこそこイケてるいでたちで。ただし、おれとしては、なんとなくコスプレをしているような気分だった。

前回と同じ顔ぶれに小銭をねだられた。同じ売人から売りこみを受けた。同じ売春婦が近くを通りかかったが、今日は、とある市議会議員の腕に腕を絡めていた。ピットブル・テリアはあらわれなかった。

携帯電話が鳴りだした。画面には見慣れた番号が表示されていた。

「やあ、ヴェロニカ」

「電話を返せなくてごめんなさい。ここ二日ほどはいろいろ先約があって、ものすごく忙しかったの」

先約——またあの言葉だ。

「ウッドワードの忠告を受けいれることに決めたわけだ」

「もう会わないって言ってるわけじゃないの。ただ、もう少し慎重にならなくちゃ。ローガン・ベッドフォードが〈ホープス〉に乗りこんできたときは、本当にぎょっとしたわ。でも、こんな状態は長くは続かない。そうでしょう？　あなたに会いたいわ、マリガン」

「おれもだ」

「ロージーの容態に変わりはないの？」

「三十分まえに問いあわせたが、いまも危篤だそうだ」

「ロージーがあれしきの怪我に負けるわけないわ。彼女は勇敢なファイターだもの」

「ああ、そうだな」

「いまどこにいるの？」

うっかり口をすべらせかけて、寸前で思いとどまった。本当のことを知らないほうが、ヴェロニカのためだ。

「フロリダのタンパだ」

「そんなところで何をしているの？」

「レッドソックスの追っかけをしている」

「訊くんじゃなかったわ。いつこっちへ戻る？」

「まだわからない」

「そう……」

「どうかしたか？」

「今週末に一度、秘密のランデブーをしておきたいと思っていたの。来週にはワシントン・ポストへ移ることになったから」

くそっ。おれに遠距離恋愛なんてできるのだろうか。現状では、ウッドワードがおれを雇う気になどなるわけがない。いまのおれは傷物の不良品なのだ。

「そうか。それじゃ、このごたごたにけりをつけたらすぐに週末を利用してそっちへ行くから、ふたりで肉欲のかぎりを尽くすってのはどうだ?」

「最高に楽しみだわ」

電話を切ったあと、もうしばらく公園のなかをぶらついた。午後六時を少しまわったころ、彫像のように美しい面立ちをした黒人の女がテキストロン・タワーの回転扉を通りぬけ、公園を横切って、〈キャピタル・グリル〉に入っていった。法律事務所のホームページに掲載されている写真で、女の顔は知っていた。おれは数分の間を置いてから、女のあとを追ってレストランに入った。

ヨランダ・モズリー＝ジョーンズはカウンターの隅にひとりですわっていた。カーキグリーンのビジネススーツを纏った姿は、知的であり、セクシーでもあった。おれは反対側の隅に置かれたスツールに腰かけ、バーテンダーにクラブソーダを注文してからメニューを手に取り、料理を選んでいるふうを装った。ヨランダはマティーニとおぼしきカクテルを取りあげ、小さくひと口飲みこむと、紙ナプキンの上にグラスを戻した。

その背後では、スーツ姿の男四人がボックス席のテーブルを囲んで、ハイボールグラスに入った胸の悪くなるようなネオンカラーの酒を飲んでいた。ちらちらとカウンターを盗み見る目つきからして、その先の行動には簡単に予想がついた。案の定、そのなかの一人が席を立ち、ふらつく足でカウンターまで歩いていくと、ヨランダの隣に腰をおろした。男の声は聞こえなかったが、何を言ったにせよ、望む成果は得られなかったらしい。男はがっくり肩を落としてスツールから立ちあがり、仲間のもとへと引きかえしていった。

三十分が刻々と過ぎていった。ヨランダは一度も腕時計を覗かなかった。壁の時計を見あげもしなかった。誰かを待っているわけではなさそうだ。おれは席を立ってカウンターを端から端まで移動し、ヨランダの隣に腰をおろしてからバーテンダーを呼んで、こちらの女性におかわりをと頼んだ。

「悪いけど、白人の男とはつきあわない主義なの」

「奇遇だな。おれも白人の男には興味がない」

ヨランダはスツールをまわして真正面からおれを見すえ、上から下まで眺めまわしてから、顔をしかめた。その途端、自分が〝そこそこイケて〟いるとはとうてい思えなくなった。

「ああ、思いだした。あなたの顔をニュースで見たわ。たしか、手錠をはめられていた」

「もっとかっこいいところを見てほしかったな」

「ブレイディ・コイルに忠告されているの。何かを訊きだそうとあなたが接触してくるかもしれないけれど、何も話すなって」

「なら、何も話さなくていい。ただ話を聞いてくれ」

「お断りするわ」

ヨランダはスツールを反対側へまわして立ちあがり、カウンターの上に置いてあったハンドバッグと携帯電話を拾いあげた。

「リトル・ローディ不動産の設立登記申請を担当したのはきみだろ」

ヨランダは肩越しにおれを振りかえって言った。

「それが何か？」

「リトル・ローディ不動産は、マウント・ホープの土地を買い占めてまわっているマフィアがつくったダミー会社だ。そいつらが町に火をつけてまわっている」

最後のひとことがヨランダの注意を引いた。食いいるようにおれを見すえてから、スツールに尻をもどした。

「やつらは交渉に応じない住民の家に火をつけてまわっている。保険金を手に入れるために、手中におさめた建物にも火を放っている。どれだけの人間が焼け死のうとおかまいなしに」

「そんな話、信じられるわけがないわ」ヨランダはそう言いながら、席を立とうとはしなかった。

バーテンダーがやってきて、マティーニのおかわりをカウンターに置き、からのグラスを手に取った。バーテンダーが立ち去るのを待って、おれは先を続けた。

すべてを語り終えたとき、ヨランダはゆっくりと首を振っていた。まだ信じられないとでもいうかのように。あるいは、信じたくないとでもいうかのように。

「なぜわたしにこの話を？」

「入念な下調べをしてきたから。きみの親友アニーの実家が〝地獄の一夜〟に焼け落ちたことを知っているから。そして、自分にできることがあるならなんでもしようと、きみなら考えてくれるかもしれないと思ったから。じつは、きみに頼みがある。あるものを手に入れてもらいたいんだ」

それがなんであるのかを耳にするなり、ヨランダは髪の乱れもかまうことなく、激しく横に首を振った。

「無理よ。できない。あなたの話を信じているとかいないとかそういう問題じゃない。そんなことをしたら、わたしは馘になるわ。それどころか、弁護士資格を剝奪されるかもしれない」

「それよりひどい運命もある」

おれは自分の見てきたものをすべてヨランダに語った。三階建てアパートメントの焼け跡から、黒焦げになったトニー・デプリスコの遺体をロージーが担ぎだしてきたときのことを。救急車からストレッチャーがおろされたとき、その上にぐったりと横たわっていたロージーの姿を。おれの敬愛する恩師、マクリーディ先生が最期に肺いっぱいの煙を吸いこんだときのことを思うたび、胸が張り裂けそうになることを。エフレインとグラシエラ・ルエダ夫妻がわが子のために思い描いていた夢を。消防隊員に抱きかかえられてはしごをおりてきた双子の兄スコットの遺体が、どんなふうであったかを。シーツにくるまれた妹メリッサの遺体から、なおも煙が立ちのぼっていたことを。その小さなふたつの亡骸《なきがら》が地中におろされていくさまを眺めているのが、どれほどつらいことであったかを。

シェリル・シベッリの背中に開いた二つの風穴のことを話そうとしたとき、ヨランダの声がそれを遮った。

「もうやめて」ヨランダはグラスを手に取り、大きくひと口中身を呷ってから、ささやくような声で言った。「なぜわたしなの？　残る四つのダミー会社を担当した弁護士たちではなく、なぜわたしなの？」

「ほかの四人には断られた」

ヨランダはふっつりと黙りこみ、カクテルグラスの脚を指先でひねりはじめた。ヨランダは美しい目をしていた。少しかすれた声をしていた。スーツのスカートから覗く部分を見るかぎり、すらりと長い脚をしていた。

「じつを言うと、おれは本当は白人じゃないんだ。白人のふりをしているだけで」

ヨランダは小さく笑った。ひどく乾いた笑い声だった。おれは名刺を一枚取りだし、住所の部分を書きかえてから、ヨランダのハンドバッグにすべりこませた。財布から二十ドル札を一枚抜きとり、カウンターの上に置いて店を出た。

70

　季節はずれに暖かい四月の木曜日を祝してか、マクラッケンの秘書は襟ぐりが異様に深くてやけに丈の短い、黄色のノースリーブワンピースに身を包んでいた。身体にぴったりと張りついた薄い布地の向こうに、乳首がうっすら透けて見えた。

「ひょっとすると、そのうちトップレスで出勤するかもしれないぞ」

「そのときが待ちきれないな。それより、ずっと心配していたんだぞ、マリガン。だいじょうぶなのか?」

「肋骨を四本も折られた。凶悪犯罪の重要参考人だと名指しされた。会社からは無給停職処分を言いわたされた。いちばんの友は集中治療室に入れられたまま。ガールフレンドはおれといるところを誰にも見られたくないという。そして、ヴィニー・ジョルダーノはまず間違いなく、おれを撃ち殺す手筈を整えている。だが、レッドソックスは依然、首位をキープしている。となれば、差し引きゼロで〝だいじょうぶ〟ということになるんだろう」

「なんだってジョルダーノがおまえを撃ち殺そうとするんだ?」

「ブレイディ・コイルのオフィスからおれが持ちだしてきたもののことで、ドタマに来ているから」

「ブレイディ・コイルのオフィスからあるものを盗みだしてきただと?」

「おい、そういう言い方をするな。おれが法を犯したみたいに聞こえるじゃないか」

　マクラッケンは回転椅子に腰をおろすと、机の上の葉巻ケースを開け、爆薬並みに味のきつい例の葉巻を二本取りだした。その先端を切りとってから、一本をおれにさしだした。おれはそれを受けとって、来客用の椅子にどさりとすわりこんだ。

「はじめから話してくれ」マクラッケンに言われて口を開きかけたとき、黄色い大判の封筒を小脇に抱えたメイソンが部屋に入ってきた。

それぞれの紹介を終えたあと、おれはメイソンにひとこと訊いた。「中身を見たか？」

「ええ、見ました」

「なら、ここに残って話を聞いていけ」

メイソンは同じく来客用の椅子に腰をおろすと、おれに封筒を手渡した。おれはその封を開け、なかから取りだした紙を広げはじめた。

「ちょっと待った。ひょっとしてそいつは、おれの考えているとおりのものか？」マクラッケンが言った。

「ああ」

「おまえはこの坊やに頼んで、そいつをここへ持ってこさせたのか？」

「ああ、おまえも見ておきたいんじゃないかと思ってな」

「なんてこった！　この坊やが誰かに尾《つ》けられてたら、どうなると思ってるんだ？」

「誰にも尾けられてませんよ」

「ああ、その心配はない。こいつにあずけたってことを知っている人間はどこにもいないからな。連中の狙いはおれひとり。そのおれにしても、いまは州外にいるものと信じこんでいるはずだ」

「おまえがここに入るところを、誰かに見られていたらどうなる」

「だから、こんな変装をしてきたんじゃないか」おれは言って立ちあがり、ブレザーを脱いで椅子の背もたれにかけてから、サングラスもはずした。マクラッケンはいま、こいつは正真正銘のアホではなかろうかという目でおれを見つめたまま、何やら言いたげな表情をしていた。

「なあ、マクラッケン。こいつを見たいのか見たくないのか、どっちだ？」痺れを切らして、おれは訊いた。

マクラッケンは机の上に載っていた書類を脇へ押しやった。おれはあいたスペースに一枚目の紙を広げ、折り目を伸ばした。おれたちと同じくらい長くプロヴィデンスで暮らしてきた人間なら誰でも、それがマウント・ホープの南東の一角を切りとった市街地図であることに、すぐさま気づくはずだ。ただし、そこにあるはずの建物はいずれも存在せず、代わりに、その一角をまるまる占めて建設されることになるらしい、大きな建物がいくつかおおまかに配置されている。そして、紙面右下の欄外に目をやると、〝ディオ建設、ロードアイランド州プロヴィデンス市ポカセット・アヴェニュー二百四十五番地〟との社名と住所とが記載されている。

「こいつはたまげたな！」

「驚くのはまだ早い。こっちも見てくれ」

おれは残る四枚の紙を次々に広げていった。超高級分譲アパートメントとおぼしきものの外観を描いた完成予想図。そして、各階内部の間取りを描いた平面図。

「こいつは、ブレイディ・コイル宛てに郵送された紙筒のなかから抜きとってきたものだ。差出人はローザベラ不動産開発となっていた」

「ヴィニー・ジョルダーノの会社じゃないか」

「ああ」

「たまげたな！」

「ジョルダーノといえば、これを聞いてみてくれないか」おれは言って、レコーダーを取りだし、机の上に置いてから再生ボタンを押した。

数分後に停止ボタンを押すと同時に、またもマクラッケンが「たまげたな！」とひと声吠えた。

「おれのラテン語の知識もいくらか錆びついてきてはいるが、あの〝タマげた〟というのはたしか、ローマ・カトリック教会が〝聖なる睾丸〟の代わりに推奨している言葉だ」おれはメイソンに耳打ちした。

「ひとつ腑に落ちない点があります」おれのジョークを無視して、メイソンは言った。

「腑に落ちないって、何がだ？」

「連中は、どうしてこんな計画を隠しおおせると思っているんでしょう。建設が始まれば、開発業者や建設業者の社名をおおやけにしないわけにはいかなくなるのに」

「おそらくはこういう算段だろう」マクラッケンがそれに答えた。「五つのダミー会社はマウント・ホープの土地を買い占めつづける。目的の土地がすべて手に入ったら、放火事件はぴたりと起こらなくなる。やがて、すべてが灰と化した町の再建に、市当局は頭を抱える。そこへジョルダーノとディオが颯爽《さっそう》とあらわれ、町の目玉となる何かを建てようじゃないかと提案する。やつらは五つのダミー会社から土地を買いとる。やつらが自分で自分の土地を買いとっているんだってことに、気づく者は誰もいない」

「おれたちを除いては」その先を受けて、おれは言った。

マクラッケンに葉巻をさしだされると、驚いたことに、メイソンはそれを受けとった。おれは椅子から腕を伸ばして、ライターを貸してやった。それからしばらくは、無言のまま三人で葉巻を吹かした。やがてとつぜん、何かを思いだしたかのように、マクラッケンが背もたれからがばりと跳ね起きた。机の最上段の引出しを開け、一通の封筒を取りだすと、おれに放ってよこした。

「今朝、速達で届いたものだ」

その封筒は、マクラッケンのオフィスの住所にL・S・A・マリガン宛てで送られていた。住所や宛名はブロック体で印刷されており、差出人の名前と住所はなし。

なかには、マクドゥガル・ヤング・コイル・アンド

・リモーネ法律事務所が送付した請求書の記録をプリントアウトしたものがおさめられていた。おれの読みが正しければ、五つのダミー会社の設立登記申請を行なった際の料金は、ディオかジョルダーノに請求されているはずだった。だが、おれの読みは見事にはずれた。

五件の登記申請の請求書は、すべてブレイディ・コイルに宛てられていたのだ。

おれは請求記録をメイソンに手渡した。メイソンはその内容にざっと目を通したあと、マクラッケンに手渡した。

「ジョルダーノにディオ、そしてコイルか」とおれはつぶやいた。

「これで全貌がつかめたな」マクラッケンが言った。

「問題は、どうやってやつらに報いを受けさせるかだ」

マクラッケンは椅子から立ちあがり、戸棚からグラスを三つ取りだすと、小型冷蔵庫から出した氷を放りこみ、琥珀色のブッシュミルズを三インチずつそそぎいれた。おれたちは葉巻を吹かし、ウイスキーをちびちびやりながら、それぞれに思案をめぐらせはじめた。

沈黙を破ったのはマクラッケンだった。

「法に訴えることはまず難しいな」

「ああ、だろうな」とおれは相槌を打った。

「なぜです?」メイソンが眉根を寄せた。

「請求記録は匿名で送られてきた。それが本物であることを証明する手立てはない」マクラッケンが説明した。

「そして、この記録がおれたちの手に渡ったことを知ったなら、コイルのやつはただちにコンピューターからデータを消去するだろう」とおれも続けた。

「この市街地図や設計図も、不法な手段で手にいれたものだ。証拠として認めさせるのは難しいだろう。さらに言うなら、設計図を盗みだした相手はディオの顧問弁護士だ。たとえ裁判まで持ちこめたとしても、守秘義務を振りかざされたらなすすべもない」

「電話のやりとりを録音したテープは?」メイソンが訊いてきた。

「あれも違法だ」とおれは答えた。

「本当に?」

「ロードアイランドってのは、たとえ自分の電話であろうと、相手に知らせず会話を録音することを禁じているひと握りの州のひとつなのさ。だいいち、あんなものを使って、罪を問われるのはどっちだと思う? 警察があのやりとりを聞いたら、おれが何かを盗みだし、それを使ってジョルダーノを強請っていると受けとるだろうよ」

「結局、お縄にかかるのはマリガンのはうだってことさ」

「ここにあるすべてを合わせても……」机の上の設計図やらレコーダーやらを指し示しながら、おれは言った。「いったい何が証明できる? ジョルダーノとディオとコイルがマウント・ホープに高級分譲アパートメントを建設しようと、ひそかに計画しているってことだけだ。やつらが放火を指示しているという、確固たる証拠は何ひとつない」

「だが、やつらが黒幕であることは間違いない」マクラッケンが言った。

「ああ、そのとおりだ」とおれは応じた。

「法には訴えられないとしても、すべての事実を新聞であかるみに出すことはできませんか」メイソンが言いだした。

やってみる価値はあった。おれたちは真夜中まで作業を続けた。メイソンの署名のもと、おれたちの知るすべてを盛りこんだ暴露記事を書きあげた。

71

翌朝、〈ダウンタウン生花店〉で花を買い、タクシーをつかまえてウォリック市へ向かった。

「あなたが来てくれたと知ったら、きっと大喜びするわ」おれを家のなかへと通しながら、グロリアの母親は言った。「あの子ったら、新聞やテレビのニュースにはかならず目を通して、あなたのことをとっても心配していたのよ」

グロリアが、おれの心配を？

グロリアは居間でテレビを見ていた。おれの姿を認めると、すぐさまソファから立ちあがり、部屋の中央まで進みでて、おれをぎゅっと抱きしめた。そのときはじめて気づいた。肋骨の痛みがいくぶんやわらいでいることに。おそらくは、グロリアの肋骨も。

おれたちはソファに並んですわり、それぞれの近況を報告しあった。ロージーの容態にはまだ変化がないこと。一刻も早く謂《い》われなき疑いを晴らして、仕事に復帰したいこと。右手の腱の修復手術が成功したこと。来週には一回目の形成外科手術が予定されていること。グロリアの顔の痣はいくらか薄らいでいた。瞳に宿っていた怯えの色は、きれいに消え去っていた。いまのグロリアは生気に満ちていた。希望に満ちているようにも見えた。笑った顔はいびつにゆがんでいたが、それはまぎれもない笑顔だった。

別れ際、車を借りられないだろうかと訊いてみた。

「好きなだけ使ってくれてかまわないわ。片目でハンドルを握る勇気を取りもどすまでには、まだ当分かかりそうだから」

グロリアはそう言うと、ハンドバッグから車のキーを取りだし、おれの手の平にぽとりと落とした。

72

その日の午後はマクラッケンのオフィスに身をひそめ、葉巻を吹かしながら時間をつぶした。携帯電話を操作して、着信メロディを私立探偵ピーター・ガンのテーマ曲に変更した。五時をまわっても、メイソンからの連絡はない。しだいに不安がつのりだした。

そのときとつぜん、オーケストラが演奏を始めた。ワーーーー、ワ！　ワーーーー、ワワ！

「どうだった？」

「残念ですが……」

「くそっ！」

「本当に残念です。ローマックスとペンバートンからボツを言いわたされたあと、父にも会いにいったんですが、同じ御託を並べられました」

「一から詳しく話してくれ、エドワード」

「マリガン！　いま、ぼくのことをはじめて名前で呼んでくれましたね！」

「ああ、ああ、そうだな。いいから、何があったのか詳しく説明しろ」

「まずはローマックスに原稿を見せると、本当にこれを全部、自分ひとりで調べあげたのかと問いただされました。本当はあなたが手を貸したんじゃないかと」

「それで、なんと答えたんだ？」

「全部自分で調べましたと」

「ローマックスは信じたか？」

「信じてはいないと思いますが、それ以上問いつめようとはしませんでした」

「それから？」

「ネタ元について、ありとあらゆる質問をされました。開発計画の設計図をどうやって手に入れたのか。請求記録はどこから入手したのか。それが本物だと、どうして言いきれるのか」

「おまえはなんと答えたんだ？」

「匿名のネタ元をあかすことはできません、と」

「ローマックスの反応は？」

「ネタ元もあきらかにできない見習い記者の胡乱《うろん》なネタに、社の命運を賭けるようなまねはできん。たとえその見習い記者が、社主のご子息だとしても。そう突っぱねられました。ぼくがしつこく食いさがると、ローマックスはひとつうなずいてから、ペンバートンと話してみようと言い置いて、編集長室に入っていきました。ふたりは額を寄せあって相談を始めた。二十分かそこらが経ったころ、ペンバートンの机の電話が鳴った。ペンバートンは数分のあいだ相手と話をしてから、受話器を置いた。ふたりはもうしばらく話しこんでから、揃って水槽を出ると、憤怒《ふんぬ》の形相でぼくの席へ近づいてきた」

「何に腹を立てていたんだ？」

「ペンバートンはぼくにこう訊いてきました。ぼくの原稿のネタは、ブレイディ・コイルの法律事務所からあなたが盗みだした盗品をもとにしている。そのことを承知しているのか、と」

「ペンバートンのほうこそ、なんでそれを知っているんだ？」

「さっき、ペンバートンに電話がかかってきたと言ったでしょう？　あの電話をかけてきたのはコイルで、うちの新聞社を訴えると脅してきたんです。プライバシーの侵害に、名誉毀損に……あとふたつはなんだったかな。ちょっと度忘れしてしまいました」

「どういうことだ。おれたちが暴露記事を載せようとしていることを、どうしてコイルが知っているんだ？」

「ぼくのほうこそ知りたいですよ。それでついつい、かっとなってしまいまして。言うべきでないことを言ってしまいました」

「どんなことをだ？」

「ジョルダーノとディオとコイルは人間の屑だ。あいつらは放火犯で、人殺しだ。あいつらに挑みかかるだけの肝っ玉がうちの新聞社にないおかげで、あいつらはまんまと罪を逃れることになる」

「なんとまあ」

「すみません。あんなふうに大声でわめきたてるなんて、ぼくがばかでした。ペンバートンは呆れたように首を振って、もう少しおとなになったほうがいいと言い放ちました。父からも同じことを言われました」

「ご苦労だったな、メイソン」

「これで終わりじゃないですよね？」

「ああ、たぶんな。ただし、いまの戦況は九回裏ツーアウト。あと十点とらなきゃ、おれたちの負けだ」

マクラッケンとふたりでしょんぼり傷を舐めあっていたとき、ふたたびオーケストラの演奏が始まった。


「やあ、下種野郎《げす》」

「ブレイディ！　よく電話をくれたな！」

「わたしの声が聞けて嬉しいとでも？」

「かつてのチームメイトの声が聞けて、嬉しくないはずがない」

「すまないが、それが本心から出た言葉だとは思えんな。なんといっても、わたしは人間の屑で、放火犯で、人殺しなわけだから。きみのコバンザメがそう言っていたそうじゃないか。そうした誹謗は概して悪意から発せられるものだ。わたしはな、マリガン、いっそのこときみの与太話が掲載されたらいいのにと願ったくらいだ。そうすれば、訴訟が結審するころ、配送トラックから印刷機に至るまでのすべてをわたしが掌中におさめていることだろうから」

そう言って、コイルはげらげらと高笑いを始めた。おれはそのまま電話を切った。本当に〝げらげら〟と笑う人間に出会ったのは、これがはじめてだった。あまり胸くそのいいものではない。

おれはメイソンに電話をかけた。

「訊きたいことがある。重要なことだから、よく思いだしてくれ。おまえがジョルダーノやディオやコイルのことを大声で罵倒したとき、それを聞いていたのは誰だ？」

「よく覚えていません」

「ほんの数分まえのことなんだろう？」

「ええ」

「立ちあがって、部屋のなかを見まわしてみろ。いまそこには誰がいる？」

「ええと……ローマックスにペンバートン。あとは、アブルッツィ、サリヴァン、バクスト、クキールスキー、リチャーズ、ジョーンズ、ゴンザレス、フリードマン、キフニー、イオナータ、ヤング、ウースター。それと、ヴェロニカもいますよ。今日が最後の出勤日だそうで」


「ハードキャッスルは？」

「姿が見えません。あ、待ってください。いま来ました。トイレに行っていたみたいですね」

「ほかには？」

「ほかにもいることにはいますけど、遠すぎて声は届かなかったと思います」

「そうか。ありがとう」それだけ言って、電話を切った。

73

十分後、ファウンテン・ストリートに車を二重駐車し、エンジンをかけたまましばらく待った。午後六時四十五分、社屋の向かいの駐車場から、スレートグレーの三菱エクリプスがそろそろと姿をあらわした。通りかかった車を何台かやりすごしてから、おれはエクリプスのあとを追った。エクリプスは交差点を右に曲がってダイアー・ストリートへ入り、一九五号線に乗るなり速度をあげると、猛スピードでプロヴィデンス川を渡りはじめた。

刑事ドラマでは、尾行がさも難しいことのように描かれているが、あんなものは嘘っぱちだ。なんの変哲もない小型車に乗って交通量の少ない道路を走っている場合、なおかつ、相手がなんら警戒心を抱《いだ》いていない場合、誰かを尾行するのなど、ウェイクフィールドがナックルボールを放った瞬間に盗塁することとくらいたやすい。

イースト・プロヴィデンスで一一四号線に乗りかえ、南へ進路を変えた。やがて行く手に、バーリントン郊外の瀟洒《しょうしゃ》な町並みが広がりはじめた。十五分後、チューダー様式の大きな邸宅が見えてくると、きれいに刈りこまれた芝生の前で、エクリプスはぴたりと停止した。

おれは半ブロック手前で車をとめ、そのまま様子を窺った。ヴェロニカが運転席をおりて車をロックし、芝生の前庭を突っ切って、呼び鈴を押す。おれは静かに車を出し、徐行運転で邸宅の前へ近づいていった。玄関の扉が開け放たれ、ワイングラスを手にした男があらわれる。男がグラスをさしだす。ヴェロニカがそれを受けとって、つま先立ちになる。男とヴェロニカの顔が重なる。
おれが家の前を通りすぎたあとも、ヴェロニカとブレイディ・コイルは舌を絡めあっていた。

プロヴィデンスへ引きかえす気にはなれなかった。一一四号線をさらに南下してニューポートにたどりつくと、オーシャン・アヴェニューで車をとめ、シートに身体をうずめた。白波が岩にぶちあたっては死んでいく音に、ひと晩じゅう耳を傾けた。死んだ双子のことを思った。トニー・デプリスコのことを思った。マクリーディ先生のことを、シェリル・シベッリの身体に開いた風穴のことを思った。ロージーのことを思った。ヴェロニカはコイルにもエイズ検査を受けさせたのだろうか。コイルとも将来を語りあったのだろうか。自分はパパの娘だと話したのだろうか。おれにわかっているのは、ヴェロニカがおれの娘《おんな》ではなかったということだけだ。

こちらをめがけて飛んでくる銃弾を、この目で見ることはできるのだろうか。

74

逃げる以外にできることはなかった。

夜が明けると、壮大なるニューポート橋とジェームスタウン橋を渡って、ナラガンセット湾を越えた。ウェスト・キングストンの小さな田舎町にたどりついたところで、グロリアの車を駅前にとめ、北行きの切符を買った。

普通列車がプロヴィデンス市内に入ると、広げた新聞に顔をうずめた。列車がボストンのサウス駅に近づいたところでようやく新聞をおろし、携帯電話の電源を入れた。着信音のボリュームをゼロに設定してから、座席の隙間に押しこみ、列車をおりた。ジョルダーノが警察内部のツテを頼って電波を探知させたとしても、こうしておけば、ボストンとワシントンを行ったり来たりする電波をばかみたいに追いかけまわすことになる。

叔母のルーシーは、息子コナーの子供部屋だった部屋を自由に使ってくれてかまわないと言った。おれがしばらく滞在することを、手放しで喜んでくれた。

ノキア社製のプリペイド式携帯電話を買い、それを使って、おれが去ったあとの町の動向を探りつづけた。開発計画の設計図やジョルダーノとのやりとりを録音したレコーダーは貸し金庫にあずけてあると、マクラッケンは言った。そのことを知っているのは、おれとメイソンだけだという。巷に流れる噂によれば、どこその誰かがおれの首に懸賞金をかけたらしいとゼリッリは言った。そして、いったい何をやらかしたのかと不思議そうに訊いてきた。自分が狙われる心配はないだろうとメイソンは言った。なのに、親父さんが念のためにと元財務省特別捜査官を二人もボディーガードによこしたのだと、おれにぼやいた。ポレッキとロセッリがこのところ顔を見せなくなったとジャックは言った。それでもなお、消防署員たちからは冷たい目で見られているという。一回目の形成外科手術が成功したとグロリアは言った。それから、車は言われたとおりの場所からおふくろさんが取ってきたからだいじょうぶだと報告してくれた。ロージーはなおも危篤状態にあると、病院の受付係は言った。

新しい電話番号は誰にも教えなかった。いまいる場所も、誰にも知らせなかった。

髪が伸び、ひげも伸びた。そこに白髪が入りまじっていることに、正直、驚かされた。平日、叔母がフリート銀行に出勤しているあいだは、近くのＹＭＣＡでバスケットボールのゲームに参加したり、花模様のダマスク織りのソファに寝転がって、エド・マクベインの八七分署シリーズをむさぼり読んだりしてすごした。こんなことになるまでは、毎日、原稿を書いていた。あの日々が懐かしくてならなかった。二週間ほど過ぎたころ、これまでの読書歴を活かせば自分にも小説が書けるのではないかと考えるようになった。叔母の古ぼけたタイプライターを借りて六十ページほど書き進めたところで、考えが甘かったと気づいた。

眠れば、ロージーとヴェロニカの夢を見た。毎朝、目が覚めるたび、有刺鉄線を巻きつけられているような痛みが心臓を貫いた。叔母と朝食を囲むまえに、指が覚えた番号をプリペイド式携帯電話に打ちこんでは、ロージーの容態は変わらないという言葉に肩を落とした。巻きつけられた有刺鉄線が心臓をぎりぎりと締めつけた。

食費と部屋代を払うといくら言っても、叔母は頑として受けとらなかった。最大の出費といえばマーロックスと葉巻の代金くらいのものだったから、町を離れるまえに銀行で引きだしておいた有給休暇分の給与、二千六百ドルだけで、このままいけばクリスマスまで暮らしていけそうだった。クレジットカードを使うのはあまりに危険な気がした。

　平日の夜と週末には、叔母と並んでソファにすわり、レッドソックスの試合をテレビ観戦した。カレンダーが六月に変わるころ、オルティーズは手首の腱の断裂で戦列を離れ、ラミレスは膝の痛みで不調に喘ぎ、レッドソックスはレイズに首位の座を明けわたしていた。

　雨の日には、叔母のノートパソコンを借りてプロヴィデンスのニュースをチェックした。天気のいい日の午後には地下鉄でケンブリッジまで足を伸ばし、ハーバード・スクエアの〈アウト・オブ・タウン・ニュース〉でプロヴィデンスの地方紙を買った。夏のあいだ紙面をにぎわせていたのは、再選を狙うカロッツァ市長が世論調査で記録した大幅リード、交通局の談合入札に、ポータケットで発覚した贈収賄事件、小児性愛の疑いが持たれている神父、ホーリー・ネーム・オブ・ジーザス教会が催す毎年恒例の焼きハマグリ・パーティで発生した総勢六十三名の集団食中毒。どれひとつとして、おれの署名が添えられたものはない。あの慌ただしい日々が恋しくてならなかった。

　新聞を買うため地下鉄に乗るたび、なんとか気をまぎらわそうと、落書きを鑑賞してみたり、たまたま乗りあわせた乗客の人生を勝手にあれこれ空想してみたりもした。だが、いかなる試みもすべて無駄に終わった。ふと気づくと、ヴェロニカが隣にすわって、おれの手を握りしめていた。おれは頭のなかで、さまざまなやりとりを構築した。ヴェロニカの裏切りに、納得のいく説明をつけようとした。ヴェロニカは日ごとに新たな言いわけを並べた。納得のいく理由はひとつもなかった。人間は行動がすべてなのだ。

　その夏は悲しい死亡記事が続いた。一人目は、コメディアンのジョージ・カーリン。二人目は、コメディアンで俳優のバーニー・マック。死神は三人でやってくるなんて古い言い伝えを信じちゃいなかったが、そのくせ、三つ目の訃報が届くことを恐れている自分がいた。そんな折、かつてレッドソックスに所属していたカール・ヤストレムスキーが心臓バイパス手術のため入院したとのニュースが飛びこんできた。ヤストレムスキーは父が贔屓《ひいき》にしていた選手のひとりだったから、必然的におれの贔屓の選手でもあったが、二者択一を迫られたなら、三人目はヤストレムスキーにしてくれと答えていたことだろう。

新聞業界の先行きに関しても、暗いニュースばかりが続いた。赤字の流れをなんとか堰きとめようと、国じゅうの新聞社が社員の給与を大幅に削減し、何千という記者の馘を切っていた。マイアミ・ヘラルド。ルイヴィルのクーリエ・ジャーナル。ロサンゼルス・タイムズ。カンザス・シティ・スター。ボルチモア・サン。サンフランシスコ・エグザミナー。デトロイト・ニュース。フィラデルフィア・インクワイアラー。ニューヨーク・タイムズやウォール・ストリート・ジャーナルですら、その例外ではなかった。

七月も下旬にさしかかるころ、連続放火の容疑が晴れ、会社からは復職を許可する旨を伝えられた。おれが送ったクレジットカードの利用記録に必要以上に感激してくれたウー・チャンの女弁護士が、ブレイディ・コイルの提案した手順をそのままなぞって、おれのアリバイをポレッキに伝え、正式な公表と謝罪とを市警本部長に要求したのだ。ポレッキは限界まで延ばしに延ばしたあとでようやく重い腰をあげ、おれへの容疑は晴れたとする会見をしぶしぶながら開いた。警察から返却された相棒ブロンコと祖父の形見の銃は、女弁護士に頼んであずかっていてもらうことにした。その弁護士にも、おれは自分の番号を教えなかった。

家に帰りたかった。入り江のほうから漂ってくる磯の香りや、垂れ流された石油のにおいや、傷みかけた貝のにおいを嗅ぎたかった。錆だらけの艀《はしけ》舟を押しのけながら川をさかのぼっていく、色とりどりのタグボートの騒々しいエンジン音が聞きたかった。沈みゆく太陽が州会議事堂の大理石の円蓋を古びた金貨の色に染めていくさまを眺めたかった。アニーの刺青が、メイソンの中折れ帽が、チャーリーのつくるオムレツが、ゼリッツリのくれるキューバ葉巻が、骨の折れそうなほどに力強いマクラッケンの握手が、ジャックの発するイタリア語の悪態が、視力をとどめたほうのグロリアの目が恋しかった。そこに暮らすほぼ全員の名前を知っている生活が恋しかった。

だが、おれの首にはなおも懸賞金がかかっている。そして、わが社がリストラの波に呑まれるのも時間の問題だ。町へ戻れる日が来たとしても、おれの机は果たして編集部に残っているだろうか。

ある晩、叔母がアルバムを引っぱりだしてきた。ふたり並んでソファにすわり、一枚、また一枚とページを繰《く》った。テニスラケットを手にして、わざとしかめ面をしてみせている叔母とおふくろ。勲章で飾りたてたプロヴィデンス市警の制服に身を包み、凛々《りり》しい表情を浮かべた祖父。クリスマスプレゼントの包装紙を破りとっている兄エイダンと姉のメグ。トンカ社製のはしご車で遊ぶ、幼きころのおれ。

六歳のころ、あのはしご車とおれとは一心同体の仲だった。寝るときまでも一緒だった。「懐かしいな！あんなに大好きな玩具《おもちゃ》だったのに、いまのいままですっかり忘れていたよ！」おれは思わず声をあげた。

叔母はにっこりと微笑んで立ちあがり、廊下のクロゼットをしばらくがさごそと引っ掻きまわしたあと、あのはしご車を両腕に抱えて戻ってきた。記憶のなかのはしご車は、途轍《とてつ》もなく大きいものだった。だから、叔母からそれを受けとったとき、あまりの小ささに驚いた。

「あなたのお母さんが亡くなったあと、地下室に埋もれているのを見つけて持ち帰ってきたの。あなたが持っていて」

またこいつを抱えて眠ってみようか。ひとり寝の寂しさが少しはまぎれるかもしれない。

八月の初旬、金《かね》を垂れ流しつづけることにとうとう嫌気のさした経営陣が、編集部員八十名を含む、社員百三十名の強制解雇に踏み切った。おれはメイソンに電話をかけて、リストラの対象となったのは誰かと尋ねた。アブルッツィ、サリヴァン、イオナータ、ウースター、リチャーズ……失われた戦友はあまりに多い。

「本当は、あなたとグロリアの名前もあがっていたんです。でも、父に掛けあって、リストからはずしてもらいました」

おれのためにそこまでしてくれたのかと驚いた。グロリアとの約束を守りとおしたことについては、意外でもなんでもなかった。ただし、読者や広告主の新聞離れがこのまま続けば、第二、第三のリストラが行なわれる。いくらメイソンでも、この次はおれたちを救うことができないかもしれない。

八月半ば、ヤンキースが力尽きた。経験豊富な主力投手陣が軒並み球威を落としはじめたが、頼みの綱の若手投手陣には第一線で戦う準備がまだ整っていなかった。一方のレッドソックスもまた、大躍進を続ける首位レイズに七ゲームの大差をつけられていた。先発ピッチャー三人と、ライト、ショート、サードを守る野手三人が故障者リストに載せられていた。オルティーズは手首の手術を終え、チームに復帰はしたものの、以前ほどの好プレーを見せることはできずにいた。そしてチームの主砲、マニー・ラミレスは、二千万ドルの来期年俸に散々いちゃもんをつけたあと、チームを去ってドジャースに移籍していった。このことをロージーが知ったら、いったいなんと言うだろう。それなら、おれはどうか。あれやこれやの問題を抱えるいま、野球のことで一喜一憂している余裕はなかった。

九月初旬の日曜の午後、陳列棚に積まれた朝刊をつかみとるまえから、そこに印刷された全段抜き大見出

しがおれの心臓を鷲づかみにしていた――〈マウント・ホープに放火犯戻る〉
　新聞を握りしめてブラトル・ストリートの〈アルジェ・コーヒー・ハウス〉に入り、アラビアン・コーヒーとラムソーセージのサンドイッチを片手に、記事を読み耽った。アイヴィー・ストリートのメゾネット型アパートメントを焼きつくした炎は、ドイル・アヴェニューに建つゼリッツリの食料雑貨店をも呑みこんだという。メイソンの署名で綴られた記事には、〝今回の火災にはあきらかに不審な点があるが、出火原因はまだ捜査中である〟とするポレッキのコメントが載せられていた。飛び記事にも目を通そうと八面を開いた瞬間、興奮のあまり椅子から躍りあがりそうになった。そこに掲載された火災現場の写真には、グロリアの名前が添えられていた。
　メイソンの書いた記事は、最後にこう結んでいた。夏のあいだ鳴りをひそめていた連続放火犯が、活動を再開したことはおそらく間違いない。九月に入り、警察がパトロールの手をゆるめ、ディマジオ団の名で知られる自警団が〝振りまわしていたバットをおろした〟ことが、その引鉄《ひきがね》となったのだろう。頭のなかの手帳にメモ――陳腐な言いまわしのことで、メイソンにちくりと言ってやること。
　ゼリッツリに連絡をとろうとしたが、自宅の番号は電話帳に載っていなかった。店の電話はプラスチックの塊と化しているはずだった。

75

　翌朝、二年まえに買いかえたばかりだという新車同然のトヨタ・カムリを叔母に借りて、九五号線を南下した。一時間後、ブランチ・アヴェニューで九五号線をおり、ノース墓地の門の手前でブレーキを踏んだ。車をおりてトランクを開け、トンカ社製のはしご車を取りだした。萎れた菊の花束がひとつ、スコットとメリッサ・ルエダきょうだいが永遠の眠りについた場所であることを示す墓石に立てかけられていた。おれははしご車の玩具を双子の墓に供え、枯れた菊を片づけた。

　ノース墓地を出て、東へ数マイル車を走らせ、スワン・ポイント墓地に入った。ルッジェーロ・〝ザ・ブラインド・ピッグ〟・ブルッコラが葬られた場所から五十ヤード西、シャクナゲの茂みに囲まれた場所にロージーは埋葬されていた。枯れた花束の小山がその墓を覆いつくしている。花束をひとつずつ取りのけていくと、その下から、同僚の隊員らが置いていったのであろう品々があらわれた。耐火ヘルメットが三つ。消火ホースの先に取りつける真鍮製の筒口。プロヴィデンス市消防本部の徽章が数十枚。そして、州内各地の消防本部からやってきた隊員らが置いていったのだろう、百枚近い徽章。マニー・ラミレスのサインが入ったユニフォームを墓石にかけ、芝生の上に胡坐をかいて、おれはロージーと語りあった。一艘のタグボートがシーコンク川をさかのぼっていくさまをふたりで眺めながら、高校時代の思い出にひたった。まずはおれが、プロム・パーティーの夜にロージーが着てきたけばけばしい花柄のドレスのことをからかった。するとロージーは、おれが左手で放ったぶざまなレイアップ

・シュートのフォームを茶化した。過去にたった一度だけ関係を持ったあのときのこと、あれはやはり間違いだったのだということで、おれたちは意見が一致した。ただし、間違いであったのは関係を持ったことなのか、二度目を試してみなかったことなのかは、おれにもロージーにもわからなかった。
「葬儀に出られなくて本当にすまなかった、ロージー。本当は参列するつもりだったんだが、ルーシー叔母さんがあんまり必死に引きとめるものだから。もし叔母さんがとめてくれなかったら、おれはいまごろ、きみの隣に埋められていたかもしれないな」

友人同士の語らいが生者から死者への語りかけに変わった瞬間、ロージーの声が聞こえなくなった。おれは墓石から取り去ったユニフォームを手に、車へ引き返した。これをこのまま残していったら、どこぞの不良少年にかっぱらわれるのがオチだ。この次おれがここへ話をしにくるときも、きっとロージーはまた、このユニフォームを羽織らせてもらいたいにちがいない。

抜け道を使ってブラウン・スタジアムの前を通りすぎ、ドイル・アヴェニューまで車を走らせた。ゼリッリの店は真っ黒な箱と化していた。その店先に立つゼリッリの姿が見える。煙に燻《いぶ》された商品を歩道に並べた、バーゲンセールの売り場監督を務めているらしい。おれは歩道脇に車をとめ、ゼリッリに近づきながら片手をさしだした。

「はて、どちらさまかな?」

「おれのことをお忘れですか」

「いつ、どこでお会いしたかね?」

「もっとよく見てください」おれは言って、サングラスをはずした。

ゼリッリはおれの顔をまじまじと見つめ、一瞬の間を置いてから、驚きに目を丸くした。「おい、何をやっておる。おまえさんがこんな自殺行為に打ってでようとは、夢にも思わなんだぞ」

「このひげがあれば、まずおれとはわからないでしょう」

「ふむ。しかし、わしが何より惑わされたのは、そのくそったれヤンキースのチームキャップとユニフォームだ。まったく、くそ忌々しい変装をしおってからに」

「少し歩きませんか」

「ちょっと待っとれ」

ゼリッリはそう言い置くと、焼け焦げた戸口を通りぬけ、焼け跡のなかに姿を消した。そして数分後、葉巻の入った木箱を六つ抱えて店から出てきた。

「こいつを持っていけ。熱にあてられたせいですっかり乾いちまっとるが、薄く切ったリンゴを何切れか放りこんでおけば、何本かは吸えるようになるはずだ」

おれは礼を言って箱を受けとり、叔母の車のトランクにしまった。それからゼリッリを促して、半ば枯れかけたカエデの並木道を歩きだした。見あげると、葉の一部がすでに紅葉しはじめている。

「ロージーのことは本当に気の毒だったな。おまえさんとあの娘が親しい仲だったことは知っておる」

「いちばんの親友でした」

「わしにとっては、ジョン・マクリーディがいちばんの親友だった。だから、おまえさんの心情はよくわかる」そう言うと、ゼリッリはぱっと大きく腕を広げた。

「くそったれの放火魔め。どれだけの建物を燃やし、どれだけの命を奪えば気が済むのか」

「あの店のこと、残念です」

「ふん、あんなもんはなんとでもなる」

「建てなおすおつもりですか」

「来週、ホープ・ストリートに新しく店を開ける。あそこなら立地もいい。焼けた店と引きかえに、ジョルダーノがただで譲ってくれてな。このあたりに何やら建てるつもりなんだろうが、それにしたって気前のいいこった。わしがこれまでさんざん、あの男をくそみそに言ってきたことを思えばなおさらにな」

「ディマジオ団には巡回を続けさせているんですか？」

「放火がいっさい起こらなくなって、六月に一度は解散させたんだが、それが大きな間違いじゃった。ゆうべからまた巡回を再開させておる。わしの店を燃やしたくそったれを連中が捕らえようものなら、今度は警察へ引きわたしはせん。フィールズ・ポイント・ドライヴのゴミ焼却炉にまっすぐ直行させてやるわ」

「それが誰であるにせよ、何者かに雇われているにすぎません。それより、そいつに金《かね》を払っている黒幕どもの名前を知りたくありませんか」

76

「もしもし、マリガンだ。ひとつ頼みがある」

「言ってみろ」

「設計図とレコーダーを貸し金庫から出して、いまから言う場所まで届けてほしい」

「何をするつもりだ？」

「聞かないほうがいい」

「そうか。場所と時間は？」

「フォール・リヴァーの戦艦マサチューセッツ博物館。そこの来客用駐車場に、土曜の午前十一時」

「わかった。かならず届けよう」

「いまも黒のホンダ・アキュラに乗っているのか？」

「ああ」

「車をとめて、待っていてくれ。おれのほうで見つけるから」

77

土曜の朝。ボストンの〈サテライト・レコーズ〉に立ち寄り、トミー・カストロのCD二枚に大枚をはたいた。昼まえには、叔母のカムリのスピーカーから鳴り響く《テイク・ザ・ハイウェイ・ダウン》を聞きながらルート二四号線を南へくだって、一路、ニューポートをめざしていた。トランクには、マクラッケンから受けとった設計図やレコーダーがおさめられていた。目的の家を探してオーシャン・アヴェニューにゆっくり車を走らせながら、CDプレーヤーを操作して、《ユー・ニュー・ザ・ジョブ・ワズ・デンジャラス》まで早送りした。

その屋敷は、避暑地ナンタケット島に建つコテージをひたすら巨大化したかのような外観をしていた。こけら板の三角屋根。屋敷の前面を覆う真っ白なポーチ。異様なまでに青々とした広大な芝生。そしてその屋敷は、遮るものなく海を見晴らす突きだした岩場の上に建っていた。

砕いた貝殻を敷きつめた私道に入った途端、筋骨隆々とした大男ふたりが目の前に立ちはだかり、車をおりろと命じてきた。男たちは紺地にピンストライプという瓜ふたつのスーツを着ていた。ジャケットのふくらみ具合からして、内側に銃を仕込んでいることは間違いない。男たちはおれの身体を上から下まで叩いて身体検査を済ませたあと、デヴィッド・オルティーズのユニフォームを指さし、ボタンをはずしていただけないかと礼儀正しく尋ねてきた。そうして盗聴器が貼りつけられていないことを確認すると、今度は車のドアを開け放って、シートの下を手探りし、グラヴコンパートメントのなかをたしかめたあと、なかを検《あらた》めるのでトランクを開けてくださいと要求した。それを終えると、おれの前まで戻ってきて、曲がりくねった私道をこのまま道なりに進んで木立の下に車をとめるよう指示を与えた。おれは言われたとおりに私道を進み、五台並んだぴかぴかのキャデラックの真後ろに車をとめた。大きく枝を伸ばしたオークの葉が、磨きあげられた塗装を太陽の光から庇《かば》っていた。そして、いずれの車もブレーキランプの横に〝キャデラック・フランク〟のステッカーを貼りつけていた。

芝生を横切り、屋敷に近づいていくと、ポーチからゼリッリがおりてきた。固い握手を交わしたあと、ゼリッリはおれの腕を引いて、建物の脇をぐるりと迂回した。潮の香りにまじって、何やら芳《こう》ばしいにおいが漂ってくる。痩せこけた老人がフライ返しを片手に、二枚並べた鉄板の前でステーキやら鶏の胸肉やらイタリアンソーセージやらと格闘している。老人よりはいくぶん歳若な男たちが三人、白いバミューダパンツにトミー・バハマのアロハシャツといういでたちで、きらめく水をたたえたプールの周囲でくつろぐ姿も見える。小さな傘を飾りに添えたトールグラスをトレーに載せ、Tバックのビキニを着た美女たちがそのまわりをしゃなりしゃなりと歩きまわっている。

「これはこれは、すばらしい」おれはそう感想を述べた。

ゼリッリはおれを見やって、にやりとした。

「何を期待しておった？　牛舎にでも呼ばれると思っておったか？」

それからひとりひとりにおれを紹介していったが、おれはすでに全員の名前を知っていた。

労働搾取容疑の裁判のあいだの保釈が認められたジュゼッペ・アレーナは、フライ返しを鉄板に置き、〝コックにキスを〟とプリントされたエプロンで手についた油をぬぐってから、両手でおれの手を握りしめた。「よく来てくれた。なんでも好きなものを飲んでいてくれ。あと数分で肉が焼ける」

リモージュ焼きの陶器の皿をめいめい膝に載せ、ゴーハム社製の純銀ナイフとフォークを使って焼きあがった肉を食べた。プールサイドのスピーカーから、小さく音楽が流れている。ジョーン・アーマトレイディングに、アニー・レノックスに、インディア・アリー。九月下旬の雲ひとつない空のもと、大西洋で弾ける波頭のようにきらめく声。

ふと横を見やると、ゼリッリがイタリアンブレッドの上にソーセージ、トマト、トウガラシ、ナスを山盛りにして、特製のサンドイッチづくりに没頭していた。

「音楽の趣味がじつにすばらしいな」おれはそう感想を述べた。

ゼリッリはふたたびにやりとして言った。

「何を期待しておった？　ウェイン・ニュートンの懐メロでもかかると思っておったか？」

会話の話題はレッドソックスから、半裸のウェイトレスたちの品定めへ、それからまたレッドソックスへと移りかわっていった。おれが目を離している隙に、われらがレッドソックスは大躍進を遂げ、プレーオフ進出に王手をかけていた。予想外に降って湧いたプレーオフ戦をまえに浮き足立つ州内各地の常連客を相手に、ゼリッリはぼろ儲けの算段を整えているという。

午後三時をまわるころ、からになった皿がさげられたところで、おれはいったん車に引きかえし、設計図とレコーダーを持って屋敷の裏手へ戻った。アレーナの先導でなだらかに傾斜した芝生をくだっていくと、海に向かって四十ヤードほど迫りだした石造りの桟橋にたどりついた。その半ばほどに、白いテーブルクロスに覆われた長いテーブルが据えられている。テーブルの上には、赤と白のワインを満たしたカラフェとワイングラスが用意されている。なるほど。こんな場所で密談が交わされようとは、よもや誰も思うまい。ここなら盗聴の心配はまったくない。

アレーナがテーブルの上座についた。残るおれたちがめいめいの席に腰を落ちつけると、ゼリッリが全員のグラスにワインを満たした。労働搾取の罪に問われる被告人にして、ブルッコラ亡きあと地元マフィアの実質的なドンとなったアレーナ。州内の盗っ人で知らぬ者はいない故買屋、カーマイン・グラッソ。自動車販売業を手がける一方で、州内最大の高級車窃盗団の頭目をも務める、〝キャデラック・フランク〟・デアンジェロ。甘い汁を吸うことにかけては天下一品の交通局長、〝ブラックジャック〟・バルデッリ。そして、ロードアイランド州で最大の収益を誇る違法賭博の胴元、〝ウーシュ〟ことゼリッリ。

ただし、今日この場にジョニー・ディオとヴィニー・ジョルダーノの姿はない。

紺地にピンストライプのスーツを着た大男ふたりが、桟橋のはずれに立った。首からさげた双眼鏡を使って、風に煽られたヨットがこちらに近づきすぎることのないよう目を光らせはじめる。

かつてニューイングランドに君臨していたマフィアのドン、レイモンド・L・S・パトリアルカは、アトウェルズ・アヴェニューに面した小さな事務所にすわったまま、メイン州からコネティカット州中心部に至るまでの組織的非合法活動のすべてを取り仕切っていた。ところが、一九七〇年代から八〇年代にかけて、連邦捜査官が新たに手に入れた玩具《おもちゃ》を振りまわしはじめた。電子機器を用いた監視に情報収集。そして、組織犯罪根絶のために制定されたRICO法。それによって、ここロードアイランド州でも、地元マフィアの勢力が根こそぎ削ぎ落とされた。現在、ロードアイランド州を根城とするマフィアに、かつてほどの権勢はない。麻薬カルテルや宝くじやインディアンカジノ、ウェブサイトで好みの売春婦を指名できる〝エスコートサービス〟などを取り仕切る最大規模のマフィアから、おこぼれを頂戴しているというのが実情だった。


「さて、きみの持ってきたものを見せてもらうとするか」アレーナが密談の口火を切った。

おれはまず、例の市街地図と完成予想図を広げてみせた。全員が椅子から腰を浮かせて、テーブルの上を覗きこんだ。ゼリッリが骨ばった指を伸ばし、市街地図の右下の隅に記された〝ディオ建設〟の文字に突き立てた。「あのくそったれめ」

そこに記されたすべてを全員が理解したところで、今度は、会社設立登記申請の請求記録をテーブルの上に置いた。アレーナがそれを拾いあげ、内容をたしかめてから、隣にまわした。

請求記録が全員の手をめぐり終えたことを見届けてから、おれはレコーダーを取りだし、再生ボタンを押した。カモメの鳴き声や、岩場で砕ける波音に掻き消されて、声を聞きとるのが難しい。

おれが停止ボタンを押すと、アレーナが言った。

「もう一度、聞かせてくれ」

リトル・ローディ不動産に空きができたとジョルダーノが言い放った直後、グラッソがレコーダーをつかみあげ、しばらく巻き戻してからふたたび再生ボタンを押した。

「シェリル・シベッリは、おれの姪っ子だ。女房の妹の娘なんだ」ジョルダーノのセリフを確認したあと、声を震わせながらグラッソは言った。

そこからまた最後まで、電話のやりとりに耳を澄ませた。停止ボタンを押したあと、重い沈黙がテーブルを覆いつくした。アレーナが椅子を引いて立ちあがり、テーブルに背を向けると、水平線の彼方に目をこらしはじめた。

一分ないし二分ほどの時間が過ぎたころ、アレーナはふたたび椅子に腰をおろした。そして、おれにいくつもの質問を投げかけてきた。

その設計図はどこで手に入れたのか。

ブレイディ・コイルのオフィスから盗みだしました。

請求記録はどうやって手に入れたのか。

申しわけありませんが、それは教えられません。

「わしの顧問弁護士が、この陰謀に関わっているというのか？」

「そうです」とおれは答えた。それから、大陪審の証言を記者にリークしていたのもコイルなのだと打ちあけた。

「それはたしかなのか？」

「はい」

「あの男は、いったいなんのためにそんなことを？」

「連続放火事件。建物に火を放つ行為に、あなたなら目をつぶることができますか？」

「保険金目当てに倉庫を燃やす程度なら、べつにかまわん。特に被害をこうむる者もない。しかし、町じゅうに火をつけてまわるなど、考えられん。よちよち歩きの赤ん坊や、消防士までもが焼け死んだ。ウーシュの店も燃えた。グラッソの姪御まで巻き添えにされ、しまいには証拠隠滅のために撃ち殺された。目をつぶることなぞ、できるわけがない」

「コイルにもそれがわかっていたんです。だから、大陪審の証言をリークし、法廷での形勢を著しく不利にすることで、あなたを始末しようとした」

アレーナは椅子から立ちあがり、おれのいるほうへ近づいてきた。おれも椅子から立ちあがった。アレーナはふたたび両手でおれの手を握りしめたあと、おれの肩を抱いて言った。

「わしら全員、きみに借りができたようだ」

退席の合図だった。おれはテーブルの上から設計図や請求記録を掻き集め、レコーダーをジーンズのポケットに押しこんでから、なだらかに傾斜した芝生をのぼって、屋敷のほうへと引きかえした。

78

そして、火曜日。叔母の家の居間でソファにもたれ、レギュラーシーズン最後の試合――ヤンキースを相手どった、無意味な消化試合――を眺めているうちに、おれはうとうとと居眠りをしていた。

事件が起きたのはその日のことだった。翌日の朝刊には、そのニュースを知らせるど派手な大見出しが躍っていた。

目撃者の話によると、正午少し過ぎ、足首まで丈のある黒いレインコートを着た見知らぬ男が、ディオ建設社屋の前庭を足早に突き進んでいた。男は建物の横手にある出入り口を抜けて本館に入り、ジョニー・ディオのいる社長室をめざした。

「おかしいなとは思ったんです。今日は雨なんて降っていないのに、って」社長室の外に控えていたというディオの秘書は、殺人課コンビの行なった事情聴取に際して、こう語った。だが、その日そのとき実際に口にしたのは、〝どのようなご用件でしょう？〟という言葉だった。

　男は秘書の脇をすりぬけ、《荒野の決闘》の〝ドク〟・ホリデイさながらの敏捷な動きでレインコートの前を開いた。モスバーグ社製の八連発ショットガンを腰だめにかまえ、社長室の扉を開け放つなり、三発の銃弾をぶっぱなした。そしてショットガンを床に投げ捨て、十分待ってから警察に通報しろと秘書に言い置いてから、悠然と建物をあとにして、まばゆい午後の陽ざしのもとへと姿を消した。

「本当にあっというまの出来事だったんです！」と秘書は刑事らに語った。秘書には、男の人相を詳しく説明することができなかった。

　ディオが職場の床の上で息絶えたのとちょうど時を同じくして、ブラッドフォード・ストリートに面した高級レストラン〈カミーユズ〉のメインダイニングルームでも、耳をつんざく銃声が店内の静寂《しじま》を切り裂いていた。そのときの状況を訊かれても、襲撃者が何人いたのかも、どんな風貌をしていたのかも、どの扉から出ていったのかも、誰ひとりとして思いだせる者はなかった。全員が自信を持って答えられたのは、あとから駆けつけた警察ですら容易にわかる事実――ヴィニー・ジョルダーノが最後の午餐に食していたのは店いちばんの評判商品、グラナータ料理長が腕に縒《よ》りをかけたボンゴレ・アラ・ジョヴァンニだということだけだった。

　そんな出来事が起きていようとは露知らぬまま、昼食のテーブルについたブレイディ・コイルと連れの女はロシアン・リヴァー・ヴァレーのグラスをそれぞれ口に運びながら、〈キャピタル・グリル〉でメニューを広げていた。女はイカのソテーとメイン州産ロブスターのサラダを選んだ。コイルはクラムチャウダーとシトラス風味の炙りサーモンを注文した。料理が運ばれてくるまでのあいだ、コイルは弁護士のあいだでよく交わされるジョークをいくつか披露した。女はシルバー・チェーンの先にぶらさがるタイプライター形のチャームを指先でもてあそんでいた。女はワシントンからはるばるコイルに会いにきていた。今日はめいっぱい楽しもうと語りかけながら、コイルはテーブル越しに腕を伸ばし、女の手を握った。

コイルと女がメインディッシュに取りかかりはじめたちょうどそのとき、チャンネル10はレギュラー放送の番組を中断して臨時ニュースに切りかえ、〈カミーユズ〉で発生した銃撃事件の速報を伝えはじめていた。だが、カウンターの上方に据えられたテレビの音量はごく小さく絞られており、コイルも女もそのことにまったく気がつかなかった。食事を終えると、コイルと女はデザートをとらずに席を立った。

コイルが食事代を支払い、気前よくチップも弾んだ。店先の歩道に出て、コイルが顔を寄せてくると、女はつま先立ちになってキスに応じた。そのとき、こちらへ近づいてくる男の姿が目の端に映った。男の背丈は女とさほど変わらない程度。おおよそ五フィート五インチと思われた。けれども、やけに筋肉の発達した大きな肩をしていた。きれいに剃りあげたスキンヘッドの頭には赤い斑点が散っていた。

男はウィンドブレーカーのポケットから小ぶりな黒の拳銃を取りだすと、銃口をコイルの耳に押しこんだ。

女は悲鳴をあげた。

男が引鉄を引いた。

銃声のあまりの小ささに、女は少し驚いた。

コイルが側溝に転がり落ちた。

男は側溝の縁に立つと、とどめの三発をさらに浴びせた。

それから後ろを振りかえり、何やら考えこむように女を見つめた。二五口径のレイヴン・アームズの弾倉には、まだ二発の弾が残っている。

「撃たないで……お願い……」女は懇願した。

男はひとつ肩をすくめ、拳銃から手を放した。黒い金属の塊が音もなくコイルの亡骸の上に落ちた。男は通りを渡ると、バーンサイド・パークを悠々と横切りはじめた。この世界で気にかけるべきことなど、何ひとつないとでもいうかのように。

女の肩ががくがくと震えだした。一瞬、たったいま胃袋におさめたばかりの高価な昼食をすべて吐きだしてしまいそうになった。だが、ほどなく落ちつきを取りもどすと、ハンドバッグを開けてボールペンと手帳を引っぱりだし、目と耳にしたすべてを書きとめはじめた。

おれは三件の銃撃事件のことを、メイソンの書いた概略記事で知った。ブレイディ・コイルにくだされた死刑執行の模様を一人称で事細かに綴った鮮烈な記事が、ワシントン・ポストに掲載された。ヴェロニカの秘密のネタ元は、死ぬ間際にまで大きなスクープを遺していってくれたらしい。

79

留守にしていたあいだの家賃の半額をビザカードからの借入れ金で支払うという条件を呈示して、粘り強く交渉した結果、もといた部屋に住みつづけることをなんとか大家《おおや》に許してもらえた。大家は〝半額〟という部分に最後まで渋い顔をしていたが、こんなボロ家に暮らしたがる物好きはそうそう見つかるはずがない。現に、おれの不在中にもひとりもあらわれていなかった。

室内にたまった埃を払い、祖父の形見の四五口径をひび割れた漆喰の壁に飾りなおした。電力会社や水道局に連絡を入れた。しばらくすると、ふたたび電話が通じるようになった。さて、最初に電話をかけてくる、記念すべき第一号は誰だろう。

「この！

くそったれの！

くそ野郎！」

「やあ、ドーカス。きみの声が聞けて、どんなに嬉しいか」

「いままでどこへ行っていたのさ！」

「ルーシー叔母さんの家に厄介になっていたんだ」

「この夏のあいだずっと？　嘘をつくんじゃないよ！」

「嘘じゃないさ。そうだ、リライトは元気にしてるか？　まさか、本当に保健所へ連れていっちゃあいないんだろう？」

「本当だったらどうするのさ？」

「フィラリアの薬はちゃんと服ませてくれてるか？」

「地獄へ落ちな、くそ野郎！」ドーカスが毒づくと同時に、おれはすばやく電話を切った。

翌朝、鏡に向かってきれいにひげを剃り、愛馬ブロンコにまたがった。アトウェルズ・アヴェニューをくだって〈カミーユズ〉の前を通りすぎ、九五号線の向こうへ抜けた。新聞社の目の前でブレーキを踏み、十五分でリミットが切れるパーキングメーターの横に車をとめた。

エレベーターをおりて編集部に足を踏みいれると、メイソンが弾かれたように椅子から立ちあがり、おれのもとへ駆け寄ってきた。おれは片手をさしだした。メイソンはそれを無視して、がばりとおれに抱きついてきた。写真部の机に向かっていたグロリアも、同じように駆け寄ってきて、同じように抱きついてきた。グロリアのほうが抱き心地がよかった。

「おうい、みんな！　連続放火魔がサマーキャンプから戻ってきたぞ！」ハードキャッスルの声が響いた。

あの締まりのない南部訛さえもが懐かしく思えた。だが、あちこちの机がからっぽになっているさまを目《ま》のあたりにするのは、あまりにつらすぎた。自分の机に向かう途中、ダンテ・イオナータとウェイン・ウースターのコンビが湾内の水質汚染の元凶どもを追及しつづけた十年のあいだ、ふたりで使っていた机の横を通りすぎた。今後、その元凶どもはさぞや枕を高くして眠ることだろう。

机に向かい、コンピューターを起動した。留守にしているあいだにたまったメッセージが何百とあった。最新のメッセージは、今朝、ローマックスから送られてきたものだった。

死体捜索犬の原稿はまだか？

これはおそらく、ローマックスなりの〝よく戻った〟なのだろう。

十時を少しまわったころ、ローマックスがやってきて、メイソンとおれに編集長室までついてこいと命じた。

「もう白状してもいいだろう。春に持ちこんできた例の暴露記事、本当はどちらが書いたのだね？」ペンバートン編集長が訊いてきた。

「メイソンです」とおれは即答した。

「マリガンです」とメイソンは答えた。

「なるほど。では、署名はふたりの連名にするということでどうだね。ふたりで協力しあって、今日じゅうに必要な手直しを加えることができるなら、明日の一面に掲載したいと考えているのだが？」

「わかりました。やりますよ」とおれは答えた。手直しを加えさせてもらえるのなら、願ってもないことだ。あの原稿には、削除しておかなければならない細部がいくつかある。

「あのときはボツにされたのに、どうしていまなら掲載できるんです？」メイソンが訝るように眉根を寄せた。

「死人には訴訟を起こすことができんからだ」とローマックスが答えた。

昼さがりの三時ごろ、机の電話が鳴りだした。

「マリガン？」

「ああ」

「あなたが復帰したって聞いたわ」

「そのとおりだ」

「嬉しいわ。本当によかった」

「それだけのために電話してきたのか？　おれの職場復帰を祝うためだけに？」

「いいえ。ただ、あなたに謝りたかったの」

「それはどうかな」

「あなたとの関係を、こんなふうに終わらせたくない」

「それじゃ、どんな終わらせ方にしたいんだ？」

「あなたがまえに言ってくれたこと、覚えてる？　週末にふたりで肉欲のかぎりを尽くそうって言ってくれたでしょ？　あの約束を叶えてみない？　今週末、あなたがこっちへ来てくれたら……いいえ、わたしがそっちへ行ってもいいわ」

「先約がある」

沈黙が垂れこめた。ヴェロニカの息遣いが聞きとれた。

「あのひとはわたしにとって、取るに足らない存在だった」

「その言葉は信じられる。だが、それがわかったところで何が変わる？」

ヴェロニカはふっつりと黙りこんだ。受話器を通して、息遣いが聞こえた。おれがしばらく手放していたあいだに、ベライゾン携帯の性能は奇跡的な進歩を遂げたらしい。ヴェロニカのうなじに漂うあの甘い香りが、おれの鼻腔をくすぐっていた。あの柔らかな唇が、おれの頬を撫でていた。背すじがぞくぞくとわななかった。

「もうわたしに会いたくない？」

「ああ、会いたくない」

「それならせめて、わたしを赦して」

ひとを赦せばみずからの魂も癒やされるのだと説教師は言う。赦しを与えられた者より赦しを与えた者のほうが、より大きな安らぎを得られるのだと。怒りと恨みとを清めることができるのだと。まったく、なんたる戯言だ。

「マリガン？　お願い、わたしを赦して？」

「それはできない。なぜなら、後先も考えず、おれの心が本当はそうしたがっているから。そして、そもそものはじめから、きみがそのことを計算ずくだったってことをわかっているからだ」

「どういうこと？　よく意味がわからないわ」

おれは何も答えなかった。《マルタの鷹》を見たという人間は、もはやこの世に存在しないのか？

「いったい何がどうなっているのか、まったくわけがわからない……」ヴェロニカはいまにも泣きだしそうな、力ない声でつぶやいた。「あのひとを撃ち殺した男は誰なの？　なぜブレイディを殺したの？」

「それが当然の報いだからだ。明日、うちのオンライン版をチェックしてみるといい。きみの知りたいことはすべてそこに書いてある」

「わたしも殺されていたかもしれないのよ。わたしのことなんて、もう心配もしてくれないの？」

「きみはツイてたな。あのときの殺し屋がおれじゃなくて」そう言うなり、おれは受話器を置いた。

帰り際、グロリアから飲みにいこうと誘われた。〈トリニティ・ブルーハウス〉という店に行ってみないかと。

「〈ホープス〉にしないか？」

「べつの店がいいわ。あれから〈ホープス〉にはあんまり足が向かなくて」

グロリアとのあいだに親密な空気が漂いかけた、あの一夜が頭をよぎった。この数ヵ月のあいだに、おれはぼこぼこに痛めつけられ、裏切られ、大切なひとを奪われた。いまのおれは、優しく抱きしめてくれる誰かを欲していた。だが、それはグロリアではなかった。少なくとも、いまはまだ。おれはいまだにヴェロニカへの想いを引きずっている。グロリアは軽い気持ちでつきあっていい女じゃない。今日はひどく疲れたとおれは言った。まっすぐ家に帰りたいと。

しかし、実際にとった行動は少しちがっていた。フロントガラスから黄色い違反切符を抜きとり、社長のBMWのワイパーに挟みこんだ。キャンプ・ストリートまで車を走らせて、ジャック・セントファンティの住まいを訪ね、近況を報告しあった。そのあと〈ホープス〉に立ち寄ると、奥のテーブル席でひとりグラスを傾けているマクラッケンの姿が見えた。

「つまり、おれは殺しの片棒を担いだことになるわけだな」クラブソーダを片手に向かいの席へ腰をおろすと、マクラッケンが小声で訊いてきた。

「こんなことに巻きこんですまない」

「おい、そんなことで謝るな。おれが悔やまれてならないのは、もっとべつのことだ」

「なんだ？」

「放火の実行犯は、いまものうのうと町を歩きまわってる。何かを燃やせと命じてくれる、次の金蔓を探しまわりながらな」

「グロリアを襲った男と、ロージーを殺した人間もだ」

「ひょっとすると、同じ人間かもしれないな」

マクラッケンが帰ったあとは、バーテンダーのアニーと他愛ないやりとりを交わしてすごした。ふと思いついて、仕事が引けるのは何時かと訊いてみたが、アニーはくすくすと笑いながら首を振るだけだった。クラブソーダを飲み干し、店を出て、ふたたび車を走らせた。〈グッドタイム・チャーリーリーズ〉にたどりついたとき、マリーはちょうど帰り支度を整えたところだった。

チャーリーのダイナーで安い夕食を奢り、家に連れ帰って、ベッドに誘った。マリーはアスリート並みの体力と運動神経の持ち主だった。そして、何より情熱的だった。マリーの腕前を知ったなら、あのヴェロニカですら師事を乞いたがるかもしれない。心のなかでひとりごちた。その直後には、自分に呆れた。

翌朝、アンジェラ・アンセルモが金切り声で子供たちを叱りつける、いつもの声で目が覚めた。ベッドから起きあがり、バスルームに足を踏みいれたとき、ヴェロニカの黄色い歯ブラシがなおも陶製のホルダーにさしっぱなしになっていることに気づいた。おれはそれをつかみとり、真っぷたつにへし折ってから、屑かごに放りこんだ。

マリーと一緒にシャワーを浴びた。マリーに背中を洗ってもらったあと、おれもマリーの背中を懇切丁寧に、たっぷり時間をかけて洗いあげた。バスルームを出て、一枚ずつ服を身につけていくマリーを眺めていたとき、玄関扉の向こうから妙な物音が聞こえてきた。

覗き穴を覗きこんだが、ひび割れた漆喰の壁以外に見えるものはない。錠をはずし、思いきってドアノブを引くと、毛むくじゃらの黒い物体が足もとにすわりこんでいた。

「リライト!」

声を聞くなり、リライトはおれに跳びかかってきた。おれはあやうく床に倒れこむところだった。

リライトの毛はもつれ、ひどい悪臭もした。首輪の下に、小さな紙切れがたくしこまれていた——そのアマっ子の面倒は、しばらくあんたが見てちょうだい。

冷蔵庫からハムやソーセージを取りだし、リライトに食べさせた。そのあとマリーの手を借りて、バスタブのなかで身体を洗ってやった。

「しかし、これからどうしたものかな」ふさふさの巻き毛から石鹸の泡を洗い流してやりながら、おれはリライトに問いかけた。リライトは小首をかしげ、きらきらと輝く茶色い瞳でおれを見つめかえした。大家にバレたら、いますぐ放りだせとがなりたてられるだろう。だいいち、こうまで仕事に追われていては、満足に世話をしてやることもできない。

そのとき、ひらめいた。

犬の愛し方というものをよく知る気立てのいい夫婦が、シルヴァー・レイクにいるではないか。

献辞

現代の最も偉大な詩人のひとりであるパトリシア・スミスは、原稿のすべてに目を通しては赤字を入れ、この不甲斐ない男に逐一手をさしのべては、真のラブシーンを——小説のなかでも、それ以外でも——創造するのを助けてくれた。ありがとう、パトリシア。きみの作品である“Spinning 'til You Get Dizzy”の引用を許してくれたことにも感謝している。

以下の方々にも、この場を借りてお礼を申しあげる。ニューヨーク市警のポール・マウロ警部。AP通信の副編集局長、テッド・アンソニー。そして、世界に並ぶ者なきライティング・コーチ、ジャック・ハート。彼は本作の第一校に目を通したうえで、見識ある提言を数多く与えてくれた。すべての作家に、彼のような友がいるといいのだが。

オットー・ペンズラーにも、感謝の意を表したい。本作を読み、有益な助言を寄せてくれたうえ、LJK・リテラリー・マネージメントというすばらしいエージェントにわたしを推薦までしてくださった。そのＬＪＫのスザンナ・アインシュタインにもたいへんお世話になった。彼女はわたしのエージェントであるのみならず、これまで出会ったなかで最高の編集者でもある。偉大な編集者と呼ばれる方々とも仕事をしたことのあるわたしが言うのだから、間違いない。

ジョン・ランドから受けた恩義は忘れない。彼はわたしの小説を、自身のつきあいのある出版社、トール／フォージに売りこんでくれた。また、トール／フォージ社のみなさまにも、謹んでお礼を申しあげたい。とりわけエリック・ラーブは、まったくの新人に惜しみないチャンスを与え、その作品に磨きをかけてくださった。

そして最後に、わたしの敬愛する十六人の犯罪小説家たちへ。エース・アトキンス、ピーター・ブローナー、ローレンス・ブロック、ケン・ブルーウン、アラフェア・バーク、ショーン・チャーコーヴァー、ハーラン・コーベン、マイクル・コナリー、トマス・Ｈ・クック、ティム・ドーシー、ローレン・Ｄ・エスルマン、ジョゼフ・フィンダー、ジェイムズ・Ｗ・ホール、デニス・ルヘイン、ビル・ロエフェルム、マーカス・セイキー。これまであなたがたから賜ってきた、大いなる刺激と支えに感謝を捧げる。

解説

本書は、二〇一一年度のアメリカ探偵作家クラブ賞最優秀新人賞受賞作 ***Rogue Island*** の全訳である。他の候補は、デイヴィッド・ゴードン『二流小説家』、ニック・ピゾラット『逃亡のガルヴェストン』（以上、ハヤカワ・ミステリ）、ポール・ドイロン『森へ消えた男』（ハヤカワ・ミステリ文庫）、ジェイムズ・トンプスン ***Snow Angels*** と粒ぞろいの傑作ばかりだったが、見事強敵を打ち破っての栄誉に輝いた。

著者のブルース・ダシルヴァは一九四六年生まれ、マサチューセッツ州出身の六十五歳。作家としては「新人」だが、ジャーナリズムの世界では四十年以上のキャリアがあり、AP通信で記者の指導教官、《ニューヨーク・タイムズ》の書評担当、加えて五十を超える新聞の編集コンサルタントを務めてきた。序文にもあるように、本書の執筆のきっかけは、かの巨匠エド・マクベイン（エヴァン・ハンター）からの手紙だった。ダシルヴァの執筆した記事に対する、マクベインの「長篇に仕立ててあげてみては？」との示唆をずっと気にかけてきた著者は、引退後に一念発起して本書を書き上げた。

著者はまだ駆け出しの頃、本書の舞台であるロードアイランド州プロヴィデンスで記者をしており、その当時の知識がふんだんに物語に生かされている。本書に関する著者のインタビューを見る限り、主人公マリガンのベテラン記者という設定や、権力の腐敗への強い嫌悪、さらには離婚問題などは、自身の人生に重ね合わせた部分も多いように見受けられる。

ちなみに、原題の ***Rogue Island*** はロードアイランド州の別名で、「ならず者の島」の意味。政教分離を唱えたロジャー・ウィリアムズが最初に入植した土地であり、当時のピューリタニズムの観点からはあまりに常識はずれの思想だったことから付けられた名前である。

（早川書房編集部）

HAYAKAWA POCKET MYSTERY BOOKS No. 1849

青《あお》木《き》千《ち》鶴《づる》

白百合女子大学文学部卒，英米文学翻訳家
訳書
『二流小説家』デイヴィッド・ゴードン
『湖は餓えて煙る』ブライアン・グルーリー
『お行儀の悪い神々』マリー・フィリップス
（以上早川書房刊）他多数

この本の型は，縦18.4センチ，横10.6センチのポケット・ブック判です．

〔記《き》者《しや》魂《だましい》〕

2011年7月10日印刷　　2011年7月15日発行

著　者　ブルース・ダシルヴァ
訳　者　青木千鶴
発行者　早川浩
印刷所　星野精版印刷株式会社
表紙印刷　大平舎美術印刷
製本所　株式会社川島製本所

発行所　株式会社　早川書房
東京都千代田区神田多町2－2
電話　03-3252-3111（大代表）
振替　00160-3-47799
http://www.hayakawa-online.co.jp

（乱丁・落丁本は小社制作部宛お送り下さい
送料小社負担にてお取りかえいたします）

ISBN978-4-15-001849-8 C0297
Printed and bound in Japan

ハヤカワ・ミステリ〈話題作〉

1843
午前零時のフーガ
レジナルド・ヒル
松下祥子訳
〈ダルジール警視シリーズ〉ダルジールの非公式捜査は背後の巨悪に迫る！　二十四時間でスピーディーに展開。本格の巨匠の新傑作

1844
寅《いん》申《しん》の刻
R・V・ヒューリック
和爾桃子訳
〈ディー判事シリーズ〉テナガザルの残した指輪を手掛かりに快刀乱麻の推理を披露する「通臂猿の朝」他一篇収録のシリーズ最終作

1845
二流小説家
デイヴィッド・ゴードン
青木千鶴訳
冴えない中年作家は収監中の殺人鬼より告白本の執筆を依頼される。作家は周囲を見返すため、一発逆転のチャンスに飛びつくが……

1846
黄昏に眠る秋
ヨハン・テオリン
三角和代訳
各紙誌絶賛！　スウェーデン推理作家アカデミー賞最優秀新人賞、英国推理作家協会賞最優秀新人賞ダブル受賞に輝く北欧ミステリ。

1847
逃亡のガルヴェストン
ニック・ピゾラット
東野さやか訳
すべてを失くしたギャングと、すべてを捨てようとした娼婦の危険な逃亡劇。二人の旅路の哀切に満ちた最後とは？　感動のミステリ